从红月开始

Since the Red Moon Appeared

3

黑山老鬼

著

北京联合出版公司
Beijing United Publishing Co.,Ltd.

图书在版编目（CIP）数据

从红月开始.3 / 黑山老鬼著. — 北京：北京联合
出版公司.2024.2
　　ISBN 978-7-5596-7372-5

　Ⅰ.①从… Ⅱ.①黑… Ⅲ.①幻想小说—中国—当代
Ⅳ.①1247.5

中国国家版本馆CIP数据核字(2024)第009579号

从红月开始. 3

作　　者：黑山老鬼　　　　　出 品 人：赵红仕
责任编辑：李艳芬　　　　　　特约编辑：王周林
产品经理：路忆尘 Louis　　　美术编辑：任尚洁
封面设计：別境Lab　　　　　封面插画：Cakypa

北京联合出版公司出版
（北京市西城区德外大街83号楼9层　　100088）
北京联合天畅文化传播公司发行
天津中印联印务有限公司印刷　新华书店经销
字数 293千字　710毫米×1000毫米　1/16　18.5印张
2024年2月第1版　2024年2月第1次印刷
ISBN 978-7-5596-7372-5
定价：49.80元

公元前3年，汉哀帝时期，天下大旱。函谷关以东地区出现神秘事件，百姓集体陷入恐慌，弃田掷锄，皆手持禾秆或麻秆，称其为西王母之筹策，须递于皇宫。他们或披头散发，或赤臂光脚，晓宿夜行，奔波于路野田间，相互传递。各地官府或抓或压或打，意图阻止，却无济于事。数千禾秆、麻秆经历二十六郡、国，最终送入京师，放在汉哀帝面前。

此后，百姓皆在巷弄田间歌舞诵经，祭祀西王母，直至秋天，方大梦初醒。（见于《汉书》《资治通鉴》等）

1518年，欧洲法国斯特拉斯堡爆发"跳舞瘟疫"。初时有一女子忽于大街上起舞狂欢，引人驻足。后陆续有人加入，随之跳舞，经夜不休。一天后，舞者达到三十四人；三天后，舞者达四百余人。当地官员请来医者问询，却无策可施。甚至有多名医者及士兵加入舞蹈，跳舞数日，累死方休。一个月后，一城之人有近半死于疯狂舞蹈。

1960年，美国马萨诸塞州发生稻草人事件。新英格兰高地麦田中出现一具稻草人，制成者不详。凡看到稻草人眼睛之人，皆木立当场，形容呆滞，身体僵直。看到僵立之人者同样出现类似症状。一日之内，此情形蔓延整个州市，后出动州警、军队，结果不详。

2005年，东京涩谷区一中学之学生午休时集体梦见红眼蜘蛛，引发恐慌。后学生开始出现肢体扭曲、眉眼歪斜、手脚纠缠等症状。专家了解后称此现象为群体性癔症引发的肌体痉挛。翌日，学校发生煤气爆炸，摧毁多栋学舍，伤亡不详，幸存者不详！

2030年，红月亮事件发生！

前情提要

　　陆辛毛遂自荐，深入荒野调查引发青港城二号卫星城混乱的骑士团。

　　他在黑水镇智斗骑士团的操尸人陈重，根据线索前往危险的开心小镇，击败策划血色玫瑰事件的大头鬼和其幕后操盘手秦燃。其间，他意外惊动了开心小镇女王，见识了绝对支配力量的恐怖，幸亏有妈妈的帮助，才免于正面冲突。从荒野归来后，他又接到"抓鬼"任务和辅助酒鬼铲除神秘组织"老乡会"的任务。

　　终于清闲片刻的陆辛，却在公司招待会上发现公司的大少爷身上有精神污染的痕迹。而在这种奇特精神污染的影响下，他意外看到了自己失落的记忆……

目录

C O N T E N T S

第一章

前往主城

◄ 1 ►

第二章

娃娃

◄ 23 ►

第三章

海上国

◄ 53 ►

第四章

红衣使徒

◄ 83 ►

第五章

003号文件

◄ 146 ►

第六章

红月下的舞者

◄ 184 ►

第七章

鬼打墙

◄ 208 ►

第八章

彼此厌恶的头和身体

◄ 225 ►

第九章

神之大脑三号实验体

◄ 248 ►

第一章

前往主城

"这是……这是出了什么事？"

当肖远经过一段时间的适应逐渐清醒之后，他立刻看到房间里乱得不成样子。他的弟弟正坐在床头哭，妹妹缩在面前的柜子里拼命揉着眼睛。不知道他们经历了什么，竟然恐惧得直发抖。而他正趴在地上，后背生疼，骨头像散架了一样。他的女秘书则抱着大腿晕了过去，腿上的鲜血浸湿了丝袜。

几个保镖躲在门外，连头都不敢露，只能听见他们的声音：

"先生，千万不要做傻事！"

"我们非常理解你的心情，真的！"

"有什么事情可以好好商量……"

肖远惊愕地转过头，就见陆辛正坐在旁边的椅子上，手里拿着一把枪，脑袋微微垂着，看不见脸，只能感觉到他很失落。

"陆……陆大师，这是怎么了？"肖远感觉头疼得厉害。刚才灌了一瓶红酒，睡着后又猛地惊醒，他的脑袋还有些晕。看到房间里的这幅景象，他的心里更是涌出了一阵恐慌。

"嗯？"听到肖远的叫喊声，陆辛缓缓抬起了头。肖远看到他好像也经过片刻的适应才从恍惚之中清醒过来，眼神有了焦点。

陆辛看了一眼周围，慢慢将枪收了起来，长长地舒了一口气："不要叫我大师。"

"啊……"肖远又惊又恐，"陆哥，这……究竟发生了什么啊？"

"我年龄比你小。"陆辛轻声回道，"其实也没有发生什么，事情解决得差不多了。"

"这……这是事情解决了的样子吗？"肖远看了看正哭得极其大声的弟弟妹妹，又看了一眼昏迷不醒、身边流了一摊血的女秘书，感觉事情应该更严重了啊！

"刚才我帮你解决你的问题时，你的这位秘书……"陆辛好像已经恢复了平静，向肖远解释道，"她大概一直喜欢你，又产生了误会，所以将房卡给了你的弟弟妹妹，让他们在你做那个噩梦的时候冲了进来，差点将你的噩梦变成了现实。为了稳住局面，我只好做了一点应对措施。"说着，他看了一眼女秘书腿上的枪伤，脸色没什么变化，只是微微一顿，又道，"下手好像有点重了。"

"虽然你嘴上这么说，但我感觉你并不是真的觉得下手重了！"肖远的脑海里下意识闪过这个念头，但也很快就通过陆辛平静的讲述明白刚才发生了什么。

梦里的场景他还记忆犹新，一想到自己刚才差一点就真的伤到了弟弟妹妹，他又惊恐又后怕，脸上的肌肉都扭曲起来。他恶狠狠地看向女秘书，但看到她拖着伤腿昏迷在地的样子，又不忍心说什么。他转而向门外大喊道："你们快进来，没事了，快送她去医院！"

听见肖远的喊声，门外的四个保镖大着胆子冲了进来，抬起女秘书就赶紧向外跑去。

肖远又喊："用得着四个人抬吗？过来两个，把萝萝和童童带出去。"

其中两个保镖闻言，连忙掉头走向正在大哭的弟弟妹妹。

见弟弟妹妹着实吓坏了，肖远心里着急，想向他们做个鬼脸逗笑他们，但妹妹看见他的鬼脸，吓得尖叫一声，哭得更惨了。

"唉——"肖远又急又无奈，狠狠拍了一下额头。

陆辛看着四个保镖手忙脚乱的样子，不由得皱了一下眉头。还是支援小组利索啊！这四个保镖像没长脑子似的。他微微定了一下神，向门外看去，只见外面一片乱糟糟的。这层楼有不少住客被惊动，酒店的服务员与保安也赶了上来，慌慌张张地在走廊上乱转。窗外更是隐隐传来了警笛声。

虽然陆辛自己也正处于迷茫之中，但只能硬着头皮准备处理这些事。他调整了一下心情，向肖远道："估计后面会有一些麻烦事，需要你帮着收拾一下。不过，可以确定的是，你今晚应该不会再做噩梦了。"

听到这个消息，肖远有些激动："就这样……解决啦？"

陆辛点点头道："应该说是解决了一半。还有一件更重要的事，不过我需要先打个电话。"看到肖远一脸紧张，他勉强笑了一下，"你先应付一下后面的事。"

陆辛说完拿起背包，向门外走去。他低着头穿过嘈杂的走廊，走到拐角处，确定没人顾得上偷听后拨了一个电话。

"已经确定了，肖远确实受到了污染，或者说影响。"

精神能力者与污染源对人的影响本质上是一样的，只不过一个有意，一个无意，因此述说的时候稍微区分一下比较好。

"好的！"韩冰那头传来敲击键盘的声音，"单兵先生，你那边怎么这么乱？"

"出了一点小问题，我开了一枪。"陆辛轻声解释道。

韩冰顿时有些紧张："单兵先生，你有没有事？"

"我没事。"

"对方怎么样？"

"受了点伤。"

韩冰明显松了一口气："好的，我会处理。"电话里又传来了敲击键盘的声音，很快，她又道，"我已经做好沟通了，单兵先生，你现在可以简述事情的经过了。"

"我按照之前的计划，观察肖远睡着之后的状态……"陆辛慢慢地将刚才发生的事情讲述了一遍，"奇怪的是，他身上遗留的精神力将我也拉入了梦境，不过……"他顿了顿，接着道，"它很快就消失了。"

"消失？"韩冰认真地听着，直到陆辛讲完才道，"是你清理的吗？"

陆辛否认："我没有伤害它。"

"若是这样的话，那是它自行消散了？"韩冰没有起疑，冷静地分析道，"正常来说，造梦系精神能力者遗留在受害者身体里持续对其进行暗示的力量本身是极为弱小的，精神量级一般不会超过一百，有可能只有几十，甚至更低。而且，它在影响受害者的时候，会加速自己的消耗过程……"

"嗯——"陆辛微一沉吟，觉得韩冰分析得似乎不对，"它好像没那么弱。"他转念一想，又摇了摇头，惋惜道，"算了，确实挺弱的。"

电话另一端的韩冰表示有些疑惑。

陆辛却没有给她解惑，好像决定不纠结这种小问题了，他想了一下，继续道："这件事其实还有些古怪，所以报告要稍等一下，等我把比较奇怪的地方摸清了再说。"

"好的。"韩冰感受到了陆辛的谨慎，"单兵先生打算怎么调查？"

"当然是直接把那人找出来，当面问了。"

韩冰闻言，笑着道："这样确实可以解决所有问题。单兵先生刚才有发现什么线索吗？"

"这也是我接下来要说的。"陆辛道，"我刚才没有发现那个造梦系精神能力者，影响肖远的只是一缕残留的精神力。这种精神力完全消耗之后，他身上居然看不到任何痕迹了。这样看来，那人掌控自己的力量非常熟练。"

韩冰有些担心地说道："这也是问题比较复杂的地方。造梦系的能力很诡异，他们可以通过心理暗示等远程杀人。而且，如果他们留下的痕迹比较浅的话，甚至会让人难以分辨。总而言之，想把那人找出来并不容易。"

陆辛明白这件事很棘手，这就像下毒，解毒是一回事，找出下毒者又是另一回事。

"单兵先生，其实你的任务已经算是完成了。"电话里，韩冰微微一顿，继续道，"找出那个造梦系精神能力者会是一件非常复杂而烦琐的事情，可能需要大量的数据排查，所以我建议直接移交给总部，请调查小组来做。"

"这个……"陆辛纠结了一下，做出了一个决定，"还是我来做吧。"

"嗯？单兵先生已经有解决的办法了？"

"有一点思路，应该行得通！"

"警察叔叔，你们相信我，我们真的没做什么！"

"对，我们就是在驱邪！"

"没有没有，别听他们瞎说，不是感情纠纷！"

"枪？什么枪？"

"我们没开枪，什么枪都没开！"

酒店房门前，肖远正在努力向赶过来的巡警解释刚才的枪声。只是，面对"开枪"这样严峻的事件，就算他身份不低，也根本无法让对方信服。两位巡警已经强行查看了房间里面，然后又一脸严肃地说要彻查整个酒店。

就在肖远急得满头冒汗，但又不肯"出卖"陆辛的时候，其中一位巡警忽然接到了呼叫。他拿着对讲机走到旁边接听，再回来时脸色已经变了，低声跟身边的同伴说了几句话。

看见陆辛从不远处走回来，两位巡警顿时有些紧张，急忙行了个礼，语气也从刚才的严厉变成了尊敬："有什么需要帮助的吗？"

肖远愣住了，这两位巡警的态度变化怎么这么大？

"没有没有，谢谢你们。"陆辛急忙向他们道谢。

两位巡警立刻点点头，再次行了个礼，然后飞快地离开了。

这一幕让肖远有些错愕。虽然他很确定陆辛是在帮他，但他还是觉得不真实。这可是开枪打人的恶性事件，就这么了结了？虽然从看到陆辛随意进入警卫厅开始，他就猜到了他的身份不简单，但此刻他还是觉得，这个世界已经荒诞得有些陌生了。这么厉害的人物，究竟为啥要给他家打工？

"陆大——不，小陆——不，小陆哥……"连续切换了好几个称呼，肖远才算舒服了些，紧张地问，"我这……我这该怎么办？"

"我年龄真的比你小。"陆辛看了他一眼，"你是我们公司的领导，叫我小陆就行。"

肖远头皮发麻："我不是那种领导……"

陆辛无奈地决定让他一步，不再计较称呼。他整理了一下思绪，道："你做噩梦的事情已经解决了，今天晚上就睡个好觉吧。但还有一个问题，那就是如何找出那个让你做噩梦的人，这件事还得由我来处理。"

"让我做噩梦的人？"肖远一惊，"是有人……有人存心害我？"

陆辛点点头道："对。你别害怕，我会帮你把他找出来的。"

"好……好！"肖远听了，感激得直发抖。他自己都说不清楚，现在心里是恐惧多一点，还是愤怒多一点。"麻烦……麻烦小陆哥了，一定……一定要帮我把他找出来！"他实在想不明白，究竟是谁这么歹毒，居然让他一遍一遍地"吃"弟弟妹妹。

"把他找出来是一定的，但这件事需要你帮忙。"陆辛平静地揉了一下太阳穴，"首先，你要跟我说实话。在梦里，究竟是有人逼着你吃，还是……你自己在吃？"

这样一句没头没尾的话，却使得肖远瞬间瞪大了眼睛。看着陆辛那张平静的脸，他感受到了极大的心理压力，好一会儿才结结巴巴地开口道："一开始……确实梦到了一个……一个怪人，他在逼我……但是……但是几天之后，其实……其实就是我自己在……在做那些事了。梦里的我好像……"他嘴唇微颤，嗫嚅了半晌才道，"好像变成了另外一个人，很……很享受那个过程。"

陆辛静静地看着他，然后若有所思地蹙起了眉头。

"我……我不想那么说，是因为……是因为我真的觉得，梦里那个人不是我……"肖远极力想解释清楚，"梦里的根本是个变态，那不是我……"说出这些话对他来说似乎极为艰难。

但出奇地，陆辛并没有多说什么，只是点头道："我明白，你也不用担心，那并不意味着你心里真的有那种想法，只是你受到的影响特别深而已。不过……以后你一定要说实话，明白吗？"

"嗯嗯，我发誓！"肖远连连点头，甚至真的举起了一只手。

"不用这么紧张。"陆辛示意他放下手，心里也自我检讨了一下——他是不是太严肃了？看把领导给吓得……

得到肖远诚实的回答，陆辛确定了一件事，那就是这个精神能力者应该比他想的还要厉害一点，情况也要更复杂一点。肖远遇到的事情看起来好像是普通的造梦系可以造成的，韩冰的分析也没有问题，但有一些细节显得很怪异。

比如，留在肖远体内的精神力虽然看起来很虚弱，也很好解决，但陆辛觉得它肯定不像韩冰说的那样只有几十或一百精神量级，而是高了好几倍。正常的精神能力者，谁舍得把这么多精神力留在受害者体内呢？这已经相当于削弱自身的实力了，就算要害人，也得考虑成本啊！

"要想找出害你的人，需要你先做一些事。"陆辛看向肖远，慢慢说道，"如果你是一个月前开始做这个噩梦的，那我需要你将一个月前接触过的所有可疑的人列出来，包括对你的家族不满、想要破坏你家庭关系的人，以及如果你出了事会获益的人。当然，前提是这些人不止一次地接触过你，很容易靠近你。"他微微一顿，补充道，"把他们全部找来，我要见他们。"

肖远听得有些迷茫："这是为什么？"

陆辛看着他，没有说话。

肖远立刻反应过来，忙道："虽然有些麻烦，但我会尽最大的努力做到。问题在于，我家里人最近一直在办理入驻主城的手续，现在爸、阿姨和大部分用人都在主城。"

"就算在主城也要见。"陆辛回道，"我需要看到他们，然后一个一个地筛选。"

"一个一个地筛选？"肖远微微睁大眼睛，"然……然后呢？"

"然后？"陆辛看了他一眼，"当然是抓捕他。"

肖远一惊，觉得自家这个员工简直冷酷、自信到了极点。

没错，这就是陆辛想出来的解决办法。这属于排查法，管他是造梦系精神能力者还是污染源，都可以用这个比较笨的方法找出来。找到后，除了真正地帮肖远解决问题，陆辛还有一个隐秘的目的——肖远身上残留的力量帮他在那条走廊里待了二十几秒，如果换成本体的话……陆辛知道自己不能这样想，人家造梦系又不是消耗品。不过，诚心诚意地请他帮个小忙应该也是可以的吧？他留在肖远体内的精神力非常"热心"，为了帮陆辛，消耗掉了它自己。想必，他本人应该也是一个热心肠的人吧？当然，如果他不肯帮，陆辛也不介意跟他讲讲道理，用自己的"真诚""感动"他。毕竟，他算是违法了。

如此想着，陆辛有些紧绷的脸上终于露出了浅浅的笑意。

第二天，陆辛一早就来到了公司。

昨天晚上睡眠不太好，今天的他显得不是很有精神。因为造梦系精神能力者残留的那股力量，他平时一直很放松的心情受到了影响，哪怕是回家后也没调整过来。时间已经很晚，家人都睡下了，他吃了些打包的夜宵就回房间休息了。睡了六个小时，他准时睁开眼睛，赶来公司上班。

陆辛努力睁着惺忪的睡眼来到自己的隔断前，整个人忽然清醒了。

"我的东西呢？"

陆辛看到的是一个空空荡荡的工位，他的办公用品，包括电脑，甚至是用习惯了的垃圾篓，都不见了。他顿时想起了当初差点被吕诚抢走工作的事，心情变得很郁闷。难道是因为他昨天开枪打了肖远的女秘书，肖远不乐意，把他给开了？难道是肖远过河拆桥，找他解决完问题之后，就立刻翻脸不认人了？不对，这都还没过河呢！

就在陆辛发着呆，不知道该把背包放在哪里的时候，旁边响起一个怯怯的声音："陆主管，你的办公室在那边。"

陆辛回过神来，见说话的是张哥。顺着张哥指的方向看过去，陆辛才发现公司的格局出现了一点变化。刘主任的办公室对面立起了几面不透明的毛玻璃，将刘主任的办公室衬托得小了一点。原本大家都在大厅里办公，只有刘主任的办公室坐落在尽头，但现在出现了两间办公室，位置还是相对的，跟平起平坐似的。

"我的？"陆辛讶异地指着自己的鼻子道，"你叫我主管？"

"对啊，你不是已经升了吗？"张哥也有些惊讶，"昨天刚下班，刘主任就吩咐请几个装修工人过来，连夜拆挡板，圈出一间新的办公室。他说你现在升了主管，不能跟以前一样在大厅里工作了。他们不仅加班加点添了新的桌椅和办公用品，还将你原来的东西都给搬进去了。"

"啊这……"陆辛瞠目结舌，心想，刘主任执行能力这么强吗？

他将信将疑地走过去，就见新的办公室门上贴着"主管"的标签。推开玻璃门，他看到，这间办公室有四五平方米大，他的电脑正摆在崭新的办公桌上，他的笔筒、文件，还有垃圾篓，都在里面摆着。那张不能旋转的转椅倒是不见了，换了一张新的。

"居然真是给我准备的？"陆辛被突如其来的幸福冲击得有点头晕。

"当然啦，还是新的呢！"张哥跟了过来，倚在门边往里看，"本来电脑也要换新的，但是刘主任考虑到，咱们的电脑里面，对吧，都会有些比较私密的……所以暂时还是用这台。"

"咱们公司太体贴了！"陆辛还能说什么，只能发出一声由衷的感慨。

张哥眨巴了一下眼睛，附和道："可能是吧！"

很快，随着上班时间临近，同事们陆续来到了公司。看到新出现的办公室，他们都有些惊讶，悄悄交头接耳打听过之后，便跑来跟陆辛打招呼。

"陆主管，恭喜恭喜！"

"陆主管，以后大家要在你的带领下努力了！"

"陆主管早上好！"

"陆主管……"

大家都很热情，有的恭喜陆辛有了自己的办公室，笑着调侃他，要他请客；有的拿着自己刚洗好的水果，让陆辛赶紧尝尝。现在的陆辛可了不得，大家都知道，他是肖副总面前的红人。

陆辛的心情也很好，笑着一一回应，只是没答应请客的事——不是为了省钱，主要是他最近太忙了。

又过了半个多小时，刘主任顶着两个黑眼圈来上班了。看样子，昨天晚上是他亲自在这里监的工。虽然看起来疲惫，但他的精神却很好，鼓鼓的腮帮子泛着和气的油光。他先过去与陆辛见了一面，说了些鼓励的话，然后便兴冲冲地回自己的办公室去了。

"大家工作辛苦了！"

还不等刘主任歇上两分钟，公司门口忽然响起一个彬彬有礼的声音。

刘主任刚刚放松下来的神经猛地一抽，他颤巍巍地从办公室里伸出脑袋，看到的是一脸和气的肖远。

"咋又过来了？"刘主任想着，急忙冲了出去。

见所有的员工都傻愣愣地看着肖远，一句话也说不出来，刘主任感觉都快疯了。

"大家快……快欢迎肖副总又过来指导工作！"

"呵呵，不用，不用，大家忙自己的事，别这么见外！"肖远在稀稀拉拉的掌声里笑道。

这话说得刘主任都不知道该怎么接茬了，他无论如何都想不明白，这位副总是怎么了？不用上班的吗？

肖远没有多说，先是走到刘主任的办公室里，悄悄问刘主任陆辛来公司没有，然后到陆辛的办公室里待了十来秒，其间没有一点声音传出来。最后，他笑呵呵地坐在刘主任的办公室里，拿出纸笔不停地写写画画，似乎在整理什么机密文件。刘主任问也不敢问，待也待不住，五分钟后主动走出了自己的办公室。

于是，刘主任又在陆辛的工位上对付了一天。不对，那已经不是陆辛的工位了。

一直到快下班的时候，肖远才又敲开了陆辛的办公室。他先是高声喊了一句"小陆"，然后低声补上了一个"哥"字。

"什么事？"陆辛不动声色地关了电脑上的某个窗口，露出电脑桌面。

"你要的名单我整理出来了！"肖远把一张纸送到陆辛面前，只见上面写得密密麻麻的，满是人名、时间点，还有乱七八糟的箭头。

陆辛皱起眉头："你连表格都不会做吗？"

肖远有些心虚，尴尬道："平时……都是秘书来做。"

"那你的秘书呢？"

"在医院呢……"

陆辛只好摆手道："先这样吧，你自己明白就行。最重要的是把他们集中起来。"

肖远听了，连连点头，保证道："是，是，我已经在想怎么安排了。"

"好，你先去忙吧。"陆辛点点头，"名单留在这里好了。"

"好的。"肖远松了一口气，转身往外走，忽然又想起了什么，"小陆哥，需要我帮你订票吗？"

陆辛摇摇头："不用了，应该有人帮我订好了。"

肖远肃然起敬。他其实是在暗暗打听陆辛有没有主城的通行证，没想到陆辛不但有，甚至还有人帮着订票。这下子，他算是彻底相信陆辛是"大隐隐于市"的高人了。

肖远离开后，陆辛重新打开了电脑上的窗口。这大概就是有私人空间的好处吧，工作时间玩俄罗斯方块都没人知道。

他中午就接到了韩冰的电话，韩冰告诉他，他已经成功升级为三级特殊人才了，资料也已经成功更新。很快，处理"真实家乡"一事的报酬就会转入他的账户。最关键的是，主城的通行证也已经送到了警卫厅，他下班后过去签个字，就可以将通行证领回来了。

"单兵先生，不出意外的话，你后天就可以来主城了！"韩冰愉快地说。

在青港城，自由出入主城是一种身份的象征，陆辛自己也没想到居然真的会有这么一天。与此同时，青港城高级人才培训会议也将在三天后举行。他能参加这个会议，其实代表着青港城的某种态度——他的第二阶段申请应该不会有什么问题了。

各方面都很顺利，陆辛头一次感觉一切如此清晰：进行了第二阶段，就可以看那份锁在抽屉里的文件，了解一些自己关心的事情了；另外，还可以借这次去主城的机会，帮肖远找到那个搞事情的造梦系精神能力者。

既然还有一天就要去主城了，陆辛好好做了一下准备。

他要收拾的东西其实不多，首先是两套换洗的衣服，已经穿了很长时间了，洗得很干净；然后是洗漱用品——牙刷一支，用了半管的牙膏一支，肥皂一块，毛巾一条。把这些东西装进背包后，背包只是稍微变鼓了一点而已，随时可以提起来出发。至于特清部发放的作战服、作战靴等，有一个专门的扁平箱子存放。摩托车不必开过去，陆辛打算把它送到警卫厅里找人看着。

做完了这些，剩下的两件事情也比较简单。第一件事情是向公司请假。陆辛提前问过韩冰，她说这次会议大概要召开三天，但为了稳妥起见，他应该准备七天时间。陆辛明白她指的是什么，他的第二阶段很有可能会在这期间一起进行。

于是，陆辛找到刘主任，跟他汇报了一声。万万没想到，刘主任的第一反应居然是一脸惊喜，不但批了假，甚至还点明了是带薪假！刘主任人可真好！

第二件事是去红月亮小学看看。自从上次出城回来，他还没去看过小鹿老师呢！这次要去主城一个星期左右，当然要跟小鹿老师说一声，以免她有急事的时候找不到他。

陆辛骑着摩托车来到警卫厅附近的小学楼下，停好车后慢慢往楼上走去。

走到三楼拐角处，他遇到了坐在小马扎上看报纸的保安老大爷。老大爷从报纸后面抬起头看了陆辛一眼，点了点头，然后就继续读报纸了，只是身子下意识侧了一下。陆辛看到，他身后的墙边放着一盆小小的盆栽，开着一朵孤零零的小花。

随着陆辛走上楼，两个正在楼梯口玩玻璃球的小孩抬起了头。看见陆辛，他们的小脸上立刻露出了一种坏坏的笑。不等陆辛说什么，他们就嗖的一声向里面跑去，一边跑一边喊"男朋友来喽""男朋友来喽"……

陆辛一下子满脸通红。看到他们落了一颗玻璃球在他脚边，他捡了起来，揣进兜里，不准备还给他们了。

在一张张看热闹的小脸的簇拥下，陆辛走进了小鹿老师的办公室。

小鹿老师正在吃饭，见到陆辛就放下了饭盒。陆辛偷偷瞅了一眼，饭盒里装的是冬瓜豆腐拌米饭，与外面那些小家伙儿吃的是一样的。不过，那些小家伙儿的碗里还能看见肉丁。

"怎么今天来啦？你不用上班吗？"小鹿老师笑着转动轮椅，然后顺手拿了本书将饭盒盖上了。

"我明天要出差，所以今天下午请假了。"陆辛打量了一眼这间小小的办公室。

"又要出差？"小鹿老师有些惊讶，"去哪儿？"

"其实也不算出差，只是去趟主城，大概一个星期。"陆辛笑着解释道，"主城是很安全的。"

陆辛本以为小鹿老师听了这话会表现得很放心，没想到，她不知想到了什么，有些沉默。

"主城东西多，有什么要带的吗？"陆辛只好打破沉默，笑着问道。

小鹿老师微微摇摇头："没有……你快些回来就好。"

陆辛点点头，然后就不知道该说什么了。平时他在小鹿老师面前话比较少，是小鹿老师说得比较多。这一次，小鹿老师好像有心事，气氛自然比较沉默。

"跟我出去一趟吧，有事找你商量。"陆辛想了一下，忽然向小鹿老师说了一句。

小鹿老师猛地抬起头看向陆辛，然后露出了笑容，点头道："好的。"

陆辛推着小鹿老师来到楼梯口，看着长长的楼梯，他想了一会儿，直接俯下身将小鹿老师抱了起来。身后顿时响起了一片"抱抱""抱抱"的叫嚷声，陆辛红着脸，抱得仍然很稳，而小鹿老师则红着脸向后瞪了一眼。

起哄的声音一下子消散了。

"孙大爷，如果我回来晚了，你就盯着他们上自习，把课文抄三遍，我回来检查。"经过三楼时，小鹿老师向保安孙大爷说了一声。

"呵呵，好，不用急着回来。"孙大爷笑呵呵地叠起报纸，上楼去帮她拿轮椅。

陆辛小心地将小鹿老师放在摩托车后座上，这时候，孙大爷也将小鹿老师的轮椅搬下来了，陆辛将它叠了起来，挂在摩托车后面——那里本来安着一个金属箱，暂时用不着，陆辛就把它拆了下来，让孙大爷拿上楼保管。

陆辛慢慢启动车子，带着小鹿老师驶进了青港城的街道。虽然他开得很慢，但小鹿老师还是很紧张，一直紧紧攥着他的衣角。他们一路上没有说话，径直来到了城东区的青岩山附近。陆辛找地方停了车，将轮椅打开，然后抱着小鹿老师坐下去。他慢慢推着轮椅，和小鹿老师在一条小路上走着。

"你看这里的房子多大！"陆辛一边走，一边笑着说道，"我进去看过，里面有好多房间，客厅也很宽敞，可以当作教室。外面有花园，也有池塘，可以把花园的地刨一下，种点菜，养几只鸡什么的。而且这里距离城西比较远，周围人少，更……更安静。"

他其实是想说，如果城里发生大规模精神污染事件，他们在人少的地方会更安全。但他怕吓到小鹿老师，所以没有直接说出来。

"哎呀，你现在和以前不一样了，都开始考虑别墅区的房子啦？"小鹿老师微微转过身，笑着看了陆辛一眼。

"这段时间我工作挺认真的，攒了一点钱！"陆辛有些不好意思地笑了笑，"我已经托人问过了，这里的房子，价格好像五……五六十万的样子，虽然贵了点，但我觉得咱们的小学建在这里一定更好一些。"

"喊……"小鹿老师白了他一眼，"五六十万？你当我是傻子吗？这里的房子……"她认真地想了想，严肃道，"起码得一百万！"

"是，是，差不多吧！"陆辛笑着点头，"等我把它买下来，你就搬过来吧！"

小鹿老师沉默了一会儿才问道："到时候你也会住在这里吗？"

陆辛不知道怎么回答这个问题，只是推着她慢慢地走。

小鹿老师不知又想到了什么，轻声问道："你现在是因为什么才对他们那么好？"

陆辛思索片刻，道："那时候，院长不是经常告诉我们吗？虽然我们年龄小，但我们代表着希望。只要我们心里有着对文明的期望，那么我们就一定可以回归他说的那种生活——每顿饭都能吃上肉，可以尽情看电影、听歌、玩游戏，而且不用做那么多作业。现在，那些小孩也是一样的吧！我们对他们要像那时候院长对我们一样好。"

听完陆辛的话，小鹿老师很久都没有回应。陆辛忽然发现，她的肩膀在轻轻颤抖，他吃了一惊，连忙转到她身前，只见她的脸上不知何时已经挂了两行泪水。他急忙蹲下来，有些紧张地问："你怎么啦？"

小鹿老师抬起衣袖擦了擦眼泪，抬头看着陆辛的眼睛："你过来。"

陆辛急忙离她近了些。

小鹿老师认真地看着他，眼睛发红，表情有些严肃："你告诉我，你去主城做什么？"

"这个……就是开个会而已。"陆辛急忙解释道，"真没有别的，很安全的，一个星期就回来了。"

小鹿老师沉默了一会儿，又问："是真的吗？"

陆辛想到"第二阶段"，有些心虚，但还是点了点头。

"其实，我早就知道会这样的。"小鹿老师没有说信或是不信，过了一会儿才轻声道，"之前，你有个同事来找过我。她人挺好的。本来我对你正在做的事非常担心，但是她让我觉得，或许他们这些人是……是不一样的！所以，我并不是想阻止你，只是……"她忽然紧紧抓住了陆辛的手，"你必须答应我一件事！"

望着她非常认真、紧张的表情，陆辛连忙点了一下头。

"不要把压力都背在自己身上。"小鹿老师轻声说道，"当初在孤儿院，拿着砖头帮你跟人打架的可是我，还记得吗？"

陆辛听着这话，脸上不由得露出了笑意。他隐约记得，小时候的小鹿老师是非常彪悍的，在灾变中长大的孩子大都如此。

"另外，你从来不欠任何人的，知道吗？"听得出来，她有些紧张，但她说得很认真，一双清澈的眼睛坚定地看着陆辛的脸，"你不欠任何人的，包括我。你这几年送过来的钱，我都认真记账了！你没有做错过什么。"

或许是小鹿老师的眼神太过坚定，陆辛似乎被打动了，进而出现了微微的眩晕。他下意识抬头看向灰蒙蒙的天空，这时候，东南方向的天上已经有了红月的影子。

"我不知道你将来会怎样，会走去哪里……"陆辛的手掌被一只柔软而温暖的小手握住，小鹿老师轻柔的声音再度在他的耳边响起，"但你永远……永远都要记得怎么回来，好吗？你不能把我们给忘了，好吗？"

陆辛头晕的感觉更重了。其实他不太理解，小鹿老师为什么会跟他说这些。就在这种眩晕的感觉快要让他失控时，他忽然感到一个人影贴了上来，脸颊被一个柔软而湿润的东西碰了一下，然后那个人影就迅速逃开了。

"扑通！扑通！"陆辛的心脏猛烈地跳动起来，他惊讶地看向小鹿老师，脸渐渐红了。

小鹿老师的脸也有些红，但她装作若无其事的样子，道："这是替小朋友们亲的，你不要乱想。"

陆辛张了张口，想说的话有很多，脱口而出的却是："我……我可以亲回去吗？"

小鹿老师的脸一下子红透了，她努力板着脸道："不能。"

陆辛遗憾地点了一下头："好吧！"

"小陆哥，你要吃东西吗？"

"小陆哥，你要不要喝饮料？有橘子汁和山楂汁……"

"小陆哥，午饭咱们是在车上吃还是下车吃？"

"小陆哥，需要我帮你问那个乘务员的电话号码吗？你都看了她好几眼了！"

通往主城的高速列车上，肖远殷勤地询问着陆辛。

最后，陆辛被他烦得有些受不了了："不用，什么都不用。"

"哦。"肖远老实了一会儿，又忍不住道，"确定什么都不需要我来做吗？"

陆辛叹了一口气："我需要你安静一会儿。"

"好的，好的。"肖远缩了缩脖子，老实地坐了回去。

陆辛有些于心不忍，这可是领导啊，他不该对领导这样！沉默了一会儿，他轻声道："该准备的事情都准备好了吧？"

肖远一听，顿时有些激动，连忙点点头，同时不忘警惕地看看四周，以一种讨论什么机密的口吻低声道："我已经按照你说的整理好了名单，但你要我把他们集中起来，这个不太容易办到，毕竟他们有的在主城，有的在卫星城，而且是各行各业的人，实在是太多了。不过，我还是想出了一个办法，那就是利用我即将进入主城青港大学学习的机会，以我爸爸的名义邀请所有人在主城庆祝一下，大部分人应该都能赴约。"

陆辛点了一下头："好，那些不能去主城的人，到时候也整理一份名单给我。"

肖远整理好的那份名单他看过，上面的大部分人都在主城，毕竟一个月前正是肖远前往主城领取通知书，并带着一家人在主城游玩的时间，他正好可以借这次机会全部见到。而那些不能去主城的一小部分人，就只好交给韩冰去做出相应的安排了，以免有遗漏。如果不是时间紧迫，陆辛其实是会努力和名单上的所有人都见一面的，但现在，他只能选择可能性更大的一方。

"定在了什么时候？"把所有环节都在心里过了一遍之后，陆辛转头问肖远。

"就在明天晚上。"肖远紧张得喉结上下滚动，"你看咱们是不是要先制订一个什么计划？要不要准备点什么武器？还有，必要的话得叫点帮手，占山寺的和尚以及在道上混的大哥我都认识几个。"

"唉——"陆辛无奈地叹了一声，"你能不能有点当领导的样子？"

"啊……"肖远一下子蒙住了，毕竟这是他有生以来第一次被人嫌弃没有领导样。员工嫌弃领导，那这里面肯定有谁不太对吧？

终于让肖远闭上了嘴，陆辛开始闭目养神。

在列车的轰隆声与肖远的絮叨声里，高大的站台入口渐渐映入眼帘，看起来就像在吞食一辆辆列车的怪兽。

主城的站台与卫星城的是不一样的。五个卫星城环绕在主城周围，彼此之间有着复杂的高速列车网络，但主城只有两个出入口，来自各个卫星城的列车都会统一进入西站台。

"小陆哥，我已经安排了车辆过来接，你确定不需要我帮你安排酒店吗？"肖远表现得不像体贴下属的领导，更像一个殷勤的小秘书。

"不用了，我也有人接。"陆辛提前拿下自己的背包，笑着向他说道。

"好……好吧！"肖远咽了一口口水，不知道该说什么了。

一开始说要进主城的时候，他就有些担心，因为他知道拿到主城的通行证有多难。没想到，陆辛不但有主城的通行证，而且在二号卫星城过安检的时候，直接亮证件通过特殊通道上了车，他反而排了好长时间的队才进站。

这位员工究竟是何方神圣啊？一想起陆辛的工资条，他更是觉得忐忑不安。这样的人在他家公司干了三年多，从不迟到，从不早退，"模范员工"的称号拿了好多次，结果工资才一千元？他已经在深刻反省了，他家是不是太压榨员工了？

陆辛与肖远下了车，随着人流来到一条通道的入口处。面前是一道铁闸门，门上涂着斑驳的白漆，可能是因为时间久远，白漆大片剥落，露出生锈的铁面。门上横着喷了一排字"入站通道"，竖着喷了两排字"禁止喧哗""遵守秩序"。两侧有持枪的战士在守卫，他们一动不动的，防护面具下面的眼睛冷冷地注视着人群。站台上的人越来越多，还不断有人从车上下来，但是那道铁闸门仍然紧紧地关着，要等到有足够的人流才会打开。

大约五分钟后，当站台上已经足足有几百个人时，铁闸门上才终于闪烁起绿灯。随着沉重的喷气声响，铁闸门微微一晃，慢慢向上提去，拥挤的人流顿时一起向通道里涌去。

陆辛紧了紧背上的背包，随着人流进入了通道。他心里很好奇，在这么多人一起进入通道的情况下，主城究竟是怎么分辨里面有没有精神能力者的？会不会有像幽灵系一样的精神能力者混在其中呢？

正常情况下，人群越聚集，精神能力者越容易搞出一些事情来，而车站无疑是搞事情的好地方。不过，进入通道后，陆辛顿时安心了，因为他感觉到了窥探的目光。他好奇地向周围看去，只见通道的两面墙壁上有许多喷绘，看起来就像街头艺术家随意的涂鸦，颜色鲜艳，造型夸张——有经过艺术加工的各种文字，也有拟人化的动物，有穿红戴绿、笑容夸张的小丑，也有一些正在跳舞的女子，她们提着裙子，热情奔放，脚上的红舞鞋异常鲜艳。他仔细感受了一下，察觉到窥探的目光来自墙壁上那些吐着芯子、颜色鲜艳的大蛇，五彩斑斓的各种喷绘掩饰了被蛇眼窥视的异样感，整体的布置显得非常巧妙。

陆辛心想：这是特殊的感应装置，还是某种精神能力？

这条通道又深又长，行人在里面的时间越长，主城便越有足够的时间进行筛查。陆辛走了足足五分钟，才终于走出了通道。前方豁然开朗，是主城的候车大厅。拥挤的人流前面是一排哨卡，哨卡后面坐着身穿蓝色制服的工作人员，工作人员身后则是身穿黑色制服的巡警。来到哨卡前的所有人自觉排成一条条长龙，一个一个地通过最后的安检。

"小陆哥，我爸和阿姨应该就在车站外面等我，你要跟我过去打一声招呼吗？"肖远提着一个硕大的行李箱，动作有些笨拙。陆辛考虑过帮领导拿行李，但他表露出这个想法后把肖远吓坏了，而且肖远"幡然醒悟"，硬是要帮他背包，他费了好大的劲才打消了肖远的念头。不是他不想满足领导的要求，主要是肖远背着他的背包，怕是过不了安检。

听到肖远的问题，陆辛犹豫了一下。肖远指的是公司的老肖总，按理说他是应该过去打声招呼，但他眼珠一转，看到左前方一道小门边站着一个女人。她留着短发，身穿休闲西装，脚踩高跟鞋，静静地站在人群里，无论是身高还是模样都出类拔萃。她正是陆辛的另一位领导，特殊污染清理部特别行动小组的组长陈菁。两相比较，这位领导比较重要。

于是陆辛摇摇头，道："你们聚会的时候再说吧，我也要去报个到。"

"报到？哦，好。"肖远怔怔地转过头，看到陆辛向一个气质不凡的女人走了过去，不禁感慨，"好神秘啊！"然后，他费力地拎着大箱子往出口走去。

"陈组长，你好！"陆辛来到陈菁面前，老老实实地打招呼。看到这位军人出身的领导，他下意识想敬个礼，但考虑到自己不是军人，还是算了。

"和你一起过来的就是那个被噩梦缠身的人？"陈菁笑吟吟地向陆辛点了一下头，然后看向肖远的背影。

"对，他是我们公司的副总，算是我领导的领导。"这话刚说出口，陆辛就觉得有哪里不太对。陈菁是他的直属领导，肖远是他领导的领导，怎么感觉陈菁的职位忽然变低了？

心里这么想着，他也下意识看向肖远。此时肖远正在向不远处的一位老人和一个中年女人打招呼，那两人衣着不菲，看起来都不是普通人，身边还有秘书模样的人跟着，想来就是公司的老肖总和肖远的后妈了。

突然，陆辛神情微怔。他的目光落在肖远的后妈身上，头皮微微发麻。

那个女人看起来只有三十来岁，与她身边的老头儿相比，正提着行李箱挪动到他们面前的肖远和她倒更像一对。她盘着头发，穿着一件灰色的风衣，里面是一件黑色的立领毛衣，搭了一串亮晶晶的银色项链，显得知性又大方。但仔细一看就会发现，她的精神似乎有些不济，精致的妆容根本掩盖不住她从眼睛里流露出来的疲惫。

不过，让陆辛感觉头皮发麻的不是她疲惫的神情，而是她的另外一副样子。在普通人眼里，她正微笑着站在老头儿身边，静静地等肖远走过去，然而在陆辛眼中，她后背隆起，伸出一根红色的脊椎，脊椎上面生长着另外一张脸。那张脸异常阴森，带着诡异而凶残的笑，舔着嘴唇看着越走越近的肖远。

陈菁察觉到陆辛的情绪变化，顺着他的目光看向那个女人，神色讶然道："你要找的那个人不会就是她吧？"

陆辛没有立刻回答，而是再度审视起那个女人。这一次，他用了"妈妈的视野"，眼里的女人不一样了。她身后没有鲜红的脊椎了，也没有第二张脸了，只是静静地站在那里，看着肖远微笑。但陆辛看到她的身体里有一点棕灰色，这代表着她很紧张。另外，她的精神力与当初他在肖远体内看到的那股精神力量是一样的。他甚至隐约想起，梦境里那个披头散发、穿着白裙的白色人影也和她很像。这让他既觉得意外，又有些不解：怎么会是她？

肖远被噩梦缠绕，不仅自己差点疯掉，更是几度陷弟弟妹妹于危险之中。这几天，肖远列出了许多个人名，绞尽脑汁地猜测着，究竟是谁这么歹毒地想让他家破人亡。他大概怎么也不会想到，那人居然是他弟弟妹妹的亲生母亲吧！

看见陆辛点了点头，陈菁有些惊讶："她看起来不像精神能力者。"

陆辛冷静道："肯定是她。"他从来没有这么肯定过，她都这副模样了，还能不是精神能力者？

既然找到了让肖远做噩梦的罪魁祸首，下一步当然是替肖远抓住她，只有抓住了她，陆辛才算是真正完成了这个委托。不过，他隐约觉得有些遗憾。他本来希望可以在一个更郑重的场合抓住她，甚至与她展开一次交手，也好趁机和她谈判一下，请她帮自己一个忙。结果，好巧不巧，他居然当着领导的面发现了她……

"不用。"陆辛正准备出手抓住那个女人，陈菁忽然轻轻拉住他，"这片区域不归我们管，是城防部负责的。"说着，她拉起衣领处的麦克风，轻声道："让看门狗过来。"

"看门狗"这个特殊的称谓让陆辛有点好奇，他下意识转头张望，立刻感觉到了一道灼人的目光，还有一种隐约的压迫感。下一秒，一个身材高大、穿着黑色风衣的男人慢慢地从人群中走了出来。

"咚！咚！咚！"男人沉重的脚步声就好像在踩踏人的心脏一样。他的身高恐怕超过两米五了，身上穿着纯黑色的立领皮风衣，脚下踩着厚重的马靴，也是纯黑色的。他的头上戴着一顶黑色的牛仔帽，脸上则戴着黑色口罩，外加一副黑色的墨镜。他比人群中的任何一个人都高了至少半个身子，仿佛一座移动的堡垒。

男人的周围来来回回不知有多少人，这时都感受到了压力，微微向远处让去。人流中出现了一个明显的圆圈，就像是被他的气场硬挤出来的一样。但不知为什么，没有一个人偏头看向男人，他们好像只是感觉到了一股无形的压力，并没有意识到男人的存在。就连陆辛也觉得诧异，刚才他并没有注意到这个男人。按理说，男人的身材这么显眼，无论在哪里，他肯定能发现的。

"什么事？"如同堡垒一样的男人走到陈菁面前，低声问道，声音带着很强的回音。

当陆辛好奇地打量着这个男人时，陈菁已经取出了一台平板电脑，她翻了翻资料，然后抬头看向男人："看门狗，你漏了一个人。有个女人有异常，她是一个星期前进入主城的，你一直没有发现她，直到今天才由我们特清部的单兵发现她的某些异常。"

黑色的口罩与墨镜把看门狗的整张脸都藏了起来，看不见他的表情。对于陈菁的话，他没有什么反应，只是笃定道："不可能。"

"是真的。"陆辛转身看向肖远所在的地方，"就是那个女人，穿灰色风衣那个。"

"我过来的时候就已经注意到你们在关注她了，"看门狗根本没往那个方向看一眼，冷淡道，"她不是精神能力者。"

"可是她确实做了影响别人的事情……"陆辛抬头看着看门狗，耐心解释道，"所以你应该是看走眼了。"

看门狗没有说话，只是低头看着陆辛。以他接近三米的身高，确实需要低头来看陆辛。这个男人浑身上下都被冷硬的黑色所包裹，完全看不到他真实的样子。他会给人一种强大的压迫感，尤其是近距离被他看着的时候，就像被一片黑暗笼罩着似的。他好像自带着某种阴影，可以直接遮住所有的光，让人陷入恐慌。有那么一瞬，陆辛感觉自己的心脏缩了一下。

不过，也只是那么一瞬，陆辛就反应过来了：这个男人也是自己的同事呀，为什么要怕他？于是他露出一个客气的微笑，友好地点点头，然后伸出手："你好，我是单兵。"

看门狗沉默地看着陆辛伸出来的手，过了好半晌，他才伸出自己的手与陆辛握了一下。

陈菁在旁边看着看门狗与陆辛一上一下的眼神较量，脸上露出了一点笑意。这样的场面她见过不止一次了，甚至比这更精彩的也见过，所以她一点都不慌。而且她发现，看门狗身上那种能够让人害怕得心脏骤停的气场，陆辛似乎一点也没感受到，这让她觉得更好笑了。

"好了，你们不用争了。身为精神能力者，为这种事情争辩，简直太蠢了。"陈菁一边笑，一边看向那个女人，"你们究竟谁说对了，直接过去问问不就知道了？"

陆辛点头道："好。"领导都发话了，而且说得有道理，他怎么可能不答应呢？

看门狗顿了一下，然后径直转过身向前走去。陆辛留意到，他微微抬了一下手，手掌落下的一瞬间，人潮拥挤的候车大厅四周立刻出现了许多身穿黑色制服的武装人员，他们从四面八方向肖远一家人围了过去。

"主城的防御系统一直很严密。"陈菁一边和陆辛跟过去，一边解释道，"东西两个出入口都有很强的安保措施，也有直属城防部的精神能力者在这里执勤。上次那个'幽灵'就是在潜入主城的时候被看门狗发现的，只是他中途因为害怕而逃走了，导致我们没能当场抓住他。"

肖远一家人会合后正打算一起离开，却在出口位置被武装人员围了个水泄不通。面对一排排黑色的枪口，一家人吓得面如土色。

"啊！这……这是怎么啦？"肖远高举双手，失声叫道，"我的箱子里啥也没有……最多……只有几本漫画！"

看门狗没有说话，只是在几米外冷冷地看着。从持枪的武装人员里走出一个队长模样的人，他把枪口死死地对准肖远的后妈，沉声道："你不要紧张，我们只是有些事需要你配合一下。"

肖远与他爸一脸惊恐地转头看向身旁的女人，而那个有些憔悴的漂亮女人微微晃了一下身子。

与此同时，陆辛将背包提在手里，准备随时向那个女人冲过去。他心想，她的第二张脸很可怕，相信也不会太好对付。让他没想到的是，面对着那些黑洞洞的枪口，女人的脸色忽然变得无比苍白。她背后那根鲜红的脊椎与恶毒的面孔都消失不见了，仿佛陆辛刚才看到的只是幻觉。她身子有些发软，站不稳似的摇晃了一下，喃喃道："果然来了，我就知道……我就知道躲不过……毕竟那样的事情……"说这话时，她已经将两只手举了起来，抱在脑后，并低声抽泣起来。

"啊这……"看着女人任由武装人员给自己戴上精神能力抑制器、防护面罩，然后顺从地被带走了，不远处的陆辛有些蒙了。怎么回事？他什么都还没有做，事情就结束了？

"走吧。"看见陆辛有些不甘心的样子，陈菁忍不住笑了，"不论她究竟是不是精神能力者，现在都逃脱不了了。城防部的审讯比我们严厉得多，我们只要等结果就好了。"

陆辛只好点了一下头。思索片刻，他忽然向肖远走去。

迎着肖远既疑惑又有些期待的目光，陆辛直接越过他站在了他父亲面前。

老肖总正一脸迷茫。

陆辛认真地看了一下这个老头儿，觉得有些失望，迅速拉过他的手握了一下："您好，肖总。见到您很高兴。再见，肖总。"

然后他径直转过身，跟着陈菁往车站外面走去。

老肖总呆呆地看着一群全副武装的人将自己的妻子带走，又呆呆地看着一个不认识的年轻人过来跟自己握手，转身离开。这时候，他终于问出了一句话："他……他是谁？"

此时的肖远也很蒙，好半晌才结结巴巴地回答道："如果我说……他是咱们公司的一个……一个小员工，你能信吗？"

第二章

娃娃

"怎么会这样？"跟着陈菁登上她停在车站外面的吉普车后，陆辛还有些疑惑，"为什么肖远的后妈会是那个让他做噩梦的人？她这么做，究竟是要害肖远，还是要害自己的两个孩子？"

"你是在试图理解她的想法？"陈菁一边转动钥匙一边道，"我们不是侦探，也不是心理学家，更不是社会怪异现象研究者。我们要做的只是把污染源清理掉，并且抓捕那些借助精神污染来违法乱纪的人，仅此而已。对他们的审讯、心理分析，都会有专人去做。你现在正在好奇的事情，很快就会有一份报告交到我们手里的。但我并不支持你去看这份报告，因为从理论上来讲，当你找到那个女人的时候，你的工作就已经结束了。如果你非要看，我也会给你一个忠告。通过这些报告，你总是可以看到很多超出你想象的阴暗面，如果你的心理承受能力不够的话，甚至会被那些阴暗的思想所影响。"她微微一顿，笑着补充，"其实，那也应该算是一种污染，只是我们不能用精神能力去对抗！"

领导就是领导，说话有水平。其实陆辛只是有些不明白那个女人刚才为什么表现得那么软弱，之前对付肖远身上残留的精神力时，他可没觉得她有这么"乖顺"。事情还有些疑问，不过，既然陈菁说了会有审讯报告交过来，那就等着看看也好。

见陆辛不说话了，陈菁笑着问道："对了，你还没有说呢，你是怎么看出来的？"

"对比她的精神力。"陆辛老老实实地回答，"另外，我也在她身上看到了精神怪物。"

"精神怪物？"陈菁有些好奇。

"对，就像是第二颗脑袋，长得一样，却很阴险……"陆辛仔仔细细地描述了一下。

陈菁是一个很好的听众，没有打断他，完整地听了他的描述。然后她下意识通过后视镜看了一眼后座，装作不经意地问道："这次来主城，你的家人有没有一起来？"

陆辛沉吟了一下，转头看向陈菁："我妹妹……"

陈菁闻言，身体下意识微微绷紧。

陆辛继续道："我妹妹没在我身边。"

陈菁立刻转头看向陆辛。

陆辛笑道："其实，我已经有一段时间没见到我的家人了。"

陈菁的目光在陆辛脸上停留了一会儿，完全看不出他有任何说谎的痕迹。她想起了白教授之前的分析："如果单兵的'家人'其实是他对自己所重构能力的一种认知，那么，随着他可以越来越娴熟地使用这些能力，他的'家人'一定会慢慢消失。"

"很好。"她点了点头，没有再说什么，准备开车上路。

陆辛忽然想起一件事来："等等，还有人呢！"

陈菁好奇地转头看了看他。

陆辛向车站方向看了一眼，道："壁虎还没来吗？他约我在车站碰头的。"

"壁虎？他早上就坐第一班车过来了。"

陆辛一怔："那人呢？"

"本来他说要在这里等着，和你一起过去……"陈菁抿了抿嘴，憋住了笑，"但是，当我告诉他，他的信息分析专员已经作为会议的工作人员，提前一天入住了举行会议的酒店，他就立刻打车过去了。"

陆辛撇了撇嘴："啊？他没等我？"

陈菁点点头："他甚至没想起要等你这件事。"

陆辛一下子不知道该说什么了。

陈菁笑着转动起方向盘："我直接把你送到召开会议的东海大酒店去吧。会议期间，你可以自己在主城逛逛，和同事们聚个餐。你是第一次来主城，若是有什么想问的，随时可以问我，虽然我并不喜欢做向导。"

"好的。"陆辛随口答应着。他一细想，又有点不解：那他是该问还是不该问？

这时候，车子驶进了一条崭新的大路。从副驾驶位向外看去，陆辛看到了一种完全不同于二号卫星城的环境——干净，整洁，拥挤，又疏离。这里的建筑高大而整齐，楼体外的玻璃反射着阳光，似乎让这个世界更亮堂了几分。路上的行人也都穿着得体，人流交织成了一片海洋，相互裹挟着走向各个不同的地方。

陆辛把脸贴在玻璃窗上，目不转睛地看着外面的人群。他忽然想到了一个之前想过很多次的问题：当初的孤儿院院长经常想起的红月亮之前的世界，难道就是这样的？主城与卫星城本质上似乎并没有什么不同，卫星城也有许多道路，许多车辆，许多人流。但主城的整齐与规律却有一种异样的魔力，让人下意识觉得敬畏，但又想亲近。

"喜欢这里的环境吗？"陈菁驾驶着车子，看到陆辛好久都没有说话，就笑着问了一句。

陆辛轻轻点了一下头。

陈菁沉默了一会儿，忽然好奇道："你现在在想什么？"

陆辛想了想，道："二号卫星城也会变成这样吗？"

"我们的目标不只是让二号卫星城也变成这样。"陈菁笑了笑，回答道，"另外，你能够看出这里和卫星城以及城外的区别吗？"

陆辛观察了一会儿，道："这里的人都等红绿灯，而且会走人行道。"

陈菁转头看向陆辛，郑重道："这就叫作秩序。有一位我很尊敬的教授说过，人没有了衣食之忧，就会向往爱情；一座城市没有了衣食之忧，就会期盼秩序。红月亮事件以后，虽然整个世界的秩序出现了一段时间的崩溃，但早晚还会建立起来的，就是这么简单！"

陆辛静静地听着陈菁的话，暗暗记下，然后开始思索一些别的事情。他感觉，他初来主城的感受是很珍贵的，应该留待安静的时候慢慢回想。此刻他在想，既然壁虎的信息分析专员铁翠已经在酒店里了，那么，他的信息分析专员韩冰呢？他不由得有些好奇。

与韩冰合作了这么久，他的脑海里早就已经勾勒出了一个年龄不大、活泼可爱又很善解人意的小姑娘形象，只是有时候，他想象不出这个小姑娘会梳什么样的头发，穿什么样的衣服。

陈菁仿佛能看穿陆辛此刻的想法，脸上露出了浅浅的笑意。她安静地开着车，载着陆辛穿过这座高大而整齐的城市，向城东区的东海大酒店驶去。

随着车子接近目的地，周围的景色开始发生变化，一栋栋银色高楼拔地而起，似乎天然带着一种凌厉的气质，还有郁郁葱葱的花园，铺着整齐、干净的石板的广场，以及宽阔平整、布满了哨卡的道路。

趁着陈菁不注意，陆辛偷偷整理了一下自己的衣服。很快，吉普车通过重重哨卡，驶进了一片宽阔的广场。广场的中心是一座看起来有三十多层的高楼，大门口有许许多多衣着整齐的人进出着。陆辛转头看去，很快就在门厅位置看到了一个熟悉的身影。

那是壁虎，他把头发梳得锃亮，穿了一套亮晶晶的灰色小西装。此时，他的身体扭成了一个夸张的姿势，笑嘻嘻地向身边一个身材高挑、气质清冷的姑娘说了些什么。那姑娘二十多岁，穿着一件冷色调的风衣，闻言向壁虎翻了一个白眼。他们身边还有一个穿着白色薄款羽绒服的长头发姑娘，她正在微笑，模样很甜美、乖巧，手里拿着一杯咖啡，不时向远处看一眼，好像在等什么人。

陈菁放缓车速，笑着看了陆辛一眼："到了。"

陆辛点了一下头，等车停稳，便打开车门走了下去。他不知道这次都会见到什么人，心里生出了一些期待感。

"哎，来了！"壁虎一转头就看到了从车上下来的陆辛，顿时笑着叫了起来。他一边笑，一边用力地向陆辛摆了摆手，然后与身边的两个姑娘一起向他走来。两个姑娘的表情有所不同，一个有些好奇，另一个则有些羞涩。

陆辛调整出一个合适的笑容，向壁虎摆了摆手，正准备走过去，突然"啪"的一声，头顶上方传来清脆的玻璃破碎声。他下意识抬头看去，只见一个拿着洋伞的女孩从顶楼跳了下来。她从高空中往下坠落的动作骇人又突然，随着她下坠的玻璃碴迎着空中的阳光，在她的身体周围折射出一道道五颜六色的光环，看起来有一种不真实的朦胧感。

还没等众人反应过来，女孩离地面就只有三四层楼的高度了。然后，她下坠的速度忽然放缓，手里的洋伞也撑了起来。"哗！"她的洋裙迎着风向上一扬，又慢慢落下。她就这么悬浮在了半空中。

女孩精致到几乎无可挑剔的五官显得有些木然，空洞的眼睛里却泛出了些许生气，直直地盯着陆辛。

突然，她露出了一个开心的微笑。

突如其来的变化使得周围的空气好像一下子凝固了，正打算走过来的壁虎与他身边的两个姑娘，以及刚刚打开车门的陈菁都定定地看着这个漂亮得不像真人的女孩慢慢地飘到陆辛的面前，对着他微笑。

"不好！"陈菁第一个反应过来，大喊道，"娃娃离开了安全屋！所有人立即撤离现场！注意，绝不可以直视娃娃，立刻撤到百米之外！"大声喊完，她立刻侧过目光，并迅速向后退去。

陈菁的喊话惊动了周围的许多工作人员，他们皆训练有素，有些人甚至来不及理解她话里的意思，就低着头飞快地向远处撤离。

紧接着，广播响起："现发出一级警报，即将对东海大酒店百米之内实行封锁，请范围内所有人员立刻撤到百米之外，或是就近选择酒店房间进行躲避，不可窥探周围。请注意，这不是演习，一级警报已经发出，所有人立刻回避！"

与此同时，看到壁虎还在呆呆地看着撑着洋伞的娃娃，他身边那个高挑的姑娘立刻一巴掌扇在了他的脸上，然后捂住他的眼睛把他往酒店里拖去。清醒过来的壁虎本打算挣扎一下，但又很快放弃抵抗，一脸惬意地被拖着走了。

与壁虎一样，周围那些反应慢了，没来得及躲开，这时候正痴痴地看着娃娃的人也被强行拖走了。

"这是怎么了？"听到陈菁的话，陆辛也在第一时间闭上了眼睛，准备向后退。但他只退了一步，后背就抵住了一个坚硬的金属物，是陈菁载他过来的吉普车。他无法再退，只能听见周围一阵混乱，旋即就一点声音也听不见了。

突然，陆辛嗅到了一丝淡淡的香气。这种香气绝不是花香，也不是香水、洗发水之类的香味。这是一种独特的香气，有些凉，甜丝丝的。他都不用睁眼，就能感觉到有个人正在慢慢靠近他，几乎快贴到他的脸上了。

"快！将酒店周围的所有监控画面都调过来，广播控制权限也调过来！

监控前的工作人员请注意，保持监控开启，但不要直视监控画面！"陈菁在酒店附近一辆临时的调度车里下令道。她紧紧皱着眉头，心里满满都是疑惑。她无法理解，一向遵守指令的娃娃怎么会忽然出现在陆辛的面前。尤其是，娃娃是打破顶楼安全屋的特制玻璃窗直接跳下来的，这说明她的心情……很迫切？

此前他们得到过韩冰的汇报，陆辛似乎曾经与娃娃说过一句话，且得到了娃娃的回应。这让特清部意识到，娃娃与单兵有着某种交流的可能性。但是，只是交流而已，像现在这样的强烈反应完全出乎他们的意料。

调度车里的一排电脑上很快出现了东海大酒店各个位置的监控画面，陈菁沉声道："不得我的允许，你们都不可以看向电脑屏幕。如果出了问题，我会立刻向你们开枪。"

听到她的话，车里的两位工作人员瞬间出了一身冷汗。特清部对娃娃有着一套严谨而细致的规定，其中有一条便是不可直视娃娃。这种直视一般指的是在没有障碍物的情况下直视娃娃，但是延伸开来，哪怕是通过监控画面，也不能确保不会有人受到娃娃的影响。

陈菁拿起对讲机，迅速吩咐道："狙击手注意，换上特制麻醉弹。如果有人试图对娃娃出手，立刻开枪！关键时候允许击毙……单兵除外！"

当陈菁条理清晰地做出一系列安排时，东海大酒店发生异常情况的消息传到了很多人的耳朵里。

正在城防部办公室里皱着眉头翻阅高级人才培训会议与会人员名单的沈部长气得差点将电话给摔了："我就知道，他们召开这样的会议，把这么多精神能力者集中在一起，肯定会出问题！但我怎么也没有想到，这么快就出了问题！"说完，他立刻拨通一个电话号码："启动应急程序，整个城东区戒严！具体要实施什么样的防御措施，还需要我提醒你吗？"

"我们一直试图让娃娃拥有和其他精神能力者一样的待遇，提前在东海大酒店顶楼为她打造一间安全屋，就是为了让她拥有会议的参与感。根据娃娃之前的表现来看，她喜欢这种参与感。另外，这么多精神能力者聚集在东海大酒店，谁也不能确保不会出现一些超出掌控的问题，安排娃娃待在这里也是一种保障手段，可以随时清除一些会对主城造成危害的因素。最后还有一个原因，那便是娃娃确实曾经对单兵的话做出回应。所以，特清部的陈教授打算在会议中期，寻找机会让单兵跟她接触一下。但出乎所有人意料的是，娃娃对他的反应居然会如此强烈。"

特清部的一间研究室内，下属第一时间对白教授做了汇报。

白教授放下正在研究的资料，静静地思索了一会儿，平静道："继续观察！"

"娃娃，你可以听到我的声音吗？你不应该离开安全屋的，可以请你现在就回去吗？"

虽然知道有人在靠近自己，但陆辛并没有感觉到什么危险，于是老老实实地闭着眼睛倚在车上等待着。果然，过了没多久，广播里响起了陈菁的声音，听起来很温柔，陆辛不记得她用这种口吻跟自己说过话。但是，周围仍然没有半点动静。他能感觉到，那种凉凉的香气仍然萦绕在他的鼻端。

又过了一会儿，广播里再次响起陈菁的声音："单兵，你可以听到我说话吗？"

陆辛抬起右手，比画了一个OK的手势。

"基于某些我们也不知道的原因，娃娃忽然对你产生了很大的兴趣，你不必紧张，也不要对娃娃表现出敌意。我会问你几个问题，你感受一下，通过手势告诉我。"

陆辛又比画了一个OK的手势。他并没有感觉到紧张，当然也不会随便对别人露出敌意。

"现在，你心里有没有什么异样……比如，对娃娃的喜欢，或是……"广播里，陈菁慢慢问道，"占有她的冲动？"

陆辛认真地感受了一下，抬起手来，用力地摆了摆。

"挥手力度不用这么大，你吓到娃娃了！"

陆辛只好乖乖地把两只手放到身侧。

"第二个问题，从娃娃来到你身边直到现在，你有明显感觉到情绪的变化吗？"

陆辛小幅度地摆了摆手。

"第三个问题，从刚才到现在，娃娃有没有对你说什么？"

摆手。

"第四，我能看到你正闭着眼睛，但刚才你看到娃娃的脸了吗？"

OK的手势。

调度车里，陈菁的表情渐渐凝重起来。她抬手看了一下腕表，又看了一下监控记录。从娃娃来到陆辛身前到现在为止，已经过去了五分钟左右。虽然陆辛闭着眼睛，但他在没有障碍物的情况下，已经与娃娃近距离待了五分钟。这几乎相当于直视娃娃的脸超过三分钟了。要是换作别人，这时候应该已经情绪失控了，但是陆辛什么感觉都没有……

陈菁沉默片刻，轻声道："现在，你可以睁开眼睛了。"

听了陈菁的话，陆辛有些好奇地慢慢睁开了眼睛。映入眼帘的是一张五官精致得挑不出一点瑕疵的脸，这张脸上看不见任何化妆的痕迹，皮肤白皙细嫩，嘴唇柔软浅红，眼睛大而无神，睫毛微微上翘。这张脸就这么对着陆辛，鼻尖几乎碰到了他的鼻尖。

"怦怦！"陆辛听到了自己的心跳声。他感觉自己的心脏一下子融化了，心里生出了无尽的渴望，就好像他所有的感情都变成了实质，全部的心神都系在了这个女孩身上。他的感情越来越强烈，越来越强烈，然后……他忽然清醒过来，奇怪的感觉瞬间消散。

他露出友好的笑容，向娃娃伸出手："你好，第二次见面了。正式介绍一下，我是单兵。"

娃娃好看的小鼻子掀了掀，似乎在闻陆辛身上的味道。对于陆辛伸出来的手，她只是低头看了看，好像有些手足无措。于是陆辛笑了笑，主动拉过她的手，与她握了一下。

娃娃垂眼看着牵在一起的手，大而无神的眼睛里有了一点神采，表情也生动了一些。

"单兵，你在做什么？你为什么要拉娃娃的手？"广播里传出陈菁紧张的询问声。

这话让陆辛有些脸红，他刚想解释自己是在跟她握手，陈菁却又道："将你的耳机戴上。"

陆辛反应过来，赶紧扯过自己的背包，拿出耳机戴在耳朵上。

一阵细微的电流声之后，耳机里传出了陈菁的声音："应急处理小组频道建立……现在进行测试……单兵，能听到我说话吗？"

"可以的。"

频道里的陈菁立刻发问："你现在看到了什么？"

陆辛看着眼前这个认真盯着他的女孩，小声道："看到她挺好看的！"

"……"陈菁沉默了一下才道，"我是问你，她有没有什么异常？"

陆辛想了一下，道："她像只小狗一样闻我身上的气味，算不算异常？"

"……"陈菁又一次沉默了。过了一会儿，她将清了思路，道："你先试试能不能与她沟通。注意，说话的时候温柔一点。"

陆辛思索了一下，小声问道："怎样算温柔？"

"……"陈菁第三次沉默了，然后道，"你现在的语气就算。"

"好吧。"陆辛莫名有点心虚，感觉领导对他的表现似乎不太满意。

但领导的话要执行，于是他抬头看向娃娃，还歪头打量了她一下。她穿着满是褶边的漂亮黑裙，黑色的头发十分柔顺，梳成了一个非常可爱的发式。她整个人悬在离地三十厘米的位置，给人的感觉好像摆脱了地心引力似的。

不过，距离她很近的陆辛可以感受到，她身边环绕着大量无形的精神力，是这种精神力让她飘在了空中。他不明白，她一直这样使用精神力，怎么会感觉不到疲惫？他暂时排除心里的杂念，认真地看着她，用一种特别温柔的口吻问道："你在看什么？"

娃娃眨了一下眼睛，没有回答陆辛的话。

频道里，陈菁压低声音道："这就是你'温柔地'和女孩子说话的方式吗？"

陆辛有些无奈："那我该说啥？"

陈菁沉默了一会儿，道："你试试看，能不能带她回安全屋。"

陆辛点点头，轻轻对娃娃比画了一下："跟我走吧。"

娃娃对陆辛的话没有什么反应，但是，当他转身向酒店里走去时，他感受到了轻盈的微风。原来是娃娃撑着伞，跟在他的身后。

无论是陆辛，还是正通过监控看着现场画面的陈菁，都松了一口气。

"进入大厅之后，右转，进入电梯间……乘坐电梯，去三十三楼。"陈菁通过频道给陆辛指路。

刚才还有不少工作人员的大厅里空空荡荡的，签到台孤零零地坐落在大厅里面，周围散落着文件与纸箱。仿佛是受到了娃娃精神力的干扰，大厅里的灯光微微闪烁起来，但并没有熄灭。这代表着娃娃的精神力很强大，也很稳定。

几部电梯都正处于无人使用的状态，陆辛按下上行键后，其中一部电梯很快打开了门。他先走了进去，然后等娃娃自己飘进来。撑开的洋伞几乎要接触到轿厢顶了，他见状提醒道："室内不要撑伞，会见鬼的。"

娃娃低头看了陆辛一眼，缓缓收起伞，身体轻轻落下，站在了电梯的角落里。

"这……"陈菁通过监控看着电梯里的场景，脸上是再次被震撼到的表情。

与此同时，陆辛与娃娃待在一起的画面传递到了很多人的眼前。看到娃娃的举动，他们无一不觉得异常惊讶："娃娃不仅听得懂他的话，还会按他说的做，这样……这样的情形……以前有没有出现过？"

白教授饶有兴趣地看着屏幕道："娃娃很少拒绝别人对她的请求，遇到不喜欢的请求也只是会装作听不见。但那些请求更像是一种指令，就像你教小狗坐下或握手，它能遵循你的指令来给出反应，却不明白你的话。而单兵与她的沟通，我感觉更像是一种交流，而不是指令……最明显的事情就是，以前很少有人可以让娃娃放下她的伞，或是让她站在地上，因为那会让她没有安全感。"

"既然如此，单兵为什么可以做到？"沈部长紧皱着眉头，通过电子屏幕低声询问。

另外几面屏幕上是刚刚接进来的特清部研究人员，负责娃娃的研究与引导工作的陈教授也在，他紧皱着眉头道："看起来并不像单兵的指令让她无法拒绝。"

"那么，这代表着……单兵可以代替那把伞给她安全感？"

所有人都在努力思索，陈教授则明显有些激动："先让他们回安全屋。我要提前进行她与单兵的接触实验……我孙子？让他赶紧去写作业！"

陆辛的耳机里并没有那些讨论声，他只是依着陈菁的指令将娃娃带到了三十三楼。他在电梯间里等了一会儿，听见外面沉重的脚步声渐渐远离了，这才带着娃娃走了出去。

他看到了一个用厚厚的玻璃造成的透明房间，占据了整层楼接近一半的空间。房间里有一堆堆玩具，墙上也装饰着各种可爱的卡通饰品。正中间摆放着一张欧式宫廷风沙发，沙发对面则是一台几乎占据了大半墙面的电视，电视里正在播放一些看起来很没有意思的广告，而且没有打开声音。

落地窗上有一大块玻璃明显是新换上去的，这应该就是陈菁让陆辛带着娃娃在电梯间里等一会儿的原因了。刚才娃娃看到陆辛过来了，直接打破落地窗跳了下去，所以陈菁先安排工作人员过来将落地窗修补好了。这种用钢化玻璃打造成的房间可以隔绝娃娃的能力，以免她影响到别人，却无法囚禁她这样拥有极高精神力的精神能力者。

"进入房间。"

陆辛在陈菁的指令下走进了眼前这个美得不真实的"卡通王国"，他左看右看，不知道该干什么。

陆辛正想问陈菁该怎么做，陈菁忽然惊讶地问道："你是不是没有脱鞋？"

"对啊！"陆辛立刻低下头，果然看到一尘不染的地板上有几个明显的鞋印。

陈菁怔了一下才道："娃娃有什么反应？"

陆辛忙转头看了一眼娃娃，然后就迅速脸红了："你们看不见吗？"

陈菁的声音顿时有些紧张："娃娃的安全屋里没有安装摄像头。快告诉我们，她在做什么？"

陆辛有些尴尬："她在脱衣服……"

陈菁大吃一惊："什么？！"

陆辛忽然松了一口气，向陈菁道："还好，只是脱了外面的裙子。"

"……"陈菁沉默了一下，用一种听上去平静自然、其实很紧张的口吻道，"你现在……直到现在为止，你有没有……想做什么的想法？"

"有的，"陆辛老老实实地回答，"我想把衣服给她穿上，不然太尴尬了……"

"这……"有很多人正密切关注着这件事，听到陆辛的话，他们面面相觑。

"把衣服给她穿上……"

某个车载屏幕前，正急匆匆赶往特清部参加紧急会议的陈教授微微沉吟了一下，道："让他不要乱动，等待我们的通知。"说完，他皱起眉头，自言自语："是我老了还是怎么回事？明明这是一个正常人该有的想法，但为什么我感觉他很不正常？"

领导让自己再等一会儿，陆辛只好无奈地照做。他看到娃娃褪去了身上有些厚重的黑裙，然后直接将其扔在了地上。此时的她穿着黑色的紧身衣裤，勾勒出了线条完美的身材。原本穿在脚上的精美的系带罗马靴也被踢到一边，露出了白嫩的脚丫。

在陆辛面前做这些，她显得非常自然，完全不像面对一个陌生人，还是一个陌生男人。

脱了靴子之后，她向陆辛走来，然后从有些紧张的陆辛身边走过，坐在了那张华美的沙发上。她抱着一个毛绒抱枕，静静地看起了电视。

电视上，一个表情严肃的男人正看着镜头，发出直击灵魂的拷问："请正视你自己，现在的你想要做什么？……"

"单兵，请继续汇报现在的情况。"才过了不到一分钟，陈菁又询问道，"娃娃现在在做什么？"

"她在看电视，看的还是广告……"

"呼——"陈菁明显松了一口气，"那就没问题。"接下来，频道里只有长时间的沉默。

"怎么就没问题呢？"陆辛忍不住嘀咕道。

此时的他拎着自己的背包，都不知道该放在哪里。这个房间太干净了，干净得不像是人住的，每一样东西好像都碰不得。他觉得自己与这个房间格格不入，都不知道自己应该坐在哪里，而这个房间的主人又明显不像是会招呼客人坐的类型。

陆辛实在太局促了，只好主动询问："我现在该做什么？"

"你现在……"陈菁的声音过了一会儿才响起来，带了一点不确定，"你试试能不能离开。"

"这就完了？"陆辛想了想，看了一眼正抱着抱枕看电视的娃娃，转身向房间外面走去。走了几步，他停下来，转过身，就看到娃娃已经站起来了。她抱着抱枕，有些舍不得放下，眼睛还在瞥电视，身体却朝着他。

陆辛有些无奈，向频道里说："我好像不能离开。"

陈菁过了一会儿才问道："为什么？"

陆辛回头看了娃娃一眼，长长地叹了一口气，道："她还挺黏人的。"

"挺黏人……"陈菁被陆辛的回答搞得有些反应不过来，她微微一顿，道，"那你先暂时留下，等候总部的决定。"

"哦，好。"既然领导都这么说了，陆辛只好答应下来。

见陆辛似乎打消了离开的念头，娃娃慢慢地坐回了沙发上，抱着毛绒抱枕继续看电视。

频道里没有人说话，这个房间的主人又不理自己，陆辛感觉有些无聊。站了一会儿，他走到一边，拖过来一个软软的棉球。这东西看起来可以坐，他将自己的背包放下，然后坐了上去。没想到这个棉球很软，他一坐下就往后摔去，还好他及时借用妹妹的能力，在快要狼狈地摔到地上时把腰一挺，以一种夸张的姿势险险地站了起来。

这动作幅度有点大，他的表情有些尴尬。沙发上的娃娃转头看了他一眼，他只好向她笑了笑。

娃娃的脸上没有表情，只是轻轻向旁边让了让。

"这是……让我坐在沙发上？"陆辛有些意外。

娃娃见陆辛没有动，又稍微往旁边让了让。

陆辛又打量了一下这个房间，空间倒是挺宽敞，但实在没有可以给第二个人坐卧的地方。这个房间的主人似乎并不期待客人的到来，所以，除了睡觉用的床，以及那张只有一米半长的沙发，没有任何可以坐的地方。一直站着也不好，于是他犹豫片刻，还是在娃娃身边坐了下来。

娃娃见他坐下了，稍微往他身边凑了凑，然后继续抱着抱枕安静地看电视。

陆辛不知道该做什么，也只好看着电视。

电视没有声音，但有字幕，一个戴着眼镜、打扮得文质彬彬的中年男子拿着一瓶健脑补肾丸，激情四射地向屏幕前的人演讲着："你想做什么，我还不知道吗？红月下的世界，人人都有压力。白天要赚钱养家，晚上精力不够，妻子抱怨怎么办？广大男人的福音，幸福生活的源泉，只要九十八……"

陆辛转头看了娃娃一眼，只见她眼睛大而无神地盯着电视，仿佛看得很认真。他试探着问："要不，我们换个台？"

娃娃转头看向他，脸上没有表情，很快又转了回去。

"看样子，她不是很想和我沟通……"陆辛心里正嘀咕着，就看到她又转了过来，手里拿着一个毛茸茸的东西。他反应了一下，才意识到这是一个套着白绒布料的遥控器。

"谢谢。"陆辛忙道。他接过遥控器，开始切换频道。

如今的电视上除了灾变前的影视重播，便只有青港城的新闻播报，以及各种各样的广告。很多广告都模仿的是红月前的模式，拍得还挺不错。陆辛连续换了几个频道，终于找到了一个播动画片的，他微微放大了音量。

"哦罗卡拿哦多哦多哟……"屏幕上的男人面无表情地说着。

陆辛觉得看这个比看广告好，但不知道房间主人的意见，于是小心地看了她一眼。然后他就发现，娃娃并没有看电视屏幕，她将遥控器给他后就低下头，用手指梳理着毛绒抱枕的吊穗，仿佛要将它们完全理顺一样。她的手指白嫩细长又圆润，但动作却有一种异样的呆滞感。

"记得壁虎说过，她是个憨儿……"陆辛看着这个长相挑不出一点毛病的女孩，心里回想着。

娃娃看起来其实很正常，只是莫名会给人一种感觉——她处于另外一个世界。在这个房间里看了几集动画片之后，陆辛的这种感觉越来越强烈了。差不多半个小时过去了，他没有听到娃娃说过一句话。她只是静静地坐着，梳理着毛绒抱枕上的吊穗。这个动作重复了半个小时左右，她才忽然站了起来。

正当陆辛惊喜地以为要迎来一些变化时，她默默地走到了一座用不同颜色的塑料小方块堆积起来的玩具屋前。她将小屋推倒，然后光着脚蹲在地毯上，慢慢地拼凑起来。塑料小方块堆得像一座小山似的，她一块一块地拿起又放下，仿佛可以一直这样做下去。

陆辛又盯着她的动作看了半个多小时，终于摇了摇头，道："真无聊啊！"

他的声音并不大，但娃娃忽然转头看向他，表情似乎有些不开心。

陆辛怔了一下，指着电视里的人道："我说他。"

娃娃又转过头，继续拿起塑料小方块拼凑着，看到不合适的就扔到一边。

就在陆辛感觉自己会一直这么无聊下去时，频道里终于有动静了："单兵，可以听到吗？"

陆辛立刻坐直身体："可以的。"

频道里，陈菁的声音很严肃："你现在有什么异常感觉没有？"

陆辛认真地感受了一下，道："这里挺闷的。"

陈菁的声音立刻响起，只是好像在跟别人说："这种感觉正常吗？"

陆辛很快听到另一个离得较远的声音道："只要不对娃娃有非分之想，就正常。"

"哦！"陈菁的声音再次响起，"单兵，你仔细听我说，娃娃是青港城最强大的精神能力者之一，但她同样也有很大的问题。她最早出现在青港城时只有五六岁，却差点引起整个城市的混乱。那时候，几乎有半个城市的人想要伤害她，又有半个城市的人不惜一切地保护她。最终是白教授用特殊寄生物品救下了她。从那时候开始，她就作为青港城的特殊精神能力者，帮我们解决了很多问题。"

陆辛点了一下头，又转头看了娃娃一眼。她看起来并不大，只有十六七岁的样子，但无论是壁虎无意中透露的信息，还是陈菁此时的讲述，都表明了她是一位资深的精神能力者。

"你之前与娃娃在二号卫星城见过一面，也知道她大概的能力……"陈菁接着道，"我现在要告诉你的是，随着娃娃年龄的增长，无论是她的能力，还是她的负面影响，都在增强，而且已经快要达到无法控制的程度了。所以，无论是在总部，还是外出执行任务，娃娃都需要待在一个单独的空间之中。

"正常人无法与娃娃沟通，但可以向她发出简单的请求。娃娃通常会答应这些请求，并很好地完成救人以及清理污染等任务。但是，到目前为止，她无法与人进行深度交流。你是目前唯一一个可以直接与她沟通的人，这说明你可以影响到她，而这种影响往往是相互的。现在请你认真回答我一个问题——当你看着娃娃的时候，你的心里会产生什么感觉？"

"感觉……"听了陈菁的话，陆辛的第一反应是借用"妈妈的视野"观察一下娃娃。不过这个念头很快便被否决，因为他可以从陈菁等人的态度中感受到娃娃对青港城有多么重要，从这个角度考虑，他觉得还是不要刺激到她为好。于是，他只是认真地看向娃娃，思考着陈菁的问题。

娃娃不停地拿起不同颜色的塑料小方块，看一眼之后就放到一边，再拿起另一块。她不停地重复着这个动作，整个人显得机械又木讷，让人很难理解。

但陆辛的心里忽然产生了微妙的触动，他慢慢开口道："我感觉……她很孤独！"

正当陆辛百无聊赖地看着娃娃不厌其烦地摆弄塑料小方块时，青港城特清部紧急作战会议室里召开了一场紧急会议。

参加会议的有青港城行政总厅主席苏信中、特殊污染研究院院长白教授、青港城城防部部长沈垒，以及研究院大脑神经学教授陈立清、神秘学教授袁勤勤，还有喜欢戴假发的新生代精神异变研究专家莫易、心理学专家贾梦怡等青港城五级以上高级专家人才。其中有不少人都是在听说发生了这么大的事情以后，扔下手头的工作临时跑过来的。陈菁作为紧急事件的信息对接人员，在东海大酒店附近的调度车里连线参加会议。

"娃娃五六岁的时候来到青港城，在我们这里待了十二年，从来没有出现过这种状况。"平时满脸和气的苏先生此时露出了罕见的严肃表情，认真地环顾了一圈，"所以，请各位给我一个答案，如今娃娃出现这样的异状，究竟是什么原因？会不会给青港城带来可怕的动荡？"

会议室里的气氛很压抑，人人都莫名紧张。

"现在没有标准答案，只有推测。"白教授轻声开口道，"娃娃对单兵的异常亲近可能和他们的精神力相近有关，精神力相近的精神能力者之间有时候确实会产生一种同类一样的亲密感。单兵的精神力我们已经确定达到了S级的水平，而娃娃的精神力等同于……无限，所以，他们产生一种精神上的吸引也很正常，我认为大家不必太紧张。"说着，他笑了笑，"毕竟，娃娃确实很孤独。"

　　会议室里的所有人面面相觑，微微放松了心神。苏先生的提问让大家感觉到了问题的严重性，白教授的解释则让大家不再那么紧张。

　　"我不赞同。"这时候，一个冷硬的声音响起，正是城防部的沈部长，"代号为'娃娃'的这个女孩早已被证实患有严重的自闭症，自闭症患者不会孤独，他们只是不欢迎别人进入自己的世界。"

　　白教授向沈部长看了过去，笑道："但如果外人闯进了他们的世界呢？"

　　沈部长微微皱起眉头，没有回答。

　　白教授继续道："一般的自闭症患者很难与外界接触，他们的精神处于自己的世界里。但如果真的有人进入了他们的世界，他们就会对这个闯入者产生一种情感依赖……或者说，这个闯入者会给他们带来无法取代的安全感。"

　　苏先生认真思索了一下白教授的解释，慢慢点头道："我仔细了解过娃娃的资料，从她的症状来讲，有人能够进入她的世界是一件好事。但无论是娃娃，还是进入她世界的人，都是强大的精神能力者，所以……"他微微一顿，接着道，"我需要你们给我一份风险评估报告。"

　　沈部长也轻轻点头："风险并不只是来自娃娃，单兵也是一个具有不稳定性的存在，如果他们彼此产生影响，甚至同时失控……这会惹出多大的麻烦？"

　　会议室里又沉默下来。能够参加这个会议的都是在精神异变领域有发言权的人，但是，因为这件事牵扯得太大，所以他们不敢像以前那样随便发言。

　　"我们必须承认，这件事确实超出了我们的预料。"这时，陈教授举了一下手里的笔，开口道，"让单兵与娃娃进行沟通，借此打开与娃娃交流的突破口，这个计划是我提出的，而且已经递交了申请报告。我定下这个计划的原因就是当初二号卫星城发生暴乱时，娃娃曾与单兵交流过。只不过，我们并没有意识到娃娃对单兵的反应会如此强烈。从上次的情形来看，单兵只是可以与娃娃沟通而已；而这次，娃娃却表现出了对他的强烈依赖。"

　　这些情况会议室里的人都知道，也是在那次交流之后，很多人才知道娃娃会说话。

　　"虽然这次见面娃娃的反应超出意料，但也不至于恶化。"陈教授顿了一下，继续道，"第一，单兵对娃娃的负面影响有着很强的抵抗能力，甚至可以说完全免疫。他已经与娃娃共处一室超过两个小时了，却没有任何情绪上的波动，我们可以就此推测，娃娃的负面影响不会影响到单兵的状态。第二，娃娃对单兵有着很强的包容性。就之前观察到的结果来看，娃娃有着严重的洁癖，以及其他典型的强迫症症状。但她可以容忍单兵不脱鞋进入她的房间，允许单兵坐在她的身边，甚至可以容忍单兵拿着她的遥控器换台，还取消了静音。无论是从哪个方面来说，这些都是正向的影响。"

一口气说到这里，陈教授才抬头看向会议桌上首的苏先生："所以，我有一个建议：既然他们已经开始接触了，那为什么不借这个机会提前实施我提出来的那个计划呢？"

苏先生闻言若有所思，指尖轻轻敲着会议桌。

"对于陈教授的这个计划，其实我是同意的。"沈部长开口道，"唯一让我不放心的是，这个计划需要单兵的配合，而他本身就有很多不确定性。另外，这个机会来得太突然了，你们确定已经做好了准备？"

白教授笑道："现在不是红月之前，没有那么多时间让我们做准备。"

沈部长看了白教授一眼，没有发火，似乎不认为这句话是对他的冒犯。

苏先生抬起头来看向陈教授，问道："你打算怎么做？"

陈教授站起身来，手里拿着遥控器朝前方点了一下："首先，我准备请单兵代我们问娃娃三个问题。"

会议室的投影仪上出现了画面，所有人的目光都被吸引了过去。

"三个问题？"

当频道里的陈菁提醒陆辛可以开始工作时，陆辛已经百无聊赖地看了两个小时的动画片。

待在这个房间里并不舒服，因为太安静了，陆辛又不好意思把电视开得太大声。这个房间的主人也并不喜欢与人交流，她只是蹲在地毯上，不停地拿起塑料小方块，将它们拼在一起，然后又不满意似的把它们给拆开。

半个小时前，有工作人员送来了晚餐，是一碟颜色丰富、圆圆的夹心饼干。虽然工作人员好心地多准备了两份，但陆辛还是觉得吃不饱。频道里的陈菁说这叫马卡龙，是一种灾变前很受欢迎也很昂贵的点心。但说真的，陆辛在吃的方面还是有自己的品味的，他感觉这东西根本不如鸡腿好吃。

好在陈菁终于告诉他要做什么了。

"喂……"陆辛向背对着自己的娃娃喊了一声。过了好几秒，娃娃好像才意识到陆辛在叫自己，慢慢转过头看着他。

陆辛复述着陈菁的话："你对现在的生活满意吗？"

娃娃像没听见似的，静静地看了陆辛一会儿，就转过头继续摆弄塑料小方块了。

"没有反应吗？"频道里，陈菁似乎有点紧张，也有点失落。他们准备了三个问题，这才第一个问题就进行不下去了吗？

"或许她只是没有听懂。"陆辛想了想，又看向娃娃，问道，"我的意思是，你过得开心吗？"

娃娃摆弄的动作停下了，她转过头，向陆辛露出了一个笑脸。然后，她用力点了一下头。

看着娃娃的笑容，陆辛感受到了某种冲击。那不是某种夹杂了情欲的渴望，而是一种因为感觉自己看到了这世上最美的画面而产生的生而为人、刻在基因里的触动，十分微妙。

因为这个笑容，陆辛沉默了几秒钟时间。然后，他轻声向频道里说道："她点头了。看得出来，她是真的觉得开心。"

"很好。"陈菁的回答很克制，但能够感觉到她的激动。一阵敲击键盘的声音之后，陈菁说出了第二个问题："你问她，喜不喜欢我们平时让她帮忙处理异常事件？"

有了第一个问题的经验，陆辛考虑了一下之后看向娃娃，问道："平时别人对你提的要求，你会不会觉得烦？"

娃娃愣了一下，眼睛直直地看着陆辛，有些紧张地摇了摇头。

"不仅不烦，还特别担心别人会以为她在烦？"陆辛看出了她的答案，正想告诉陈菁，突然心念一转，他忽然想到，娃娃回答的很可能不是陈菁问的问题，她把这个问题当成了他对她的询问。

于是，他解释道："我不是说我，我是说其他人。就像之前那样，二号卫星城出了事，他们就让你过去帮我们处理，这样的事情有没有让你觉得反感？"

娃娃好像听懂了，过了一会儿，她轻轻点了一下头。

陆辛得到了想要的答案，就向频道里道："她点头了，但是幅度很小。我不知道你们平时会安排她处理什么事情，但看得出来，她不太喜欢。从她的表现来看，好像也不是完全抵触……她应该只是不喜欢某一部分工作内容。"

陈菁敲键盘把他说的话记录了下来，忽然正色道："我听到你刚才问了两遍，是不是第一遍时，娃娃理解成了你以自己的身份在问她？"

陆辛怔了一下，暗自赞叹，领导的心好细！

"而从她的回答来看……"陈菁接着道，"是不是她对你提出的要求，完全不会抵触？"

"这……"陆辛有些愕然，好一会儿才如实道，"我不确定，但她的反应要好一些。"

"知道了。"陈菁没有再纠结这个问题，又道，"然后是第三个问题。你询问一下娃娃，她有什么愿望吗？"

听到这个问题，陆辛的心情变得好了一些。如果前面两个问题代表着他们想更好地把握娃娃的心理，以便更好地利用她的话，那么第三个问题就表示他们还是在乎娃娃的。

他笑着看向娃娃，轻声道："平时你一直在这里生活吗？那你有没有想做的事情？不是别人让你做的，而是你自己想要去做的！"

这个问题陆辛问得很用心，娃娃也听得很认真。她好像努力去理解了，然后她露出笑容，转头看向塑料小方块。

陆辛舒了一口气，道："她想做的就是玩那种塑料的小方块。"

陈菁道："那叫乐高积木。"

陆辛心想，领导就是领导，懂得真多。

接下来，陈菁沉默了好一会儿，似乎在忙着整理资料。在这个过程中，陆辛只好继续百无聊赖地看电视，并捏了一块小点心吃。虽然这种小点心又昂贵又不很合他的口味，但毕竟也能吃。

"很好，这三个问题都记录下来了，对以后照顾娃娃是个重要的参考。现在，我需要你帮我和娃娃沟通一个最重要的问题。"过了一会儿，陈菁的声音又响了起来，"娃娃的负面影响就在于她不懂得如何收束自己的精神力，也就是说，她是一个精神能力者，但她的表现却与污染源是一样的。而且，她的污染方式是最可怕的目视污染，这也是她不稳定的最大表现。"解释完了，陈菁才郑重道，"你帮我们问问，她可不可以收束自己的精神力量？"

陆辛闻言有些诧异，但还是慢慢地问道："你能控制自己的精神力量吗？"

娃娃歪着头认真地思考了一下，最后一脸茫然地看着陆辛。

"她无法控制自己的精神力量吗？"

会议室里起了一阵骚动，大家的表情都有些凝重。这个问题很明显正是所有人最担心的。

"下这个结论还太早。"陈教授整理了一下思路才道，"娃娃可能只是听不懂这个问题。因为她在成长过程中一直很少与人交流，旁人也无法教会她什么，所以她根本理解不了这些复杂的概念。对她而言，这种精神力量的散发是一种常态，就像我们会下意识舒展自己的身体，或者会直立行走一样。因此，即便单兵可以与她沟通，短时间内，她可能也无法理解收束精神力是什么意思。"

会议室里的人因为这番话陷入了沉思。苏先生关切地问道："也就是说，还是有希望消除她的负面影响的？"

"是的。"陈教授肯定地点点头，"这次接触可以说非常成功。我们证明了单兵确实可以与娃娃沟通，同时也得知了娃娃也是一个有着自己的喜恶、自己的情绪的小姑娘，她只是有些……不擅长表达而已。"他露出由衷的笑容，说出结论，"她与我们是一样的……人。"

大家都听出来了，陈教授甚至不愿用"自闭"这个词语来形容娃娃。平时就是他负责娃娃的研究与引导工作的，因此他对娃娃的感情很深，他是把娃娃当成自己的孙女来关心的。

苏先生适时问道："那你打算怎么实现最终的计划？"

"单兵的帮助很重要。"陈教授思索了一会儿，道，"随着年龄的增长，娃娃的精神力量越来越强大，已经快要超出我们能掌控的极限了。所以，我们当务之急就是让她学会控制自己的精神力。理论上讲，如果她可以收束自己无意识散发出来的精神力，那么她应该也可以像个普通女孩一样生活。"讲到这里，他似乎意识到自己说得有点远了，轻轻叹了一声，继续说重点，"让她学会收束自己的精神力量，需要我们的引导，也需要她自身的配合。所以，单兵的出现是一件非常好的事，他可以与娃娃沟通，这代表着他可以引导娃娃学习。在我们的配合下，让娃娃学会控制自己，降低失控风险，是非常有希望的。这样，娃娃的第二阶段——"

沈部长听到这里，忍不住打断道："让单兵去引导，那岂不是要让他了解娃娃的一切？娃娃的档案可是青港城的S级机密啊！"

面对沈部长的担忧，神秘学教授袁勤勤摇了一下脑袋："这有什么打紧？单兵的不也是A级吗？他俩差不多……"

沈部长气得眼睛里都要冒出火来了："保密等级是这么算的吗？相同的保密等级之间就不需要保密了？"

"好了好了，少安毋躁。"白教授笑着打了个圆场，"单兵如今是三级特殊人才，严格来说确实没有权限去了解娃娃的秘密，但他可以作为特殊行动人员提高权限嘛！再说了，别的没有数据支持的担忧暂且不理，在任务完成度这方面，单兵可是一直有着非常优秀的数据……这还不足以让我们相信他？"

沈部长皱了皱眉头，跟专家和教授吵架他就没赢过。

苏先生又问道："需要多长时间？"

陈教授道："那得看具体过程，现在还不好评估。我们如今能够肯定的只是这件事的发展迹象比我们预估的要好而已。诸位，惊吓变成了惊喜，这还不够吗？"

"呵呵呵……"会议室里响起了一片劫后余生的笑声。

苏先生也跟着笑了一声，然后道："回头再交一份完整的申请报告过来吧，我们研究一下。"

陈教授点了一下头。

这时，陈菁的声音从通信器里传出来："那单兵怎么办？"

"先让他陪着吧！"陈教授笑着打了个响指，"从目前的接触来看，他真是娃娃保姆团队领导的最佳候选人啊……"

"能陪着娃娃那么漂亮的女孩，他一定很开心吧？"

"那是肯定的！"

"还不能走吗？时间不早了啊……"被断言"一定很开心"的陆辛正无聊地瘫坐在沙发上。

虽然这个房间的主人长着一张世上最美的脸，有着比例最接近完美的身材，而且身为男人，他其实也有试着去欣赏一下的想法，但他知道自己正被很多人关注着，要矜持，所以他一眼都没有多看。

随着时间的流逝，他越发觉得无聊透顶，简直快要闷死了。他来到主城，明明是为了参加高级人才培训会议，顺便帮肖远解决问题，同时进入"第二阶段"，再和同事们聚一聚，见见自己的信息分析专员韩冰啊！也不知道壁虎他们是不是正开心地聚在一起喝酒聊天，更不知道此时韩冰是不是在这栋大楼里。别人都在开开心心地参加会议，他却只能在这里陪着一个全世界最漂亮也最无聊的女孩……

"唉——"陆辛长长地叹了一口气，目光从早就已经看不下去的电视屏幕上挪开。

娃娃仍然跪坐在地毯上，聚精会神地摆弄着她的积木。无论从哪个角度看过去，她都是一个接近完美的人，唯一不完美的是她不擅长跟人聊天。

"上面的决定下来了。"频道里响起了电流声，然后是陈菁的声音。

"怎么说？"陆辛一下子来了精神。

"我们希望你可以接受一个临时的委托任务，任务内容是陪伴娃娃。"

"啊？"陆辛不由得发出了一声疑问，声音有点大，娃娃立刻转头看了过来。他连忙摆了一下手，示意她自己没事。见她转过去继续摆弄积木了，他这才压低声音道："这算什么任务？"

"一个B级任务，"陈菁道，"无论是任务的重要性，还是相应的报酬，都是B级的。"

陆辛讶然。

"不过，这个B级任务只是前期准备工作而已。"陈菁严肃地补充道，"过段时间可能会给你一个等级更高的重要任务，这个重要任务需要你和娃娃多交流一下，了解她，也让她适应你的存在，所以才先有了现在这个陪伴任务。"她顿了顿，询问道，"你的意见是？"

"任务的话没问题，这是我应该做的。"陆辛认真地回答，然后看了娃娃一眼，小声道，"但我只能在这里待着吗？我已经好几个小时没上厕所了……"

陈菁愣了一下，忍着笑道："娃娃的房间里有卫生间。"

"可那是女孩子的卫生间啊！"陆辛有些尴尬，"我不能先离开一会儿吗？"

陈菁沉默了一会儿，似乎在看地图，然后道："房间外面有公共卫生间。"

陆辛皱了一下眉头，慢慢站了起来。他下意识放轻脚步向门外走去，一直到轻轻推开门，都没感觉有异状。他正觉得松了一口气，忽然闻到了一股凉凉的香气。他转过头去，只见娃娃已经默默地站在了他的身后。

陆辛摇了摇头，干脆大步地走了出去。他找到公共卫生间，先推开门，然后回身阻止要跟进去的娃娃："这里你不能进的。"

娃娃有些无辜地看着他。

陆辛挤出一个笑容："在外面等我，好吗？"

娃娃还是一脸无辜地看着他，他一狠心，决绝地扔下她，走进了卫生间。

过了一会儿，陆辛一身轻松地走出来，就看到娃娃正老实地在外面等着自己……

回到房间后，他无奈地向陈菁汇报："她一直跟着我，我上厕所都想跟着……"

"算是在意料之中。这是娃娃第一次对其他人表现出这么强烈的亲近感与依赖感，她不理解正常人之间的距离感，所以她可能会不懂得把握尺度。当然，娃娃可以遵循一些指令，但在我们制订出详细的计划之前，你还是不要发出指令为好，因为这可能会引发她情绪的不稳定……"陈菁耐心地解释着，最终给出结论，"所以，只好请你暂时迁就一下她了。"

"唉……"陆辛慢慢地叹了一口气，兴许是太无聊了，他都舍不得与陈菁中断谈话，"这个女孩——娃娃……她情绪不稳定了会怎样？"

陈菁沉默了一会儿才回答："娃娃保护着这座城市，但她也拥有摧毁一座城市的能力。"

陆辛闻言有些吃惊。此刻他正处于这座看起来庞大到足以包容一切的城市之中，从落地窗看出去，能够看到一片无边无际的灯光海洋。结合眼前的画面，他更能体会到这句话的可怕之处。

陈菁继续道："娃娃的档案是青港城的最高机密，你现在作为特殊行动人员，有知晓这个机密的权限，但你需要签保密协议。"

在陈菁说着话时，陆辛的背包里传出一声清脆的电子铃声。他打开背包，就看到平板电脑的屏幕上显示着一份电子合同。这种形式他没见过，觉得有点新奇。在陈菁的指引下，他在上面签了自己的名字，还按了手印。然后，他将这份合同通过局域网发送了出去。

"好了，请注意，接下来你听到的一切都是青港城的最高机密。"陈菁轻声开口道，"娃娃的精神能力资料上记载的是Ａ级，但实际上，她不只是Ａ级，或者说，她三年前是Ａ级。出于某种考虑，我们并没有公开她的精神力正在增长的事情，这是为了降低其他高墙城势力的戒备心。"

"我猜到了，不过……"陆辛不由得转头看了一眼又摆弄起积木的娃娃，"她怎么会这么高？"他心想，自己好像是Ａ级，壁虎才Ｂ级……

"你手边应该有精神检测器，可以检测周围的精神力量辐射……"陈菁冷静道，"你可以看一下。"

陆辛点点头："其实刚才我就看过了，好像是几百的数值。"

"看起来并没有那么高，对吗？这只是娃娃无意识散发出来的，如果她主动施展能力，数值会更高。"

"就算是这样……"陆辛暗暗计算了一下，开口道，"似乎也不至于有多高！"大概是先入为主的缘故，他始终认为，只有开心小镇女王那种才能算Ｓ级。

"娃娃的秘密就在这里。"陈菁慢慢说道，"如果只算本身，娃娃的精神能力应该定在Ａ级。但实际上，她的精神力量一直在增长。除此之外，她还有一个更可怕的地方——身为公主系，她的能力之一是可以借用周围人的精神力量，周围的人越多，她借过来的力量也就越多！换句话说，在人多的地方，娃娃的精神力是无限的。"

"什么？！"陆辛这下是真的惊到了。

"这也是最让我们头疼的地方……经过对娃娃的观察，我们可以确定一点：娃娃的负面影响范围与她借用精神力量的范围是一致的。她小时候的负面影响范围是大约十米以内，借用精神力量的范围也差不多。随着她年龄越大，这个范围也越来越大。早在三年前，我们就已经停止对娃娃负面影响范围的检测了，因为风险太大。

"但可以肯定，如果娃娃完全不受控制，或是有意施展能力的话，她的负面影响已经可以覆盖整个青港城了。同样地，她也可以借用整个青港城所有人的精神力。我们已经采取了各种各样的措施，但还没有任何方法可以确保在关键时候阻止她。即使是你们所处的安全屋，也只是在娃娃配合的情况下，隔绝她的精神力量辐射而已。之前你也看到了，只要她想离开，这种程度的安全屋她可以轻易摧毁。"

陆辛瞠目结舌。

陈菁轻轻叹了一声："如今，内部文件上对娃娃的评价是'青港核武'。"

"青港核武？"陆辛听着这四个字，莫名头皮发麻。他依稀记得，核武器是红月亮事件之前人类最强大的武器，但在红月亮事件之后，这种武器就很少被人提及了。

"所以，我这次的任务就是照顾一枚炸弹？"缓过神来的陆辛随意翻看着跟电子合同一起发过来的一份资料，这份资料的第一页印着"绝密"字样，他往下看却发现里面记录的大都是一些小事。

比如说"饮食"这一项：

娃娃吃的东西，造型和颜色一定要好看，味道要偏甜、偏淡。不可以有汤汁一类的液体，不可以有一碰就会弄脏手的食物。

娃娃只喝天然的清水，无论是果汁还是咖啡，她都不喜欢，甚至是白开水也不喜欢。

食物必须放在她看得见的地方，不然她会想不起来吃。

备注：娃娃小时候甚至不知道主动寻找食物，别人给她食物，她会吃；如果没有人给她食物的话，那么她就算饿死，也不会主动索取食物。

…………

看到这里，陆辛挠了挠头："这些事情我会注意的，不过我有一个问题：我的会议怎么办？"

频道里的陈菁微微一怔："会议？"

"对啊！"陆辛道，"高级人才培训会议嘛，不是明天上午九点签到吗？"

"你还惦记着开会！"陈菁忍不住笑了起来，"这个你不用担心，会议记录我会让韩冰整理之后发给你，就算是你参加过这次会议了。至于其他的……"她没有遮遮掩掩，直接道，"你是不是在关心第二阶段的事情？"

陆辛也坦诚道："是的。"其实这场会议要讲些什么他并不关心，他主要是为了第二阶段过来的。

陈菁利落地说道："目前我知道的是，准备工作已经开始进行了，我想很快就会有专员跟你联系。这件事的保密等级极高，即便是我也不知道究竟进行了哪些准备工作。这次我负责的主要是会议安保工作，外加娃娃这件事。当然，我会尽量协调，不让陪伴娃娃的事情耽误你第二阶段的进程。"

"哦，好！"陆辛下意识应着，又有些好奇地说，"我以为会是你负责第二阶段。"

陈菁笑了笑，道："这种工作不是我负责得了的。"

陆辛忙问："那是谁负责？"

陈菁沉默片刻，似乎是在斟酌可不可以说，最终她平静道："是白教授。"

"喜欢说名言那个？"

陈菁怔了一下，笑道："是的。"

陆辛不再多问。这位白教授他还是知道的，应该是陈菁的领导，也就是他领导的领导。根据"领导换算公式"，白教授差不多相当于清远集团的肖副总……

想起肖远，陆辛又询问道："还有一件很重要的事，肖远后妈的审讯结果出来了吗？"

"你还在关心这个？"陈菁有些意外。

"对，我总觉得这件事还没结束。这毕竟是我的任务，我想确保它圆满完成……"其实他是想找那个"热心肠"的造梦系帮忙，但这种事他不能告诉陈菁，毕竟这属于他的私心。所以，说出这话时，他有些心虚。陈菁这位领导很聪明，他担心她发现什么。

陈菁听了陆辛的话，却只是想起了之前他态度坚定地要出城追击骑士团的事。这件事让特清部的很多研究员认为，单兵是个很"倔"的人。她略作思考，然后道："审讯报告已经交过来了，但我还没顾得上看。如果你想负责这件事，我会跟上面说一下，如果上面同意，你就可以同时进行这两个任务。"

"好的。"到了这时，陆辛才算是真正放下了心。他微微伸了个懒腰，转头看向娃娃。她依旧跪坐在地毯上，认真地摆弄着积木。算算时间，她起码已经玩五六个小时了，居然一直没有腻？

陆辛又想起了她的称号"青港核武"，微微摇了摇头。这样一个漂亮女孩，看起来人畜无害的，甚至还有点可爱，怎么会有这种称呼呢？虽然陈菁的描述已经让他知道了她的可怕之处，但他还是无法将两者联系到一起。

话说回来，他只需要在这里陪着她，必要的时候替陈菁跟她说几句话，就可以完成一个B级任务，领取几十万的报酬，可真是赚到了！只是不知道要陪她多久，这个任务才算完成……

正当陆辛胡思乱想时，房间里的灯光忽然缓缓暗了下来。他正疑惑出了什么事，就看到娃娃轻轻抬起了头。注意到灯光的变化，她犹豫了一下，放下手里的积木，身形轻盈地飘进了卫生间。半晌之后，卫生间里传来了哗哗的淋浴声。

"啊这……"陆辛身体僵硬地走过去，替她关卫生间的门。临关门的一刹那，他看到水流下的娃娃正用一种不解的眼神看着自己。他赶紧收回目光，尴尬地比画道："要关门的！"

七分钟又十五秒后，娃娃穿着一身睡衣走了出来。她径直走到床前，钻进了被子里。

"她要睡觉了？"陆辛心想，有些不知所措，"那我去哪儿睡？"

"娃娃一直有着严格的作息时间表，她会下意识遵循。"频道里，陈菁的声音适时响起，"我已经在楼下给你安排好了房间，现在你可以去休息了。"

陆辛松了一口气，提起自己的背包，准备悄悄离开。不过，刚刚迈出步子，他就看到娃娃忽然坐了起来。看着准备离开的陆辛，她愣了一下，虽然有些不情愿，但还是慢慢掀开被子，准备下床。

"别动……"陆辛忙阻止她，"我也要去休息了。"

娃娃露出了迷茫的表情。

"睡觉……"陆辛耐心地比画了一个睡觉的姿势。

娃娃好像明白了，她轻轻向旁边挪了挪，留出了大半张床的空间。

"嗯？"陆辛蒙了。

频道里的陈菁忙问道："怎么了？"

陆辛沉默了一会儿，解释道："她在床上……给我留了地方。"

"什么？"陈菁有些慌乱，"这不太好……"

"是的！"陆辛表示认同，"我不习惯跟别人一起睡。"

陈菁一时无言，半晌后才道："你试试要求她留下来。"

陆辛点点头，认真地看着娃娃："你留在这里睡觉，不要跟着我。"

过了几秒钟，娃娃的嘴角往下一撇，似乎有些不开心了。

"看样子，我走不了了！"陆辛无奈地叹了一口气。

陈菁紧张地问："为什么？"

"因为她看起来想哭。"陆辛很负责地解释着，"你说过这个任务最重要的就是不要让她有负面情绪，如果我现在走了，她的情绪会变成负面的吧？"

"是的……"陈菁有些纠结，"但是你……"

陆辛大义凛然道："我今天就睡在这里吧！"

陈菁大惊失色，刚要跟陆辛说这样不合适，就听到他小声抱怨道："这沙发太小了，我都没办法躺下。"

一时之间，陈菁完全不知道该说些什么了。

"单兵真是个可靠的人呀……"

紧急会议还没有散去，整个会议室里的人都在通过一块画面模糊的屏幕看着陆辛。因为如今陆辛与娃娃接触的一举一动都非常重要，所以他们启动了热像仪进行观察，能够大体分辨出他们在房间里的举动。看着陆辛躺在沙发上的画面，大家都有些沉默。一阵安静之后，陈教授笑着给出了评价："本来我还有点担心，但是现在，我认为他完全值得信任。"

会议室里静悄悄的，没有人回应。

陈教授有些诧异："你们怎么了？"

"嘿嘿！"莫易笑了一声，"作为研究人员，我佩服单兵的敬业，但作为男人……"

唰！瞬间有无数道目光向他射了过去，其中，陈教授和袁勤勤的目光显得尤为冰冷。

莫易急忙抬手扶了一下假发，缩着脑袋不敢再说话了。

"有一点要引起注意……"苏先生笑着看了一眼莫易，旋即正色道："娃娃固然需要我们重点关心，但单兵的情绪也得照顾到。现在看来，他们两个是可以让彼此往有益的方向发展的。我最不希望看到的就是失去这种有益的局面。"

陈教授点头道："单兵的要求倒是不多，那个什么后妈是怎么回事？"

陈菁的声音通过通信器响了起来："是单兵接手的一个任务，作案的造梦系精神能力者已经被控制起来了，不过案件还有一些疑点。单兵习惯圆满完成任务，所以他关心这个任务的进度也很正常。"

"既然如此，那就交给他吧。"白教授干脆道，"单兵在任务完成度方面有着很高的评价，娃娃也在多起特殊污染事件中表现出了良好的服从性与执行能力，让他们一起去解决这样的任务，问题不大，倒是更方便我们对他们的观察。"

陈教授点头道："同意。"

"如果目标是造梦系，不是应该让看门狗去处理吗？"沈部长微微皱眉，提出了不同的意见。

"呵呵，老沈，不要着急，看门狗我另有安排。"苏先生笑着跟沈部长说了一声，然后看向陈教授，"老陈，你可以成立专门的观察小组了，尽管挑选你感觉合适的人。不过，挑剩下的也不能闲着，这次的高级人才培训会议关系到青港城以后发展的大方向，谁也不能掉以轻心。另外，更重要的一件事情是，海上国的专家团队明天中午应该就会抵达青港城了。"

此言一出，所有人都向苏先生看了过去，其中有不少人都面带惊讶。很明显，在这个会议室里，不是所有人都知道这个爆炸性消息。

"出于某些考虑，我们没有提前公开这件事，请大家见谅。事实上，这次的高级人才培训会议，某种程度上也是为了对接海上国的专家团队才举办的，他们带来了S级精神能力者的研究资料。"苏先生迎着众人的目光，从容地解释道，"带队的是海上国的第一任老舰长，无论是他的身份，还是他们许诺与我们分享的资料，抑或是海上国愿意与青港城展开友好接触并分享精神异变方面研究成果的行为，都值得青港城带着最大的诚意去欢迎……"他微微一顿，接着道，"并且提防。"

苏先生没有理会众人的窃窃私语，笑了一下，继续道："有朋友自海上来，我们要欢迎他们的信息交流与合作，也要提防他们不怀好意。所以，我的意见是，看门狗等B级以上精神能力者要临时抽调过来，陪着这支专家团队。另外，老沈那边也需要注意一下，要随时准备着将他们控制住。毕竟，在我们这个时代，招待朋友的时候，必须得有两手准备——一只手用来举杯，一只手用来端枪。"

第三章

海上国

"嘀嘀嘀……"背包里的平板电脑响起了信息提示音，惊醒了迷迷糊糊的陆辛。他拿出平板电脑一看，立刻来了精神。

"经过商讨，批准单兵同时进行两个任务，主任务为陪伴娃娃，副任务为调查陆唯唯女士许愿事件。注意要点：执行任务途中，需要照顾好娃娃的情绪，不可违背让娃娃执行任务的原则。"

对于特清部要求他带着娃娃一起做任务，他并不觉得为难。之前陈菁跟他讲过，娃娃是一位很可靠的精神能力者，"青港城守护神"的称呼可不是白叫的。在特清部的所有精神能力者中，娃娃的任务完成数量与完成度都名列首位。这么说，她估计攒下了不少钱……

陆辛拉回自己飘远的思绪，开始仔细翻看随着批示文件一起传过来的审讯资料，其中包括一段完整的审讯录像。出于效率的考虑，他先打开审讯报告看了起来。

根据这份报告的描述，陆唯唯——也就是肖远的后妈——被带到城防部的审讯室时极为配合，甚至没有对她进行必要的心理引导与威吓，她就急忙将自己遇到的事情都说了出来。肖远做噩梦的事情确实是她做的，但她并不是一个精神能力者。

看到这个结论，陆辛有些意外。他点开审讯录像，拖动了一下进度条，就看到在一个明亮的房间里，一脸憔悴的陆唯唯女士哭诉道："我真的没想这样，我也没想过会这么严重，我只是……我只是担心他接手公司后会对我的孩子不好……所以，当我听人说，有种许愿方法特别灵的时候，我就……就去了……我……我只是许愿让他疯掉或是出意外死掉啊！

"但是……但是在我许完愿之后，我很快就感觉到了不对劲。我开始每天做噩梦，梦到他像一个疯子一样，害了我的孩子……我甚至看到他……居然文质彬彬地……吃掉了我的……真的，我说的是实话，求求你们了，一定要帮我啊！我觉得他就是个魔鬼，他就是个疯子啊！你们一定要抓住他！"

看到这里，陆辛点了暂停。结合审讯报告来看，事情已经很明晰了，这起事件并不是普通的精神能力者害人这么简单，肖远做噩梦确实和他的后妈陆唯唯有关，只不过她不是精神能力者，她只是引来了一个污染源或精神能力者，借其影响了肖远。当初陆辛在梦境里看到的白色影子确实是她，但是，施展能力的并不是她。她应该是被借用了精神力，所以她看起来才会这么憔悴不堪。

那么，陆唯唯是怎么引来污染源或精神能力者的呢？答案就是"许愿"。她许愿让肖远疯掉或死掉，浑然不知事情根本不受她的控制，她得以自己的两个孩子为代价。

陆辛又打开详细的审讯记录看了下去：

> 陆唯唯交代，许愿一事是她在主城一位经营快消品运输的企业中层领导家里听说的。由于她和丈夫准备的礼品特别丰厚，再加上来自卫星城的他们说话做事都谨小慎微，所以，领导一家人对他们十分满意，和他们的关系十分亲近。
>
> 那位领导的夫人是信神的，有一次，她神秘地告诉陆唯唯，她信仰的神特别灵验，有求必应。之后某一天，听到丈夫说打算将清远集团正式交到肖远手上，陆唯唯心里十分恐慌，头脑一热，找到那位夫人，通过她的帮助许下了愿望。

陆辛继续往后翻，想看看后续的调查结果。他相信，以特清部的办事效率，那位夫人应该已经被抓住了。不过，翻到下一页，他却不由得眉头一皱。这一页只有一张报纸的照片，标题是"因丈夫出轨，女子毒杀全家后跳楼身亡"。

频道里响起了一阵电流声，然后是陈菁的声音："看完审讯资料了吗？"

"领导真厉害，居然知道我看资料需要多长时间！"陆辛心里想着，忙道："看完了，正打算再细看一遍。"

"不必浪费精力在这种小事上，你又不是侦探。"陈菁道，"有一整个小组的人在分析她所有的口供，真有什么发现的话，会立刻传送到你这里来的……现在我要跟你说的是带娃娃执行任务时需要注意的地方。"

陆辛怔了一下，道："好。"

"因为那幅名为《红月的凝视》的油画还没有得到最终的处理，所以你与壁虎出城时组建的特别行动小队还没有解散，娃娃会作为队员暂时加入这个小队，你仍然担任队长。"

陆辛惊讶道："她是队员？"他心里有句话没说出来："连壁虎都是副队长啊，他只是B级……"

"你觉得娃娃这种性格适合担任队长或副队长？"

陆辛恍然大悟，急忙点头："明白了。"

"身为队长，你需要了解队员，所以我现在告诉你让娃娃执行任务的三个原则。第一，娃娃的特殊能力使得她只可以待在特定的地方，比如她的专用车厢，以及支援小组为她准备的临时安全屋等。如果她暴露在人前，需要第一时间帮她遮掩。第二，用认真的态度与清晰的话语对娃娃提出要求，她就会进入工作状态。进入工作状态之后，你可以向娃娃下达指令，包括清理污染源或是精神能力者。但在没有必要的情况下，最好不要让娃娃出手，因为面对生命的逝去，她会表现出强烈的悲伤。第三，如果有人对娃娃表现出异样的情绪，保护娃娃的优先级高于一切。"

"感觉好像在控制一个机器人。"陆辛心里这样想着，嘴上答应道："好，我记下了。"

陈菁喘了一口气，又道："另外，娃娃不管外出做什么，都会有三个服务小队——或者说保姆小队——跟随在她的周围，但因为如今负责照顾娃娃的是你，所以这三个小队会隐藏起来。如果你需要帮助，可以叫他们出来。"

陆辛再次答应，越发感受到了青港城与娃娃之间的特殊关系。"还有别的吗？"

"关于娃娃的事情就说到这里。"陈菁道，"我刚刚收到了城防部传来的最新资料，是关于陆唯唯许愿事件的。将许愿的事情告诉陆唯唯的人名叫于晨，四十一岁，家庭主妇。虽然于晨已经自杀身亡，但特清部立刻排查了她的社交网络，现在就将筛查结果发给你。任务可以开始了。"

"这么快？"陆辛有些惊讶，他刚想到这个问题，特清部就已经筛查出结果来了。

陈菁的声音里带了些笑意："我之前跟你说过，我们不玩小孩过家家的游戏，能够用人力物力解决的，对我们来说都不是问题。"

"跟陈组长比起来，肖远这个领导确实差了一点。"陆辛暗自感慨，慢慢翻阅着刚刚发过来的筛查结果。

于晨是主城的一位家庭主妇，本职工作是照顾孩子，两个孩子都长大后，她的空闲时间就多了起来，时常与朋友聚会，或是参加一些活动。将许愿的事情告诉她的人应该就在筛选出来的这些人里吧？陆辛细细地翻阅着，感觉信息量异常庞大。

虽然繁杂的信息让人望而生畏，但陆辛耐着性子研究了下去。仔细看过一遍之后，他发现了一个有趣的现象——于晨的社交网络看似庞大得让人头疼，实际上，真正和她有来往的人并不多。简单来说就是，看起来很忙，实则朋友没几个。陆辛一边翻一边想着，哪些交集最有可能让她接触到"许愿"。

"在主城调查异常事件有一些必须注意的地方。"陈菁也在看这些资料，并适时提醒，"对主城来说，秩序与安全大于一切，所以，我们的调查行动应该更为迅速。比如，于晨接触了很多人，若是在卫星城，我们可以将这些人都控制起来，挨个儿审问；但在主城，就需要考虑到这样做的负面影响。当然，实际上，于晨出事之后，警卫厅早已逐个询问过他们了，并没有发现异常。"

陆辛点点头，继续往下看去，滑动屏幕的手指忽然停在了一个红框里，那是于晨曾参加过的一个课程。

"压力排遣与疏导？"资料上显示，于晨出事前对这个课程很感兴趣，一个星期起码会参加两次。

"这是青港城针对特殊污染事件防范而推行的系列工作之一。"陈菁解释道，"已经有足够的资料表明，压力与情绪是引发精神异常的常见诱因。所以，如何在解决温饱问题的同时帮助民众排遣压力，疏导情绪，也是很重要的课题。其中，正在着手准备的娱乐文化推广是一种，这种心理疏导课程也是一种。课程的主要内容其实就是通过一些隐晦的方式，告知大众精神污染的存在，并让他们逐步学习如何排遣与抵抗。你也知道，民众的情绪最难掌控，将精神污染事件公之于众，有极大概率会引发异常的混乱。所以，这等于是在不告知其真相的情况下，教他们保护自己。这样的课程已经在主城推行了一段时间，正准备向各大卫星城推广。因为这种课程处于城防部的监管之下，也受到了特清部的关注，所以有问题的可能性不是很大。"

陆辛稍作思考，问道："我可以去看看吗？"

"可以。"陈菁直接答应了，"于晨参加过的压力排遣与疏导课程明天上午十点钟就有一节课，你是希望将相关人员带到警卫厅来询问，还是明天上课时亲自过去？"陈菁做事一向雷厉风行，一言不合就要把人全带来问话。

陆辛道："还是明天上课时过去看看吧！"他现在没有计划，也没什么证据，只是想看看而已，直接带过来动静闹得太大了。

"好的，明天上午八点三十分，我会安排车辆在楼下等你。"陈菁利索地做出了安排。这让陆辛感觉出了陈菁和韩冰的不同，韩冰给出建议之后，他可以和她商量一下，比如八点三十分可不可以改成八点之类的。但陈菁毕竟是领导，他就没敢提……

第二天早上七点整，安全屋的窗帘自动打开，阳光洒进了屋内。陆辛睁开眼睛，坐起身来。与此同时，他看到床上的娃娃也坐了起来。

"早啊！"陆辛笑着向她打了个招呼，然后就拿起自己的背包，准备去外面的公共卫生间洗漱。

娃娃下意识想跟过来，陆辛阻止了她，并指了一下她的卫生间，耐心地告诉她："你在这里洗漱，我去外面洗漱，待会儿我就回来了！"他诚恳地保证着，"我真的会回来。"

娃娃静静地看着陆辛，好像理解了，露出了一个笑脸。

十分钟后，陆辛回来了，看到娃娃已经换回了黑色的紧身衣、紧身裤，抱着抱枕坐在沙发上。见到他，她向旁边让了让。

于是陆辛坐到她身边，打开电视，他们一起静静地看起来。

"尿频尿急怎么办？安康医院欢迎您……"

七点三十分，三个穿着厚重防护服的人推着一辆银色的小车走进安全屋。他们先是在陆辛和娃娃面前各摆放了一份早餐，然后一个人开始收拾房间，另外两个人一个帮娃娃梳头，另一个检查她的裙子。

陆辛的早餐是一份豆浆油条、三个茶叶蛋，用纸盒整齐地装着，看着很有食欲。这是他特别要求的。娃娃的早餐则是一种白色的糯米糕，但是外面没有那层容易粘手的粉状物。这是她的常规早餐。

"在服务小队的引导下，娃娃学会了简单的生活起居，比如回到安全屋后脱下厚重的裙子，睡觉之前刷牙、洗脸、洗澡、换睡衣，早上洗漱后换上干净的打底衫与裤袜，等着服务小队的人来给她穿上外面的衣服。"陈菁早已在频道之中等待着了，声音完全听不出来疲惫感，"但是，娃娃仍然应付不了太过麻烦的事情，所以，她仍然需要这个专业的服务小队的照顾。原本他们的任务只是照顾她的饮食起居，时间长了，他们甚至会给她设计好看的发型和裙子……"

陆辛转头看了看房间里的三个服务小队人员，他们都穿着厚重的防护服，从头到脚裹得严严实实的，是典型的支援小组的打扮。而他们做的事……嗯，也很符合他对支援小组一贯的印象——啥都会。

因为这也是任务的一部分，所以陆辛认真地观察着他们的工作，同时听频道里的陈菁讲解着："娃娃外出的时候，有三件东西是必备的。首先是她平时穿的衣服。衣服有七套，都是欧式宫廷风格的。之所以选择这种装扮，一是因为这种服饰用料够足，二是因为当初娃娃对这种风格表现出了一定的兴趣。我怀疑是因为她一直在看一些迪士尼动画片。

"这些衣服最外层的布料是新型玻璃纤维经软化处理之后编织而成的，与我们平时穿的防护服材质相同，只是更柔软，也更轻盈。这种布料可以帮助她隔绝部分精神力量，让她不至于在不经意间影响到靠近她的人。

"需要准备的第二件东西就是戴在她头发上的樱桃发卡。这个发卡内藏有一个微型精神波动检测器，当娃娃的精神辐射强大到了一定程度时，它就会自动发出警报，同时播放一段娃娃喜欢的音乐。这可以提醒周围的人迅速做出反应，并在某种程度上让娃娃下意识收敛自己的精神力量。曾经有人提出，可以用这种方法一步步引导娃娃完全收敛自己的精神力量，就像通过电击训练小白鼠一样，但这个方案已经被否决了。"

陆辛下意识转头看了一眼一边捏着糯米糕吃一边认真看着电视广告的娃娃，他觉得这是一个活生生的人，如果真有人像对待小白鼠一样来对待这个女孩，他是怎么也无法接受的。

察觉到陆辛的目光，娃娃转头看向他，思索片刻后将手里的糯米糕递了过来。

陆辛看着她吃了一半的糯米糕，没接，转而撕了半根油条给她。

娃娃把脑袋凑过来小心地咬了一口，露出了并不喜欢的表情，却还是咽了下去。看到这一幕，刚刚给娃娃梳了一个放在理发店起码值十块钱的发型的服务小队人员明显呆了一下。

"第三件东西是一款特制的玻璃纤维材质的隐形眼镜。"频道里的陈菁不知道发生了什么，还在为陆辛讲解着，"娃娃给人带来负面影响大体分为三种情况。第一种是在没有阻隔的情况下，只要处于一定范围内，就会受到她的影响；第二种是直视她的脸庞时会主动受到影响；第三种就是她直视某个人时，对方也会受到强烈的影响。这款隐形眼镜就是针对第三种情况配备的。

"有了这三项保护举措，娃娃基本上可以在街道上像常人一样行走，而不对周围造成影响……当然了，这只是从理论上来说，我们的原则是，该小心的还是要小心。"

"好的。"陆辛对此表示理解。

吃过早餐，陆辛与娃娃走下楼，沿途空无一人。楼下停着一辆高大的厢式汽车，车厢经过改造，内部镶嵌着一层玻璃，而且布置了暖色调的装饰。车子的驾驶座上坐着一个同样全副武装的人。

陈菁继续介绍："司机是娃娃专属服务小队的成员，不仅穿着专业的防护服，而且提前服用了控制自身情绪的药物。按照规定，他只能驾驶三十分钟，就要换成另一个人。其他的服务小队人员会时刻跟在你们周围，若有需要，他们会在一分钟内出现。"

"真麻烦啊！"陆辛听着这一条条细致到几近严苛的规定，不禁感叹了一声。

坐在他对面的娃娃忽然抬起头来，看了他一眼。

陆辛有些尴尬，忙指着前面的司机道："我说的是他。"

司机稳稳地开动了车子，通过后视镜看向陆辛的目光有些幽怨。

于晨曾经参加过的压力排遣与疏导课教室位于主城西部一栋大厦的十七层，半个小时后，车子在大厦前停下，正好是司机交接的时间。

"你在这里等我吧，我上去看一眼就下来。"陆辛提起背包准备下车，同时向车厢里的娃娃说了一声。

娃娃的脸上没有表情，很自然地站了起来，好像也准备下车。

"嗯？"陆辛有些不解地看着这个垂着头不说话的女孩。

频道里，陈菁尽职尽责地解释道："娃娃听到她不喜欢的话时，会装作听不见。"

"嗯——"陆辛觉得需要重新审视一下这个女孩了，"你把她说得这么笨，其实她也不笨啊，还会装傻呢！"

"娃娃本来就不笨，只是不擅长与人交流。"

"好吧！"陆辛认真地考虑着，"如果带着她，会不会对我的工作造成影响？"

"不会的。"陈菁轻轻地笑了一声，"别忘了，娃娃可是一位任务完成度很高的精神能力者。"

"这个……"陆辛的心里产生了一丝怀疑，"她也可以进行特殊污染事件的调查？"

"当然不能。"陈菁道，"但娃娃会很安静，不对你的调查任务造成影响与阻碍。很多时候，你可以将娃娃当作一个处理特殊污染事件时最可靠的打手！"

花了几秒时间，陆辛才接受了"娃娃=打手"这件事。没办法，只能带着她了。

"如果娃娃要跟随你进行调查任务的话，那你需要记住……"陈菁考虑了一下，又耐心地提醒着"保姆业务"并不熟练的陆辛，"理论上讲，只有在一定距离内、没有障碍的情况下看到娃娃的脸，才会出现异样的情绪。但是，有证据表明，与娃娃处于同一空间太久，也有一定的概率受到她的影响。你要尽量提醒娃娃，在遇到人时用伞遮住自己的脸，这一点她自己也知道。另外，如果有人被娃娃吸引，主动接近或跟随她，你需要及时阻止。最后，尽量不要呵斥娃娃！"

陆辛顿时有些紧张："呵斥了会怎样？"

陈菁顿了一下，道："她会伤心。"

"好吧！"陆辛嘟囔着，"你们让这么危险的人处理特殊污染事件，真的好吗？"

"只要遵守与娃娃相处的原则，她的失控风险是非常低的！"陈菁道。其实她想说"你的失控风险比娃娃还要高"，但是她忍住了。

陆辛推开车厢镶嵌着防弹玻璃的侧门，轻轻跳了下去。阳光照在头顶上，感觉很舒服。背后有轻盈的落地声响起，然后从后背处传来一丝丝清凉的感觉。是娃娃跟着他下来了，而且没有飘着。

"走吧！"陆辛转过头向娃娃笑了笑，率先向大厦里面走去。

先行的服务小队人员应该已经打过招呼了，陆辛畅通无阻地与娃娃一起进入电梯，向十七楼升了上去。

电梯升到七楼就停了下来，有人在等电梯。

陆辛向电梯外和气一笑："我们有事，请你等下一趟吧。"

对方是个嘻哈风打扮的男孩子，闻言嚷道："凭什么啊？"

陆辛从背包里拿出枪，给他看了一眼。

男孩子哆嗦了一下："我……我不急。"

"谢谢。"陆辛向他道谢，然后按了关门键。

电梯继续向上升去，娃娃有些好奇地向陆辛看了过来。

"没事，放心。"陆辛友好地向她笑了笑，轻声安抚。

娃娃点了点头，然后垂下脑袋，静静地倚在电梯壁上。

"先生，你好，我一直在等你……啊！"到了十七楼，一个身穿西装的中年男子满脸堆笑地迎了上来。他脸上泛着些许油光，带着一种让人如沐春风的客气，但见到陆辛，他一下子僵住了。

陆辛看到眼前这个人，也有些意外："你居然还开辅导班？"

中年男子脸上的肥肉明显抖了一下："这是刚开展不久的新业务……单兵先生，你怎么来主城了？那十万报酬我已经给你汇过去了。"

陆辛平静道："我知道，谢谢你。"

眼前这个中年男子居然是陆辛打过交道的熟人刘经理，当初在二号卫星城，陆辛的第一个私活儿就是从他这里接到的。刘经理人很不错，与陆辛有一个复古打火机的交情。

"看样子，你还记得他。"频道里，陈菁笑道，"当初他给你介绍了许家父女的业务，后来引出了一连串的污染事件，因此，城防部对他所在的机构进行了严格的调查。他的很多同事都被关了起来，不过他挺干净，只是问询过几次就放出来了。原本沈部长打算直接取缔这类机构，甚至想对他们进行记忆清洗，但在白教授的建议下，沈部长接受了这些人的存在。毕竟，精神污染事件层出不穷，仅凭特清部，以及归特清部调遣的调查小组，很难把每件事都处理得面面俱到。所以，他们的存在相当于对我们工作的一个补充。"

陆辛点点头，向刘经理道："进去看看吧！"

"好，好。"刘经理是一个待人接物都非常大方自然的人，但在陆辛面前，他却有些慌。他一边在前面引路，一边掏出手帕擦了擦额头。走了几步，他故意放慢脚步，转身敬了陆辛一根烟，然后顺势与他齐肩向前走。

"谢谢。"陆辛接过烟，并顺手拿出了复古打火机。

刘经理看得一阵牙疼。

"单兵先生，我们现在做的可都是合法生意啊！"他一边走，一边介绍道，"当然以前也是合法的，只是在上报这个环节出了那么一点点纰漏……唉，也是因为这个纰漏，我上面的好几个人都被迫去开荒了！现在，我们重新调整了工作模式，一方面遵循城防部的指示，免费为大众提供心理辅导，帮助他们预防精神污染，算是造福社会；另一方面深入大众之中，一发现不好的苗头，立马跟上面汇报！比如，上次警卫厅的人一来，我们全部配合调查，结果没有任何问题……"

陆辛微微皱了一下眉头，直接问道："你是不是做了什么亏心事？"

"啊？"刘经理大吃一惊，连连摆手，"没有没有，怎么会呢？"

陆辛诧异道："那为什么我感觉你有些心虚？"

刘经理额头上的冷汗滚下来一层，心道："我是心虚吗？我明明是害怕！"

还好陆辛只是对他的异常反应提出了合理的怀疑，在没有证据的情况下，他没有再多说什么。

陆辛一边留意着身边的娃娃，免得她不小心露出了自己的脸，一边向前走去。很快，他便走到了一扇玻璃门前，门后就是做心理辅导的教室。教室里人很多，大都是妆容精致的中年妇女，其中也有一些精神较差、正襟危坐的年轻男女。教室前面是一块硕大的写字板，一个穿着衬衫、戴着金丝边眼镜的男子正在授课："大家一定要注意，不要将'精神病'当成一个骂人的词语，也不要觉得它难以启齿。其实它与感冒、发烧、脚气……是一样的。这就是一种病，需要调养、治疗，更需要正视……"

听课的人都一脸呆滞，也不知道是不是真的听进去了。

刘经理擦了擦汗，向陆辛道："听听，讲得多好啊！"

陆辛点了一下头，朝教室里面看了一眼，然后默默走到一边。

"这就要走了吗？"刘经理明显松了一口气，脸上已经堆起了送客的笑容。

"还要等一会儿。"陆辛看了他一眼，脸色平静，按住戴在左耳上的耳机道，"陈组长，这里有问题，我看到了两个精神有异样的人。请问我是直接将他们清理掉，还是先带回去？"

"什么？"刘经理愣了一下，表情紧张。

"确定？"似乎是因为陆辛的口吻太过冷静，陈菁反应了一下才急忙问道。

陆辛再次向教室内看了一眼："确定。"

"控制局面，暂时不要打草惊蛇。"陈菁立刻下令，"特遣小队，立刻上去。通知城防部，立刻封锁整栋大厦。还愣着做什么？出事了！"

整栋大厦内忽然警铃大作，电梯快速上升，两个全副武装的特遣小队成员从电梯里冲了出来，把守住这层楼的出口。紧接着，电梯被锁住，楼梯间里则响起了一连串沉重而迅疾的脚步声，一队武装人员冲了上来。大厦上空也很快响起了轰隆隆的螺旋桨转动声，有枪口直接对准了这间教室。

刘经理早已吓得面如土色，不等冲上来的武装人员说话，就主动抱着头蹲在了地上。他太慌了，烟都撒了一地。

就连娃娃似乎也被这个场面影响到了，看了陆辛一眼。

陆辛向娃娃笑了笑："不要紧张，现在还没到你动手打人的时候。"

娃娃老老实实地点了一下头，倚在墙上，静静等待。

"单兵先生，有问题的是谁？"特遣小队的队长走过来，急声询问。

"你们看不出来吗？"

陆辛站在教室门口，向里面看去。在这群因为特遣小队的出现而又惊又慌的人里，有两个看起来明显与其他人不同的人。一个是穿着羊绒衫、烫了头发的中年妇女，她的肩膀上趴着一只软绵绵、看起来好像扒了皮的血肉一样的怪物，怪物的身体上裂开了一道缝隙，那道缝隙里则露出了一只眼睛，正阴冷地窥看着周围。另外一个则是穿着休闲运动衫的男孩，他看起来也就十八九岁，运动衫的拉链直接拉到了下巴处，显得有些难以接近。他的头顶上裂开了一道缝隙，里面长出了一条颜色鲜艳的蛇状触手，仿佛一根软绵绵的舌头，正不停地在旁边两个女人的身上晃来晃去，但那两个女人似乎一点也没有察觉。

"第四排穿着羊绒衫的阿姨，第二排穿着运动衫、看起来好像没有睡醒的男孩。"陆辛平静地说出了他们的特征。这幅画面很有冲击力，他一眼就看到了。

特遣小队立刻持枪向教室里走去。陆辛随手将自己的背包递给娃娃，娃娃看了一眼便接过去，拎在手中。他做好了顺着墙壁冲过去抓住那两个人的准备，因为有这种异常的人一般都不见得会老老实实地就范。

"喂！你们干什么？"

"别拿枪乱指人，你们凭什么抓我？"

不过，有些出乎意料的是，对这两人的捉拿居然异常顺利。那个中年妇女一看到枪口对着自己的脸，顿时吓得身子都软了，一个劲儿地大喊着"搞错啦！搞错啦"。直到被人戴上了精神能力抑制器与防护面罩，她都没有反抗。她肩膀上的那只血肉怪物也在特遣小队围过去时缩进了她的体内。

穿着运动衫的男孩则脸上一慌，扯着嗓子大叫起来："干什么？干什么？俺爹可是行政厅的后勤处长！我跟你们说，你们都别动我，不然吃不了兜着走——"

"走"字还没说完，他就被一个武装人员踹到了地上，被死死按着戴上了精神能力抑制器。

"就这么简单？"陆辛不由得皱了一下眉头。三秒钟内完成的抓捕行动让刚刚活动完手脚的他显得有那么一点尴尬。

与此同时，押着那两人往外走的队长已经在汇报了："两人已被控制，没有检测到精神力异常，准备押送到城防部进行进一步的检测，并展开突击审讯！"

"单兵，你是通过什么方式查出他们的异常的？"频道里的陈菁立刻严肃地问道。

"我没有查呀！"陆辛反应了一下，老老实实道，"我是直接看到的。"

陈菁愣了一下，道："仔细告诉我，你看到啥了？"

"就是……看到他们身上有东西！"陆辛慢慢解释着，"就像之前的陆唯唯一样，他们身上也有那种明显的异常，虽然形状不一样，但感觉好像是一种风格的！"

"之前是一个，现在是两个！"陈菁有些担忧，"已经扩散开了吗？"

正当陆辛考虑着下一步应该怎么走时，陈菁又沉声道："针对他们的突击审讯会照常展开，但我有一种不好的预感。单兵，你立刻前往其他心理辅导机构，尽可能排查清楚！如果这其中真的有什么问题，那么其他地方也有很大隐患。审讯结果我会发给你。"

听到陈菁这么说，陆辛立刻警觉起来。"你们跟我走。"按照陈菁的吩咐，他直接向特遣小队的队长说道，同时看了一眼正抱头蹲着的刘经理，"带上他。"

"我真不知情啊！"刘经理急忙抬起头来，哭丧着脸说道。

"没关系！"看到他这么紧张，陆辛只好安慰他道，"你现在只是……被征用了。"

在陈菁作为信息分析专员兼调度专员的情况下，陆辛很快见识到了主城的反应能力。当他走下楼时，他和娃娃的车辆已经准备好了，另有三辆黑色的越野车停在旁边。警卫厅的两个小队刚刚赶到，他们会与支援小组的人一起将这栋大厦封锁。虽然那两人已经被抓走了，但剩下的人也要接受严苛的检测。

厢式汽车响起消防警铃，一路畅通无阻，火速抵达第二个心理辅导机构。陆辛跟着特遣小队上楼，只看了一眼便指出了三个身上有精神怪物的人。特遣小队二话不说便将他们通通拿下，并像方才那样将整栋楼封锁住，然后前往下一处。

陆辛在第三个机构里发现了四个身上有精神怪物的人。

"有问题的人怎么会这么多？"连续抓捕了快十个人，不论是陈菁还是陆辛，都感觉到了不对劲。

此时，陆辛正在厢式汽车里通过车载屏幕看陈菁审问刘经理的画面。

陈菁一脸凝重地问刘经理："心理辅导是不是出了问题？"

"怎么会呢？"刘经理冷汗滚滚，"真的没有啊，我们的一切都是合法的！"

陈菁沉声道："现在不是你叫屈的时候！告诉我，你们平时都会安排一些什么样的课程？"

"都是……都是经过特清部和城防部批准的啊！"刘经理颤巍巍地回答，"就是精神类疾病的科普、压力排遣的小妙招之类的。另外，我们也鼓励学员之间友好交流、互相倾诉……啊，对了！有些时候，他们还……"

"还怎么样？"

"还会聚在一起，喝喝酒、骂骂人什么的！"

陈菁闻言，眉头瞬间拧了起来："你们鼓励学员骂人？"

刘经理几乎要流出泪来："凭良心讲，还有什么比背后骂人更解压的？"

陈菁不再追问刘经理，心情凝重。实际上，这时候所有人的心都紧张地提了起来，不敢想下一个地方会有多少不正常的人。

然而就在这时，陆辛忽然喊了一声："等一下。"

厢式汽车的司机掌心出汗，急忙停车，后面的一排车都跟着停了下来。陆辛打开车门走了下去，此时他正位于一条车水马龙的大道上。

大道的一边是一座大型商场，一个女孩正坐在商场外面的凉椅上，边喝着饮料，边与对面的男生讲着什么。她的头顶上生长着一朵妖艳至极的食人花。另一边，一个环卫工人正拿着扫把扫地，身上的大块肥肉流到了地上。一辆车从旁边驶了过去，驾车的男人脸上长着两张嘴，贪婪地看着坐在身边的女人。保安亭里，一个身体裂成了两半的保安正笑着打开护栏。

陆辛感觉有些眩晕，似乎阳光变得很刺眼。他甚至不知道自己是在主城，还是已经进入了鬼域。

"出了什么事？"察觉到陆辛的不对劲，特遣小队的队长下了车小跑过来，紧张地看着他。

陆辛被他的声音唤回了现实。沉默了一会儿，他轻轻指向远处，道："对面凉椅上那个穿着浅蓝色裙子的女孩，后面三十米外正在扫地的环卫工人，刚刚驶过去的车牌号为青·87467的SUV的男性司机，还有前面那个保安亭里的保安……"顿了一下，他才道，"他们全都有问题。"

"这……"特遣小队的队长听了这话，怔住了。

频道里的陈菁沉思片刻，微微咬牙："全部抓捕！"

看着十几名特遣小队成员跑向自己刚刚提到的那几个人，陆辛倚在车座上，拿出打火机点燃一支烟，深深地吸了一口。

"你真的要将他们全部抓起来吗？"他询问着频道里的陈菁，声音有些低沉与不确定。

"如果他们有异样，自然要全部抓捕起来，并进行必要的隔离、询问和检测。"陈菁的语气异常坚定，"只有确定了他们百分之百安全，才会把他们放出来。"

"可是……"陆辛缓缓揉了一下脸，慢慢抬头看去。这里是主城繁华的城中心，街上行走着大量形形色色的人，高耸的写字楼里也有无数人正在忙碌。这里有着最热闹的商场、最高档的酒店，以及最密集的人群。

但陆辛却看到，这密集的人群里不知有多少人身上长出了各种各样的怪物。这些怪物以贪婪而诡异的目光打量着周围的人，可能是因为没人可以看见它们，所以它们越发张狂，越发兴奋，仿佛整座城市都是它们的猎物。无人察觉到它们的存在，所有人都开心或忙碌地做着自己的事，走着自己的路。陆辛看着热闹的城中心，感觉像在看着一片鬼域，无穷无尽的怪物给人一种压抑而恐怖的感觉。

"如果你真的要抓的话，"陆辛的声音有些沙哑，"恐怕要多派些人过来了！"

仿佛从陆辛的话里听出了什么，陈菁的心脏一缩。

差不多同时，青港城东海岸，一艘经过改装的巨大货轮停在了远处的港口上。不久，三辆车自港口方向驶来，一路前行，然后在两排武装战士的注视下径直驶上了一座钢铁吊桥。

"欢迎叶老，我们已经恭候多时了！"苏先生与白教授笑着上前迎接从车上下来的人。

三辆车上一共下来了七个人，他们大都穿着海蓝色的制服，只有两个人的穿着略有不同：一位老人穿着西装，拄着拐杖，看起来气质儒雅，旁边一个护士打扮的女孩扶着的金属支架上挂着一瓶药，塑胶管顺着瓶口延伸到了老人的手臂上；还有一个沉默寡言的年轻人，他看起来非常普通，之所以能够引起旁人的关注，是因为他披着一件红色斗篷。他的身形瘦弱得好像风一吹就会倒下似的，从斗篷的帽子里露出来的小半张脸也是苍白瘦削的。

苏先生与那位老人握手，温和地笑道："听闻海上国的专家团队要过来分享最新的科研成果，我们青港城表示热烈欢迎，一收到你们的电报，就安排团队参会了。"

"还是要感谢苏先生给我们这个机会。"老人生满了老年斑的脸上露出了温和的笑容，然后看向白教授，笑道，"这位就是大名鼎鼎的白教授吧？我听说了你在联盟会议上的表现，你那份关于特殊精神类型研究的报告深受欢迎，已经出版成册，在海上国流传开来了。"

"呵呵！我们进去说。"苏先生大方、热情而客气地邀请对方进入青港城。一行人说说笑笑，气氛十分融洽。

"有没有什么发现？"

在钢铁吊桥不远处的一栋大厦里，身上穿着军装的沈部长正冷漠地看着监视器里的画面，他的目光从那位打着吊瓶的老人身上扫过，最后落在了披红色斗篷的年轻人身上。

在他的身后，一排同样穿着军装的工作人员面对着铺满整面墙壁的显示屏，一边分析着屏幕上的数据，一边用笔做记录。一位工作人员汇报道："跟随在苏先生与白教授身边迎接海上国专家团队的共有三位精神能力者，其中看门狗最擅长感应旁人的精神力量，但他并没有传递回特别的信息，这说明他并没有在那七个人身上发现异常，就算有，也在掌控范围内。而根据我们布置在钢铁吊桥旁边的检测仪器的反馈数据，可以确定七人之中只有一位精神能力者，便是那个披着红色斗篷的年轻人，其精神量级处于六百至八百之间。海上国靠岸之前传过来的资料显示，他名叫申明，是海上国的一位研究员。现有数据尚无法分析出他的精神能力体系。"

"能不能看出他的精神能力体系并不重要。"沈部长面无表情道，"我需要确认的是他们是不是真的过来交流学术的，以及如果他们真的抱有其他什么心思的话，我们是不是可以随时阻止他们，并确保他们一个也逃不了！"

"是！"工作人员高声答应，又极有效率地汇报起其他动向，"已同步侦查青港城周围三十里海域，并无异常。同时，特清部的七名特别行动组成员、城防部的四名特别行动组成员、十支A级特遣小队、三百名身穿高级防护服的城防军战士，都已经在东海大酒店周围布控完毕，随时待命。"

沈部长默然不语。

海上国是灾变后，满世界都是吃人的疯子时，借着货轮躲到海上的一群人所建。他们并没有加入北方联盟，但如今，随着局势稳定，他们与联盟各大高墙城之间的商贸往来越来越多，促成这样的学术交流似乎是一件必然且必要的事情。但身处红月的世界，没有人敢掉以轻心。苏先生负责的是拿着酒杯招待对方，那么，沈部长就必然要紧紧攥着枪对准这些人，并随时准备开火。

"青港城的高级人才培训会议定在下午三点准时召开。按照之前的安排，明天诸位就可以参会。"苏先生笑着邀请海上国的专家团队进入东海大酒店的会议室。

东海大酒店的位置非常特殊，它位于主城东侧人烟稀少的地方，周围是大片的广场与防御性建筑，可以承受高强度的精神辐射。它距离最近的写字楼足有一千多米远，最近的商场与居民区则在三千米外。此外，为了保证会议顺利召开，周围有武装战士拉起了严密的封锁线。

"高级人才培训会议？"那位打着吊瓶的老人虽然看起来虚弱，精神却很不错，笑着道，"其实就是你们青港城的精神能力者培训大会吧？这次的联盟交流会议披露了很多资料，看得出来，各方都已经把精神能力者的研究与加强工作当成了重点。青港城有白教授这样的专家坐镇，在这方面肯定不会落于人后的。"

苏先生笑着道："这个我的确不太懂，在青港城，这方面的工作都是由专业的人去做的。"说完，他看向白教授。

白教授笑着点了点头，含糊道："是有一些计划，但要真正开始做，还有许多顾虑。"

"呵呵，明人不说暗话。"打着吊瓶的老人笑呵呵地道，"其实大家都知道，精神能力者的出现已经成为一个不可忽视的问题。暂且不论他们究竟是神的使徒，还是一群怪异的疯子，唯一可以确定的是，各大高墙城必须抛弃成见，众志成城，应对这场剧变。这次我过来，其实就是为了促进海上国与青港城的交流与合作，然后以青港城为跳板，实现与整个联盟的合作。"

苏先生与白教授相视一眼，不约而同地觉得这位老人出乎意料地坦率。

"丁零零——"就在他们打算进一步细谈的时候，会议室里的红色座机忽然响了起来，清脆的铃声显得有些刺耳。

苏先生笑了笑，示意他身边的秘书过去接电话，他自己仍然在想着要说些什么。

但不等他继续话题，秘书忽然转过身。

"苏先生……"秘书有些迟疑，"这个电话可能需要你来接听一下。"

"抱歉。"苏先生笑着向那位老人说了一句，然后拿起电话，静静地听了一会儿就轻轻放下了。他的表情没有什么变化，只是向秘书道："你去沈部长那里一趟。"

"怎么出了这种事？"

沈部长大步匆匆、脸色铁青地走进一间指挥室。在他忙于负责海上国专家团队来访的安保事宜时，主城内却突发异常事件，这很不寻常。

这间指挥室明显是临时准备的，但墙上的显示屏却比东海岸钢铁吊桥附近的还多。密密麻麻的监控画面里，身穿防护服的武装人员正在封锁一栋大楼，被抓捕的人正在惊恐地挣扎和大喊，各种场面混乱不堪。这样的画面排布在一起，让人从心理上产生一种极为压抑的感觉。

"是特清部的陈大校！"早就等在这间指挥室里的工作人员立刻汇报道，"在短短一个小时之内，她已经向接近一百个主城居民下达了抓捕命令，并且封锁了三栋大楼、两座商场、一个行政厅！而这……还没有结束。"他不由得停顿了一下，咽了一口口水才继续道，"如今，特清部可以直接调动的武装人员，以及奉命配合行动的警卫厅警员，都已经加入了抓捕与关押行动之中，人手严重不足。陈大校已经向上提交了关于这次异常事件的报告，并请求得到城防部的支援。"

"抓了这么多人？"性烈如火的沈部长居然奇异地压制住了脾气，"什么原因？"

"她提交的报告上说的是来历不明的异常污染。"工作人员拿出一份纸质文件，"她抓捕的所有人都疑似受到了某种异常污染。"

沈部长脸色凝重，一把拿过了文件。

工作人员继续汇报："此报告已经同步提交给苏先生与最高行政厅了。

如今面临的问题是，这件事事发突然，而且被抓捕的人中有不少是行政官员的家人，也有各大企业的领导，现在特清部还没有办法给出一个解释。这些人的家属通过各种渠道投诉，要求放人，行政厅的电话几乎都要被打爆了，警卫厅门前也已经有人聚集了。如果不及时处理，很可能会造成可怕的后果。"

"让他们闭嘴。"沈部长回答得异常坚决，"无论是谁受到了污染，都照抓不误！"

"是！"工作人员又咽了一口口水，"问题在于，我们……无法证明他们受到了污染。"

"嗯？"沈部长猛地瞪大了眼睛。

"组……组长，抓捕的人太多了！"

青港城主城繁华的城中心，早已赶过来与陆辛会合的陈菁正紧紧攥着对讲机，沉默地看着眼前已经引发恐慌的抓捕场面，眉头紧紧皱到了一起。

在她身边，一位全副武装的战士担心道："再抓捕下去就超出我们的权限了。"

陈菁脸上没有半点表情，只是看向了前面的那辆厢式汽车。陆辛正坐在那辆车的副驾驶位上，将他看到的有问题的人一一指出来。这已经不是陈菁一个人可以转达的了，所以她直接安排了一个信息分析小组代为记录。只要是被他指出来的人，他们就会立刻实施抓捕。这本来是一个很合理的工作安排，只是没人想到，需要抓捕的人这么多！

她转过身，低声问道："审讯结果怎么样？"

"没有结果……"武装战士道，"我们对部分抓捕对象进行了紧急检测与审讯，发现他们没有半点异常，无论是心理还是精神力量方面的检测，都没有出现超出正常值的波动。也就是说，我们抓捕的基本都是普通人。主城和卫星城不一样，无论是抓捕还是问询，我们都起码需要一个理由。现在已经有越来越多的人开始质疑我们，行政厅快承受不住这种压力了！"

"找不到异常的地方……"陈菁沉思着。从抓捕陆唯唯开始，她就预料到了会出现这种局面。连最擅长分辨的看门狗都看不出陆唯唯的异常，但是陆辛可以看出来，并且经过审讯，他们发现陆唯唯确实与疑似精神污染事件有接触。现在，他们面对的是近百个有异常的人，而且还有很多人尚待抓捕。短短两个小时之内，这件事就已经成了一场波及整个主城的大乱。而直到这时，她还没有找到证据。

"他们有没有参与许愿事件？"陈菁快速而冷静地发问。

"有几个人承认确实接触过类似的事情，"武装战士汇报，"但更多人矢口否认。我们没有足够的人手验证他们是否在撒谎，而且现在还有大量的人根本没来得及审讯。只凭之前的许愿事件调查报告与现有的几份审讯报告，很难说服行政厅与城防部配合我们的工作……特清部能够调动的人大部分都正在东海大酒店负责高级人才培训会议的安保工作，我们的人手严重不足……再说，我们也不能再抓了，现在已经影响到了主城的正常运转，继续抓的话……"他顿了一下才道，"可能会让人认为我们怀有异心。"

陈菁沉默了一会儿，又问道："城防部怎么说？"

"还没有给出答复。"

"我知道了。"陈菁轻轻点头，然后向那辆厢式汽车走了过去。

陆辛坐在副驾驶位上，看着前方繁华的街道。他看到，身上有异常的人越来越多了。他感觉自己好像进入了一座恐怖乐园，满大街都是各种各样的怪物。他身边虽然有不少正常人，但与那些怪物的数量比起来显得少得可怜，根本无法撼动它们。

"单兵，还有多少有异常的人未被抓捕？"陈菁的身影出现在车外。

"还有很多，比如前面那个拿着数码相机拍摄抓捕场面的男生。"陆辛老老实实地回答，"而且，我们越深入城中心，遇到的人越多，我看到的有异常的人也越多。"

陈菁微微一顿，问道："除了看见，你还有没有别的凭证？"

陆辛摇头："没有。"

"如果只有你自己看见，很难说服其他人。现在我们抓捕的人已经很多了，而且无论通过什么检测方式，都没有发现他们的异常。所以，我想向你确认一下，你……确定他们受到了污染的把握有多少？"

陆辛似乎有些不解，转头看了陈菁一眼。迎着陈菁那张将所有情绪都隐藏了的脸，他缓缓问道："你们是不相信我吗？"

陈菁忽然有些紧张。

"我可以理解。"陆辛露出了温和的笑容，"家人刚刚出现的时候，我也怀疑过自己是不是出现了幻觉。不然的话，为什么别人看不到，只有我能看到？现在也是一样。我看到了他们的异常，你们却检测不出来，你们会怀疑我也是合理的。只是，对于你问我的问题，我没办法回答。"说着，他抬头看向前方，"毕竟，发现异常并指出来是我的工作，但是，要不要相信我，是你们这些领导的工作啊，对不对？"

这些话陆辛说得很平静，甚至显得有些温和。说完，他静静地靠在椅背上，目光平静地看着前方的人群。

人群里有很多怪物，它们有的看着眼前的这片混乱，露出了开心的笑容；有的随着被抓捕的人，幸灾乐祸地大叫；也有的露出警惕的表情，鬼鬼祟祟地躲进隐秘的角落；还有一些好像已经发现了威胁的源头，伸长脖子向陆辛投来了阴森的目光。

其实它们并未造成伤害，陆辛本来就是懒得理会它们的。他不管自己的好恶，只求尽到责任就好。此时，他像一个局外人一样看着眼前的光怪陆离。

陈菁看着陆辛冷静的脸，心里生出了一种极为复杂的感觉。问出这个问题时，她本来有些担心，担心这种不信任的态度会对陆辛的情绪造成不好的影响。但看到陆辛的反应之后，她忽然意识到，她想错了，陆辛根本无所谓她或是其他人信不信。

这个发现让她眯了一下眼睛。她忽然转身，大步向前走去，脚下的马丁靴踢踏作响。她走向的正是人行道上那个拿着数码相机的年轻人，他一边拍还一边大叫着"又出啥事了""这个带劲""行政厅又搞事了"之类的话。陈菁借由自己的精神力，也无法感应到他身上存在任何的异常波动。无论从哪个角度看，他都非常正常。但是陆辛却明确地指出了他有问题。这就是问题的关键。

于是，陈菁面无表情地向这个年轻人走了过去。一开始，年轻人还没有察觉到危险，甚至有些兴奋地将相机对准了陈菁。望着她那惊人的身材，他的嘴巴下意识张大了："哇，这个女人——"话还没说完，他忽然看到一个拳头出现在了相机的画面里，并迅速变大。

"砰！"相机被陈菁砸得粉碎，年轻人也被她一拳撂倒。鼻子流血的年轻人挣扎着要爬起来，陈菁却一把抓住他的衣领将他拉近自己，两只瞳孔血红如月：

"虽然我刚刚打了你，但你应该可以听出来，我的声音很温柔！是的，不要在意那些细节，现在我用的就是一种温柔的口吻！我对你温柔，是因为我喜欢你……你一辈子只有这一个被我喜欢的机会，所以，你是不是应该对我很诚实？"

年轻人的表情从惊恐变成了色眯眯，又变成了狂热，好像甘愿掏心掏肺似的。他用力点头："我发誓，我骗我爸妈的零花钱都不会骗你。"

"很好！"陈菁轻声道，"我听说最近城里的人都喜欢玩'许愿'……"

"我怎么不知道？"年轻人的脸上露出了茫然，喃喃说着。

陈菁皱了一下眉，又慢慢道："你再想想，挖掘一下深层的记忆，你现在需要用不为人知的秘密来讨我的欢心！"

年轻人的眉头紧紧皱了起来，半晌之后，他忽然眼前一亮，叫道："我不知道什么许愿，但我知道有一个诅咒游戏，不论你讨厌谁，只要对他进行诅咒，他就一定会倒霉。哈哈，这是真的。我之前诅咒了隔壁的老太太，因为她总是投诉我看片时的声音太大。我不知道是真的还是碰巧，她一个星期后就摔断了腿……"

陈菁的瞳孔微微一凝，红月似的瞳孔变成了红色的小点。

"到目前为止，被抓起来的人，不管用什么检测手段都没有发现他们身上真的存在什么异常。特清部给的审讯报告里也只是说明他们可能与一起许愿事件有关，且证实有几个人确实接触了这起事件。但与特清部拿出来的证据相比，他们做的事、抓的人，无一不超出了他们的权限。从某种程度上来说，他们现在做的所有事都是基于一位精神能力者的臆测。那位精神能力者的档案级别很高，但在他的档案等级调高之前，我就留意过他。他来自二号卫星城，疑似拥有多重人格障碍，甚至有一定程度的妄想症。对于他自己说的可以看到精神怪物的事，也没有相关的实验数据可以证明。所以，我认为我们不能相信这样一个人。即使我们采信了，也很难说服青港城的几位先生！"

临时指挥室里，沈部长听完秘书的汇报，忽然抬头问道："你说我们不能采信一个疯子的言辞？"

秘书微微一怔，点头道："是的，事情影响太大，所以……"

"你认为重点是我们信不信他吗？"沈部长冷声道，"重点是青港城正面临一起大型特殊污染事件！已经有人发现了这起污染事件的苗头，而你居然还在犹豫我们要不要相信他？一个手雷只是有哑火的可能，你就敢拔了拉环抱着它睡觉吗？"

秘书瞠目结舌，不知道该怎么回答。

这时，一位身穿黑色西装的男子推门而入，点头致意。沈部长与这间指挥室里的工作人员都知道他是苏先生的贴身秘书，代表着苏先生本人。

"苏先生说，他相信沈部长的判断，由沈部长全权处理。"

沈部长点了点头，转过身来，开始下令："抽调三号基地的所有人过去，配合特清部抓人。从城东废弃工业区临时开辟一块场地，用来隔离那些被抓捕的人。在全城范围内发布一级警报，封锁主城。城防部的所有精神能力者与特遣小队出动，划分片区，各守一处，防止异变。最后，启动高墙高频电离子炮应急程序，掉转炮口，对准主城！"

身边的秘书已经听蒙了，好半天才急忙敬了个礼，大声道："是！"

就连苏先生的贴身秘书都蒙了一瞬，心想："我得再去向苏先生汇报一声。最后一条命令太吓人了！"

"信息分析小组请注意，我已对疑似精神异变者进行特殊审讯，获得信息如下：一、所有疑似精神异变者应该都参与过许愿、诅咒一类的仪式；二、这种神秘仪式在主城局域网、学校、企业等各有流传，传播方式多样；三、疑似精神异变者无明显特征，但须立刻进行隔离，封锁其一切对外联络方式。"

天快黑了。陆辛静静地坐在副驾驶位上，看着这个原本秩序井然，几乎完全符合他对前文明时代幻想的城市被怪物占领。如今，他只能看着它被占领。因为他的欲望或要求向来不多，而且一点也没有强行改变别人的想法，所以在这种时候，他并不奢求其他人在这么重要的事情上完全相信他。

突然，一只小手从后面伸了过来，握住了陆辛的手掌。陆辛转过头去，就看到娃娃睁着大大的眼睛，直直地看着他。他忽然明白，她是在说："我相信你。"

他的嘴角微微弯起，露出一点笑意。虽然他并没有感受到失落，但有这样一个人表示相信他，感觉也不坏。

"单兵，有紧急任务交给你。"这时，陈菁来到了车窗外面。

望着陈菁那张严肃的脸，陆辛急忙推门下去，面对领导。

"立刻把那些精神异变者全部找出来，一个不漏。"陈菁的语气干脆利落，甚至不容置疑。

陆辛怔了一下才反应过来，忙道："好的。"

不知为什么，陆辛明明并没有感觉到情绪波动，但他的脸上却想露出笑容。他猜想，这可能是因为，他并不在乎他们相不相信自己，但当他们选择相信时，他的心情确实会变得更好一些……

"陈组长，继续抓捕的话，我们的人手……"后面车辆旁边的一名武装战士听了陈菁的命令，心下一凛，战战兢兢地问了出来。

陈菁转头看向他，还没说话，头顶上忽然传来了螺旋桨转动的声音。足有四架直升机从大楼后面升了起来，不远处则可以看到所有的交通灯同时变成了红色。应急车道上，一辆辆军车像黑压压的蚁群一样，迅速涌了过来。

陈菁手里的对讲机发出一阵电流声，然后是一句简短的汇报："内部一级应急防御程序已启动，城防部的支援……到了。"

"出了什么事？"海上国的第一位老舰长笑着询问。

"没事，只是一点小纠纷。"苏先生坐回原位，笑着解释道，"我们继续。"

会议室里的人听了这话，心里都感觉到了不对劲。他们很清楚，在苏先生接待海上国专家团队的时候，专门把电话打到这里，而且在苏先生的贴身秘书接起来之后，仍然坚持要求苏先生听电话的事情，一定不会是什么小纠纷。但苏先生并没有表现出焦急之意，可见他还是认为接待专家团队最重要。

"听叶老的意思，似乎对海上国与联盟合作的事情比较看重？"苏先生笑着接上了刚才的话题，也转移了众人的注意力。

被称为"叶老"的海上国老舰长十分配合地点了一下头，继续说道："就像当年那位从联盟研究院的大楼上跳下来的天才研究员的遗言所讲的，精神异变者的出现，必然会给我们所习惯的社会结构与秩序带来无法想象的冲击，我们要做好准备迎接神的到来。虽然我和大部分人一样，不喜欢这位有可能会出现的神……"说到这里，他笑了笑，"但我也很清楚，他的层次必然会是超出我们想象的。"

苏先生听着，轻轻点头。老舰长说的其实是一种共识。为了防止引起恐慌，大部分高墙城与组织都没有普及精神异变的事情，但所有管理者都很清楚现在面临着什么样的变化，从这些变化也不难估计未来会有什么样的冲击。

"与那些想要成为神的疯子相比，我们普通人能做的就只有团结。"老舰长说出了自己的见解，"这种团结必须是亲密无间、彼此信任的，而不是像现在这样，以各势力为营，各自提防，抱有成见，既拼命隐瞒自己的发现，又努力去挖掘别人的秘密，表面上说着以和为贵，私下里为了争夺人口、矿产以及培养液而打得头破血流。"

他的话无情地揭露了各方势力的真实现状，顿时让人觉得有些不舒服。

这时候，白教授在旁边笑道："叶老说得不错，不过也不必如此悲观。如今，有很多人都意识到了合作的重要性。三个月前，联盟召开的第三次学术交流会议就分享了很多重要资料，增进了各方对精神异变的了解。"

"因为大家都增进了了解，所以都迫不及待要进行第二阶段的研究了。"老舰长嗤笑了一声，"在我看来，联盟的这次会议与其说是为了促进了解，还不如说是为了推动竞争。这种以城邦为基本、组建联盟的秩序本来就是畸形的，只是红月亮事件之后，大家用来缓冲并等待文明重建的暂时性选择罢了，弊端大过优势。现在，我们需要的是重新成为一个整体，只有这样才能最有效地集合起我们所有人的力量，发挥出我们的优势。"

老舰长的话让会议室里的很多人都微微动容。他们似乎没想到，这位老舰长会如此坦白地说出这些话来，更没想到海上国居然会有这样的野心。

苏先生微微转头，看向会议室的窗外。这时候，天色已经临近傍晚，因为周围几乎没有什么建筑物，整个东海大酒店都显得非常安静，似乎连一声鸟鸣也听不见。他笑着看向老舰长，道："叶老似乎对此很有感触。"

老舰长呵呵笑了一声，拿出一个黑色的袋子与一杆老旧的烟斗，示意了一下。在场的人都不抽烟，看着他还在输液的手腕，皱了皱眉头。老舰长也不再与其他人客气，将烟丝塞进烟锅，慢慢点燃吸了一口，吐出一股呛人的烟气。然后，他轻轻叹道："感触是当然的了，现在精神上出问题的人越来越多，有那些劳什子能力的人也越来越多了。这他娘的，都是一些怪物啊！他们有多可怕，还需要我说吗？老头子我啊，曾经也是雄心万丈的，不服老。月亮刚变红的时候，满世界都是疯子，我不想死，硬是带了几百个人，跑到了海上，无论再苦再难——三天只喝一口水的经历有过——一定要活下来。到了现在，那几百个人已经变成了几十万人，这事不值得吹嘘吗？

"后来稳定下来了，我又好几次带人回来，去绞杀那些满地乱跑的疯子。可以说，现在这片大地上，疯子越来越少，甚至几近消失，无论怎么说，里面都得算我一份功劳的！可现在呢？"他忽然剧烈地咳了几声，低低地叹了一口气，"我啊，当了一辈子英雄，从来不服输，但见了那些精神能力者，我就感觉到力不从心了。

"别的不说，我大半辈子都在与枪打交道，摸枪的时候比摸女人都多，打出了数以十万计的子弹，才喂出了一手好枪法！可是那些精神能力者呢？他们头一回摸到枪，立刻比我打得好。我一辈子经历了不知多少大风大浪，说句不好听的，那些愣头青，我用一个眼神就能吓尿。但那些精神能力者呢？"他干裂的嘴唇颤了一下，"他们一个眼神就能让人自杀！"

没有人打断他，大家心里都有些感慨。这位老舰长此时已经不像是一个成熟的领袖了，只是一个有些不服老的老人。当然了，各方势力的领袖本就有许多是普通人出身。

"而我说的只是普通的精神能力者啊！"老舰长深深地感叹，"还有据说更厉害的S级精神能力者呢！听说，他们都有随便毁掉一座城的能力！"

说到这里，他脸上的感慨已经变成了明显的恐惧。众人面面相觑，不知道该说什么。

白教授笑了一下，开口道："我倒觉得，虽然精神能力者确实强大，但他们也是我们的一员，我们没有必要将他们全部视作我们的敌人。这只是一种红月带来的需要我们去适应与习惯的变化。包括你提到的S级精神能力者，或许他们真的是那位天才研究员遗言里的神之候选人，但也未必没有转圜的余地。"他微微一顿，脸色变得很认真，"我认为，我们现在不应该一味害怕，或是悲观。我们应该做的是去理解他们，接纳他们，并且引导他们。"

白教授的话，会议室里的所有人都感觉很正常，这本来就是青港城一直以来对精神能力者的态度。但是，老舰长听了白教授的话，却一下子将目光定在了他的脸上。

"这就是你们的问题！"他的语气变得有些严厉，"你们总是有过多的自信，认为可以控制这些人，甚至驱使他们，根本不知道他们这样的人一旦失去控制，会有多危险！我知道现在各大高墙城都在招募精神能力者，甚至通过一些实验去解构他们的力量……"他抬了抬头，那张被海风吹得暗红的脸上露出了一种深沉的表情，"但你们知道，我是怎么看待这种事情的吗？"

老舰长顿了一下，苦笑道："红月亮出现在天上，把以前的秩序与文明都摧毁了。对正忙于适应这个世界，想办法活下去的我们来说，精神能力者的出现，就像给一群撒尿和泥巴、互相吐口水扯头发的小孩送去一箱箱军火。于是，根本不知道生命有多宝贵、子弹的威力有多大的小孩手里都有了枪。那么，当你处于这样一群不知轻重的小孩中间时，你该怎么保护自己？"

问出这个问题时，老舰长的表情非常凝重，然后认真地看向面前的苏先生与白教授。很多人的心都微微一沉，生出了一种不好的预感。窗外的夜色似乎更凝重了。

白教授只是略略皱了一下眉头，没有说话。

苏先生则迎着老舰长的目光道："叶老在一个月之前的电报上说，这次你们过来，是为了和我们交流关于S级精神能力者的经验……那不知……"

"我已经将他带过来了。"老舰长平静地转过身，看向一直静静坐在他身后的披着红色斗篷的年轻人。

整个会议室里忽然出现了一阵骚动。望着那个哪怕被提到了，仍然一动不动坐在那里的年轻人，众人的压力陡增。

苏先生的表情没有半分变化，只是微微坐直了身体。

会议室四周的几扇门同时打开，一队队全副武装的战士冲了进来。他们的头上都戴着防护面罩，配备着新式武器——一种末端带有奇怪丝线的银色枪械。虽然他们岿然不动，但会议室里的气氛一下子变得紧张起来。

与此同时，苏先生身后的小门里，一个穿着皮衣的高大男人走了进来。坐在苏先生身后、正拿着笔做记录的妆容精致的女秘书也抬起了头。整间会议室里好像有无形的风刮起，轻轻碰撞，弥漫着怪异的气场。窗户明明关着，会议桌上的文件却哗啦啦地翻动起来。

"不要慌，慌是没有用的。"苏先生向扯了一下他的衣角的女秘书说了一句，然后彬彬有礼地看向老舰长，笑道，"叶老应该知道，随便将S级精神能力者带到其他人的地盘是一件很没有礼貌的事情。而且一个月前，你发给我们电报的时候，也并没有提到你们的专家团队里会有一位S级精神能力者。"

老舰长只是呵呵笑了一声，摇头道："我如果说了，怕你们不答应。"

不得不说，这还真是一句老实话。苏先生温和道："叶老现在可以说出到青港城来的真实目的了。"

"我是来寻求合作的。"老舰长坦然回答，"还是那句话，如果想要对抗即将到来的巨变，就需要我们合作无间。在这么多可以选择结盟的对象中，海上国唯一看中的就是青港城。你们有着联盟最先进的新农业生产链，也培育出了最好的野生粮种，精神异变方面的研究在联盟之中也排得上前五，所以，海上国回到陆地，最好的选择就是这里——"

白教授打断他的话道："你们回来的愿望似乎很迫切。"

老舰长看了白教授一眼："是的。因为最早去往海上，所以我们在那段疯子横行的岁月里受到的损失最小。不过，也确实出现了一些问题。比如说，一种让人不再像人的诅咒……"

白教授若有所思，指节轻扣桌面："你是想说，海上国出现了某种退化？"

老舰长笑着看了他一眼，不再开口。白教授也只是看了苏先生一眼，没有继续问下去。

苏先生道："对于海上国交流与合作的提议，我想青港城已经表现出了足够的诚意。"

老舰长笑了一声，道："我刚才说过了，这种程度的合作明显是不够的。我知道，如果海上国真的回来了，加入了联盟，或是归并到青港城，一定会出现一些令人讨厌的龌龊事——大家都是有私心的。除非有一方愿意付出极大的代价，否则不可能真正达成合作。于是，我选择了另外一种合作方式——由海上国来接管青港城的一切。"

这种荒唐的宣战方式让会议室里的众人不知该愤怒，还是该觉得可笑。

苏先生的脸色并没有什么变化，他十指交叉，轻声道："你这是在挑起一场战争。"

老舰长慢慢抬起头看向苏先生："我说得还不够清楚吗？这就是一场战争。"

直升机的螺旋桨转动声非常刺耳。天还没有完全变黑，红月就早早地升了起来，异常清晰明亮，显得比平时距离这座城市更近，好像伸出手去就能摸到一样。陆辛坐在直升机里，心想：原来乘坐直升机是这种感觉，以前还觉得应该挺好玩的，现在才知道……好玩是好玩，就是有点吵。

直升机雪亮的灯光扫下去，照亮了城东区的一片废墟。废墟周围已经拉起了长长的警戒线，一排排武装战士严密地把守着。废墟之中则是城防部临时划出来的隔离场地，所有被抓捕的疑似精神异变者都被控制在这片废墟里。

但还有很多目标没被抓捕。虽然广播一遍遍地催促着城中心的居民，让他们都来到街上，好方便乘坐直升机的陆辛将有异常的人挑选出来，但大部分居民都躲了起来，不愿配合。那些怪物就在这座城市里，但很难将它们与普通人隔离开来。

"心理辅导课最早是在城中心与城南开展的，如果你们说的……说的那种污染是从这个课程传出来的，那这两个区域肯定是重灾区。我真的……真的不知道都有谁在玩那些破游戏！不过，我认识几个喜欢那种东西的，已经让他们去打听了……"频道里，刘经理的声音听起来很焦急，也很有诚意，"有些话你们不方便问，问了他们也不说，但我安排的人能问出来。不回答就打！这份名单是他们刚才给的，上面都是有嫌疑的，只要去抓，肯定没跑！你们看，我都表现得这么好了，事后……"

在这场浩大的搜查与抓捕行动中，无论是特清部还是城防部，都已经做出了极大的努力，所以才能够在短时间内抓捕上千人，并把他们送进隔离区。就连刘经理也用他自己的方法，帮着找出了大量嫌疑人。只不过，即使是这样，还是有很多精神异变者没有被抓到。陆辛从直升机上往下看，就算无法直接看见，也知道还有大量怪物隐藏在这座城市里。

"做到这一步，已经达到了我们的极限，接下来即使是调集士兵与警员去挨家挨户敲门，也需要大量的时间与精力。所以，我们必须承认，短时间内不可能再抓捕更多的精神异变者了！"陈菁的声音从对讲机里传了出来，"我们现在需要做的有两点：第一，提前做好应对大型精神异变事件的准备，这一点城防部已经做了一些布置与安排；第二，找出这些精神异变者有可能会造成的威胁，并提前做出针对性的举措。单兵，你是目前唯一能够看出异样的人，这份工作需要你的配合。"

"好的。"陆辛答应下来，并且向前面那个穿着防护服的飞行员道，"先落下去吧。"

在他的身边，娃娃挨着他坐着，紧紧抓着他的胳膊。"她这是因为恐高吗？"陆辛想了想，忽然摇头，"她肯定不恐高。第一次见到她时，她就是从直升机上跳下来的，这样的人能恐高？"

不过，就目前的局面来说，这似乎不是最重要的问题。陆辛开始思索陈菁所说的话。那些精神出现异变的人，最终会产生什么样的变化？现在，他们的表现还都是正常的。虽然在他眼里，他们已经变成了各种各样的怪物，但他们还会哭、会闹、会害怕，还能正常思考。这显然不是一般的精神异变该有的特征。那么，当真正的异变出现时，他们又会变成什么样子呢？

陆辛想起了肖远的后妈陆唯唯，她是他第一个亲眼看到的精神异变者，她已经出现了异变，但她根本没有察觉。她只是许愿让肖远疯掉或死掉，并不知道许下这个愿望需要付出的代价。她也并不知道自己长出了另一颗脑袋。严格来说，肖远遇到的噩梦事件，始作俑者就是她。当初陆辛在肖远身上看到的那道白色影子也是她。这说明，当时起作用的就是她的精神力！事后她变得憔悴不堪，萎靡不振，很可能与精神力的消耗有关。但是，她本身是没有精神能力的。那么，是谁将精神能力赋予了她？或者说，是谁借用她的精神力量，施展了精神能力？而这个人的目的又是什么？

"所以，我们城里的这场混乱是你们提前布置的？"东海大酒店的会议室里，苏先生慢慢询问道。

"一些必要的准备而已。"老舰长点头道，"大家都没有利用精神能力者参与战争的经验，如果一个控制不好，肯定会造成特别大的伤亡。所以，提前做一些布置，也是为了快些分出胜负，以免死太多人。"

"咔！"听着这话，在场已经有人怒不可遏，用力攥紧了手里的枪。会议室里顿时剑拔弩张。

苏先生与白教授的脸色却还很平静。白教授慢慢转动着指尖的笔，好像在考虑什么。苏先生则看向老舰长，道："这就是叶老给我们的回答吗？"

"对。当处于一群握枪的小孩中间时，"老舰长笑着道，"为了不被这群不知轻重的小孩害死，我们决定，让小孩向别人开枪。"

第四章

红衣使徒

"一级警报！"

早在老舰长坦承他带过来的红斗篷年轻人其实是一个S级精神能力者的时候，临时指挥室里的气氛就瞬间紧张起来。

沈部长大步走回指挥室，眉头紧锁着看向监控画面里的老舰长以及苏先生、白教授等人，最后把目光落在了那个红斗篷年轻人身上，低声问道："有多大把握瞬间消灭他？"

"三杆重型狙击枪已经瞄准了他，分别装填着实弹、麻醉弹和特殊子弹。"旁边的工作人员汇报着，"三人都有很好的射击条件，有把握击中他。但是，因为我们面对的是精神能力者，所以并不确定这样的攻击有没有用。另外，三支特遣小队已经进入会议室控制局势，他们拿的都是针对精神能力者的特殊武器。只是，苏先生与白教授就在旁边，如果冒险动手，肯定会引发混乱，不确定是不是会影响到他们。而且苏先生也一直没有给出暗示。

"看门狗等七位精神能力者分别位于会议室内外的指定位置，随时可以向对方施加影响。但对方毕竟是S级的，我们……我们谁也不知道他们能否对付得了……"

沈部长认真听完了每一个细节，然后做出决定："先请苏先生与白教授离开，然后让精神能力者出手。另外，"他顿了一下，接着道，"调整高频电离子炮的角度，对准东海大酒店。"

工作人员脸色苍白地点了点头。

"苏先生，请您先离开。"女秘书站了起来，用手掌按住苏先生的肩膀。

白教授等人身边同样有人出声提醒。特遣小队也将武器举了起来，对准海上国的专家团队。他们看似控制着局势，其实他们的心里都很紧张。

"不用着急。"面对女秘书的催促，苏先生摇了摇头，他没有避着老舰长，直接向女秘书道，"当务之急是去查一下安保工作有没有漏洞，又该如何及时补救。"

说完，苏先生又向老舰长道："叶老，我听说过你在海上国的事迹，你是一个很了不起的人，如果能与你做朋友，我不会表现出对你的不尊重。但现在，既然事关青港城的安危，我也没有别的选择了。"他的目光落在红斗篷年轻人身上，"我不知道你对你这位S级精神能力者有多大的信心，不过，我希望你可以明白，我们青港城虽然一直敬畏着精神能力者的力量，但也不至于因此乱了阵脚。既然你真的想发起一场这样的战争，那么青港城一定会让你付出足够的代价。"

老舰长静静听着苏先生的话，脸上只有一片平静。他身后的红斗篷年轻人更是一动不动，默默散发着无穷的威慑力。这时候，整个会议室里的人都已经紧张到汗毛微竖了，稍微大点的动作都可能会引发不可控的混乱。

在这样紧张的氛围中，苏先生直视老舰长，端坐不动，沉声下令："将他们抓起来。"

"什么？"

会议室里的所有人都大吃一惊。他们自然是想将海上国的专家团队抓起来的，但他们想的是先让苏先生与白教授离开这个会议室，再实行抓捕，不然对方反抗起来伤了他们俩怎么办？万万没想到，苏先生居然稳稳地坐在这里，当着对方的面下了抓捕的命令。

白教授也很沉着，表情波澜不惊。他与苏先生都明白，如果对方真有S级精神能力者，那么他们俩是不可能安然离开的。他们不会做没有意义的事。

虽然心情复杂，但特遣小队还是立刻持枪上前，将老舰长等人团团围住。

迎着特遣小队的枪口，老舰长仍然不慌不忙，目光甚至有些欣赏，似乎没想到苏先生与白教授到了这时还能如此从容。

与几位稳如泰山的大人物相比，那几个跟着老舰长过来的海上国专家团队成员就显得没那么淡定了。他们都露出了紧张而激动的表情，有个人忽然向下一滚，飞快地把手伸到腰间掏出枪来。特遣小队成员见状，立刻就要扣动扳机。

"不用开枪。"一个声音响了起来。说话的是看门狗，与此同时，四周忽然被一种强烈的恐惧气息所包围。

那个掏出枪来的专家团队成员直接把枪指向了苏先生，但是，他突然感受到了一种无法忍受的恐慌，感觉就好像被一只无形的大手抓住了心脏，肾上腺素飙升。他的大脑被恐惧的情绪占领，抓着枪的手硬是无法抬起来，整个人随即软软地跪了下来。

不光是他，另外几人也都身不由己地跪了下来，垂下脑袋。他们的脸上有液体滴落，那是被恐惧情绪笼罩之后流出来的泪水和鼻涕。其中更有两个人的裤裆都湿了。

明明都是身经百战、行动果断的专业人士，就连那个负责给老舰长打吊瓶的护士也有着结实流畅的肌肉线条——这代表着她训练有素，身手绝对不差——可是在这时候，面对看门狗的精神能力，他们却脆弱得如同幼儿，毫无反抗的余地。

没有跪下的只有红斗篷年轻人和老舰长。红斗篷年轻人似乎完全不受影响，仍然垂着头坐在椅子上。而老舰长的额头上已经暴出了青筋，他咬着牙，死死地抓着椅子的扶手，指甲都断裂了，鲜血直流。他苍老多病的身躯看起来不堪一击，但他的腰杆显得特别硬。只是，他的表情也很惊恐，干瘪浑浊的眼睛里流出了泪水。

"我不会跪下！"他从喉咙里挤出这几句话，"我死都不会跪下！这是老子在精神能力者面前唯一可以维护自尊的事情！"

会议室里无人说话，只是目不转睛地看着老舰长。如果不是老舰长刚刚说出了自己的野心，他硬撑着对抗恐惧感的举动会是一件很让人佩服的事情。

"不要难为这位老先生了。"终于，苏先生看了一眼看门狗，示意道。

随着看门狗不动声色地收起了精神能力，老舰长忽然缓过劲来，大口喘息着。这喘息声听起来是如此痛苦，不禁让人怀疑他会不会一口气换不上来。

白教授轻轻点点头，他身后的两个人立刻快速地走到红斗篷年轻人面前。刚刚在看门狗的精神能力作用下，年轻人完全没有反应，身体一动不动的。仅仅是这一表现就足以证明他与别人不同。安静地坐在那里的他就像一枚随时会爆炸的炸弹，谁也不知道下一秒会怎样。

两个人脸色紧绷，神情非常紧张，但他们还是大步上前，一个人死死盯着红斗篷年轻人，另一个人动作迅疾地伸脚踢断椅子腿，年轻人的身体顿时往下倒去。但盯着他那个人飞快地伸手将他抓住，手里银光一闪，一个精神能力抑制器便扣在了他的脖子上。紧接着，又有一个武装战士走上前，将一个防护头盔戴在了他的脑袋上。

抓捕行动居然异常顺利。当两人走上前时，会议室里没有人不感觉紧张。尤其是给那个红斗篷年轻人戴上精神能力抑制器时，这种紧张更是达到了顶点。毕竟他是S级精神能力者，哪怕他们的动作再快，也不知道会面临什么。出人意料的是，年轻人全程居然没有半点反应。

苏先生看了年轻人一眼，微微皱了一下眉头。然后他看向老舰长："你们的计划究竟是什么？"

"苏先生，您该走了。"一个武装人员挡在他的面前，低声劝道。但苏先生并没有离开的意思，仍旧看着老舰长。

老舰长狠狠地喘息了一会儿，才从刚才的恐惧情绪中缓过来，抬头看了一眼已经被控制住的红斗篷年轻人——防护头盔使得他的帽子滑了下去，露出大半张脸。他虽然年轻，但脸色却很苍白。他的神情很冷淡，仿佛对一切事情都毫无兴趣。不管从哪个角度看去，他好像都是这群人里最虚弱的那个，就连平时的行动要靠打吊瓶维持的老舰长都比他精神几分。

"我之前不是答应了要与你们分享S级精神能力者的资料吗？"老舰长声音嘶哑地开口道，"这个孩子啊，是在我们海上国出生的。他的精神量级其实并不高，检测了很多次，均达不到一千。但是他的精神能力却非常可怕，我们用了很多月食研究院开发的检测仪器，都无法确定他真正的精神能力是什么，只知道和别人的都不同。海上国也出现过不少精神污染事件，都被他轻而易举地解决了。原本我们想将这个孩子培养成海上国的守护神，保护我们的安全，可惜他自身遇到了很大的问题，是我们这些人想尽办法都无法帮他解决的。"

白教授饶有兴趣地看向年轻人，问道："他出了什么问题？"

老舰长沉默了一会儿才有些无奈地苦笑道："他不想活了。他无时无刻不在承受着常人难以理解的痛苦，所以他只有一个愿望，那就是杀死自己。只有死了，他才可以让自己的灵魂回到他口中的'真实家乡'。"

听到"真实家乡"这四个字，会议室里的人都微微皱了一下眉头。

精神污染无小事，他们自然知道前段时间在四号卫星城被连根拔起的神秘组织"老乡会"，这个组织就是信奉"真实家乡"的。此时，这四个字由海上国的老舰长说出来，有一种说不出的怪异感。

"我们用尽了一切办法，都无法劝他活下去！"当其他人露出惊恐或疑惑的表情时，老舰长的脸上却只有苦笑，"我们的道德标准告诉我们，不能随便夺去一个人的性命。然而面对他时，我们发现，一直劝说一个想要死去的人痛苦地活着，似乎也是一件非常不道德的事情。何况，我们根本阻止不了他。我们能做的只有让他在一个指定的地方自杀，算是为海上国做出一定的贡献。"

会议室里的气氛顿时变得压抑又诡异。这位老舰长说话的语气很平静，内容却让人不寒而栗！

苏先生微微调整了一下坐姿，道："所以，他准备牺牲生命来袭击青港城？那么，你们呢？你也打算把生命留在这里？"

"你看看我现在的样子，连最喜欢的烟斗都抽不了了。"老舰长忍不住笑了起来，"我的这条命还值钱吗？"

苏先生慢慢地点了一下头，表示明白了。

"我说过……"老舰长深深地吸了一口气，然后用力屏住呼吸，好让自己的声音听起来更威严一些，"这是一场战争。因为我知道这样的战争早晚会到来，所以我决定趁着还有机会，亲自参与进来。我这条命已经不值什么了，我这次过来，就是想亲眼看看自己的杰作！"说着，他看向红斗篷年轻人，声音还是微微颤抖起来，"顺便也看一下，一个真正的神会是什么样子的。"

话音刚落，窗外的风景忽然微微发红，夜晚终于来临了。红月占据了窗户的大半空间，那鲜艳的红色在夜幕之上是如此明显。哪怕室内亮着灯，也无法夺走红月的威势。

红月的光芒洒在红斗篷年轻人身上，他仿佛感应到了红月的召唤，有些僵硬地抬起了头。

"我可以解脱了吗？"年轻人苍白的脸上露出了进入青港城后的第一个笑容。那笑容是发自内心的。说完这句话，他挺起了胸膛。

周围的枪口都随着他的动作向前探了几分，特遣小队更是将苏先生与白教授护在中间，强行把他们带出了会议室。这时候可不能再由着两个老头儿卖弄"泰山崩于前而面不改色"的气概了！此外，老舰长与其随行人员也被架了起来，戴上防护头盔与手铐，飞快地拖出了会议室。

留在会议室里的是包括看门狗在内的七位精神能力者，他们同时看向那个披着红色斗篷的年轻人，发动了自己的精神能力。空气瞬间出现了一丝丝扭曲的波动。

唰啦啦！桌面上的文件被无形的风飞快地掀动。头顶上的白炽灯闪烁起来，光芒交错。各种精神能力同时笼罩住红斗篷年轻人，可是他好像什么也没有感觉到，只是慢慢地仰起了脸。因为他脖子上戴着精神能力抑制器，所以这个动作显得很艰难。然后他轻轻呼了一口气，双手交叉在胸前，做出了一个拥抱自己的动作。下一刻，他瞳孔发白，施展了精神能力。

噼啪！因为他脖子上佩戴着抑制器，所以当他施展精神能力的一瞬间，便有强烈的电流从他的脖子处释放出来，将他电得浑身抽搐，甚至散发出了一股焦煳的味道。他的身体开始缓缓向后倒下。

就在这时，奇异的一幕出现了！在他倒下的身体旁边，出现了一个跪地的人形。那是一道半透明的人影，同样披着红色的斗篷，有着一张苍白的脸。这道人影脸上露出愉悦的微笑，缓缓起身，身体开始不停变大，同时颜色越变越淡。室内的灯光闪烁得更厉害了，电流在电线里不安地流窜着。

七位精神能力者的耳中都响起了异样的轰鸣声，视线开始变得模糊。有人痛苦地大叫一声，不顾一切地向那道人影开了几枪。好几枚特制电浆子弹穿过人影的身体，在会议室里亮起了耀眼的电弧。

"那是什么？"陆辛忽然回头，看向东边。

与此同时，东海大酒店附近的很多精神能力者都感受到了什么，急忙转头看去。他们腰间的检测器纷纷绽放出了红色的光芒，并且指针指向的数字越来越大。

"出了什么事？"他们都有些惊恐不安，傻傻地看向酒店，不知道那里有什么。

他们很快就有了答案。那是一道人影，一道比三十三层高的东海大酒店还要高出一个脑袋的人影。它像一尊神像一样静静地站在大楼旁边，双手交叉在胸前，看起来安静又虔诚。

咔咔咔！城防部划分出来的隔离区里传来了一阵炒豆子般的声音。那些被强制带进去的精神异变者好像被什么东西吸引了，同时猛地看向了东海大酒店方向。其中有很多人转头的角度超过了一百八十度。

"他们又不是蜘蛛系精神能力者，脖子扭这么狠，不疼吗？"

这幅诡异的画面让人毛骨悚然，但陆辛的心里却异常平静。大概是因为他早就发现了这些人身上的问题，又一直在思索他们究竟会出现什么样的变化，所以这时看到眼前的画面，他心里不仅没觉得惊慌，反而有一种找到了答案的感觉。

身后的车门被人轻轻拉开，娃娃的小脑袋钻了出来。她似乎也感受到了周围精神力量的波动，有些好奇地向远处看去。她的脸上同样没有惊慌。

惊慌的是陈菁。她也在这片隔离区外面，距离陆辛和娃娃有两百多米远。当那只身形庞大的精神怪物出现在东海大酒店旁边时，她留意到，隔离区周围每三十米一个的检测器同时闪烁起红灯，刺耳的警报声连成了一片。很明显，出问题了。

"所有人准备！"陈菁握着对讲机，大声喊道。意识到自己的声音有些颤抖，她努力控制住自己，让自己冷静下来："立刻加强防控措施，上报特清部与城防部，连线信息分析小组，我要在最短的时间内得到他们的逻辑链分析，以及解决方案。"

当那道红月之下的人影越来越清晰的时候，苏先生与白教授已经在特遣小队的护送下乘坐东海大酒店内部的秘密电梯，深入地下百米，最终进入了一辆地底列车之中。

"派人审讯老舰长，不惜一切手段，搞明白他究竟在打什么主意。"苏先生坐进座位的同时，冷声吩咐。他欲言又止，沉默了好一会儿，忽然咒骂起来："他妈的！狗东西！孙子养的棒槌！老不死的海王八！"

"出现这样的事情，我一点也不意外，或早或晚罢了。"白教授坐在另一侧，哈哈笑道，"现在，是考验我们准备工作做得怎么样的时候了。"

"高墙一、四、七号高频电离子炮准备好了没有？"与此同时，距离东海大酒店并不远的临时指挥室内，沈部长一脸愤怒，"除了精神能力者，所有无关人员立刻撤退，同时派出调查小组，把这只怪物的精神量级、污染逻辑以及究竟该用什么方式才能对付它的报告给我交过来。"

透过面前的落地窗，沈部长可以清晰地看到千米之外的东海大酒店，也能够看到那里正有一团扭曲的精神力。在红月的照射下，他甚至渐渐看清楚了它的面貌。他的下属们正飞快地收拾着手边的资料，准备撤退。毕竟，那团精神力肉眼可见地可怕，一千米的距离完全无法保证工作人员的安全。

在紧密而有序的撤退工作中，同时有人迅速地将沈部长的命令发布出去，并不断接收着调查报告，然后跟愤怒得像一头狮子般的沈部长汇报。

"调查报告很奇怪，对方的精神量级正在不断增长！第一份报告交过来时，它只有一千左右精神量级，但在第二、第三份紧急报告中，其精神量级已经达到三千了。照这个速度推算，它短时间内就会突破万级。"

"万级？"正大步走出临时指挥室的沈部长停了下来，用力握紧拳头。然后他神色冰冷地转过身，低声道："无论是谁，都不可能凭空获得精神力量。它是怎么增长的？"

"从目前来看，就像是凭空获得的！"秘书脸色苍白道，"只能猜测，它可能……可能与之前被抓捕的那些人有关……"

"不管它与谁有关，"沈部长狠狠一咬牙，道，"一只万级精神怪物出现在青港城，这是一场灾难！我要你们立刻计算出，究竟什么程度的电离子炮才能够将它解决！"

"理论上讲，十个单位左右的电离子炮可以解决掉它。"

"那就给我准备十二个。"

沈部长大声吩咐着，同时转头看了一眼窗外。红月之下，东海大酒店旁边的精神怪物已经越来越清晰了，可以直接看到它身上披着红斗篷，斗篷的帽子下面是一张苍白的人脸。与之前那些精神怪物不同，它几乎没有什么不符合人类样貌的特征，更让人难以理解的是，沈部长发现自己居然可以用肉眼看到它。

"是因为我距离太近了吗？"他只是看了它一眼，就感觉自己的灵魂都要被吸走了，各种杂念自心底涌了出来。

"多准备四个单位吧！"他回头吩咐道，"苏先生他们一离开危险范围，立刻开炮。"

"丁零零——"就在这时，秘书拿着的无线电话忽然响了起来。他立刻接起，然后递给沈部长："是白教授。"

"海上国的袭击已经开始了，他们一个多月前就开始布局，现在城里有很多精神异变者。"白教授在沈部长接过电话的瞬间立刻说道。

沈部长一边大步走下楼梯，一边道："已经做出了针对性处理，大部分精神异变者都被送进了隔离区。我现在想知道的是，那只红色的怪物是什么？"

"你也可以直接看到？"白教授微微一顿，道，"那是海上国S级精神能力者自杀后留下的精神体。你现在打算怎么处理？"

"怎么处理？"沈部长怒道，"当然是准备高频电离子炮，先轰它两下试试！"

"打消这个念头。"白教授道，"高频电离子炮的运作原理与特遣小队使用的制式武器是一样的，如果可以伤到它，那么之前特遣小队就已经成功消灭它了，结果证明对它没有太大作用。另外，在不明白其具体逻辑链的情况下，直接动用这种粗暴直接的手段，变数太大。"

沈部长听着，脸色有些阴沉："那如果调整到超频状态呢？如果准备二十个单位呢？"

白教授怔了一下，道："还没到那种程度，别老是想着轰点什么……我汇总了这只精神怪物的相关数据，根据初步分析得出了以下结论：第一，这只精神怪物是由海上国那个S级精神能力者引发的，这个人被证实已死亡，但其精神力量非但没有消散，反而不停增长，如今已经接近万级了，却还没有达到极限的迹象；第二，此事是海上国对青港城进行的一次有预谋的自杀式袭击，目的是对青港城造成无法估量的损失，为海上国的登陆创造条件；第三，在不确定这只精神怪物的污染逻辑以及海上国在青港城的具体布置的情况下，选择使用高频电离子炮这等武器对付这只精神怪物，很可能会造成超出我们意料的变化。毕竟海上国的老舰长了解青港城的防御措施，不可能留下这么大的破绽。"

耐心听完白教授的话，沈部长立刻道："我需要你给出具体的建议。"

"我的建议有三个，审讯海上国老舰长，等待调查结果，以及考虑启动我提出的那个非常规应急防御计划。"

沈部长沉默了一会儿，低声道："好。"

放下电话后，看似同意了白教授建议的沈部长微一犹豫，又向身边的秘书道："我还是有些不放心！把高频电离子炮的威力提高到二十个单位，并随时准备调整到超频状态！"

当青港城的各个职能部门像上紧了发条一样运转起来时，正位于城东临时隔离区外围的陆辛感觉到了一阵晕眩。

东海大酒店旁高达百米的红斗篷怪物的身体越来越清晰，肉眼可见的精神力量不停地向四周散发着。每散发出来一圈，周围便响起一片痛苦的呻吟声。陆辛看到，隔离区里的所有人虽然承受着痛苦的精神辐射，却不顾一切地想往外跑，目的地不用说，正是东海大酒店。他们身上的怪物一脸惊喜，纷纷怪异地躁动起来。隔离区里少说也有上千人，他们拼命地向外冲，就像一片黑压压的潮水。

"砰砰砰！"隔离区外的武装战士在他们冲过来时就开了枪。火花喷溅，冲在前面的人一个个倒下。

但是陆辛留意到，他们虽然倒下了，身上的精神怪物却没有消失，而是继续向前冲去。它们一边前进，一边与周围人身上的精神怪物厮杀，你抓着我，我扯着你。它们的肉体好像黏液一样，随着剧烈的厮杀，渐渐融在了一起。这些精神异变者被打死得越多，怪物融合在一起的速度便越快。

在隔离区外面的写字楼、商场或居民楼里，同样响起了一声声痛苦的号叫。是那些躲起来的精神异变者，他们与隔离区里的人出现了一样的变化，在精神力量的辐射下，拼命向东海大酒店冲去。很多人失去理智，直接从楼上往下跳，就像在下饺子一样。

在他们经过的地方，那些不明所以的居民同样受到了某种影响，有的脸上露出了痛苦的表情，也有的双眼失神，仿佛行尸走肉。

"呜呜——"沉重而响亮的警报声在整座城市里响了起来。这是针对全城的一级警报。全城警报响起的那一刻，这座城市里的所有正常居民都愣住了。下一刻，他们开始大步向着最近的画着紧急避难标志的建筑物冲去。这些建筑物都有一个共同的特点，那就是安装了尽可能多的玻璃装饰，有些甚至全部都是由钢化玻璃打造而成的。一队队武装战士有序地疏散着惊慌的人群，增强着隔离区的封锁线。

"紧急避难！紧急避难……"全城广播里传出一个男性播音员的声音，重复播报着紧急避难的注意事项。

"单兵？单兵听到没有？单兵？陆辛！立刻汇报隔离区的情况！"

陈菁叫了好几声，陆辛才反应过来，心里顿时有些慌张：看样子，领导很着急，都开始叫他的真名了。

"好。"他立刻答应，冷静地描述道，"这些精神异变者身上都有精神怪物，但这些怪物非常弱小，精神量级估计只有几十，甚至有可能更低。精神异变者死亡后，他们身上的精神怪物并不会消失，而是会互相融合，速度很快。精神量级会增加，而且我没有观察出上限。另外，我不用说，你们应该也察觉到了，这些精神异变者与酒店旁边的那只精神怪物有联系。那只精神怪物似乎对他们产生了极大的吸引力，让他们不顾一切想冲过去。"

"也就是说，击杀这些精神异变者，反而会加速大型精神怪物的出现？"频道里的陈菁下令，"封锁人员注意，尽量不要击杀，可使用麻醉弹或特殊子弹。信息分析小组准备得怎么样了？"

主城一间灯火通明的办公室里，几十位工作人员正飞快地敲打着键盘，进行各种信息汇总。他们以女性居多，大多穿着青色的制服，也有不少人穿的是便装。

"海上国老舰长的初步审讯口供已经传输过来了，一号文件夹。"

"四号卫星城真实家乡相关数据已调取。"

"特遣小队调查报告已传输。"

"临时隔离区附近精神能力者单兵的观察报告已整理并传输。"

"白教授的分析报告已传输，请立即查阅。"

"事发突然，我们对海上国S级精神能力者的了解太少了，倒不如将真实家乡作为突破口！现在我们需要搞明白的是，真实家乡究竟是什么？它与这些精神能力者又有什么关系？"

信息分析小组的屏幕上连接着几位特清部研究员，其中一位研究员飞快地浏览了一遍相关资料，给出了自己的分析："四号卫星城的神秘组织'老乡会'覆灭之后，我们一直在对组织成员进行审问与深度调查，着重点是那两只代号为'传教士'的精神怪物是如何出现的。他们的精神能力者可以驱使这两只精神怪物进行传教，单兵提供的报告又说这个精神能力者并不能凭空创造精神怪物，那么，这两只怪物来自哪里？在之前的分析中，有人提出了一个猜想——这两只怪物的出现与消失都违背常理，那么会不会存在另一个世界，这些精神怪物是从那个世界召唤而来的？"

"胡说八道，什么另一个世界，你当是写小说吗？"

"那么，那个S级精神能力者真的可以创造精神怪物？"

"白教授的信号接进来了。"

墙壁上的一个屏幕闪烁了几下，露出了白教授的影像。看起来，他还在地下列车之中，苏先生正在他身边骂骂咧咧，把桌板拍得啪啪作响。

"我听到你们的分析了，我认为有不准确的地方。"白教授皱着眉头，不让自己受到苏先生的影响，"创造精神怪物的能力是存在的，但那些能够创造精神怪物的精神能力者，他们的精神量级一定很高，至少得有一千。另外，被他们创造的精神怪物很难出现在距离他们极远的地方，尤其不可能提前一个多月出现。海上国这个S级精神能力者，其初始精神量级并不高，不符合创造精神怪物的条件。"

白教授轻轻揉了一下自己的眉毛，接着道："我认为'另一个世界'的思路有些意思，但我并不认为那真的是一个世界。这里的'另一个世界'只是一个形而上的概念！我记得，代号为'传教士'的那两只精神怪物，其中一只的能力是触发人的负面情绪。这好像是一种本能，那么是不是有可能，它们本来就来自情绪深处？所谓的'真实家乡'，会不会其实就是一个精神世界，类似于集体潜意识海洋？"

信息分析小组的办公室里顿时陷入了一片紧张的安静之中，夹杂着"唰唰"的翻书声。

陈教授第一个反应过来："若按照这个逻辑推测，那这个S级精神能力者的能力是召唤？这些精神怪物都是他召唤过来的？幽灵系精神能力者可以在没有身体的情况下生活在不同人的大脑里，那么，或许也有一些精神怪物生活在人的精神领域，甚至更深层的地方。这个S级精神能力者连通的就是这个地方？"他飞快地转动着手里的笔，动作看起来比蜘蛛系还灵巧，"结合与许愿、诅咒等仪式相关的精神异变者身上出现的变化，是不是可以做出这样的推测：这个S级精神能力者，或者说一切与真实家乡有关的精神能力者，他们的能力都是创造一条裂隙？裂隙具体连通哪里尚未可知，但可以推断，他们连接的地方存在精神怪物。那里生活着绝对不止一只精神怪物，所以具体的污染逻辑也不会只有一个。"

有不少人都跟着点头。那些精神怪物若非凭空创造的，便只能召唤。一个可以召唤出这么多精神怪物的精神能力者，确实担得起S级的评价。

"没有这么简单。"白教授摇摇头，"若只是召唤，那么这些精神怪物应该受他驱使，冲向不同的目的地才对。为何所有怪物都表现出了向他靠近的特性？另外，我们需要注意一个问题——这个S级精神能力者已经死了。死掉的召唤者无法影响精神怪物，也就是说，现在的一切都不是由他来主观操纵的。再说了，若是他召唤来的精神怪物，那么他的精神量级应该减少，而不是增长。"

感觉最接近真相的推测被否决了，信息分析小组的所有成员心里难免生出一种挫败感。但他们还是强打起精神，压下心里的慌张，继续分析着。

"这些精神怪物来自集体潜意识海洋的推论可以暂且保留，由S级精神能力者召唤而来的可能暂时排除！那么，它们与海上国S级精神能力者的关系还有另外一种可能……"屏幕里的白教授继续道，"那就是，它们与那个S级精神能力者并没有什么直接的联系，这是另一种袭击方式。海上国很有可能是掌握了部分关于'真实家乡'的秘密，并且借此向青港城发动了袭击。许愿及诅咒事件很可能是给这些精神怪物指出方向，或者可以理解为，许愿及诅咒都是诱饵，可以吸引这些精神怪物过来，仿佛在海面撒下鱼饵，吸引海下的鱼群。"

白教授越说思路越清晰，语速变快："然后才是海上国这个S级精神能力者发挥其作用的时候。那些被吸引过来的精神怪物之前只是创造了一群精神异变者，并没有真正影响到城市的运转。当这个S级精神能力者借助自己的死亡施展能力后，就引出了这些怪物，仿佛海下的鱼群集体浮出水面。分散在人群里的精神怪物一旦现身，就会将我们的青港城变成鬼域！这个S级精神能力者也可以借着这场混乱，来使自己的精神量级无限增长。这是两个彼此配合并互相掩饰的作战计划！"

听着白教授的分析，所有人都怔了片刻。旋即，有人开始逆推他的逻辑，也有人开始寻求更多证据，看是否吻合。红月之后的研究者早就接受了一个原则：无论是多么离谱的猜测，只要可以捋出一条清晰的逻辑链，并与收集到的所有线索相吻合，那么，这个猜测便代表着真相。

"五分钟时间求证，并给出清理建议。"已经恢复了平时的温文尔雅的苏先生凑到屏幕前，把白教授挤到一边，"现在各处的精神能力者与特遣小队都在等候你们的分析结果。"

"难道……难道就看着这些人发疯吗？"

在信息分析小组给出结果之前，整座城市里的混乱场面正处于一种难以遏制的状态。隔离区周围不知有多少人被眼前这疯狂的画面搞得头皮发麻。在普通人眼里，那些发疯的人露出疯狂或阴险的表情，完全不顾自己性命地向前冲来，一点都不害怕武装战士手里的枪械，以及不停将同伴击倒的子弹。而在陆辛眼里，这些人都是怪物。他拿出自己的左轮手枪，借用妹妹的能力，击倒了几只冲到外面的怪物。只可惜，与整个隔离区的疯狂相比，这个举动显得太微不足道了。

此时此刻，大家心里都无比焦急，但也只能暂且忍耐。面对这样的突发大型特殊污染事件，杀戮一向不是最好的清理方式，而且会引发一些不必要的变数。因此，在找到污染的逻辑链之前，他们所能做的只有稳定局面。

天空中的红月越来越大，仿佛正在拉近与大地的距离。本来这一日并非月圆的时候，但残缺的月亮好像正在变圆。青港城仿佛真的变成了鬼域，混乱与恐慌成了它的基调。东海大酒店旁边，那只红斗篷怪物终于动了起来。它微微抬起头，用漠然的眼神俯瞰着青港城。

与此同时，不知有多少青港城居民在慌乱之中抬起了头，僵在原地。他们都清楚地看到了那只红斗篷怪物。对绝大多数人来说，这是他们第一次清晰地看到精神怪物的样子。这种视觉冲击让无数人心里产生了极度的恐慌，甚至想朝着那个方向跪拜下去。那样庞大的身躯，那样极具冲击力的形象，让人情不自禁想要感叹：神之降临！

隔离区外，还在守卫封锁线的武装战士不时开几枪，尽量阻止那些精神异变者冲出来。靠近封锁线的陆辛受到影响，下意识转头看向红斗篷怪物，感觉有些不爽。

娃娃不知什么时候凑到了他的身边，同样抬起头看向红斗篷怪物。陆辛皱眉，她也皱眉。陆辛的脸上带着自己都没有察觉到的不爽，她也跟着露出不爽的表情。他们俩静静地看着红斗篷怪物，还同时幅度微小地歪了歪脑袋。

陆辛很难形容自己心里的感觉，虽然和它无冤无仇，但他就是无法对它抱有善意。他心里有着清晰的不喜欢对方的感觉，同时也十分确定自己看不透对方。从红斗篷怪物身上散发出来的精神辐射让他感觉厌恶又不耐烦，对方的可怕也让他心生警惕。

精神异变者们的疯狂使得维持封锁线的压力极大，而远处的红斗篷怪物好像在将他们的疯狂推向高潮。

"所有人听令！"频道里响起了陈菁冷静而有力的声音，"信息分析小组已经给出了行动建议，现在正式布置清理工作。隔离区外的封锁人员，全部后退三十米！同时检测防护头盔，开启视野扰乱模式，等待下一步命令。特别行动组全体成员，进入频道等候命令，准备开始清理任务。"

陆辛立刻从背包里取出摄像头，佩戴在胸前。与此同时，频道里传来一阵电流杂音，旋即响起一个熟悉的声音："信息分析小组已接入。单兵先生在吗？"

"我在。"陆辛轻声回答。听到这个声音，他莫名觉得安心。

站在他旁边的娃娃似乎察觉到了他的情绪变化，转头看了他一眼。陆辛下意识侧过身，离娃娃远了些，同时用手捂住了耳机。

韩冰顿了一下，然后笑道："晚上好，单兵先生。"

"你也晚上好！"陆辛有些生硬地回了一句，忍不住道，"这次的会议——"

"我知道呢！"韩冰笑着打断他的话，语气轻松地说，"单兵先生被临时委派了一个重要的任务，所以我没能见到，挺遗憾的。不过，现在最重要的是解决这场由海上国发起的精神污染袭击。等到这件事了结了，希望我有机会请单兵先生吃顿饭呢！毕竟这可是在主城呀，我应该尽尽地主之谊！"

韩冰的话让陆辛的心情一下子轻松起来，他点了点头，笑道："好的。"

感觉到陆辛的情绪变好了，一边的娃娃跟着露出了浅浅的笑容。

"请客吃饭之类的事情还是过一会儿再说吧！"陈菁布置完其他人的任务后，立刻在频道里说道，"单兵，现在我需要你执行一个任务。"

陆辛立刻调整好状态，应道："好。"

他知道青港城正面临一场可怕的特殊袭击，也知道清理这些精神污染是他的工作。此时，隔离区里的那些精神异变者已经变得极为狂暴。刚刚的开火只是在一定程度上拖延了他们的速度，他们之所以还没有冲出隔离区，是因为他们在彼此吞噬，自己拖缓了自己。如果放任不管，他们早晚会冲出隔离区。无论如何，是他出手的时候了。

然后他就听见频道里的陈菁道："你的任务是请求娃娃出手。"

"啊？"陆辛没想到，陈菁说的是让娃娃出手，而且是让他来请求娃娃出手。

陈菁的语速很快，但每一句话都很清晰："针对海上国的特殊污染类袭击，白教授与信息分析小组的人做了初步分析，确定这些分散在城里的精神异变者是这次袭击的重要部分。如今我们需要做的就是将精神异变者给解决掉，免生后患。娃娃有能力控制这样的大型混乱场面，但我接下来要说的比较复杂，不确定直接向她提出请求，她是否能理解。所以，我需要你来向娃娃提出请求。"

陆辛连忙答应。

"其一是让娃娃控制住隔离区里的人，让他们停止骚动。"陈菁仔细解释着，"根据信息分析小组的报告，这些精神异变者的目的很可能是扩大污染面积，增加被污染者数量。海上国通过许愿与诅咒仪式等方法，悄悄在青港城里制造了大量的精神异变者。海上国的S级精神能力者施加影响后，这些精神异变者就真正苏醒了。他们被那只代号为'红衣使徒'的精神怪物所吸引，不顾一切地冲向它，同时沿途污染接触到的青港城居民。他们原本隐藏在青港城的普通人之中，一旦真正苏醒，会最大限度地造成污染的迅速蔓延。不过，因为我们及时将大部分精神异变者提前关进了隔离区，所以延缓了大面积污染出现的速度。但是，这也使得隔离区成了精神怪物的集中地。一旦这些精神怪物冲出来，将会对整个城市造成威胁，其威胁程度甚至会超过红衣使徒。所以，一定要让娃娃控制住隔离区里的这些精神异变者！

"其二是让娃娃引动这些人的精神力量，消灭他们身上正在成形的精神怪物。如果这些精神怪物与红衣使徒产生接触，可能会引发可怕的质变！阻止了它们的接触，便等于斩断了红衣使徒的部分污染逻辑链！"

在陈菁详细的描述下，陆辛很快领会了她的意思，立刻转头看向娃娃。

注意到他的目光，娃娃转过头看着他。

"你能够控制住这些人，让他们不要乱跑吗？"陆辛指了一下隔离区的人群，努力让自己的话简洁明了。

娃娃顺着他指的方向看过去，轻轻点了一下头。

陆辛又道："现在他们身上有很多怪物，那些污染源正在融合、变大……"他比画了一个向前跑的手势，"你能够消灭那些怪物吗？"

娃娃的眼睛里有了焦点，目光定在一处。普通人很难分清楚她在看什么，陆辛却循着她的目光，一下子就明白了，她正在看一条长着人脸的蛇。这只怪物本来是由一根脊椎和一张人脸构成的，有些像当初陆辛在陆唯唯身上看到的那样，而如今它融合了很多精神力，因此看起来更像一条身上镶嵌了一张张人脸的蛇。

由此，陆辛知道了，娃娃的理解是正确的。他点头道："就是它们。你可以做到吗？"

娃娃脸上露出了笑容，用力点点头："可以。"声音清清脆脆的，而且听起来非常自然。

娃娃又说话回应陆辛了！频道里的韩冰与陈菁都听到了她的声音，心里微微一动。

陆辛不知道她们心里在想什么，只是松了一口气，向娃娃道："开始吧。"

娃娃用力点了一下头，抬头看向前方，同时身体轻轻飘了起来，厚重的黑色裙边被无形的风撩动着。她的眼睛里有两片透明的隐形眼镜飞了出来，仿佛被一只无形的手托着，轻轻送到了陆辛的面前。

陆辛微微一怔，伸手接住隐形眼镜，握在了手心里。然后他就发现，摘掉了隐形眼镜的娃娃，眼睛非常明亮。平时她的眼神显得虚无而漠然，仿佛没有灵魂，此时却好像能从她的眼睛里看到很多东西。若非要形容的话，那就是，似乎可以在她的眼睛里看到这个世界的倒影。

"呼——"一阵风旋转着飞过，娃娃飞到了三四米的高度，手里的伞向上掀起。她的脸显露在人前，她的眼睛看着隔离区。有看不见的力量像潮水一般蔓延了出去，几秒时间就覆盖了整个隔离区。

娃娃头上的樱桃发卡开始闪烁红光，同时响起轻灵的音乐声。那似乎是一部动画片里的歌曲，非常动人。这正是娃娃的精神力量波动已经超过了某种程度的表现。

混乱、嘈杂，充满了不像人声的号叫的隔离区瞬间安静下来。本来隔离区里不论是怪物还是人，都正疯狂地向外冲，但在这时，他们却不约而同地停下了脚步，好像被按了暂停键一样。所有人都呆呆地抬起头来，看着飘在空中的娃娃。有的人眼睛越来越亮，有的人手掌轻轻发抖，有的人喉结在滚动。陆辛仔细向里面看去，看到那些存在于这些人身上的各种各样的精神怪物，也有相当一部分受到了影响。它们有的很困惑，有的则显得更为暴戾、扭曲，目光阴森，似乎在与外部力量抗争。

突然，嗡的一声，从东海大酒店方向散发出了又一阵精神辐射。那些稍稍变得呆滞的精神怪物忽然一只只清醒过来，无声地吼叫着，拼命地向前爬。本来它们是在那些人身上，借由那些人的奔跑来实现移动的，如今却有很多怪物直接脱离人体，踩在隔离区密密麻麻的人头上，争先恐后一般拥向飘在半空中的娃娃。

能够直接看到这些怪物的陆辛忍不住皱了皱眉，向前走了一步。他是队长，得保护队员。但娃娃忽然轻轻向前飘了一小段，飘到了他的前面。他怔了一下才明白，她是在保护他。

陆辛心想，这个队员还挺好的！

通过摄像头看着现场的韩冰与不远处拿着对讲机站在一辆吉普车上的陈菁虽看不见精神怪物，但她们可以借着红色的月光看到，隔离区上空的空气已经扭曲得不成样子了。周围的砖块、金属物、木头等都在莫名其妙地扭曲、碎裂，这让她们的心一下子提到了嗓子眼儿。不过，因为开启了视野扰乱模式，所有武装战士既看不到娃娃，也并不知道周围的变化。

面对那些张牙舞爪的精神怪物，娃娃的脸上没有什么表情，只是轻轻将伞收了起来。在她做出这个动作的同时，隔离区里忽然有一股股无形的力量飞快地向她汇聚而来，速度极为可怕，她的周围一下子就充满了扭曲的精神力。

陆辛感受到了这种精神力，有些惊讶地抬起头看着空中的娃娃。这时候，娃娃正将手里的伞指向前方，目光注视着仍然锲而不舍地向自己冲过来的那些精神怪物。然后，她忽然嘭的一声将伞打开了。随着这个动作，凝聚在她身体周围的精神力同时向前弹射了出去，好像晶莹的雨点一样。

陆辛只看到一片明亮的光辉摧枯拉朽般淹没了那些精神怪物，没有半点阻滞。精神怪物们忽然停在原地，脸上露出了惊恐的表情。下一秒，它们轰然倒下，身体被冲击成细微的碎片，在红月的光芒下一点点飞散，最终连渣都不剩了。

"这就解决了？"陆辛惊讶得张大了嘴巴。

原本，面对这些精神怪物，连他也感觉有些头疼。先不说它们强不强，毕竟数量在那里摆着呢。就算是妹妹过来帮他，恐怕解决起来也没那么容易。哪怕是父亲来了，也是需要点时间的吧！而且大概也无法保证不会被这些怪物逃脱。妈妈出手会怎么样，他倒不清楚，他对妈妈的了解最少。而如今，娃娃解决这些精神怪物，只是把伞一收一放，这就算完了？

在陆辛感到震惊的同时，娃娃已经从空中落了下来，向他露出一个笑容。这笑容很明亮，显得很开心。她再次用伞遮住了自己的脸，以免被别人看到，只有他能看到她的笑脸。

"虽然你现在笑得这么甜、这么乖，但我已经看到了你凶残的一面！确实是个很厉害的打手！"陆辛看着娃娃，心里暗暗想着。同时，他也对娃娃的精神能力有了比较清晰的认知。她清理掉那些精神怪物的方法简单到令人发指，根本就是将周围的精神力量借来，然后借着开伞的动作，将其变成武器释放出去而已。若不是他提前就对她有所了解，甚至都无法从这个过程中判断出她真正的精神能力是什么。

"娃娃做得很好。"陈菁过了一会儿才称赞了一声，不知道她刚才是不是也在发蒙，"单兵，隔离区还有没有残留的精神怪物？"

"没有了。"陆辛看了一眼，很确定地点了点头。已经不能再干净了！

陈菁闻言，大步冲向隔离区，只见里面的大部分人正处于一片茫然之中。确定了他们没有随着精神怪物一起消失，她微微放下心来。

虽然大部分人都活了下来，但后遗症是免不了的。毕竟，他们的精神力损失得太严重了。

"封锁人员可以关闭视野扰乱模式了。重新拉起封锁线，并对剩下的人进行检测。支援小组入场，确定隔离区里有无精神怪物残留！"陈菁大声指挥着，然后向频道里说道，"单兵，事情还没有结束。"

陆辛点了点头："我知道。"

东海大酒店旁边的红斗篷怪物仍然在俯瞰这座城市，而城中其他地方也不时有嘈杂的声音传来，是那些之前没有被揪出来的精神异变者，不知道他们已经造成了什么样的混乱。

"散落在各处的精神怪物，城防部已经安排各位精神能力者去清理了。"陈菁一边说着，一边向陆辛走来，频道里的声音一直没有停止，"我要跟你说的是红衣使徒。"

陆辛听了这话，有些诧异地抬头看向那只比三十三层楼还高的精神怪物。自它出现之后，还没有搞过破坏呢，只是每隔一分钟左右就会散发出一阵强烈的精神辐射。这种精神辐射会让人感觉头疼、眩晕，下意识对它产生一种恐惧心理。陆辛能感觉到，它的精神量级很高。

这时候，陈菁问道："你有把握清理掉它吗？"

听到这个问题，陆辛慢慢地摇了一下头。"不好清理的。"他的脸色有些为难，"太危险了。"

陈菁闻言，心里微微一沉。

"怎么解决那只怪物？还是让娃娃出手吗？"

与此同时，沈部长和苏先生、白教授已经会合了。听说隔离区的污染解决了，他们的心情有所松缓，但是，一只庞大得可怕的精神怪物正俯视着青港城，他们根本无法真正放松下来，必须考虑该怎么解决它。

"我不建议让娃娃出手，理由和阻止你使用电离子炮一样。"白教授直接否决了沈部长的话，"无论是审讯老舰长得到的信息，还是那些冒死靠近红衣使徒去进行调查的特遣小队发回来的报告，都让我意识到这只精神怪物肯定与别的精神怪物不一样，不是常规手段可以解决的。"他顿了一下，继续道，"你们知不知道，它现在的精神量级有多高？"

苏先生与沈部长紧张地看了过来。

白教授扬了扬手里的平板电脑："已经超过了两万，直逼三万！"

"什么？！"苏先生与沈部长都有些慌，他们的意志再坚强，这时候也有些绷不住了。

"精神力量不会凭空得来，它为什么会这么高？"苏先生下意识问道。

"信息分析小组正在比对各种数据，应该很快就会有结果。"白教授道，

"而我现在能做的只有猜测。你们有没有想过，为什么老舰长这么笃定，只凭这一个S级精神能力者，就可以让青港城元气大伤，给他们海上国的登陆创造条件？他为什么认为青港城对付不了这只精神怪物？

"每一个S级精神能力者都有其'无解'的地方。虽然信息分析小组的比对数据还没有交过来，但我根据之前的部分数据有一点猜测。或许，这只精神怪物可以吸引其他精神怪物向它靠近，并且会以一定的频率向周围释放意义不明的精神冲击波。特遣小队近距离观察到，它吞噬了靠近自己的精神怪物，那么，是不是可以推测，它的能力就是吞噬其他的精神怪物？进一步说，它是不是可以吞噬其他人的精神力？"

在苏先生与沈部长若有所思的表情里，白教授放缓了语调："你们没有发现吗？我们都可以清晰地看到那只精神怪物。这是一种很罕见的现象，可以就此推断，当我们看向它的时候，我们的精神力就已经有一部分被它吞噬了。而这也许就是它的精神量级增长得这么快的原因。只要看向它，或是靠近它，就会被它吞噬精神力量。所以，它那已经快要超过三万精神量级的精神力，其实一部分来自精神怪物，另一部分，或者说其中最主要的部分，就是来自青港城，来自我们，来自看到它的每个人！这种能力与娃娃的类似，但并非精神力的借取，而是吞噬。这种吞噬初期并不明显，又因为城里的混乱，所以我们很难察觉到。如果我们真的使用电离子炮攻击它，或是让娃娃这种精神力量强大的精神能力者向它发动进攻的话，后果便会很可怕。高频电离子炮的原理乃是调整电离子的频率，形成一种类似精神力量的冲击，效果相当于用强大的精神力量对精神怪物进行攻击。所以，老舰长确信这只怪物可以对抗甚至免疫高频电离子炮的攻击。娃娃使用借来的精神力量向它发动进攻的话，则有可能被它吸收精神力量，反而壮大了它。"

说到这里，白教授轻轻打了个响指："这才是海上国最阴险的地方，我们的攻击只会壮大这个污染源。"

听完白教授的分析，苏先生的脸沉了下来："还有另外一个歹毒的地方，如果我们没有提前察觉到它的这一特性，那么即使最后我们解决了这个污染源，青港城也会有大量居民被它吞噬精神力，造成的后果就是这些居民同时陷入不可自拔的抑郁之中……"他顿了一下才咬牙道，"进而演变为集体自杀！"

"王八蛋！"沈部长下意识大骂了出来。他只骂了这一句就忍住了，因为他知道这样的咒骂没有意义。他看向白教授，冷声道："有什么建议？"

嘀嘀嘀！这时候，白教授手里的平板电脑响了一声，有文件传过来了。但白教授只是扫了一眼便关闭了，简洁道："信息分析小组的比对结果证实了我的猜测。"他看向苏先生，"既然事情已经走到了这一步，那么我现在正式申请启动那个非常规应急防御计划。"

苏先生微一沉默，问道："我们准备好了吗？"

不等白教授回答，苏先生又有些不确定地问道："主要是，单兵准备好了吗？"

"嗡——"那是一种难以捕捉的神秘声音，又有一阵精神辐射扩散出来，一路蔓延向城市的各个角落。这种精神辐射穿过了墙壁、钢铁、人体，只有一些玻璃制品才能勉强抵挡住它。

被这种辐射影响到的人都下意识抬头看向红斗篷怪物，一开始只是有一种好奇又惊恐的感觉，想看看它是什么，看得久了，便觉得它变得越来越清晰了。对很多人——甚至包括一部分特遣小队成员和精神能力者——而言，这是他们第一次看清精神怪物。一般人看精神怪物，只能通过空气的扭曲确定它的存在，这只能够直接看到的精神怪物自然有着非比寻常的吸引力。这种吸引力并不强烈，因此难以让人心生警惕。于是，在这种可怕的凝视中，很多人并没有察觉，自己正变得越来越疲惫。他们心里的惊奇、恐惧压过了这种极细微的感觉。

在这座城市不同的地方，有人跌坐在房间里，痴痴地看着红斗篷怪物，顶礼膜拜；有人呆呆地站在原地，仿佛变成了雕塑；有人的身体已经开始变得干瘪，像花朵一样枯萎。

"红衣使徒的污染特性正在加强，根据信息分析小组给出的建议，特提醒大家不可直视它！"

陈菁也听到了精神辐射的声音，那怪物对她也有一定的吸引力，让她忍不住想转头去看，但她用意志力控制住了自己，同时也向正在执行清理任务的所有人发出了提醒。

陈菁知道，只要用意志力控制自己，不去看它，或是不去长久地凝视它，便可以不受污染。然而她也知道，虽然在这只精神怪物出现的第一时间，基于以往处理污染源的经验，特清部就已经让全城广播提醒大众不要去看它，但肯定还是会有很多人情不自禁地凝视它，这种污染几乎无法杜绝。不是每个人都有足够的意志力控制住自己不去看它的。现在最重要的就是清理掉它，在它将这座城市大部分人的精神力量吞噬掉之前。

这好像还是单兵第一次表示没有把握清理掉某只精神怪物，陈菁的心情异常沉重。刚才信息分析小组已经说明了不能让娃娃出手，所以，她只能寄希望于别的地方。

作为单兵的直属领导——亲自将单兵招募进特清部，并一步步看着他表现得越来越惊人的直属领导——陈菁对单兵的实力一直有着很强烈的期待，所以她才会在束手无策的时候问出那个问题。但是，既然单兵觉得"危险"，那她也不能强行要求他过去清理。特清部毕竟不是军方。

陆辛没有向陈菁解释，他说的"危险"并不是指他自己会遇到危险。红斗篷怪物的精神量级很高，但最让他觉得别扭的是，它似乎不仅仅是精神量级高，还有很多奇怪的地方。他有一种直觉，如果他直接去对付它，结果一定会非常不好。他的心情很复杂。一方面，他有些冲动，想要和红斗篷怪物大干一场；但另一方面，他的理智又告诉他，如果他真的这么做了，会把一切都毁掉。这种心情让他暂时保持了沉默。他静静地站在那里，眉头紧皱，想搞明白该怎么办。

娃娃在一边静静地看着他。她不知道他在苦恼什么，只是感觉到了他很苦恼，所以她自己也很苦恼。

在这样一个危急的时刻，当所有人都陷入了压抑的沉默之中时，远处忽然有车灯亮起，三辆吉普车飞快地向他们驶了过来，然后猛地停在他们面前。

哗啦啦！从前后两辆车上下来两队身穿黑色防护服、手里捧着电浆武器的武装战士，他们迅速在周围布控，无论是军衔还是气质都显得与众不同。这些武装战士布控完毕后，中间的车上便走下来三个人。

第一个是一位老人，他穿着白色西装，打扮得很有品位。老人后面是一个中年男人，脸上带着和气的笑容。最后一个下车的人穿着军装，他的国字脸看起来硬得像石头。

看到这三个人，陈菁的表情很惊讶。她完全没想到，这三个人会在这时出现在这个距离东海大酒店如此近的地方。她急忙立正，向他们敬了一个礼。

唰唰唰！随着陈菁敬礼的动作，周围的特遣小队成员纷纷站直了敬礼。这三个人的出现似乎将弥漫在空气里的恐慌都冲淡了不少。

"你好，单兵。我姓白，是特清部研究院的院长。"在一片敬礼声中，穿着白色西装的老人提着一个银色箱子走到陆辛面前，一脸和气地向陆辛伸出手。他似乎是个普通人，但眼神显得很有智慧。

这就是那个喜欢说名言的白教授？陆辛有些茫然，但还是伸出手与他握了一下。

"那只精神怪物，你有把握解决吗？"白教授居然没有一点废话，直接问道。

陆辛看了他一眼，摇摇头，脸上没有什么表情。

一边的陈菁没想到白教授居然也问了这个问题，他们是想勉强让单兵去试试吗？

"呵呵，我理解。"白教授似乎对陆辛的回答并不意外，又换了一个角度询问，"如果你放开所有的顾忌，尽情去做呢？有没有把握？"

陆辛微微一怔，没有回答。他觉得这位老人的问题有些怪，但他不得不承认，他对这个提议有点心动。

"先说说我知道的信息。那只精神怪物是海上国的S级精神能力者借着自己的死亡转化出来的，拥有吞噬其他人精神力量的特性，所以它的精神量级成长得很快，现在已经达到了三万。"白教授一边说，一边看了一眼腕表，"接下来，我打算用十分钟时间告诉你一些事情，并商讨出解决方案。从其越来越快的成长速度来看，十分钟后，我们可能就会面对一只精神量级超过六万的精神怪物。我们无法使用常规方式清理掉它，而它可能会对青港主城造成无法估量的损失，可以说，主城已经到了危急存亡的时刻。所以我才专门过来找你。我希望你可以接下这个S级清理任务，解决掉它。"

这些情况陆辛并非完全不知道，但他并不确定自己能不能解决那只精神怪物，这很让人苦恼。

"当然，我知道你有自己的顾虑。所以，我的建议是……"白教授的语气变得很郑重，"现在由我对你进行第二阶段的强化，帮助你稳定精神状态之后再去清理它。"

"第二阶段？"陆辛大吃一惊，猛地抬起头看着白教授。

陈菁闻言也大惊失色，怀疑自己刚刚听错了。而沈部长与苏先生对视了一眼，似乎心里也都有些不踏实。

"是的。之前你递交了第二阶段的申请，经过研究，我们已经同意了。"白教授坦然地看着陆辛，"事实上，半个月前，我们就已经着手准备了。虽然基于如今这个情况，临时决定现场对你进行第二阶段的强化，确实有些仓促，也没有留给你做心理准备的时间，但毕竟事急从权，你愿意接受吗？"

陆辛一时难以回答。第二阶段是他一直以来都在期待的事情，他当然愿意接受，可怎么会来得这么快？就在这里进行第二阶段？这里连张床都没有……

"是不是觉得这与你想象中的第二阶段不一样？"白教授似乎看出了陆辛心里的犹豫与迷茫，低头看了一眼腕表，快速解释道，"其实，第二阶段只是一个概念，本质是使精神能力者强化后保持稳定。正常来说，对精神能力者的加强需要复杂的准备工作，包括心理辅导、能力检测、精神量级模型计算和风险评估等。在进行第二阶段前，还需要对精神能力者进行一系列手术，包括进入培养舱，借用培养液与精神力量增幅仪进行强化，以及坚固神经回路、刺激大脑皮层特定区域与增强脑垂体的活性等。一切都是为了让精神能力者拥有更强大的精神力量，也可以承受更强大的精神力量，保持自身的稳定，避免失控。"

听着白教授的话，陆辛忍不住直点头。他不得不承认，白教授所描述的很符合他对第二阶段的想象——躺在床上，一帮人拿着小刀划呀划的。虽然他心里有些抵触这种场景……

"但你不一样。"白教授顿了一下，继续道，"你本身就有很强的精神力量，不需要增强。对你来说，保持稳定就是第二阶段的核心。所以，对于你的第二阶段强化计划，我做出了一些调整，削减了不必要的程序。"

说着这些话时，白教授一直看着陆辛，一双普通人的眼睛仿佛可以看透一切："下面由我问你几个问题，你只需要点头或摇头。"

陆辛看着白教授，似乎有某种默契在两人之间悄悄流转着。

"第一，对你来说，施展能力时最大的困扰是不是情绪方面的影响？"

陆辛微一犹豫，慢慢点了一下头。

白教授笑了一下，又道："第二，你的能力是不是在某种程度上让你感觉不属于自己？"

陆辛有些惊讶地看了白教授一眼，又点了一下头。

"第三，"白教授微一停顿，继续道，"你是不是特别渴望内心的平静？"

陆辛闻言震惊了，甚至有一种内心被人窥探过的感觉。这种感觉让他产生了危机感，眼神不自觉地警惕起来。

察觉到陆辛的眼神，周围的特遣小队成员都有些紧张。陈菁与苏先生、沈部长同样有些担忧。只有白教授仍然带着一种没有敌意的笑容看着陆辛。

经过些许时间的平复，陆辛再次点了一下头。

"既然如此，你符合我们进行第二阶段的条件，也说明我的推测是正确的。"白教授露出了轻松的笑容，将手里的银色箱子放在吉普车的引擎盖上，然后转头看向陆辛，"对你来说，要想达到第二阶段的稳定，关键就在于如何控制自己的情绪——记住，是你自身的情绪。所以，我不准备对你进行常规意义上的心理辅导，而是选择用一种有着非常苛刻的限制，还非常昂贵的新方法来实现。"说着，他打开了银色箱子的保险锁，"在此之前，我要再次询问你，你确定要进行第二阶段吗？"

陆辛慎重地思考片刻，最终还是慢慢点了一下头。对他来说，这是一个异常重大且意义非凡的决定。然后，他看着白教授把手伸进箱子里，看着他拿出来一份文件，看着他郑重地把那份文件交到了自己手上。

白教授道："先把合同签了。"

陆辛无语。搞什么？他心理建设都做好了，却要在这么重要的时刻签合同！不光是他，苏先生、沈部长以及陈菁的脸色都有些无奈。他们看起来都想发表点意见，但又不敢随便插嘴。

陆辛老老实实地打开合同，快速浏览了一遍上面的内容。他发现，与他在深度公司上班时签的入职合同相比，这份合同显得简单多了。

> 青港城帮助精神能力者陆辛实现第二阶段的强化与稳定工作，一应费用由青港城特清部承担。与之相应地，陆辛保证在签署合同后遵守三大原则：
>
> 一、遵守青港城的法律法规及特清部的规定（特殊时候可以申诉）；
>
> 二、承诺帮助青港城完成一定的特殊污染清理工作（有偿）；

三、如要撕毁合约，须支付第二阶段强化的全部费用加三倍违约金。
…………

陆辛一口气看到最后，没有看到"最终解释权"几个字，显得这份合同并不是那么正规，有一种不以法律为凭依，全靠双方自觉的味道。

"就这样吗？"陆辛忍不住看了白教授一眼。他觉得，就算让公司的孙姐来，都能拟出一份比这更专业的合同。

白教授认真地点头道："是的。"说着，他从自己的西装口袋里拿出一支表面有烫金花纹的钢笔，郑重地递给陆辛。

在周围无数双眼睛的注视下，陆辛接过钢笔，在合同上签下了自己的名字。

"这样可以了吧？"陆辛收起钢笔，随手放进自己的背包里，然后将合同递给白教授。

白教授接过合同看了一眼，满意地点头："可以了。"

明明只是一件没什么意义的小事，陆辛却感觉白教授好像松了一口气似的。"那你说的第二阶段……"他看向白教授，心里说不清是紧张还是期待。

白教授从容不迫道："还记得你带回来的那幅画吗？"

陆辛想了一下才明白白教授说的是他从骑士团手里抢回来的那幅画，他点了点头。

白教授笑道："这世上有许多精神寄生物品，可以让人的精神力附着于其上，它们拥有许多类似污染源的特性。经过我们的鉴定，那幅名叫《红月的凝视》的画就是罕见的高级寄生物品之一。在联盟研究院的记录中，这样的高级寄生物品一共有十三件。之所以说它们高级，是因为它们承载着十三种最为异常的精神力量。"说到这里，他放慢了语速，"也就是说，《红月的凝视》这幅画里寄生着一种异常的精神力量，它的名字叫作'凝视'，是一种对情绪有着可怕控制力的力量。"

说着，白教授再次打开了箱子。但周围的人甚至顾不上去看箱子里的东西，因为他说的话实在是太惊人了，就连陈菁也是第一次听说。苏先生与沈部长的表情倒没有什么变化，想必他们已经提前知道了这个机密。

"从现有的案例来看，'凝视'可以扰乱人的情绪，使人看过一眼后就从一个正常人变成只知道发泄欲望的怪物。其污染模式是最为直接的目视，所以，如果这幅画暴露在人群之中，轻易就可以引发一场大乱。但这样的力量也不是完全无法利用。"白教授将箱子推到陆辛的面前，"你的第二阶段强化就可以借用这种力量。

"经过分析，我发现'凝视'的作用机制并不是简单地引动人的负面情绪，而是吞噬人的正面情绪。一个人有沮丧、悲观等负面情绪，同样也有开心、乐观等正面情绪，种种情绪、思维、欲望等交织在一起，才塑造出了我们的精神面貌。其中任何一方面出了问题，都会造成一种大厦崩塌的可怕局面，这就是我们容易被污染的原因。只要知道了这个深层原因，就有办法将情绪引导向一个更稳定的状态。那些失控的人是因为缺失了正面情绪，才表现出了强烈的负面情绪。所以，我对'凝视'进行了逆向的操作，通过抽取、赋予等工作，制作出了这件全新的特殊寄生物品。"

陆辛低头向箱子里看去，看到了一副眼镜。镜框是一种红色的类似木材的材料，上面有着暗红色的木质纹路。乍一看去，这些木质纹路似乎正在慢慢地蠕动，就像这眼镜本身是活的一样。盯着这副眼镜时，陆辛甚至产生了一种错觉，好像这副眼镜也在偷偷地看着他！

"这就是对你进行第二阶段强化的关键物品。"白教授道，"它具备信息传输、任务辅助处理等功能，不过最重要的还是它自身的精神力量特质。当你出现了情绪方面的波动时，可以借助它来实现平衡。简单来说，它就是一个保险装置，只要戴着它，你就不会因为情绪方面的冲击而失控。当然了，并不是说你一戴上它就进入第二阶段了，你需要时间来适应它，慢慢和它建立联系。但归根结底，有了它，你就会真正进入第二阶段。"

陆辛静静地看着那副眼镜。对于第二阶段，他有过很多猜想，没想到最终是这样实现的。他了解那幅画的可怕之处，因此对这副眼镜有些警惕。这样一副眼镜真的可以帮助他保持情绪稳定吗？

当陆辛沉默地打量着那副眼镜的时候，其他人也都保持着沉默。与此同时，红斗篷怪物再次散发出了精神辐射，这次冲击的威力比之前可怕了很多。时不时有惨叫声远远地传来，代表着一出出悲剧的发生。

白教授又低头看了一眼腕表："还有两分钟。"然后他看向陆辛，"进行第二阶段的强化，不只是需要我们相信精神能力者不会失控，同样也需要精神能力者相信我们的能力。比如壁虎，他就是我们相信他，他却不相信我们的代表。你递交了申请，我们选择相信你，所以通过了你的申请，打造了这件特殊寄生物品。现在，我们给出了方案，也需要你来做出选择了。"

感觉到有无数道目光落在了自己身上，一直沉默着的陆辛终于抬起头来。他的目光从呆呆看着自己的娃娃身上扫向紧抿着嘴的陈菁，然后扫过周围浑身紧绷的特遣小队成员，扫过眼前的白教授，扫过他后面那个笑容和气的圆脸男人。最后，他的目光落在了那个脸硬得像石头的男人身上。他能感受到，在场所有人里，对他最为警惕的就是这个男人。

他声音嘶哑地开口道："你们选择相信我，就不怕我……其实是个疯子？"

面庞坚毅的沈部长被陆辛看着，整个身子都微微绷紧了。他慢慢地把手伸到腿边，将自己的枪拔了出来。看到这个动作，周围的人都异常紧张，感觉喉咙干涩。然后他们就看到沈部长又取出一个小包，和枪一起直接向陆辛扔了过去。陆辛接住枪和小包，发现小包里满满都是特殊子弹。

"就算你是疯子，你也是青港城的疯子。"沈部长沉声道，"我确实一直对你们充满了警惕，但我也非常清楚，而且必须承认，我们这座城市一直都是由'疯子'保护着的。"

陆辛不说话了。半晌之后，他将枪和特殊子弹全都塞进了自己的背包里。然后他露出笑容，轻松道："这个任务做完，我应该就有足够的钱买套房子了吧？"

周围的人都有些没反应过来，倒是苏先生笑道："我保证，够了。"

"呼——"陆辛长舒了一口气，活动了一下自己的脖子，发出咔咔的响声。然后他抬头看向面前这些人，迎着这些人各自不同的表情，诚恳地笑了一声："这个任务我接了。"

周围出现了短时间的安静，这份安静里藏了一些担忧，比担忧更多的是期待。

"现在……"频道里，韩冰的声音响了起来，带了一点颤音。"啪"的一声，她好像拍了一下自己的心口，好让声音保持稳定。"现在通报任务信息！"

海上国S级精神能力者精神体清理任务

任务等级：S级

执行人：单兵

信息分析专员：韩冰

辅助人员：特别行动小队成员娃娃

说完这些，她顿了一下，轻声询问："单兵先生，准备好了吗？"

"准备好了。"陆辛轻声答应道，然后拿起箱子里的眼镜。

周围所有人都下意识向他手里的眼镜看了过去。

陆辛的手指接触到这副眼镜时，那种认为它是活物的感觉更明显了。他甚至感觉到冰冷的镜框好像轻轻抽搐了一下，仿佛它也有点紧张似的。不过他定睛看了一眼，它顿时又变得死气沉沉的。

感觉还挺狡猾的。陆辛向它笑了笑，然后将它戴了起来。

"吱吱……"左眼镜片上，一道蓝光从上而下轻轻扫过。旋即，从左边的镜架里传来了一个清晰的电子音："视网膜信息已记录。初始情绪阈值已记录。初始化程序已启动。"

左眼镜片上出现了一串看不懂的数据，但陆辛将更多的注意力放在了镜架上。他能够明显感觉到，镜架贴住两侧的太阳穴后，有一缕缕像丝线一样的东西在慢慢地渗入他的皮肤，就好像这副眼镜正在变成他身体的一部分。他有一种意识微微发沉的感觉，仿佛整个人都跌入了无尽的黑暗之中，一直在往下跌去。忽然，他听到了剧烈的心跳声，"咚咚……咚咚……"，无尽的黑暗深处，一双漠然的眼睛猛地睁开。

"呼……"陆辛清醒过来，才发现什么都没改变，眼镜仍然安安稳稳地戴在脸上，就像一个普通的物件一样。

他抬头向前看去，只见眼前的景象出现了一些变化。随着他的凝视，左眼镜片里的画面可以拉近或拉远。当画面锁定某个人或物体时，镜片上会出现一个红框，并跳出一行数据，显示着这个人或物体的精神量级等。不过，只有左眼镜片有这种功能，右眼则没有变化，只是普通的平光镜。这种感觉很奇妙，就像在脸上放了一台小电视一样。

"能听到吗？单兵先生，能听到吗？"韩冰的声音再度响起，却是来自左边的镜架，而不是左耳里的耳机。陆辛戴上这副眼镜后，左耳里的耳机受到干扰，已经不管用了。

"原来还有耳机的功能！"陆辛诧异了一下，然后笑道，"这眼镜挺先进的。"

白教授的脸色有些古怪，点了一下头，道："确实加入了一些科技手段。"他心想："这眼镜确实先进，但与塞进去的各种科技相比，它本身才是最厉害的——算了，反正眼镜已经是人家的了。"

"那好，我现在先过去把工作处理一下。"陆辛轻轻向众人点点头，然后转身向前走去。刚走出没几步，他忽然转过头来，看到娃娃正飘在自己身后，像个小尾巴一样。

"在这里等我，我一会儿就回来。"他朝娃娃露出了一个笑容。

娃娃还是低着头向前飘。

陆辛皱了皱眉头，道："如果你假装听不见，我可就生气了。"

娃娃怔了一下，停住了，表情有些委屈。

"你在车里等着我。"陆辛再次向她笑了笑，指了一下厢式汽车，然后继续向前走去。

看着他们俩的相处模式，周围的人面面相觑。

陆辛走得越来越快。他的面前是那只高达一百多米的红斗篷怪物，它那高大的身躯使得这座城市里的所有人都渺小得像蚂蚁一样。而它那红月之下显得异常鲜艳的红色斗篷里关押着深不见底的黑暗，黑暗里隐隐有一些东西在骚动。主城的各个地方都有扭曲的精神力量传递过去，一只又一只漏网的精神怪物受到它的吸引，缓缓向它爬去，沿途尽是受到污染的人。

绝望的父亲抱着干瘪的孩子无力地痛哭着。狼狈的年轻人徒劳地抱着木然向前走的女朋友的双腿。四肢反撑在地上的老人异常轻快地爬动着，对面是一群惊慌失措的孩子，还有张开双臂挡在孩子们前面的胖老师。

"砰！"陆辛开枪将那个变异的老人打成了一团焦炭。他脚步不停，继续向前走着。

"我真的对付得了这样的精神怪物吗？"陆辛心想，"我连它究竟是什么都不知道，当然是很难的，但如果我确实可以一点顾虑也没有呢？"

他的思路出现了些许变化，脸上的眼镜在某种程度上给了他安全感，他心里甚至渐渐满怀期待。

因为他要进行第二阶段，所以他的家人都躲了起来。但如今第二阶段已经完成了，他们就没必要再躲了吧？

陆辛想着这个问题，心情变得越来越轻松，走着走着就跑了起来。他只是一个普通人，也没有借用妹妹的力量，所以即便奔跑起来，速度相对来说仍然比较慢。在横七竖八的车辆与东倒西歪的人群之中，他显得非常渺小。

"哥哥！我来啦！"

前方的高楼上响起了一个开心的笑声。陆辛抬头看去，只见一道小小的影子飞快地从高楼上爬了下来。那是已经好几天没见的妹妹，她凌乱黑发下的眼睛异常明亮。

陆辛用食指扶了一下鼻梁上的眼镜，然后笑着向妹妹伸出了手。妹妹在距离地面十几米时就高高地跳了下来，张开怀抱，抱住了陆辛的胳膊。刹那间，陆辛感觉到了一种截然不同的力量。他的身形微微扭曲，速度一下子就快了很多，一边跑一边轻盈地跳过一辆辆挡路的车。

前方路边出现了一个挎着挎包的女人，她温柔地向陆辛看了过来，点头微笑："这眼镜挺适合你的。"

"够了吗？"陆辛也笑着看向妈妈。

"够不够的，都不重要。"妈妈笑着回答，"主要是，既然你已经达到了第二阶段，就要开始注意修复关系了。我们是一家人，每天生活在一起，总是搞得你提防我，我提防你的，有什么意思？"

陆辛觉得妈妈说得有道理，就点头道："好的。"

精神辐射的威力正在加剧，陆辛越接近东海大酒店，精神辐射便越严重。众人在监控中看到，陆辛的身体周围出现了一团团扭曲的波动，这让他们感觉有些眼花。待到眼睛适应之后，他们竟然看到陆辛身边跟着一大一小两道影子。

沈部长瞳孔微缩，倒吸了一口凉气，头发都要立起来了。他怒意横生，恶狠狠地向白教授看了过去。

"你这个老骗子！你不是说他的家人并不是真实存在的，会随着他第二阶段的强化消失吗？那你给我解释解释，这究竟是怎么回事？"

苏先生有些无奈地看了白教授一眼："下次不能再这样了。"

陈菁好一会儿才反应过来，白教授在这件事情里究竟起到了什么作用。

"怎么能说我是骗子呢？"白教授有些无辜地摊了一下手，"我说的一切都只是基于事实的合理推测罢了！因为是推测，所以出现偏差也是很正常的吧？"

完成了第二阶段，陆辛安心了很多。如今有家人在身边，他就更安心了。尤其是，他已经好几天没有见到家人了。他不是那种擅长通过言语表达自己感情的人，只是觉得此时身上充满了力量。

他的速度越来越快，像蜘蛛一样爬过楼面、电线，以及无数倾翻的车辆，很快就来到了东海大酒店旁边。他抬头看去，那只比东海大酒店还要高的红斗篷怪物就默默地立在大楼旁边，距离越近，越可以感受到那红色身影的高大。它只是站在那里，就让周围的空气出现了各种各样的变化，阴冷的风搅动着四周。

广场上布满了形形色色的精神怪物，它们有的长了三颗脑袋，一颗在哭，一颗在笑，另一颗在看前面两颗的热闹；有的身体是一个女人，却有两个男人从两侧生长出来，痛苦地叫着。这些怪物都是之前的抓捕行动中遗漏的，它们纷纷向红斗篷怪物爬了过去，爬到跟前，就直接从怪物的裤腿位置钻进去，消失不见了。然后，红斗篷怪物身上的精神力量显得更为凝实，并持续散发出各种异样的波动。

"这么大的精神怪物，不太好解决啊……"陆辛叹了一口气，看向妹妹，"你可以放开我了吧？"

自出现以后，妹妹就一直吊在他的手臂上，像一只浣熊一样。听了他的话，她立刻翻了个白眼，抱得更紧了："我不要，我要保护你。"

"可是我们得开始工作了。"陆辛仰头看了一眼红斗篷怪物，"它太庞大了，所以，你可不可以像之前那样，直接污染它的身体？"

妹妹难以置信地看着陆辛："你要借给我你的力量吗？"

"你是我妹妹，说什么借不借的……"

妹妹有些吓人的小脸上露出了惊喜的表情，她用力点点头，忽然飞快地向前爬去。

陆辛能够感觉到，在她爬向前方时，他的身体似乎仍然与她有某种联系。因为他此时的心情很平静，非常相信她，所以他身上似乎正有一种东西飞快地冲向她，这让她小小的身子显得异常清晰。

"嗖！嗖！嗖！"妹妹飞快地穿梭在各种各样的精神怪物中间，不时扭曲身形，躲过怪物的爪子或触手，距离红斗篷怪物越来越近。

"嘻嘻，红色大娃娃好可爱！"一口气冲到红斗篷怪物面前，妹妹高兴地叫喊着，小小的身子从地上跳起，向红斗篷怪物扑了过去。

红斗篷怪物这时起码有一百二十多米高了，光是一只脚恐怕就有十多米长、两三米宽，妹妹小小的身躯和它比起来简直像颗小米粒。但是，妹妹一碰到它，它身上就出现了一片涟漪似的扭曲。下一刻，妹妹的两只小手"拥抱"住它的地方开始有不协调的感觉向周围蔓延，它本来平整光滑的身躯忽然就变得毛糙起来，刺眼的疤痕一道道交错着显现。

因为是由精神力量构成的，它的红色斗篷显得光洁如新、平整如镜，在红月下有一种异样的美。但如今，这种美却被污染了。它仿佛一下子变成了抹布，暗淡无光，而且布满了缝合的痕迹。

红斗篷怪物似乎察觉到了妹妹的存在，本来一直静立不动的它忽然慢慢低下了头，空洞的眼睛看向妹妹。它身上继续散发出异样的波动，不停地扩散向远方，妹妹自然在这个范围之内。

在这种波动的笼罩下，妹妹的身体一下子扭曲得不成人形了，好像一个被粗暴地揉成一团的布娃娃。

"咯咯咯！"但妹妹却发出了阴冷的笑声。下一刻，她忽然将身体弯折得更加厉害，然后身体一下子四分五裂，每一部分都好像有自己的生命，往红斗篷怪物的全身各处爬去，将她可以"拥抱"的范围变得更广。

红斗篷怪物的眼睛有了焦点，木讷的脸上多了些许生气。"嗡！"忽然又是一阵波动，周围所有东西都弹了出去，其中包括很多刚刚冲到它身前的精神怪物，它们就像一堆跳蚤似的，被弹得漫天飞舞。

妹妹飞出去了三十多米远，分散开来的身体合在一起，一个屁股蹲儿坐在了地上。她摔蒙了，发了一会儿呆。等她反应过来，她生气地爬起来，再次冲了过去。

"妹妹似乎拿这怪物没有办法。"此时，陆辛正乘坐着东海大酒店的室外电梯，一路向上升去。透过电梯的玻璃墙，他看到，刚才妹妹污染了红斗篷怪物的一大部分，但是怪物将妹妹弹飞时，所有被污染的地方都变回了原状，就像泛起涟漪的水面恢复平静一样。这与之前对付精神污染炸弹时不一样，妹妹好像做了无用功。

"毕竟妹妹还小嘛！"妈妈掩口微笑，好像在幸灾乐祸，"你看她被人打的时候多开心！"

陆辛一时不知道该怎么回应。

他乘坐电梯和妈妈一起来到顶楼，妈妈有些好奇地向娃娃的安全屋看了一眼。然后他们通过走廊尽头的安全楼梯来到楼顶，站在大楼边缘，看向巨大的红斗篷怪物。哪怕在楼顶，也只到怪物的胸口位置，抬头看去就能够看到怪物的脸——非常具象，苍白而空洞。

"单兵，可以听到吗？"眼镜的内嵌耳机里传出韩冰有些焦急的声音。

"哦，可以听到。"陆辛急忙解释了一句，"我刚才在电梯里，而且因为距离怪物太近，信号受到了影响。"

"电梯？"韩冰用了几秒时间，才将陆辛这时候还乘坐电梯的荒诞感从脑海里排遣了出去，她竭力保持冷静，道："特遣小队正在撤出，他们的调查报告要不要发给你？"

陆辛想了一下，道："现在发给我，我也没有时间看，还是请你帮我分析一下吧！我最关心的问题是，这怪物究竟是什么性质的精神体？刚才我看到，它似乎对其他形式的污染有着非常大的抵抗能力……明明已经污染了一部分，但它很快就复原了。"

"污染？"韩冰并不清楚陆辛为什么会提出这么一个怪异的问题，精神怪物也会被污染？"现在我转述陈教授发过来的分析……"她很快又道，看样子，如今她只是对接专家，信息分析有专业人士参与，"精神怪物也可以被污染，只要污染它的对象拥有更强的力量，或是在污染逻辑上对其有某种程度的克制与覆盖能力。但当受污染的对象精神量级强大到一定程度时，它便可以通过不断修复自身与排斥污染力量的方法，来达到对抗污染，保持自身稳定的目的。"

"所以妹妹才拿这怪物没办法？"陆辛捏住眼镜腿，转头问妈妈，"你有什么好办法？"

妈妈正若有所思地看着那只怪物，闻言轻声笑道："我发现了很多问题，其中最重要的是……"她忽然转头向陆辛看了过来，"你捏着的地方是耳机，不是话筒！所以，你跟我说话的声音，他们都听到了哦！"

"啊这……"陆辛怔了一下，摘下眼镜看了看，又无奈地戴上，笑道，"听到就听到吧！反正我的家人是真实的！"

似乎是听出了陆辛话里的坦诚，妈妈的心情变得非常好。她又抬头看向红斗篷怪物："这个人很有意思呢！活着的时候却不想活着！或许有人会觉得，他想要死去是因为活着太痛苦，想求得解脱，但为什么不能理解成，他只是单纯想要死去呢？只有死掉，他才能释放自己的负面情绪吧？"

陆辛认真地听着妈妈的话，若有所思道："我记得，在之前的培训课程中，韩冰给我讲过，精神力是具备活性的。他想要死去，便说明他的存在与活性是相悖的？那么，会不会是因为这种感觉，这只怪物才有了吞噬精神力量的特性？"

信息分析小组的所有人都静静地听着陆辛的声音回荡在办公室里。因为这时候的陆辛距离红斗篷怪物太近了，所以这个声音伴随着杂音，但他们还是听出了他好像在与什么人聊天。最关键的是，他说的那些话解开了他们的某种疑惑。

"单兵的分析有道理。"陈教授第一个从陆辛那听着有些不正常的自言自语中留意到他说的内容蕴含的价值，"那么，怎样才能阻止它吞噬精神力量呢？"

与此同时，陆辛也在想着这个问题。他抬头仔细看着这只怪物。他可以看到别人看不见的精神怪物，而眼前这只精神怪物是全城的人都可以看到的。从远处看，它身上的红色斗篷显得无比真实，甚至有阴影和褶皱。但离得近了，陆辛才发现，它并不是寻常意义上的实体。这只代号为"红衣使徒"的精神怪物其实是由一根根丝线组成的，这些丝线绷得笔直，密密麻麻的，不知有几百万根，编织成了全城人在远处看到的形象。就好像距离电视屏幕较远时，它的画面看起来清晰可辨，但离得近了，才发现是一粒粒像素。那一根根丝线就是这只怪物的"像素"。

陆辛突然看到，其中一根丝线就连在自己身上。面对这种奇怪现象，他直接转身看向妈妈："可以帮我吗？"

"一家人说什么帮不帮的……"妈妈笑着看向陆辛，温柔道，"但是解决这个问题后，会出现其他问题哦！"

陆辛笑道："一个个解决就好了。"

"真聪明。"妈妈微笑着点点头，然后姿势优雅地从挎包里拿出一把精巧的剪刀。她把剪刀伸到陆辛面前，那根连着他与红衣使徒的丝线"咔嚓"一声轻轻被剪断了。

陆辛一下子感觉变轻松了，就好像在他的眼里，红衣使徒失去了那种神秘的吸引力。

"呼——"仿佛有无形的风吹过，更多的红色丝线轻盈地飘飞着，向陆辛延伸过来。

陆辛后退一步，向妈妈道："只剪断一根是不够的。"

"哎哟，你还挺心急！"妈妈白了陆辛一眼，然后款款地向前走去。

陆辛看着她走到大楼的边沿位置，穿着白色小礼服的她在红月下优雅又迷人。同时，他看到楼下的花池旁边出现了另一个妈妈，她同样挎着小包，站在怪物的脚边，抬头看着它。

广场的长椅上，东海岸的钢铁吊桥边，一个花园的大榕树下，一间办公室的落地窗前……无数个妈妈出现，笑看着这只怪物。她们同时举起了一把精巧的剪刀，动作整齐划一。

"咔嚓……"微弱而清脆的声音合在一起，产生了一种悦耳的震荡感。

当剪刀的声音响起时，整座城市里所有呆呆站立在原地，看着那只怪物出神的人忽然大口喘起了粗气。随后，有人跌倒在地，有人猛地蹲下。他们都露出了惊骇又恐惧的表情，同时感觉异常疲惫。再次抬头看过去，就发现清晰无比的红衣使徒已经消失不见了。

其实不是红衣使徒消失不见了，而是他们无法再看清楚它了，只能感觉到东海大酒店旁边有一大团扭曲的暗红色空气，在红月的照耀下不停地泛起奇怪的波纹。

"看不见了！"

"红衣使徒消失了！"

隔离区附近的临时指挥中心很快响起了一片激动的欢呼声。就连陈菁等人都按捺不住心中的激动，快速向东海大酒店看了一眼。果然，那道红色的身影消失了。有人以为问题已经解决，兴奋得几乎要跳起来了。

"请注意，红衣使徒并没有被解决！"白教授的声音在激动的众人耳边响起，"单兵只是截断了我们与红衣使徒之间的污染逻辑链。刚才其实我们每个人都处于红衣使徒的污染之下，只是很难发现，唯一的凭证就是我们可以看到它的样子。如今联系已经中断，我们不再继续受污染，也就无法再看到它了。同时，红衣使徒的精神量级增长也被截断了。"

白教授向身边的秘书说道："把这个能力记录下来。"

"另外……"他转头看向苏先生与沈部长，"红衣使徒的精神量级增长被截断，必然会出现一些变化，其中最可怕的就是那些被它吸引的精神怪物必然会扩散。"

嘀嘀嘀！仿佛是在印证他的话，无数的精神检测器同时响了起来，闪烁的红光交织成了一片红色的海洋。那是那些精神异变者身上残留的精神怪物。虽然有差不多七成的精神怪物提前被送进了隔离区，然后被娃娃一次性解决了，但剩下的仍然不少。其中有大半已经被红衣使徒吞噬了，剩下的一小半则还在路上。它们本来一直在被红衣使徒吸引，虽然也会沿途污染路人，但因为行进路线固定，所以比较容易躲避。联系被中断的刹那，它们同时停止了移动。约束它们的规则已经消失，于是，它们立刻被本能所驱使，潮水一般散开了。

检测器警报声大作，所有的特遣小队成员都攥紧了手里的枪。

"报告，绝大部分精神怪物正向西方扩散，似乎……似乎是受到了城中人口的吸引！"对讲机里响起了观察人员的大叫声。

"到了考验我们清理污染源能力的时候了。"苏先生没有惊慌，只是轻轻点了一下头。

沈部长立刻拿起对讲机，大声道："所有特遣小队注意，在东海大酒店三千米范围外拉起一圈封锁线，允许使用中级离子步枪，绝不允许污染源扩散到封锁线外。另外，所有精神能力者，立刻去清理那些已经逃出封锁区的精神怪物。最危险的地方让那些D级人员去！"

"准备得这么充足，你这是早就策划好了？"白教授转头看向沈部长，笑着打趣了一句。

"当然是早就准备好了。"沈部长冷着面孔道，"不过，本来是为那些参加高级人才培训会议的疯——精神能力者准备的。"

当妈妈伸出剪刀剪断联系的时候，红衣使徒顿时出现了剧烈的变化。无数绷紧的丝线猛地收回，发出"咻咻咻"的声音。红衣使徒的身体明显地摇晃起来，像失去了束缚一样。下一刻，它再次释放出精神辐射，比之前任何一次都要强烈，而且夹杂着丝丝缕缕的红色光芒——那些构成它的丝线好像很不甘心，疯狂地向四面八方散去，企图重新连接上目标。

但它们最先遇到的是妈妈。花池、地下停车场、公寓、废弃的汽车、商场旁边的咖啡店……到处都有她的身影。在红月的照耀下，她笑得温柔且迷人。精神辐射冲击到她的身上，仿佛遇到了一堵无法突破的墙，被撞得倒卷回去。这个过程中甚至看不出力量冲撞的痕迹，只是顺其自然，因为她在，所以过不去。这怪物身上的丝线无法再与这座城里的人产生联系。

除了陆辛。陆辛站在大楼楼顶，距离这只怪物最近，所以他不但受到了冲击，而且受到的冲击是最多的。一开始只有一条丝线连着他，这时却一下子有无穷无尽的丝线扑到了他的身上。他的心里顿时生出一种空虚感，觉得空虚到了极致，非常痛苦。这种痛苦并不真实，不是因为肉体上的什么伤口，也不是因为精神受到了什么打击，它是一种因为无法言明的空虚而感到的痛苦。这样的情绪每一秒钟都在融解他对这个世界的所有渴望，而人一旦失去所有渴望，便只会剩下一个念头——死亡！

当一个人空虚到极致时，死亡反而是唯一感觉真实的东西。陆辛生出了将手伸进背包，掏出枪来对着自己的脑袋开一枪的想法。"呼——"感受着这种强烈的情绪冲击，他轻轻发出了一声满是绝望的叹息。

他没有再请求妈妈过来帮忙，因为他已经有了别的决定。他的心里有一扇门，他只会在完全没有办法的时候打开它。他没有任何犹豫，直接打开了它。

在无穷的丝线笼罩住陆辛，空虚感将他淹没的关键时刻，他身后那道被红月照射出来的影子变得异常黑暗，仿佛将周围的光线全部吞噬了。忽然，一双眼睛自黑影里睁开来，血红一片。

刹那间，一连串清脆的声音响起，那是所有连在陆辛身上的丝线同时崩断了。正冲过来的丝线也被弹开，绕着他向两侧飘了过去。他的周身形成了一个极为私密的空间，不允许其他任何力量进入。

"呵呵呵！"干巴巴的笑声响起，黑影猛地抖动起来，仿佛要站起来包裹住陆辛。但陆辛忽然转过身，目光平静地俯视着它。

黑影被他盯着，出现了片刻的犹豫，暂时压制住了不停涌动的力量，留在了地面上。它用血红色的眼睛直视着陆辛。

"这次是要你来帮忙的。"陆辛看着自己的影子，平静地说道。

又是一阵笑声，充满了不屑。黑影像潮水一样涌动着、颤抖着，似乎仍然打算包裹住陆辛。

"你别笑。"陆辛微微皱起了眉头，"你这样的笑声会让我觉得相信你是一件错误的事情。"

黑影的眼睛更红了，压抑着怒气冷笑道："你真的会相信我？"

"当然，我们毕竟是一家人。"陆辛耐心地说道，"一家人总是要相互扶持的，彼此提防着有什么意思呢？其实我也知道，只要有机会，你就会离开这个家。我也无数次想过逃离这个家，但最终，你没得到机会，我也决定接受自己的家人。那么，我们为什么还要继续这么提防着彼此呢？我们换一种更好的相处方式，互帮互助，不是更好吗？"最后这句话，他说得非常真诚。

黑影沉默半晌，红月的光芒将它勾勒得异常清晰。如果仔细看去，便可以看到这道黑影里有一圈圈涟漪。

"你现在跟我说这些，是因为你得到了第二阶段的关键物品，有了底气吗？"黑影忽然怒意更盛。

"不是。"陆辛摇头道，"我是为了更好地跟你交流，跟家人相处，才追求的第二阶段。我是因为相信你，才跟你说这些。而我相信你，是因为每次接近你，我都会感受到你的感受。"

陆辛看着那双血红色的眼睛，慢慢说道："我在你身上感受到的不是愤怒，"他顿了顿，又道，"而是痛苦，无能为力的痛苦，痛恨自己是废物的痛苦。"

黑影忽然像怒浪一样立了起来，足足有两三米高，直接将陆辛笼罩在里面，巨大的声势把红衣使徒辐射过来的力量都冲散了。黑影缠住陆辛的脖子，血红色的眼睛与他的相对，似乎想要将他撕碎。

"你胡说八道！你才是个废物，你是个什么都不懂的废物！你根本什么都不知道！"

陆辛忍受着从黑影里传递过来的狂躁与愤怒，以及潮水般的痛苦意志，保持着自己的平和。"我知道的可能确实很少，毕竟我很多记忆都消失了，家人也不知道是真是假。但我仔细地想过，总算确定自己还有一种东西是真的。"

他指向自己的心口，也仿佛指向了黑影的心口。"我的感觉是真的。"

这话里的真诚让黑影的狂躁平复了少许，但它还是颤抖个不停。

"所以，我才要跟你说这番话。"陆辛放下手，平静而认真地看着黑影，"我会真正地把你当成家人，与你互相帮助，感受你的感受，排遣你的痛苦。如果有一天，我有了足够的力量，我会帮你摆脱这种痛苦。就算我没有这种力量，也会一直努力去做那些家人应该做的事情。"

"你呢？"他的脸色太过平静，反而渐渐显得有些冷漠了，眼睛里有种异样的光芒，"我现在真的是非常真诚地在请求你，希望你可以像个真正的家人一样。"他微微咬着牙，表情有些阴森，语气却很温柔，"你是愿意答应我，还是硬要搞得一家人都不痛快呢？"

"嗡！"红衣使徒摇摇晃晃地微微睁开了眼睛。一只苍白的大手沉重而缓慢地举起，将天空中的红月挡住了。这只大手的每一寸皮肤都是由一种绝望而深沉的精神力量构成的，它带着让人从心底感到绝望的气息，向陆辛挥了过来。很明显，陆辛对它散发出来的力量的排斥引起了它的注意。

陆辛背对着红月，背对着红衣使徒，注意力似乎都在自己被红月拉长的扭曲变形的影子上面，根本就没有注意到身后的危险。

楼顶的混凝土被红衣使徒的大手所引动的力量揭去了一层又一层，平整的楼顶一下子变得坑坑洼洼，破烂不堪。一股巨大的力量正在迫近陆辛。

大楼底下，正死皮赖脸地抱住怪物的妹妹有些担心地抬起头看向楼顶。大楼对面一栋三层小楼的落地窗前，妈妈的眼神也有些担忧。不过她担心的不是陆辛，而是另外一件事。

就在那只大手即将碰到陆辛时，陆辛转过身来了。仿佛被这股凌乱的精神力量吓到了，他下意识抬起手来抵挡。他的手与红衣使徒的手相比，大小悬殊到了极点，当然挡不住。但是，当他抬起手来时，身后的黑影也跟着抬起了手，直接挡住了红衣使徒的大手。霎时，整栋大楼发出了令人牙酸的扭曲声。

在黑影的笼罩下，陆辛猛地抬起头看向红衣使徒，眼睛里布满血丝。红衣使徒似乎没有一般的精神怪物的那种灵动，只有一种空虚到极致的漠然。但是，迎着陆辛的目光，它还是下意识想收回自己的手。这或许只是一种本能，毕竟只有收回手，它才能再次抬起手挥向陆辛。

但它正欲收回自己的手，却发现手掌已经动不了了。

站在楼顶的陆辛用黑影挡住了这只虚幻的大手，仔细看的话就会发现，黑色的影子与红色的大手接触的地方，正有丝丝缕缕的黑影渗进大手里。

"去他的空虚……"陆辛忽然开口，声音空洞，却有一种兴奋而残忍的感觉。紧接着，他忽然向后一拉，将那只大手给扯了过来。因为力量够大，足有一百二三十米高的红衣使徒被他拉扯得微微一动。

下一秒，陆辛身后的黑影开始闪烁，随之不停地膨胀起来，越来越高大。它忽然闪到前方，直接扑到了红衣使徒的身上。红衣使徒实在太大了，即便是这道黑影也无法完全覆盖住它，但这已经足够了。

黑影笼罩住了红衣使徒的一只手臂，从手掌到肩胛骨位置，一只完整的手臂。黑影的顶端依稀能分辨出是一个人形，那人形抬起手，手里握着的东西从形状来看是一把菜刀。

陆辛抬起手向前挥出，人形也随着他的动作挥出了手里的菜刀。

"刺啦——"红衣使徒长达几十米的手臂忽然就从它巨大的身躯上分离了出去，手臂上的活性飞快地消散，轻轻地向下跌落。

"咯咯咯！"大楼下面传来兴奋的笑声。那是一次次尝试污染红衣使徒，却一次次被弹飞的妹妹。看到那只正在跌落的手臂，她顿时兴奋地跳到空中，张开怀抱用力将它抱住。下一刻，手臂迅速扭曲，上面布满了缝缝补补的痕迹。

"这个好玩！"妹妹兴奋地大叫着，双手抱着这只手臂，用力向红衣使徒打了过去。

"嗡——"红衣使徒被打中的地方出现了明显的扭曲。

"呵呵呵！"陆辛眼睛血红地盯着红衣使徒，周围的黑影张牙舞爪。他指着红衣使徒，狠狠骂道："废物！"

红衣使徒仿佛察觉到了黑影的可怕，断了手臂的位置延伸出很多红色的触手，每一根都好像有着自己的生命力。它们蛇一般游向黑影，仿佛想要钻进去，但是没有用，所有触碰到黑影的触手都瞬间痛苦地痉挛起来。

红衣使徒伸出另一只手，重重地向楼顶上的陆辛拍了下去。似乎是因为陆辛给它带来了真正的痛苦，所以它的愤怒比之前更甚了。它终于结结实实地拍中了陆辛，陆辛连带黑影全部被扭曲、挤压到一定程度，然后爆裂开来。巨大的精神力掀起的波纹似乎可以将任何实体绞碎，碎屑纷飞，狂风席卷。

红衣使徒收回手掌，等着烟尘散去。然后它就看到，巨大的高楼被它拍垮了两层，只剩几根水泥柱孤零零地立着。

陆辛正站在其中一根水泥柱上。他抬头看向红衣使徒，脸上带着笑容。他刚才明明被那股庞大的精神力拍中了，此刻却没有一点异样的反应，好像完全不受影响似的。只是，因为周围景物的变化，他的影子显得更凌乱，也更高大了。

"呵呵呵呵呵！"陆辛忽然发出了魔鬼般的笑声，古怪而庞大的黑影再次向前扑了过去。这一次，黑影分散得更大，覆盖的面积也更广了。陆辛挥舞起手里并不存在的菜刀，一刀刀砍了下去。令人头皮发麻的剁骨头的声音在东海大酒店响起，陆辛和他的影子砍得很是认真，每一刀都结结实实地砍在了红衣使徒的某一个部位上。一刀不行就两刀，两刀不行就四刀，一直砍到这个部位出现裂隙，砍到它和红衣使徒的身体分离。

黑影蔓延到红衣使徒剩下的那条胳膊上，剁骨头的声音大作，它仅剩的一条胳膊也跌落了下去；黑影蔓延到它的双腿位置，两条腿忽然从中折断；黑影蔓延到它的脖子位置，它的脑袋也落了下来。

红衣使徒正在被陆辛的影子肢解。

轰隆！庞大的身躯必然有着庞大的质量，当黑影蔓延过来，将它肢解得四分五裂时，它的身体开始像一栋被爆破的大厦一样崩塌，一截一截地坠落。断裂与倾塌时迸发出来的精神力量将东海大酒店的钢化玻璃震成了碎渣，无论是混凝土还是钢筋，也都出现了异样的扭曲。

陆辛站在酒店的楼顶上，俯视着崩塌的红衣使徒，神态高高在上，带着些鄙弃。

"那是什么声音？"

听到从东海大酒店传来的爆破声，苏先生与沈部长的脸都微微发白了。

只有白教授的脸上有着压抑不住的激动："那是我对单兵最大的期待——代号为'暴君'的力量！"

无论其他人正怎么想象陆辛清理红衣使徒的画面，都猜不到他此时的真实感受——他感觉有些无聊。

他静静地站在大楼顶端，俯视着红衣使徒的残肢断臂。若是从普通人的视角看过去，会看到一团庞大的暗红色旋涡正凝聚在东海大酒店旁边的空气里，而这团旋涡里正有一道黑影在上下冲撞，所过之处出现了一道道裂隙。旋涡正在分崩离析，速度是如此之快，如同雪崩之势。

"咔咔咔……"但红衣使徒庞大身体的各个部分之间好像拥有吸引力，轰隆隆摔落到地面上以后，又马上开始膨胀、融合——四分五裂的身躯正在缓缓重组。

"这家伙的自我修复能力真强大啊！只可惜……"望着下面那只正缓缓起身的巨大怪物，陆辛一脸高深莫测。他的影子继续从高楼之上蔓延下去，直接将怪物全部覆盖住了。

"砰砰砰！"在黑影的覆盖之下，红衣使徒身上频频传来剁骨头的声音，这种声音使得大楼下方就像一个屠宰场。

红衣使徒断掉的手臂自动接合，似乎想撑在地上，但下一刻，它的五指却已分崩离析。紧接着，手臂一下子断成了四截。它的左腿回到了原来的位置，但腰又瞬间被黑影斩成了两段。右腿跪在地上，一下子变成了三截。另一只手臂——哦，它没有另一只手臂，那只手臂已经被妹妹抢走了。

每当它重新接好一个部位，便有更多部位被斩断。于是，大楼下方出现了这样一幅诡异的画面——庞大的精神怪物不停地起身，又不停地被撕裂。它一次次地坍塌下去，巨大的身躯一点一点地变得矮小、脆弱。对它来说，肢解并不可怕，可怕的是持续性肢解。

陆辛仍然站在楼顶之上，俯视着下面不停挣扎的红衣使徒，一脸冷漠。而他投下的黑色影子里却有异常兴奋的笑声传出来，那是一个爱好厨艺的人面对大堆待处理食材时发出来的满意笑声。

"哥哥好棒！"妹妹一边喊着，一边用力向外拉扯红衣使徒的一条腿，仿佛在争夺玩具。

"真野蛮啊！"不远处的落地窗前，妈妈站在红月的光芒之下，笑得十分开心。

"精神异变者清除工作正在进行中。"

与此同时，东海大酒店三千米范围外，精神能力者们正在加速清理那些四散奔逃的精神怪物。

"这些怪物的精神力量会进行融合，所以不要只顾着杀人。"看门狗高大的身躯行走在一座灯光闪烁的商场之中，沉缓道，"要想解决这些精神怪物，要么是直接清理掉精神异变者身上扭曲的精神力，要么连人带精神力一同消灭。"

说话的过程中，忽然有一只扒了皮的猴子一样的怪物攀爬到了他的背上。它的胸膛忽然裂开，一个粗壮的口器弹射了出来，想咬他的脑袋。他没有回头，只是将自己头上戴的牛仔帽摘了下来，露出了一颗光秃秃的脑袋。

怪物长满倒刺的口器还未咬下，便发现看门狗光秃秃的脑袋上忽然也裂开了一道缝隙，缝隙里面则是密密麻麻的尖利牙齿。他的脑袋居然变出了一张大嘴，反而咬住了怪物的口器。

吱吱吱！"血猴子"十分惊恐，急欲逃走，却被这张大嘴扯了过去，完全扯进了看门狗的脑袋。

看门狗重新戴上牛仔帽，身躯似乎大了一点点。他舔了舔嘴唇，分享道："另外，它们的味道不坏，可以尝尝。"

一座被怪物与惊慌的人群占据的广场上，一个穿着粗布休闲外套的男人沉默地坐着，两只手握成拳头，慢慢地抵住了下巴。他的眼睛闭着，仿佛已经悄然进入了睡眠状态。以他为中心，某种力场正在扩散。冲到他身边的人或怪物，无一不悄无声息地跌倒了。男人周身仿佛有个死亡力场，一切贸然接近的都会倒下，甚至没有反应的时间。

"小伙子，不要怕！大爷我怎么说，你们就怎么做！没事的！"一条主干道的十字路口，一个穿着黑色作战服的女孩老气横秋地向身边那几位有些紧张的特遣小队成员说着。

然后她慢慢地抬起了双臂，几位成员顿时感觉好像有隐约的火花在闪烁。下一刻，他们恍惚地睁开了眼睛，吃惊地发现周围那些表现出各种诡异变化的人都消失不见了，取而代之的是一群头上顶着消防栓和平底锅的摇摇晃晃的僵尸。

"开枪吧！用特殊子弹，但要省着点！这样清理起来，你们的心理压力没那么大，甚至还有点解压……"

几位成员循声望去，顿时吓得大叫了一声。那个高中生模样的女孩已经不见了，跟他们说话的是一个脸色和蔼的大叔。

"砰砰砰！"穿着一身黑色风衣的壁虎正游走在一片居民楼的墙壁上。他两只手都握着枪，潇洒而流畅地挥舞着，每一枪打出的都是闪烁着耀眼蓝光的电浆子弹。这种子弹打在精神怪物身上，会立刻绽放出电弧，直接将怪物淹没，半晌之后就只剩一具烧焦的尸体了。

"好危险！好危险！……啊，我要死了！咦，死的不是我……"壁虎开枪的速度越来越快，同时向频道里哀号着，"琳达，我亲爱的琳达，我已经在为我们的未来拼命了。所以，在我随时可能丧命的情况下，你能不能满足我最后一个愿望？你那个二十几岁的孩子究竟是怎么回事？"

"孩子就是孩子，难道你还不想让我养？"频道里传出了铁翠冷漠的声音，"如果你解决完了相应区域的精神异变者，那你就该考虑去东海大酒店辅助单兵执行任务了。资料上显示，清除海上国精神能力者精神体的S级任务，主要执行人是单兵，而你和娃娃都是他小队里的成员。你甚至是副队长？啧啧，娃娃都只是队员。"

"配合单兵？"壁虎严肃起来，"这件事我有经验。"

"千万要小心！"铁翠没想到他答应得这么痛快，顿时有些紧张，但提醒过后却久久没有听见任何回应。过了一会儿，她忍不住小声问："你人呢？"

"我已经清完了杂兵，正在原地休息。"壁虎一本正经道，"上次和单兵队长一起执行任务的时候，我就是这么配合他的。"

铁翠："……"

"娃娃，现在不用你出手。对，你就坐在那里，继续看着单兵就好！"陈菁安抚了一下娃娃。

这时候的娃娃正坐在厢式汽车里，透过后门上的玻璃静静地看着东海大酒店方向。因为隔着玻璃，再加上没人敢盯着娃娃的脸看，所以谁也不知道她是不是真的可以看到什么。他们只能留意到，她的脸几乎贴在玻璃上了，表情认真，还会时不时歪一下脑袋。

陈菁轻轻叹了一口气，向苏先生等人汇报："精神怪物的清理工作很顺利，它们数量虽多，但精神量级大部分都比较低，最高的也不超过一千。唯一需要担心的……"

她向东海大酒店的方向看了一眼，单兵正在那里清理红衣使徒，她并不知道一只几万精神量级的精神怪物怎样才能清理掉。

"不用担心，"白教授看了车里的娃娃一眼，"如果单兵有危险，娃娃不会这么安静。"

苏先生感叹道："真想看看他具体是怎么做的啊！"

沈部长顿时有些紧张，沉声道："绝对不能。"

"好吧。"苏先生忽然想到了什么，脸上露出冷笑，"那就帮我连线海上国那位老舰长，要能看到他的样子。我要好好地问问这位老先生，真他妈的将我们青港城当成纸糊的了吗？"

"没有用的，青港城已经输定了。"

青港主城城北一座戒备森严的研究所内，海上国的第一任舰长被关押在一个狭小的房间里。除了那扇厚重的铁门，整个房间的墙壁都是由十厘米厚的铅板与水泥浇铸而成的，中间的夹层则是厚厚的钢化玻璃。密不透风的结构与小小的换气扇显得这个房间异常压抑。这是用来关押精神能力者的房间，老舰长虽然不是精神能力者，却"享受"了同等待遇。神态疲惫的他坐在一张长桌边，手上戴着镣铐，脖子上戴着精神能力抑制器。长桌上放着一盏台灯，刺眼的灯光打在他的脸上，使得他的整张脸看起来不仅疲惫，而且灰败，有一种油尽灯枯的感觉。维系他生命的吊瓶已经扔了，但给他注射了肾上腺素。所有人都知道，他的生命已经不多了，但在问出该问的之前，还不能让他死。老舰长对这一切都没有反抗，甚至因为不想被精神能力者强行控制大脑而没有尊严地交代出一切，所以在审讯中表现得很配合，将自己知道的所有事情都说了出来。不过，他的身上并没有那种大势已去的颓败感，偶尔睁开眼，浑浊的眼睛里满满都是胜券在握。

"对付精神能力者，唯一能做的就是提前把一切准备好。那些精神能力者可以改变人的记忆、感知，甚至是精神，唯独改变不了事实。所以，只要提前做好准备，引动最基本的逻辑，一切都会向正确的方向发展！"面对长桌另一边的审讯者，老舰长借着肾上腺素给自己带来的活力，冷漠地说着，"申明这个孩子会用他的死，给海上国带来唯一的生机。

"你们也不用一遍遍审我了，该告诉你们的我都已经告诉了。在你们没有发觉的情况下，深渊里的精神怪物被吸引到了青港城。你们没能提前做好准备，所以，这场混乱你们躲不掉。而当青港城陷入混乱的时候，申明可以借助那些精神怪物不停壮大自己，他的精神量级将会成长到从未有过的高度，他将成为真正的神明。青港城将会终结在他的手中。我知道你们研究出了一些克制精神能力者的武器，但那些东西在他的面前就像笑话。现在，我将一切都告诉你们了，但你们又能有什么办法呢？"

审讯者皱起了眉头。她是"青港六怪"之一，专攻心理学领域的五级人才贾梦怡。因为形势太过严峻，所以她主动接过了审讯任务。

贾医生思索了一会儿，道："我希望你明白，你认为十拿九稳的事情也会出现一些变数。现在我来告诉你青港城发生了什么。"她慢慢地翻开一份刚打印出来的文件，"首先，散布在青港主城中的精神异变者，我们提前八个小时左右发觉了他们的异常，并启动了对内的一级应急防御程序。在他们出现异变之前，我们已经将七成以上的精神异变者抓捕并隔离起来了。异变发生后，我们出动了一位A级精神能力者，瞬间清理了这些精神异变者。"

她停了一下，继续道："如果你们的S级精神能力者本来想借助这些精神怪物来将他的精神量级提升到十万，甚至更高程度的话，那么这个目的从一开始就失败了。事实也证明，你们海上国的那位S级精神能力者留下来的精神怪物'红衣使徒'，它的精神量级只增长到了不足五万。"

说到这里，她故意移动台灯，好让老舰长看到自己脸上得意的笑容。然后，在老舰长有些错愕的表情里，她继续说道："当然，剩下的三成精神异变者确实造成了一定的混乱，但因为城防部提前做好了封锁工作，这些精神怪物也被我们青港城的精神能力者定点清除了。至于红衣使徒，我们青港城的一位第二阶段精神能力者已经把它与城中精神怪物的联系截断了。呵呵，你一直装得很坦诚，其实隐瞒了红衣使徒可以吞噬普通人精神力量的事吧？

没关系，我们分析出来了。

"我可以告诉你，你认为是神的那只精神怪物，如今不但停止了精神量级的增长，而且已经被我们的精神能力者打得不成人形了……最直观的证据就是，它已经不能被全城的人直接看到了，可检测到的精神力量也在飞快减弱。"她又一次移动台灯，向老舰长露出一个得意的表情，"唉，挺遗憾的！原本我们还想拿它试试新研究的电离子炮的威力呢，可惜只派了两位精神能力者出手，问题就基本解决了！"

"这不可能！"老舰长的嘴唇在颤抖，贾医生说的话他不愿去相信。虽然他一遍遍告诉自己这些有可能是假的，但是，贾医生脸上那种让人想上去打一拳的得意表情，还是让他心里的怒意止不住地蹦出来。他从喉咙里发出一声愤怒的吼叫，仿佛一头苍老的狮子无力的哀嚎。

"不信吗？"贾医生起身拉开铁门上的铁片，露出一个狭小的窗口，"这间审讯室是我特意为你挑选的，方便你看到东海大酒店。你瞧瞧，"她的声音里有掩饰不住的得意，"现在还能不能直接看到那只怪物？"

老舰长瞪大眼睛看向狭小的窗口。他在被押送到这里的途中看到过红衣使徒高大的身躯俯瞰着这座城市的景象，所以，当他看到那个位置确实已经空空如也时，他的脸色一下子变得非常苍白。

"不可能，事情不可能是你说的那样！我们准备得很周密，不可能就这样被你们轻松解决！"他大喊着，与其说是在争辩，不如说是在安慰自己。

"可事实就是如此！"贾医生坐回长桌边，露出无辜的表情，然后叹息着道，"对了，反正你也不可能泄密，所以告诉你也没关系。我们青港城因为害怕某些精神能力者级别过高，被联盟研究院盯上，过来找我们要人，或是给我们定一些讨人厌的条条框框，所以我们一直有一个非常合理、非常正常的习惯，那就是把某些精神能力者的等级压低一级再汇报上去。联盟只以为青港城有一位A级精神能力者，殊不知我们有两位S级，其中一位，我们隐瞒了她的真实等级；另一位，我们根本就没想着上报。"

"你们这是在玩火，最终只会烧死自己！"老舰长再也压抑不住自己的怒火，声音嘶哑地大吼道，"两个S级根本不是一座高墙城可以承受的，你们也不可能有两个S级！而且……而且……你们真以为那孩子这么容易对付吗？就算你说的是真的，青港城也一样会毁灭！当你们逼得他不得不施展最后的能力时，青港城就会成为一个永远只有怪物存在的国度！"

发泄似的怒吼停下来后，老舰长感觉到审讯室里死一般安静。他看到，那个讨人厌的女人正缓缓收起脸上的笑容，眼睛里一片平静。他心里咯噔一下，瞬间生出了一种不好的预感。

"特别汇报！"贾医生没再理会老舰长，而是按着自己右耳里的耳机，轻声向频道里说道，"最新审讯结果，红衣使徒还有一种能力未曾施展，怀疑与释放大量精神怪物有关，请提醒单兵注意！"

说完，她站了起来，轻轻扶着腰扭了一下，长长地舒了一口气。"另外，派几个能够挖掘深层记忆的精神能力者过来。很明显，他藏起了一些记忆。"

"单兵先生，能听到吗？经过对海上国老舰长的审讯，得知红衣使徒还具备一种能力，那便是在被逼到极限时释放出大量的精神怪物。具体细节尚未得知，但可以推测，这批精神怪物应该与出现在青港城内的不同。请做好防止对方反扑的准备。单兵先生，一定要小心啊！单兵先生？……"

陆辛蹲在楼顶的废墟上，静静地看着自己的影子与那团红色的精神力量扭打在一起。他能够感觉到，父亲完全压制住了那只怪物。不过，已经碎成无数块的红衣使徒还没有彻底消亡。它的精神力量呈现出一种古怪的状态，那就是无论碎成什么样，似乎都可以重新融合，并且再度成形。而父亲的能力则让它一次次地被肢解、粉碎。这是一场融合与粉碎之间的较量。俯视着红衣使徒不停地试图重新融合，但始终被压制的场面，他心里有种异样的满足感，就好像自己想看这种画面已经很久了。

频道里的韩冰喊了他好几声，他才反应过来。看得出来，她和她背后那群人真的很努力地想要帮助他。他甚至感觉，他们仿佛一群笨拙却善良的小孩子，明明还不足以在这种层面的战斗中帮上忙，但还是用尽他们的方法，想给他提供一点帮助。

陆辛脸上露出微笑，轻声道："真不好意思，刚才信号不是很好……但你说的我大致了解了……"

"好的，以后会注意增强信号传输功能的。"韩冰先是松了一口气，又焦急地问道，"单兵先生，清理任务进行得如何了？有没有需要我们帮忙的地方？"

陆辛闻言沉默了一会儿，他现在其实不是很想理会其他事情。如果频道里传出来的不是韩冰的声音，他可能已经烦躁了。"快要解决了。"他又轻声说道，"你们不用着急，也不用担心，解决了之后，我会告诉你们的。"

"好的，"韩冰顿了一下，声音轻柔地笑道，"我很期待。等单兵先生完成这次的清理任务，我一定要请单兵先生吃饭，我还会……给你带我自己包的小馄饨哦！"

听着这样温柔的话语，陆辛的心里变得有些温暖。他笑道："好的，我等着吃。"

他慢慢低下头，再次看向下方的精神怪物。他现在已经确定，这只精神怪物不可能再站起来了。虽然红衣使徒拥有异常强悍的融合能力，不管遭受什么打击都可以复原，但父亲的能力并不只是破坏。从父亲的脾气来看，他的能力更像是一种彻底的毁灭。红衣使徒的本质接近于空虚，但可惜它还不是真正的空虚，它有着最基本的活性。只要有这种活性，它就不可能在父亲的压制下重新站起来。

"这样说来，它的最后一种能力也该出现了吧？"陆辛正这样想着，就看到那团被黑影笼罩着的精神力量正在产生剧烈的变化：有的地方扭曲成一张张大嘴，每张嘴里都生满了锋利的牙齿；有的地方则裂开一道道缝隙，里面是阴森冰冷的眼睛；有的地方拼命挤出蝙蝠一样的翅膀，努力扇动着，似乎想飞起来；有的地方则化为各种各样的虫子，窸窸窣窣地钻入地底。

结合韩冰给出的情报，陆辛推测红衣使徒是将自己的精神力量分化成了一只又一只各不相同的精神怪物。这个推测他也不知道准不准确，但这并不重要。他又不是专业的调查人员，不需要搞明白它的能力究竟是如何施展和变化的，只需要将它彻底清理掉就好。最重要的一直都是结果，不是吗？

分化出来的精神怪物立刻四散逃窜，它们似乎是在用这种方法躲避那道黑影霸道而凶残的压制。这些精神怪物自然不可能比红衣使徒自身的精神量级更高，但也不得不承认，它们这样的才更有利于躲避黑影的压制，而且只要逃出去了，青港城必定会一片大乱。

"呵呵……"望着那些四散而逃的精神怪物，陆辛露出不屑的表情，低声说，"有什么意义呢？"

"啊，玩具不要跑，我要把你们缝起来！"

妹妹本来想把红衣使徒的一条腿扯过来当玩具，但对方的精神量级太高了，她的个头也太小了，而且对方的融合能力超出了她的想象，所以，忙来忙去，最终她还是只留下了那只手臂，把它变成了一只靠五指在地上挪动的缝合型怪物。此时，她正骑着这只手臂怪物，指挥它去抓捕其他精神怪物，每抓到一只，手臂怪物就收拢五指用力一捏，对方的身体就变得扭曲而错乱了。

妈妈的身影也出现在这片混乱之中，她正拉着一只怪物"友好"地攀谈着——一只手拉着对方，另一只手拿着剪刀那种"友好"。

"还没有出来吗？"陆辛皱着眉头寻找着。终于，他的目光落在了一片散乱的精神怪物海洋之中。那片海洋没有颜色，像一锅沸水一样沸腾着，不停地涌出大量的气泡。在这些气泡之中，陆辛看到了一道闪烁着白光的虚影。他仔细感受着这道虚影的精神力量波动，很快确定了什么。

长长地叹了一口气，他站了起来。在他站起来的那一刻，他的影子被拉长，好像一个张牙舞爪的魔鬼，瞬间扑了出去，大部分逃窜的精神怪物立刻就被它吞噬了。这时，他故意抬了抬手臂，使影子的形状发生了变化，恰好避开了那道白色虚影，就好像涌动的黑色潮水里出现了一座安全的孤岛。

陆辛一边控制着黑影，一边慢慢地从东海大酒店的楼面上往下爬。妹妹这时候又只顾着在下面玩，他只能勉强借用一点她的力量，动作远不如平时那么灵活。

他爬下楼，走进混乱的精神怪物中间，又一直向前走去。终于，他来到那道白色虚影身边，看清了它的面目。它是一个脸色苍白的年轻人，迷茫地睁着眼睛，看起来好像没有丝毫意识，显得与周围格格不入。它的脚下躺着一具尸体，尸体披着红色的斗篷，戴着精神能力抑制器的脖子上有大片被强电流灼烧的痕迹。白色虚影好像是从尸体中生长出来的，如同红色的土壤孕育出白色的花朵。望着它，陆辛脸上慢慢挤出了一点笑意。经过好一番调整，这个笑容终于变得亲切、友好而和善："你好，见到你，我真的很高兴。"

白色虚影微微颤抖了一下，眼睛里慢慢有了一点生气，缓缓低下头向陆辛看了过来。瞬间，绝望的情绪滚滚袭来，陆辛身上出现了大片大片与白色虚影一样的斑纹。但是，这种斑纹只存在了很短的时间，很快就被陆辛周围的黑影给洗去了。黑影变得狂暴起来，汹涌着逼近，想要将白色虚影吞没。

　　陆辛微微抬手制止黑影，就像在跟自己的影子宣告"这只猎物属于我"。黑影在周围晃动着，仿佛发出了一声声冷笑，但终于还是没有靠近。陆辛这才看向白色虚影，轻声道："看看周围，已经乱成什么样了？酒店玻璃全碎了，路也裂开了，栏杆也扭曲了……以后修复起来得花多少钱？"他深深地叹了一口气，"本来这座城市我挺喜欢的，很多人努力了那么久，才画出了这么整齐的图案，一下子就被你搞乱了。"

　　白色虚影不知听没听懂陆辛的话，只是稍稍侧目，看向了陆辛周围的黑影。

　　"你好像确实一直在渴望着死去。"陆辛也不管它听不听得懂，自顾自说道，"我能够感觉到，你生前很疲惫，继续活着感知这个世界对你来说好像是一件挺痛苦的事。之前我也有过这样的情绪，不过我比你好一点，我好歹还有些牵挂，而且很快就有了家人的陪伴。"

　　白色虚影只是静静地飘着，仿佛不在这个世界。

　　"我能够感受到你的情绪，所以我并不打算质问你为什么搞出这些事。"陆辛认真地看着白色虚影的眼睛，"但是，你确实做了不对的事情，我也不打算同情你。你被人当成武器袭击了青港城，所以，我要用消灭你这件事来向那些有同样打算的人发出一个警告。这应该是一件非常公平，也非常合理的事情吧？"

　　白色虚影没有什么反应。或许，但凡它有一点回应别人的欲望，也不会想死去。

　　"等会儿我会用一种非常高调的方式将你再次杀死，作为这件事情的结尾。"陆辛诚恳地说道，"但在此之前，我需要你帮我一个忙。反正一切对你来说都无所谓，所以你应该很乐意帮我吧？"

　　白色虚影仍然没有反应。陆辛露出感激的表情："谢谢你！"说着这句话，他慢慢伸出一只手掐住了白色虚影的脖子，感觉指尖麻麻的，同时感受到了无穷无尽的虚无。它就像一个吞噬情绪的大洞，把他的所有情绪都掠去了。他闭上眼睛承受着这种感觉，并借着它感受其他的东西。

　　一丝丝无形的触觉从白色虚影身上延伸了出去，通过它们，陆辛感受到了周围那些精神怪物的存在，甚至可以感受到它们的情绪：有的怪物被疯狂的黑影压制着，十分绝望；有的盯着那个看似温柔而精致的女人，害怕得瑟瑟发抖；有的被一个模样可怕又可爱的小女孩追赶着，不顾一切地想逃脱——这些都不重要。

陆辛借助白色虚影寻找着自己的目标，他推测这个目标应该还在这里。果然，在瞬间搜寻了数以万计的精神怪物之后，陆辛猛地睁开了眼睛。他找到它了，一只有着臃肿身体、短小四肢的精神怪物，它的身体中间裂开了一条缝，里面是一颗有些迷茫的眼珠子。它在这场混乱之中左奔右跑，速度很慢，仿佛有些不知所措。它到现在还没有被消灭，只是因为它足够幸运，排队等死排在了后面。

陆辛看向它，心里生出了极大的亲切感。周围的黑影瞬间变得更为狂暴，毁灭精神怪物的速度快了好几倍。

这只精神怪物感觉到了可怕的气息，努力甩着纤弱的四条腿，艰难地移动着。在那庞大的黑影和密密麻麻的精神怪物中间，它巧之又巧地始终处于安全地带。跑着跑着，它发现有些不对劲，抬起头来，看到了不远处的陆辛。

陆辛一只手掐着白色虚影的脖子，同时看着它，露出了温和的笑容。怪物被看得心生恐惧，几乎是下意识地向陆辛施展了自己的能力，短小的四肢一下子延伸出来，变成细细的触手，向陆辛抓了过来。陆辛没有躲，任由它抓住自己。然后他就感觉异常困倦，周围的一切开始变得不稳定。

现实世界彻底消失之前，陆辛向自己的影子看了一眼，又向不远处的妈妈看了一眼，意思是"这件事你们不要阻止我"。

惨白的灯光，逼仄的走廊，浅绿色的木门。

因为有了上次潜意识入梦的经验，所以这次陆辛在被扯入梦境时就已经做好了准备。他直接放开自己的潜意识，由着对方的能力侵入。因此，他非常顺利地再次来到了那条神秘而苍白的走廊上。

进入这个梦境的第一时间，陆辛就伸手向后抓去。他抓住了一个软绵绵的东西，转头就看到了一只水汪汪的大眼睛，眼神有些无助。这是那只有着造梦系能力的精神怪物。因为曾在肖远的身上看到过造梦系的力量，所以陆辛很确定，在这个海上国S级精神能力者引出来的精神怪物里面，必然会有一只类似造梦系的精神怪物。他一直在耐心地等，功夫不负有心人，他终于找到了这个"热心肠"，肯定要赶紧抓住它。

唯一的问题是，这只精神怪物完全是蒙的。它有些不理解这是什么地方，怎么感觉那么吓人？更不理解的是，明明是在它构建出来的梦境里，对方却比它还熟练！当它意识到不对劲，想要逃走时，就发现自己已经被抓住了。对方的动作有力而温柔，既怕它跑了，又怕不小心把它弄死了。

与此同时，现实世界，陆辛闭着眼睛站在无数的精神怪物之中，手里紧紧攥着那只会造梦的怪物，任由它纤细而柔软的触手按在自己的太阳穴上。周围的黑影起起伏伏，仿佛心情异常复杂。不远处的妈妈静静地立在怪物堆里，静静地看着入梦的陆辛，表情有些朦胧。

空气还是扭曲而压抑的，走廊深处仿佛有无数只眼睛在恐惧地看着陆辛。鼻端有若隐似无的血腥气，各种奇怪的声音不停地回响在他的耳边。他强行压下自己心里的冲动，努力让自己保持平静，然后大步向前走去。

他没有耽误时间，直接推开那扇木门，进入那条两边有大量房间的走廊，然后快步经过那些奇怪的空房间，来到最后三扇紧闭着的房门前。第一个房间的门仍然紧紧关着，里面的光线很暗。他向里看，仍然可以看到撕碎的毛绒玩具与凌乱的手术床。他想起了上次进入这个梦境时，在这扇门后看到的那双倒着的、只有眼白的眼睛。

陆辛深深地吸了一口气，压下心里已经快要溢出来的紧张，握住门把手，用力推开了这扇门。

"唰！"一片白光迎面而来，陆辛的脑袋里出现了片刻的空白。待到耀眼的白光散去，他才慢慢看清这个房间里的画面。

他看到，这是一间手术室，有着惨白的灯光与各种精密的仪器，无数个穿着白大褂、戴着口罩的人在这间手术室里忙碌地来回走着。仪器的滴滴声，以及这些人偶尔的交谈声，使得这间手术室的氛围很压抑，让人的心脏感觉异常难受。

"汇报十七号实验体生命体征。"

"一切稳定，甚至还在向更好的方向发展……"

"真离谱，都切成这样了，生命体征反而更好了，这还是人吗？"

在这些人莫名有些刺耳的声音里，陆辛的目光穿过他们，看到了一张手术床。手术床上躺着一个看起来年龄不大的女孩，她的身上连接着各种仪器和管子，穿着一条沾满血污的白裙子。大颗大颗的汗珠从她的额头上渗出来，打湿了她凌乱的头发。她的胸膛被切开了，身上还有很多突兀的伤口。最离谱的是，她都已经这样了，双手与双脚居然还紧紧地被绑在手术床上。

"我们需要找到她可以自如地控制身体、让伤口快速复原的原因。"

"这根本已经不像人了啊，看到她在墙上乱爬的样子，我还以为遇到了贞子！"

"贞子之所以恐怖，就是因为她是鬼，拥有超乎常人的力量。而我们要做的就是揭开这种力量的秘密。"

陆辛的大脑忽然出现了微微的晕眩，太阳穴突突跳动，脑袋里翻江倒海。他感觉一切都是如此熟悉，他不像是在梦里，而是处于真实的世界。

"嘀嘀嘀！"忽然之间，有刺耳的仪器警报声响了起来。

"哎呀，不好！"一个护士模样的人吃惊道，"麻药失效了，她居然提前醒过来了！要不要再次进行麻醉？"

一个戴着金丝边眼镜的中年男子扶了一下镜框，冷漠地说道："不可以，实验已经开始了，基础数据已经记录，这时候再度注入麻醉剂，会影响检测结果。"

"那怎么办？"

"实验继续。"中年男子冷静地回答，"反正她现在没有挣脱的可能，还可以顺便检测她对疼痛的感知度。"

"是，手术加快。"

房间里瞬间响起了女孩的惨叫声，与手术刀划过皮肤的刺啦声。

霎时，一种难以形容的愤怒冲入了陆辛的脑海。他很久没有感受到这么强烈的情绪了，那仿佛可以直接将他焚烧干净的愤怒瞬间攫住了他的大脑，将一切平静通通打破。他口中发出了比野兽还要恐怖的怒吼声，拼命向前冲去，双手笨拙地挥舞着。他想将这个房间里的所有人都抓住、撕碎，想将这一切都消灭得干干净净！

哗啦啦！画面开始扭曲、破碎，就好像他的手抓在电视上，把屏幕抓碎了一样。他最后看见的是手术床上那个女孩惊恐而又无助的眼神。

陆辛猛地抬起头，就看到自己已经回到了现实世界，正立于东海大酒店楼下。他的手里空空如也，那只"好心肠"的精神怪物已经彻底消失了。白色虚影被他揉得破破烂烂的，像一张发皱的白纸一样飘着。

"嘀嘀！"眼镜的左眼镜片上出现了红色的"警告"两个字。与此同时，陆辛感觉到镜框正在变得冰冷。他的脑海里快节奏地闪烁着红月下的疯狂世界，那种无法遏制的怒意正飞快地抽离。就像着火的人跌入一片冰湖之中，他身上的怒火正在熄灭。

半晌之后，陆辛平静下来，轻轻摘下眼镜打量起来。这副眼镜看似拙朴，但又在很多地方表现出了一种奇怪的科技感。看着看着，他心里确定了什么，再次将眼镜戴上，抬起头来。头顶上的红月显得出奇地圆，在异常鲜艳的月光下，他的影子也显得出奇地大且黑暗。

"该高调地结束了……"陆辛默默地想着，转身向大楼顶上爬去。随着他越爬越高，身后的影子也越拉越长。

即便是在黑影的压制之下，那些从红衣使徒身体里钻出来的精神怪物仍有不少逃走了。这些精神怪物有着不同的污染特性，而且有的身躯庞大，有的身体微小；有的飞上了天空，有的钻进了地下。仿佛是被黑影吓到了，它们此刻都只有一个念头，那就是尽可能地远离。再加上之前那些被红衣使徒吸引来的精神怪物还没有消灭干净，封锁区里一时非常混乱。

在特遣小队以及特清部、城防部的精神能力者的努力下，封锁区外的精神异变者及精神怪物已经基本被消灭或得到了控制，越来越多的注意力落在了以东海大酒店为核心的封锁区域。突然，封锁线上的所有检测器同时发出了刺耳的警报声，一团一团数不清的精神力场从封锁区里涌了出来，那是一只只惊慌失措的精神怪物。在高悬的红月之下，封锁线外的武装战士们甚至可以看见它们模糊的影子。

一只一条条手臂扭曲在一起、长达几十米的蛇状精神怪物翻滚着冲到了封锁线的边缘，挟着巨大的力量撞在了由蓝色电弧组成的封锁网上，将高强度的电弧网撞出了一个凹形。电花从连接柱里闪烁出来，隐隐要熄灭了。

"轰隆隆……"大地忽然塌了一个洞，洞里长出一株妖异的食人花，舒展着枝叶。

"吱吱吱……"空中传来细密的让人头皮发麻的声音，那是一种会飞的精神怪物，它们成群结队地往城中心飞去。

"嗡……"城市的电路系统似乎出了问题，封锁区附近的所有灯光闪烁个不停。全城广播里发布紧急提醒的声音也一下子变得扭曲，一会儿粗重缓慢，一会儿尖细快速，听起来荒诞又滑稽。所有室外 LED 显示屏画面不停闪烁，布满了凌乱的色块。

"所有人做好准备！"陈菁握紧对讲机，拼命大叫道，声音在颤抖。

死守在封锁线边的武装战士们立刻哗啦啦地举起了枪，对准封锁线内。铺天盖地而来的精神怪物让他们恐慌不已，但他们也只能硬着头皮顶上。

"这就是那个海上国精神能力者的最后一种能力吗？他们早就做好了如果不能顺利削弱青港城，就干脆将我们毁掉的准备？"

距离封锁线极近的地方，苏先生等人也头皮微麻。

红月照出了那些精神怪物的影子，数量让他们深深地感到无力。虽然可怕的红衣使徒好像已经被消灭了，但即使只是这些数不清的精神怪物，也足够让他们绝望了。虽然他们已经做好了抵抗的准备，但谁都明白根本抵抗不住，只能呆呆地看着它们冲破封锁线。青港城几乎注定要变成鬼域了。

"那是什么？"

就在每个人心里的恐慌感都达到了极限时，忽然有人失声大叫道。所有人都惊讶地抬头看去，就看到一片黑影迅速从东海大酒店方向席卷而来。这黑影扩张得是如此之快，就像红月下的黑色潮水，掀起一个又一个浪头，将往外冲的所有精神怪物都笼罩在里面。黑影的源头正是站在东海大酒店楼顶上的陆辛。

按理说，在距离这么远的情况下，仅凭肉眼很难看清高楼顶上站着一个人，但是，大概是因为笼罩着整片封锁区的黑影都来自陆辛，他是这片黑色海洋里唯一的异色，所以人们不仅注意到了他，甚至还感觉看得非常清楚！他正静静地站在整片区域的最高处，俯视着红月下的一切。然后，他慢慢抬起两只胳膊，伸展开十指，又用力握紧。

"哗！"覆盖着整片封锁区的黑影忽然开始用力地收缩，扯着那些精神怪物同时向里面缩去。有些精神怪物已经逃到了封锁线上，一半身子都在封锁线外了，另一半身子却徒劳地挣扎着，最终被扯了回去。空中的也好；地下的也罢，没有例外，全都被黑影拉扯着。地面被它们的挣扎拖出了一道道不规则的深沟，有的被拖进了黑影的深处，有的则是在被扯进去的过程中就一点点地开始粉碎。整条封锁线瞬间变得很安静。

所有人都瞪大了眼睛，看着眼前空空荡荡的封锁线，如同经历了一场噩梦，脑海里还满是刚才那转瞬即逝的一幕。

"咕咚！"死寂了很久，才有一个微弱的声音响了起来。那是不知哪个人因为恐惧而吞咽了一口口水的声音，因为周围太安静，所以听起来很清晰。这个声音仿佛一下子解开了某种泥塑魔咒，一连串深深松了一口气的声音响了起来。

苏先生双腿一软，差点摔倒，急忙拉住沈部长的胳膊，小声道："扶着我点，我腿有点软！"

沈部长面无表情，一只手拉住苏先生，另一只手却扶住了旁边的墙壁。他坚毅的面庞略微抽搐，低声道："其实，我也有一点……"

一开始就靠在电线杆上的白教授轻轻摘下眼镜，揉了揉眼角，低声感叹："'暴君'啊！这确实不是普通人可以贪图的力量。"

"呼……解决干净了……"东海大酒店楼顶的一片废墟之上，陆辛也松了一口气。

黑影已经收缩回了他的脚下，所有的精神怪物都已被消灭，没有遗漏。周围瞬间变得安静，只有一轮红月照着干净的楼宇。高楼下的妈妈抬头向陆辛投来一个复杂的眼神，妹妹在离她不远的地方呆坐着。本来妹妹正玩得兴高采烈，黑影将她的玩具也笼罩了进去，于是她又一次被弹了出去，摔了个屁股蹲儿，这时候还蒙着，没反应过来。

陆辛顺着大楼的墙壁往下走向妹妹。望着他平静的脸，妹妹好像生出了极大的恐惧，下意识想要逃走。但还不等她真的做出逃走的举动，陆辛已经走到了她身边。

陆辛看着穿着白裙子、头发凌乱的妹妹，心里一下子生出了一种强烈到不能自已的情绪。真奇怪啊，明明已经通过那副眼镜消弭了大部分负面情绪，又通过刚才的"高调表演"将剩下的那点抑郁发泄出去了，但他心里还是感觉难受，空空荡荡的难受。他沉默地看了妹妹一会儿，忽然蹲下身抱住了她。他用力将妹妹抱在怀里，脑袋深深地低了下去。

妹妹被他吓了一跳，想逃又不敢逃。她不知道怎么回事，但能够看出来他的痛苦，歪着小脑袋思索了起来。过了好一会儿，她轻轻拍了拍他的胳膊，小声安慰："没事的，那个玩具送给你好啦！哥哥不要哭，不要害怕！受伤了也没关系，伤口多了就不疼啦！"

陆辛的影子安静下来。妈妈在三四米外静静地看着他。他抬头看向妈妈，脸色很认真："我要搞明白当年究竟发生了什么事情。"

妈妈平静地问："然后呢？"

"然后让他们一个个付出代价，一根头发都不会放过。"

陆辛回答得也很平静，仿佛只是在叙述一件很平常的事情。

妈妈听着，脸上露出了温柔的微笑："很好，有了这种态度，说明你已经准备好看那份文件了。"

当黑影吞没了所有精神怪物之后，东海大酒店位置掀起了一阵狂风，卷起了无数的尘土与沙砾。有那么一瞬间，周围所有的精神辐射检测器数值都达到了巅峰，接着迅速回落，直接落到了最低点。所有人的心脏也跟着从高悬跌入了谷底，几乎忘了跳动。周围安静得只能听到重新变得稳定的电流的嗡嗡声。

"怎么……"苏先生一开口就发现自己的声音有些颤，连忙咳嗽了一下，"怎么没动静了？"

白教授深深地呼了一口气："应该是已经解决了吧。"

"若是解决了，"沈部长喉结滚动了一下，保持着威严，"那单兵呢？"

他们三个人此时看起来很镇定，但仔细分辨就会发现他们的声音都微微发涩，就连身体也微微颤抖着。

陈菁看了一眼仍然坐在车里、脸贴着玻璃的娃娃，道："单兵应该没事。"

三人明显松了一口气，悄悄打量了一下彼此，似乎是在观察有没有人发现自己的紧张。发现其实大家都在紧张，他们就放心了，默默转头向东海大酒店看了过去。

特遣小队成员及城防部战士仍然在忙着守卫封锁线，确定没有危险后，就会呼叫支援小组来做最后的救护与清理工作。

频道里，韩冰一直在紧张地小声呼唤着："单兵先生，单兵先生，可以听到吗？"

但她一直没有得到回应，这不免又让他们感觉到一阵紧张。就在这时，坐在车里的娃娃忽然发出了一声极低微的声音，将车门推开了一点。那是一种不由自主的、欣喜的声音。

众人察觉到了什么，连忙循着她的目光看去，心里不由得微微一紧。他们看到，通往东海大酒店的城间大道上，堆满了变形车辆、大块泥石和裸露电线的街道边，扬起来的废弃纸袋与灰尘后面，出现了一个人影。那人影越走越近，终于露出了真容。

陆辛慢慢从东海大酒店方向走了过来，手里提着一个东西。直到他晃晃悠悠地走到了离众人不到五十米远的地方，才有人分辨出他提着的是一颗人头。从那人头苍白的脸色来看，正是海上国那位 S 级精神能力者。

目睹了这一幕，在场的人都感到毛骨悚然，不知道该怎么面对。

"咦？"发现有这么多眼睛在看自己，陆辛似乎有些不好意思，连忙小跑了几步，好像怕让人等太久似的。他不知道，这个举动差点吓得很多人掉头就跑。

"你们怎么啦？"一路小跑到十米之内，陆辛才抬头看向这些像雕塑一般僵住的人，好奇地问道。

一时间，众人不知道该如何回答这个问题。

还是陈菁反应比较快，沉声问道："单兵，清理任务完成得怎么样？"

陆辛反应了一下，忙点头道："已经解决了。"说着还往上提了提手里的人头，展示给他们看，"那只代号为'红衣使徒'的精神怪物已经被我解决掉了。我发现那只精神怪物和这个人的尸体有关，为了防止他再出现变化——再度复活或新型污染什么的——我就把他的脑袋带回来了。"发现所有人都在盯着自己手里的那颗脑袋，他又急忙解释道，"之所以只提着他的脑袋回来，是因为他的身体太重了，扛着太麻烦！这很合理吧？"

没有人回应他。陈菁缓了一会儿，墨镜下的瞳孔微微发红，对自己施加了某种影响。然后她的声音变得冷静而有力："这方面就不用多解释了。你刚才……为什么不回应信息分析专员的呼叫？"

"啊这……"自己刚才没有回应呼叫，让领导不高兴了？陆辛考虑着该怎么回答。第一反应是想编个什么理由，因为他不想告诉这些人，他刚才是在和家人道别，并且约好了回家后再好好聊一聊。在这个过程中，因为不想被韩冰听到，所以他"手动"关闭了麦克风。

谎话已经到嘴边，他却顿住了。然后他微微一笑，坦然地说道："刚才家人帮我清理了这只怪物，我在向他们道谢，没顾得上。"

陈菁："……"

苏先生脸色一白，看向白教授。沈部长脸色一黑，也看向白教授。

白教授平和地笑了笑："呵呵，这次任务完成得很好。"

陈菁适时接过话头，缓缓道："在这次的海上国恶性特殊污染袭击事件中，你和娃娃分别解决了对方的两大污染源，青港城会记住你们的功劳，并给予酬劳。现在你和娃娃可以去指定的地点休息了，后续的清理任务将由支援小组与其他精神能力者完成。"

陆辛点了点头，道："好的。"

沈部长、苏先生与白教授三人彼此点了一下头，然后苏先生走上前，圆圆的脸上满是和气，笑着伸出手道："小伙子，辛苦你了。"

陆辛知道他是青港城的大领导，也记得他跟自己保证过可以买房，忙客气地与他握了握手："不辛苦，这是我应该做的。"

苏先生有些惊讶于他的思想觉悟这么高，说惯了场面话的他一时都不知道该怎么回应了。好在他反应够快，呵呵笑了起来，道："青港城不会忘记你的。先去休息吧，有事以后再说。"

陆辛又点了点头，得到了大领导的赏识，他心情好多了。他转过身，左右看了看，把手里的人头塞给了一个特遣小队成员。那个成员戴着防护面罩，看不清表情，但动作明显有些僵硬，双手发颤地接过人头抱着。然后陆辛坐进了娃娃的厢式汽车，娃娃已经等了他好一会儿了。

支援小组开始入场，他们穿着厚重的白色防护服，分散成一队一队的，进入了封锁区。一辆辆卡车从远处驶来，一路向东海大酒店驶去，卡车上装满了汽油桶、检测器、玻璃柜等物品。

"白教授，你这次做的事情很过分。"陆辛与娃娃乘坐的厢式汽车已经驶远了，沈部长、白教授与苏先生也坐进了他们的车子。沈部长第一个反应过来，冷着面孔瞪了白教授一眼。"我很确定，你隐瞒了不少关于单兵的秘密，我甚至怀疑你之前的所谓分析都是为了误导我们。这种行为已经违反了特清部建立初期定下的公开透明原则，所以这件事情过后，我希望你会给大家一个交代。"

苏先生也转头看向白教授，干笑一声："当然了，你的选择好像确实帮助了青港城，但……必要的解释肯定也是要有的。"

"我确实保留了一些事，"白教授坦然道，"不过，我保留的是当初我在联盟研究院进修的时候偶然接触到的一些事情，而且联盟研究院为了保守这些秘密，还让我们签署了保密协议，所以我不告诉你们也不算违反了原则……当然，事后我一定会给你们一份详细的解释，请放心。"

听了他的话，苏先生与沈部长这才不多问了。

苏先生转而道："现在似乎有一件很重要的事等着我们去做。"

三人对视一眼，确定了彼此想的一样。

坐在副驾驶位上的秘书适时将一个平板电脑递了过来，平板电脑的屏幕上是脸色苍白的老舰长。

"叶老，让你失望了。"苏先生笑得温文尔雅，只是圆圆的脸在屏幕里看起来有点变形，"你提前在青港城散布的精神怪物已经被清理得差不多了，而你们海上国那位S级精神能力者死后留下的精神体也被我们青港城的特殊行动人员解决了，没有造成太大的伤亡。"

审讯室里的老舰长显得异常颓废，额头上渗出了虚汗。他仿佛要梗着脖子大喊"这是假的，不可能！"，却已经没有力气喊出来了。最后，他只是无力道："既然已经这样了，还有什么好说的？"

苏先生的笑容一点点隐去，目光狠厉道："虽然青港城没有如你所愿变得满地都是死人，但这起袭击事件造成了至少三千人的死亡，我想问问，你们海上国打算怎么偿还？"

第五章

003号文件

陆辛与娃娃乘坐厢式汽车来到城南与东海大酒店遥遥相望的一栋楼前。看大厅的布置，这里似乎是一家高级酒店，只是此时空空荡荡的，看不见一个人影。他们跟着服务小队人员来到最高层，也就是二十七楼，进入了走廊东面的房间。这是个套间，比肖远在二号卫星城住的那间还要高档，起码客厅面积更大。四面钢化玻璃贴着客厅的墙壁立着，挂壁电视机等挂在墙上的东西都被挡在了后面。很明显，这是一间临时布置的安全屋。

"单兵先生，因为事出突然，所以我们没有办法将娃娃平时喜欢的东西都准备好。万一她情绪不稳定，还希望你可以好好安慰她。对了，安慰的时候声音不要太大。"在陆辛的记忆中，这似乎是服务小队人员第一次跟他说话，听声音好像是一位中年妇女，不过看她这块头，好像比他还壮。

"好的，我明白了，你去忙吧。"陆辛觉得她很辛苦，客气地笑着。

那位服务小队人员道："我现在就是在忙。"

陆辛愣了一下，道："行吧……"

"对了，这是我们刚跑了几个地方，给娃娃找来的……"另一位服务人员走了过来，怀里抱着几个花花绿绿的大盒子。

陆辛转头看过去，眼睛都看直了。那居然是娃娃之前玩的乐高玩具，每个盒子都非常大，也不知道在全城警戒的情况下，他们是怎么找来的。

"辛苦了。"陆辛接过那一摞沉甸甸的盒子，郑重地向他们道谢。

"没事没事，这是我们的工作。"几位服务小队人员都连忙说着，又殷勤地问，"饿不饿？渴不渴？要不要准备夜宵？"

陆辛感激道："要。"

"……"

几位服务小队人员离开房间后，陆辛松了一口气，坐了下来。娃娃刚刚到新的环境，又没有她熟悉的布置与色调，似乎显得有些不安。但是，看到陆辛就在旁边，她又忽然显得十分安心。她脱掉身上厚重的裙子，穿着打底衣裤坐在地毯上，拿起一个盒子打量了一会儿，直接咬了上去。

"哎呀！"陆辛看到她用洁白的牙齿撕咬包装盒，连忙把盒子拿过来，帮她撕开。一堆颜色不同的积木倒在了她身边，堆得像座小山，她顿时显得非常开心，开始不厌其烦地摆弄起来。

"挺好伺候的。"陆辛看了娃娃一会儿，轻轻点了一下头。只要她老老实实地待着，他的任务就算是在稳步进行了。确保了这一点，他才安静地坐在沙发上，想自己的事情。

在对付那个海上国 S 级精神能力者的过程中，他经历了很多事情，情绪上出现了极大的波动。但因为戴着第二阶段的关键物品，也就是那副眼镜，他基本保持了情绪的稳定。这有一个好处，他不会受到太大的情绪影响，也就不会有各种慌乱与着急的状态，能够更好地处理事情。

他考虑了一会儿，慢慢摘下了眼镜。低头看着这副集高科技与活性物品的特征于一体的眼镜，他很满意，确实可以感受到里面有一种特殊的力量。

"这次你表现得很不错，所以我很愿意把你当朋友……"陆辛看着这副眼镜，轻轻开口。

眼镜静悄悄的，好像一副寻常眼镜，不会回应别人的话。

"你的特性对我来说很有帮助，刚才也确实帮上了我的忙。"陆辛不管它回不回应，仍然继续说着，"但是，其实我也感觉得出来，你并不老实。你有一种一副眼镜不应该有的野心，甚至在刚才我执行清理任务的时候，还想主导什么。"

说着，陆辛脸上露出了微笑。然后他开始用力掰这副眼镜。即使被他掰成了弓形，甚至折了起来，这副眼镜还是没有出现裂痕，就好像极有弹性似的。他慢慢增加力道，脸上的笑容一点也没有变化，仿佛对这副眼镜很友好。直到眼镜开始微微颤抖，好像很害怕一样，他才停下来。

"当然，我可以理解，毕竟我们刚接触不久。"陆辛感受着它的颤抖，轻声道，"以后慢慢增进了解吧，好不好？"

眼镜恢复了原状，但不知是因为惯性，还是别的什么，它仍然在轻轻颤动，仿佛在频频点头。

陆辛露出满意的表情，再次将眼镜戴上。这时候，娃娃好奇地看了过来，陆辛向她笑了笑："我在测试这眼镜的质量。"

娃娃信了，露出一个笑脸，然后转过头去，继续摆弄着积木。

"好像有很多事情要做，但其实我最需要做的……"陆辛将自己的心事一一梳理，分清了优先级，感觉轻松起来。这么多事情里面，最先要做的当然是请假！

就在这时，他的影子忽然动了一下。这个房间里的灯光很柔和，再加上光源有很多处，因此很难照出人的影子，哪怕有，也是极淡极乱的。但当陆辛静静地思索着自己的问题时，那些散乱的影子却渐渐合并到了一起，形成了一道较为黑暗且深邃的人影。房间里的光源并没有移动，是他的影子自己动了。

一个冷冷的声音在房间里响了起来："你真的不会感觉到累吗？总是把自己关押在这么多条条框框里……"

陆辛听着这个声音，好像并没有感觉到意外，轻声回答道："我喜欢这样，怎么会累呢？"

那个声音一下子变得有些沉重："这是枷锁，让你不得自由！"

陆辛沉默了一会儿，轻声道："但让我安心。"

影子忽然变得更深邃了，明显地晃动起来，影响到了房间里的光线。

"你真的愿意一直这样像个傻子？"影子在冷笑，"你明明可以得到所有想得到的东西，包括她！"

一边的娃娃似乎察觉到了什么，又好奇地转过头向陆辛看了过来。

"你的想法总是这么偏激！"陆辛看着自己的影子，不为所动，"但我还是想跟你说，不该做的事情别做。规则……就是做人的仪式感啊！"

"丁零零……"卫星电话忽然响了起来，打破了房间里的安静。陆辛感觉有些恍惚，低头看去，自己的影子并没有变化。

他轻轻摇了一下头，接起电话，里面传来了陈菁的声音："你们现在怎么样了？"

"我们？"陆辛看了一眼娃娃，笑道，"她在玩乐高，我在等夜宵。"

陈菁舒了一口气，带着笑意道："那就好。现在全城正在进行最后的排查与清理工作，但基本上主城各个区域，还有出现在卫星城的几起特殊污染事件，都已经被解决了。太好了。"

陆辛点了点头："其实我也正想跟你说一下。如果这里的事情已经结束了，那我可不可以先回卫星城去？"

陈菁微微一怔："什么时候？"

陆辛想到那份被妈妈锁起来的文件，顿了一下，道："最好是现在。"

"这么着急？"陈菁有些意外。

"是的。其实刚才我就想离开了，"陆辛道，"但是我看你那么忙，就没好意思找你请假。"

听到这话，陈菁心里生出了一种奇怪的感觉。"如果你现在回去，陪伴娃娃的任务就会中断。"

"我就是因为这件事情请假的，现在我有点私事要忙，不太方便陪她。"

听着陆辛平静的语气，陈菁心里忽然有些担忧。她早就知道陆辛是个懂得为别人着想的人，但在如今这种情况下，陆辛的体贴却让她有一种不好的预感。

虽然陆辛的表现给人一种他要回去做的事情并不那么迫切的感觉，但实际上，他能够专门提出来，已经说明了他对于这件事的重视。他的这种态度让她有一丝犹疑，拿不准该怎么应对。

于是，她只能安抚道："那我跟上面说一下，你先不要急。"

得到陆辛的回答之后，她挂断了电话。

"他究竟是真的有私事要忙，还是因为进入第二阶段，产生了某种变化？"陈菁的怀疑很快就引起了一批人的讨论。

负责娃娃的引导与稳定工作的陈立清教授道："他除了说自己有私事要忙，还特意说明了自己现在不是很方便陪着娃娃，那么，是不是可以理解为，进入了第二阶段的单兵，反而不那么容易抵抗娃娃的影响了？若是这样，那我们要尽快让他们分开！"

"进入了第二阶段，对这方面的抵抗能力应该更强了才对。"白教授在频道里开口道，"'凝视眼镜'的特性便是稳定情绪，所以从理论上来讲，哪怕是平时抵挡不了娃娃负面影响的人，只要戴上这副眼镜就可以抵挡了，只是不确定能抵挡多久而已。

"这样分析下来，单兵的问题还是出在他自己身上。发生这种事我并不意外，精神能力者进入第二阶段后，按照我们的规定，本来就需要对其进行一系列的观察、记录甚至是调整。只是单兵的情况比较特殊，进入第二阶段之后立刻开始了清理工作，还没来得及进行观察与记录，一下子出现一些意想不到的细微变化也正常。如果他进入第二阶段后没有表现出变化，反而说明我们的工作失败了。当然，单兵失控的可能性不是没有……或者说只是会比以前低……其他的一些问题，需要进一步研究。这样专业的问题由你们来把控。"

相比白教授的分析，苏先生的问题显得更务实："我只关心，如何才能保证不出问题？"说完，他又忍不住补充了一句，"思想觉悟这么高的小伙子，多难得啊！"

"保证不出问题是一个宽泛的概念。"白教授笑道，"对于你们现在担心的事情，我只有一个建议：不要紧张。"

白教授的话让每个听到的人都有种不好的预感，这是又要说名言了？

"对于单兵的请求，按照规则来处理就行了。"白教授果然开始高谈阔论了，"对于我们需要单兵做的事情，也坦白地告诉他。有私人感情的，想帮他就帮。对他不满意的，讨厌他也没关系。工作之外，你们每个人都有表达自己喜恶的权利。即使是以后，在对待精神能力者这个问题上，大家也需要明白这件事。你们心里有自己的想法，也有自己的态度，对它们进行任何表面的掩饰或伪装其实都是一种扭曲。当你们打从心底害怕、怀疑他们时，又怎么可能做到理解并接纳他们呢？精神污染是一种情绪的传递、感知的扭曲，而你们所有人需要学习的第一课就是保证不违背自己的本心。须知不是只有污染源才会污染其他人，每个人都是拥有污染能力的！当污染源与精神能力者影响我们这座城市的时候，我们又何尝不是在影响他们？……"

"你想请假的事情，上面已经批准了。"过了不到十分钟，陈菁的电话便又拨了回来，"海上国袭击事件基本已经解决了，陪伴娃娃的任务也并不那么迫切，况且你刚刚进行了第二阶段，这时候把你们放在一起，本来也让人不放心。你想回去当然可以。现在高速列车已经停运了，如果有需要，我可以安排直升机送你。不过挺可惜的，你好不容易来主城一趟，不和同事们吃个饭、逛逛街什么的吗？"

陈菁的态度出乎意料地配合，陆辛没想到她会这么坦率。这次通话明显比刚才更让人觉得舒服。

"直升机就不用了，太高调了……"陆辛的心情变好了一些，老老实实地回答道，"其实我本来也有这个计划，想趁着这次机会和同事们聚一聚，在主城逛逛街，看看热闹，给家人买点礼物什么的……不过，现在同事们大概都在忙吧？"

他向窗外看了一眼，此时，红月下的主城显得很安静，但远近各处不时有细微的动静传来。他知道，那是无数人在忙碌。想必现在大家都有数不清的工作要做，当初二号卫星城受到袭击都用了很长时间才恢复，此次主城遭受的是更可怕的袭击，需要善后的事宜无疑更多。其实他又何尝不知道，如果他表现出聚一聚的意向，陈菁肯定会安排人来陪他的。说不定，只要他提出来，陈菁就会立刻让所有同事放下手里的工作，跟他一起开个联欢会。

来了一趟，没能好好逛一逛，他心里其实也有些失落。这时，身边飘来一阵清凉的香气，他转过头，就看到娃娃不知什么时候来到了他的身边，正学着他的样子看着窗外那一片片灯光。

陆辛有些好奇："怎么了？"

娃娃轻轻推了推他的肩膀，眼睛还是看着窗外。

陆辛忽然明白过来，惊讶道："你是想说，你要陪我逛街？"

娃娃露出开心的表情，还用力点了一下头。

"什么？"电话里的陈菁也有些惊讶，"娃娃要陪你出去？"

"她没有说，但看起来好像是这个意思……她还能逛街？"

"当然不能。"陈菁急忙道，"娃娃的特殊性使得她偶尔在一两个普通人面前露面还行，但如果是像普通人一样逛街吃饭，那接触到的普通人就太多了，这个风险谁也冒不起！另外，在此之前，娃娃一直很安静，从来没有表现出想出去玩的欲望，好像她能偶尔因为任务离开安全屋就已经满足了。"

陆辛听着她的话，不由得想到了那个海上国S级精神能力者，想到他苍白的脸。不出去逛街、游玩，终日只是待在安全屋里，执行任务时才出去，这样的生活习惯真的很不正常啊。原本他已经打消了和同事们吃饭逛街的念头，但因为要请假中断对娃娃的陪伴，他心里对她有些愧疚，再加上，他看得出来，娃娃是真的想陪他出去，于是他考虑了一下，突发奇想道："如果她戴上面具，可不可以像常人一样去逛街？"

"恐怕不行……"陈菁回道，"你说的这个方法很早就有人提过，甚至还设计过几种专门给娃娃佩戴的面具，或是遮住面孔的特制丝巾等，但是事后观察发现，娃娃有一定的幽闭恐惧症，戴上面具对她来说是非常痛苦的。用伞遮住脸已经是她的极限了。"

"若是这样的话……"陆辛一时也不知道该怎么办了，这确实是一件很难办的事情。他转头看了娃娃一眼，做了一个无奈的表情。

娃娃好像看懂了，表情有些不开心，默默地走开了。陆辛看着她的背影，心里生出了不忍的感觉，却无可奈何。然后他就看到，娃娃走进卫生间，又很快出来了。她用浴巾将自己的脑袋包了起来，只露出了两只眼睛。那双眼睛看着他，弯成了月牙状。

"怎么了？"电话那头的陈菁察觉到了什么，有些关切地询问。

陆辛看着娃娃，过了一会儿才忍不住笑了起来，笑得很开心。

"她用浴巾把自己的脑袋裹成了粽子。"笑完了，他道，"我还是带她出去玩玩吧。"

频道里的陈菁沉默了一下，笑道："我来安排。"

"不能这样包着脑袋，会被当成变态的……"确定了要带娃娃出去之后，陆辛走过去，将她缠在脑袋上的浴巾解了下来，换成了一条毛巾。他没有把毛巾整个儿罩在她的脑袋上，而是仔细地将她的半张脸遮住，在脑后系了起来。再戴上隐形眼镜，娃娃暴露在别人眼里的就只有光洁的额头了。总不会一个额头也能让人发疯吧？这样蒙着脸，可比整个儿裹住脑袋好看多了……

外面的走廊上响起一阵急促的脚步声，几位服务小队成员出现在房间门口，其中一位手里拿着两个木质的饭盒。看到脸上系了一条毛巾的娃娃，他们愣了一下。

陆辛隐隐嗅到了诱人的炸鸡香味，于是笑着向他们道："炸鸡留着，夜宵我们出去吃。"

服务小队的人点点头，然后其中一个人走上前，默默解下了陆辛系在娃娃脸上的毛巾。

"这……"陆辛有些不解，然后他就看到那人从包里拿出一条黑底白纹、看起来很有质感的丝巾，重新系在了娃娃的脸上，并小心地调整了一下蒙着的部分，手法非常温柔，脑后的结也系得非常漂亮。

"那条毛巾太难看了。"迎着陆辛的目光，她解释道，"怎么可以让娃娃蒙着一条毛巾出去呢？这可是我们青港城的娃娃。"

"……"陆辛承认，现在的娃娃确实比刚才系了条酒店毛巾的样子好看了一些，但这怎么能怪他呢？她自己还用浴巾来着……

在服务小队的照顾下，娃娃换上了一套刚刚带过来的、崭新的公主裙，拿上了她的伞。陆辛与娃娃乘坐电梯下了楼，那辆特制的厢式汽车已经在门口等着了，只是司机又换了一位。

上了车，穿着厚重防护服的司机瓮声瓮气地说："现在送你们去青港城最热闹的地方，你们什么也不用考虑，尽情玩吧。"

当厢式汽车行驶在青港主城的街道上，陆辛还能看到劫后余生的痕迹。一辆辆巨大的卡车——从车厢连接的位置明显可以看到里面有着特制的玻璃结构——从各个方向往城东驶去，频道里的陈菁给陆辛解释："之前的隔离区已经布置成了收容所，各个地方发现的精神异变者都会送过去。"

沿途能够看到一排一排穿着厚重防护服的人在仔细地进行精神辐射检测，还有许多支援小组的人在来回奔波。一个个心有余悸的正常人从躲藏的地方出来，一边接受检测，一边等待被临时征调的地铁分批次将他们送回家。这座一开始给了陆辛某种异样美感的城市，正在逐步恢复它本来的样子。

他们来到城中心的一条商业街上，发现这里非常冷清。店铺都关门了，即使是没来得及关门的，里面也是空空荡荡的，只剩店里的灯光和外面的霓虹灯交相辉映。有些地方还能够看到凌乱的血迹与倾倒的桌椅。

陆辛看了一眼旁边正好奇地看着自己的娃娃，有些无奈地笑了笑。这下是真的只能"逛街"了……

"走走也好。"他这么想着，在服务小队人员关切的目光中，带着娃娃在空空荡荡的街道上慢慢逛着。

虽然这时候店铺里没有人，整条街也异常冷清，但从各种各样的招牌，也能够看出在发生这场袭击之前，这条街有多么热闹。

"早知道该吃了炸鸡再出来……"陆辛正思索着，突然闻到了一丝熟悉的香味，"还有营业的……"

他眼睛一亮，拉着娃娃大步向前走去。很快，在一个拐角处，他看到了一辆玻璃小车，周围有很多人围着几张小方桌坐在小马扎上。玻璃小车里放着盆盆罐罐，装着各种各样的蔬菜，还有火腿肠、肉丝和鸡蛋等。胖胖的大师傅一边表情严肃地颠着手里的大黑锅，一边粗声粗气地喊着："谁的炒面要加蛋？"

"这个好吃！"陆辛的心情一下子变得很雀跃。刚好有人吃完了起身离开，他手疾眼快地抢了一张小方桌，还扯过一个马扎给娃娃坐。娃娃露在丝巾外面的眼睛眯了起来，用力点了一下头。

"师傅，来一份大份的炒面，加个蛋！也多加点肉，多加点豆芽。"陆辛大方地替自己叫了一份，然后看了一眼娃娃，也给她的那份加了个蛋。他没想到，在这座刚刚历劫的城市里，居然还有这么一个小吃摊，而且食客还不少。

他笑着问了一句，炒面师傅不在乎地翻了个白眼，腮帮子上的肉颤了一下："怕个鸟？不就是几个害疯病的人吗？当年老子跟着第三兵团建城的时候见少了？现在的年轻人真是的，看见个疯子就吓得屁滚尿流回家去了！生意当然得做，越是这时候生意越好。你以为我平时跑到这里来摆摊，城管大队的不抓我吗？"

"老一辈人的心理素质是比年轻人好一些。"频道里，陈菁笑着道，"不过，他也就今天生意好。经过今天晚上的彻底检测，明天就会一步步放松，大家胆子大了，就会开门做生意了。用不了一个星期，这条街就会恢复原来的热闹。可能几个月或是半年，大家就会忘记这里发生过的混乱，青港主城还会是你刚来时看到的那座井然有序的城市。而这一切都是托你和娃娃的福。"

"也不只是我们。"陆辛看着周围边吃边聊天的人们，还有在铁锅里翻飞的炒面，脸上露出了笑容，"我知道，你也很辛苦，比我们还累……"

面对下属突如其来的关心，陈菁沉默了，似乎有些感动。

一份炒面三块钱，加鸡蛋五毛，加肉丝一块，陆辛一共花了八块钱，并且在频道里跟陈菁确认了自己在主城的任何花销都是可以报销的。他没提炒面的事，都不到十块钱，不值一提——反正他提不提都会给报销。

吃饱后，陆辛与娃娃在这条街上逛了一会儿。虽然娃娃是个挺浪费的女孩——那么一大盘子炒面，她只吃了不到三分之一——但陆辛还是觉得她挺好的，当他告诉她，他因为有事，明天就要离开主城回去的时候，她只是默默点了一下头。

"我以后有机会再过来找你，"陆辛怕她没听明白，又认真解释了一遍，问道，"这样可以吗？"

娃娃瞪大眼睛看着他，又点了点头。

陆辛的心情一下子轻松了许多。他可以感受到，娃娃其实不笨，也很懂事。在他回去之前，这一晚就是"陪伴娃娃"这个任务的最后一点时间了，于是他很尽心地带着她在街上转了转，还给她买了一个招财猫存钱罐和一个红色气球——"买"这个字其实不够准确，因为虽然店门开着，但老板不知躲哪儿去了。

另外，陆辛也决定给家人买些礼物。他看到了一款大红色的包包，上面有一大朵塑料花，想起妈妈很喜欢背着小挎包，就准备买这个包送给她。给父亲的礼物有点难以挑选，他本来看中了一套刀具，又觉得父亲其实不缺这玩意儿——而且主城的刀具还挺贵的——其他东西，挑来挑去也没有合适的，都太贵了。转了两圈，他在一个没来得及收的地摊上看到了一件透明的雨衣，莫名符合父亲的气质，立刻就决定买它了。妹妹的话……他找了一圈，看向玩具店里那排大张着嘴巴的黄色玩具，忍不住露出了微笑：这不就是妹妹一直想要的玩具吗？

最后，陆辛领着娃娃，娃娃则抱着存钱罐、牵着气球，另一只手还帮陆辛拎着一大包准备带回家的礼物，两个人一起坐着那辆厢式汽车回到了酒店。

这家酒店的临时安全屋里没有之前那种按时间设定好的灯光，所以到了晚上十点，娃娃没有准时入睡，一直默默蹲在地上摆弄着她的积木。

第二天，陆辛从沙发上醒过来时，娃娃仍然在摆弄积木。陈菁打电话过来，说上午九点会有一辆高速列车，陆辛可以乘坐这趟车回二号卫星城。

"我先走啦！"陆辛看着娃娃的后脑勺，笑着说了一声。娃娃蹲在地上忙活着，没有抬头。

"有时间了我再来看你。"陆辛又笑着跟娃娃打了一声招呼，然后就提着背包下了楼。娃娃没有跟来，这倒让他有些奇怪：怎么忽然不黏人了？相处了快两天，都没点感情的吗？

陆辛坐上停在楼下的车来到车站，通过特殊通道登上了高速列车。想了想这两天在主城的经历，他觉得遗憾还是挺多的，没能跟壁虎、铁翠、韩冰和酒鬼等熟悉的同事聚聚餐，也没能看到主城那条商业街最热闹的样子。

最遗憾的就是，明明已经跟韩冰说好了，让她请吃饭，吃她亲手包的小馄饨，现在他却要提前回去，似乎……想到这里，他心里开始琢磨：韩冰毕竟是个小姑娘，她对自己这么好，究竟是因为好意，还是因为工作呢？如果只是遵从某种工作理念的话，那他不赴这个约，其实是对的。毕竟，她是个主城女孩，待人诚恳，温柔可爱，而他却是一个有着别人看不见的家人，与那些污染源没什么区别的人。之前他与妈妈说话，她其实听见了吧……他没必要借着工作便利，享受她对自己的关心。

陆辛用难以被人察觉的音量深深叹了一口气，轻轻靠在了椅背上。

高速列车即将启动，这时，一个乘务员急急忙忙地冲进车厢，大步向陆辛跑了过来，喘着气将一个密封的盒子放在陆辛面前："单兵先生，对吗？这是外面那个姑娘让我送给你的。"

陆辛有些好奇地打开盒子，然后就怔住了。盒子里是一碗小巧玲珑的小馄饨，套在碗外面的塑料袋系得紧紧的。他心里微微一动，急忙趴在玻璃上向外看去，就看到站台上有个累得弯腰按着膝盖的长头发女孩正笑着向他挥手。

"单兵先生，下次换你请我吃饭啦！"在列车启动的杂音里，她的声音已经听不清楚了，但口型似乎是这样。

主城一个空空荡荡的房间里，娃娃继续蹲在地上摆弄着满地的积木。房门外，一位服务小队人员有些焦急地跟上司汇报着："娃娃昨天晚上一夜没睡，心情似乎很不好。"

当他们终于忍不住进入房间，想劝娃娃休息的时候，他们看到，娃娃将最后一块积木放进了一幅拼图，然后抬起头来开心地笑着。那是一张属于男人的脸，她好像想展示给谁看，但这时才发现那个人已经不在了。

她安静了好一会儿，小嘴轻轻撇了一下。

陆辛从站台内出来，再次看向二号卫星城灰蒙蒙的天空，轻轻舒了一口气。二号卫星城远不如主城干净整洁、秩序井然，到处都是破旧的小公寓以及招牌歪斜的商铺、坑洼的道路。这里的人也大都穿得臃肿破旧，无精打采，过马路的时候都是一拥而上，有些时候还会因为和汽车争路，在大马路中间对骂起来。但毕竟他是在二号卫星城长大的，还是有一种亲切感。

陆辛拒绝了陈菁通知二号卫星城的警卫厅派人过来接他的安排，因为他知道在这起海上国袭击事件里，虽然受到影响的主要是主城，但各大卫星城同样出现了零星的污染事件。这时候，行政厅和警卫厅的人都在忙着处理后续事宜，他实在没有必要再去占用资源。他甚至觉得陈菁这位直属上司对他过于好了，他又不是照顾不了自己。

陆辛花了两枚硬币，转了两趟车，终于来到了月亮台的公寓楼下。本来是可以打车的，但他又想了一下，打车的钱省下来买点菜和家人改善生活不好吗？反正他带的东西也不多。

想到改善生活，陆辛又去了趟菜市场。与主城相比，二号卫星城的秩序没有受到影响，该卖的菜还是在卖。只是，因为昨天晚上关闭了入城通道，今天市面上的菜明显没那么新鲜。卖海货的大妈卖的都是死虾，亏她好意思说是刚打上来的。

简单买了几样菜，陆辛晃悠回了公寓楼下。这时他才意识到自己好像不太想回家。

大概是因为那份 003 号文件吧。陆辛心里非常矛盾，既急于看到它，又想尽量晚一点看到它。但最终，他还是在夜幕降临之前，走进了暗沉沉的楼道。

"吱呀——"虽然心情比较复杂，但推开家门时，陆辛的脸上还是下意识带上了微笑。他总想让家人看到自己开心的样子。

"嗖!"陆辛酝酿好的打招呼的话还没说出来,一个黑红色的东西就蹿到了他的腿边。他吓了一跳,拎着的背包险些掉了下去。

他定睛一看,那居然是一只可爱的小狗。它三四十厘米高,身上没有皮,露在外面的是筋膜交缠的鲜红色肌肉,一块一块的,像钢筋一样绞在一起,看起来极为结实。因为没有皮,两只眼睛直接鼓了起来,布满血丝。两排锋利的犬牙交错,时不时有口水从嘴角流下来。这时候,它正阴森又可怕地拼命向他摇着尾巴……

"咦?这是谁?"陆辛惊讶地看着这只小狗,感觉有些熟悉。

"啊?"妹妹在沙发上转过身来,笑道,"哥哥,这不是你从主城带回来的吗?"说着,她开心地招了招手,"小狗狗快过来……"

没有皮的小狗立刻跑到妹妹面前,欢快地摇着尾巴。

"养只小狗挺好的……"穿着红色西装外套的妈妈放下电话,笑着向陆辛道,"这么个小东西在客厅里跑来跑去的,家庭气氛都变好了一些呢!本来不开心,看到它,都被安慰到了呢!"

没皮小狗又急忙跑到妈妈身边,用力摇着尾巴。

"哼……"父亲阴沉沉的声音在厨房里响起,"自己都吃不饱还养狗,不如直接炖了!"

没皮小狗差点吓尿了,畏缩地趴在厨房门边,尾巴都夹了起来。

"原来是它。"陆辛摸了一下戴在自己脸上的眼镜,忍不住笑了。

这副眼镜是白教授为他设计的第二阶段强化的关键物品,而它之所以能够起到作用,是因为它携带着一种叫作"凝视"的精神力量。与其说是这副眼镜帮助他开启了第二阶段,倒不如说是附着在上面的精神力量帮他开启的。在决定接纳这种力量时,他就在想,他的生活是不是会有什么变化,想过家人会以什么形式接受它,甚至想过会不会多出来一位家人。现在看来……嗯,小狗也算是"家人"吧?所以,这也挺合理的。

"我买了菜,另外,我还从主城捎了礼物给你们。"陆辛一脚踢开使劲想往自己腿边凑的没皮小狗,将背包放在桌子上,笑着说道。

"咦?"妈妈有些惊讶,"知道给家人带礼物了?"

妹妹直接开心地扑了过来,吊在陆辛的脖子上:"我要我要。"

厨房里,父亲只是重重地哼了一声。

"这个包是给妈妈的。我看你经常背着小包，这个好一些，"陆辛拿出崭新的大红色包包，递给妈妈，笑着解释道，"可以多装点东西。"

妈妈本来笑吟吟地走了过来，想要看看他给自己买了什么包，甚至夸奖的话都已经到嘴边了，一看到那个搭配着一朵塑料花的大红色包包，表情瞬间变得有些僵硬。她又顺势走了回去，笑着道："挺好的，放那儿吧。"

"好。"

陆辛将包放在桌子上，又拿出叠得整整齐齐的雨衣，递到厨房门口："这是给你买的，我看你平时戴的围裙都破了好几个洞了，你又那么喜欢做饭，穿着这个挺合适的。"

"唰！"一只大手忽然伸出来，将雨衣扯进去了。厨房里响起父亲的冷笑声："呵呵呵。"

父亲一直是这个样子，陆辛早就习惯了，不在意地把手伸进背包里，准备拿出给妹妹准备的礼物。妹妹早就已经两眼放光了，蹲在桌子上紧张地等着。然后陆辛就拿出了自己精挑细选的礼物——一只有着红爪子、红嘴的黄色充气鸡。妹妹整个人都蒙了，直到陆辛将这个礼物塞进她的怀里，她仍然难以置信，好半晌才抬起头看向陆辛。

陆辛道："喜欢吧？"

妹妹面无表情，两只手用力一挤，充气鸡顿时发出一声惨叫。

看着妹妹"开心"的样子，陆辛也很开心。他将背包放好，笑着向家人道："今天早点吃饭吧，我饿了。"

当窗外的红月升起，屋里亮起温暖柔和的灯光时，一顿丰盛的饭菜摆上了桌。陆辛心情很好，帮妈妈盛饭，给父亲倒酒，为妹妹夹菜。

他吃掉了满满一碗米饭。出差这段时间，他一直在各个地方吃着不同的盒饭，里面有鸡腿、红烧肉或牛排之类的，很好吃。不过，自家饭菜的味道总是最令人安心的。

"你好像很着急……"父亲看着心情很好的陆辛，忽然冷笑着说了一句。

陆辛装作没有听见，自顾自吃着。

"没关系，我们都理解……"妈妈微笑着向陆辛道，"那些事你早晚都会知道，可以忍到现在，已经很好了。"

妹妹抱着惨叫鸡，只有眼睛露在桌面上，微微发亮。

"好吧。"陆辛迎着家人的目光，轻轻点了一下头。

他长长地呼了一口气，平复了一下自己的心情，从口袋里掏出妈妈之前给他的钥匙，目光再次扫过家人，这才慢慢起身来到电视柜前，将钥匙插进锁眼，轻轻转动。听到"啪"的一声脆响，他轻轻将抽屉拉开，看到了那个文件袋。他动作微微一顿，拿起文件袋，回到了餐桌边。

"我确实很想知道。"他在家人以及那位家庭新成员的注视下，慢慢撕开了文件袋。

袋子里只有几张薄薄的纸以及照片，陆辛平静地慢慢翻看着。最上面是一张打印的任务报告，纸页微微发黄：

月食研究院S级任务：寻找"逃走的实验室"及其线索

任务描述：红月后第十七年十月，月食研究院全体人员乘坐特殊专列进行转移工作，其中一节车厢于途中无故消失，一应安保人员毫无察觉。消失的车厢位于专列中部，其间未曾停车，也未有人发觉明显异动。经事后调查，消失的车厢内装载的是月食研究院第三号实验室主任王景云及两位助手、十九个未知实验体，以及大量重要实验资料。

注：凡可提供"逃走的实验室"下落及相关线索者，皆能获得联盟的悬赏金，具体金额视情报价值而定（最高可达亿元，可替换为等价值金属或情报）。

任务时限：不限

面向范围：所有人

…………

当陆辛在月亮台的家中翻看那份文件时，青港主城一间高级会议室里，一场特殊的报告会正在进行中。

听这场报告的只有五个人——青港城行政总厅主席苏信中、城防部部长沈垒、特殊污染清理部特别行动组组长陈菁大校，以及另外两位青港主城最高级别的先生。做报告的则是特殊污染研究院的院长白教授。虽然如今青港城还有很多海上国袭击留下来的事情需要处理，但在他们眼里，这场报告似乎比其他所有事都重要。

"在做这场报告之前，我需要提醒你们，"白教授开门见山道，"你们听到的会是一些超出个人权限的事情。知道了这些事情不见得是有好处的，希望你们可以做好心理准备。"

说完这些，他才郑重道："在陈菁第一次交上来的报告里看到单兵与红月亮孤儿院相关的事迹时，我就已经对他的身份有了些许猜测。不是因为他，而是因为这个孤儿院。后来，通过对这个孤儿院的调查，我发现了一个重要证据。两相对证，我就开始怀疑我们青港城二号卫星城里这个不起眼的孤儿院可能与联盟研究院那个'逃走的实验室'有关。"

沈部长冷冷地说："你应该解释得更详细一些，我要知道你究竟发现了什么。"

"是一个签名。"

白教授仿佛早有准备，将一张装在透明文件袋里的纸展示给众人。这张纸有些破旧，甚至已经发霉了，上面是手写的孤儿院建院申请。青港城重建初期，秩序仍比较混乱，有很多这样的不规范的文件。毕竟，那时候连打印都是一件难事。这份申请最后的签名是"王元景"，字迹很潦草。

"这个字迹与我见过的一个人很像，所以那时候我就开始留意了。"白教授坦然道，"既然心里开始留意，当然就可以照此去寻找其他线索来加以佐证。后来，城外骑士团对单兵的窥探，更是让我确定了这位精神能力者不简单，借此推测出红月亮孤儿院可能与'逃走的实验室'有关并不难。"

"只是因为一个签名？"众人的表情都有些难以置信。

"如果你们也做过字迹相关的研究，就会发现每个人的字迹其实都不同。"白教授道，"更何况，他的字写得确实难看。"

会议室里一片安静。片刻后，苏先生道："那么，你认出来的这个人是……"

"'逃走的实验室'的主任，王景云。"白教授道，"他也是最初的月食研究院学术水平最高的四位研究者之一，当初我在研究院学习的时候，曾经在他的指导下进修过一些课程，所以对他的印象很深。"

苏先生道："既然这样，你为什么那时候没有对我们提出警告？"

"一是因为我离开研究院的时候签过保密协议，只有在你们也发现单兵身上的问题后再告诉你们，才不会违反协议。二是……"白教授顿了一下，道，"我有些事情需要验证。

"月食研究院对'逃走的实验室'之看重，我想大家都了解。但大家或许不了解，这不仅仅是因为当年的整节车厢无缘无故消失太过匪夷所思，也不仅仅是因为实验室里有十九个对研究来说最为特殊的实验体，还有一个更重要的原因：代号为'暴君'的特殊精神体也在那个实验室里。"

看完第一页，陆辛脸上并没有出现什么异样的表情，他在家人的注目下继续往后看。接下来是一些对于"逃走的实验室"任务的补充，看起来像是秦燃以及其他很多人对于这个实验室的研究，以及这么多年来找到的线索，有关于那位实验室主任王景云的调查报告（月食研究院成立之初最权威的四位专家之一），也有关于那十九个实验体的猜测，还介绍了一些曾经执行这个悬赏任务的赏金猎人或小队的遭遇——大多数死亡，少部分疯掉。

陆辛没有耐心看这些，只是略略扫过，就继续向后翻去。连翻几页，他看到了一张照片的背面，上面用记号笔写着"王景云"三个字。他的太阳穴突突地跳了几下，然后他将照片慢慢翻过来，一个穿着白大褂的人跃入眼帘。

照片上是一个看起来很儒雅的中年男人，他穿着白大褂，模样清瘦，笑容亲切，带着一种让人舒服的气质。陆辛沉默地看着这张照片，许多杂乱的画面忽然涌入自己的大脑之中，有和蔼的院长给自己和其他小朋友讲课，有院长带着包括自己在内的小朋友们做广播体操，有院长在夜晚的星星下怀念地讲述红月亮之前的生活……

所有的画面交织重叠，真假难辨，最终都开始变得透明，直至消失。只有院长的脸留了下来，一点一点和照片上这个男人重叠在一起，完全吻合。

老院长。这是陆辛的童年记忆里印象最深刻的一个人，他让陆辛认识到了这个世界的一切善良与美好。

"原来他还是研究院的一位主任，难怪懂得这么多！"陆辛看到他，心里生出一种温暖的感觉，接着便是一阵难过，因为这位受人尊敬的院长已经在那场灾难里去世了。他下意识将照片扣在了桌面上。

平复了一会儿心情，他翻到文件的最后一页，也是纸张最新、内容最多的一页，密密麻麻满是文字，还有一张照片。他的瞳孔猛地收缩。

临时添加"逃走的实验室"调查任务

最新情报，有"潜行者"在中心城发现了"逃走的实验室"主任王景云的助手陈勋的踪迹，试图抓捕未果，只查得半销毁的资料若干。经资料恢复得知，陈勋一直与某位主任进行着书信往来，关注着青港城的动向，记录着与"暴君"相关的实验数据。怀疑实验仍在进行中，怀疑与其通信的"某位主任"便是王景云。可做出推测，"逃走的实验室"就在青港城二号卫星城，请速速核实并汇报……

在这些情报下面是一张扫描并打印出来的黑白照片，好像是监控拍下的，模糊不清，但看得出是一个戴着鸭舌帽的男人从街上走过的画面。照片的右下角有日期，就在两个月前。

那个男人的五官让陆辛感觉特别熟悉，他想了又想，终于想起不久前才见过他——在之前的潜意识梦境里，他看到了这张脸，他戴着一副金丝边眼镜，正在主持一场解剖实验。

陆辛猛地站了起来，脸色冷峻，十分困惑："他没有死？他怎么可能没有死？他如果是他，那院长又是什么人？他们说与他通信的就是王景云……那么，院长也还活着？！"

家人都沉默地看着他自言自语，脾气暴躁的父亲这时也保持了沉默。陆辛忽然发现，自己的记忆出现了错乱，深切记得的一些事情居然充满了不确定性。他的表情变幻莫测，表面上是迷茫与震惊，底下却又隐藏着凶狠与阴森，整个人仿佛一下子分成了两半。他的头痛得发木，脑海里有空荡荡的回音。

"嗡嗡——"老房子的电压又不稳了，灯光开始一阵明一阵暗。墙壁上的挂历、厨房里的餐具、餐桌上的碗碟都开始轻轻晃动。餐桌周围，妈妈、父亲和妹妹似乎都在等待什么事情发生，很少能在他们脸上看到如此统一的表情。

"汪汪！汪汪！……"忽然，客厅里突兀地响起了一声声狗叫。那只没有皮的小狗紧张地叼住陆辛的裤腿，用力地扯着。与此同时，陆辛意识到鼻梁上的眼镜正散发出清凉的感觉，镜框上有鲜红色的细丝蔓延出来，就像一张奇异的网，覆盖了他的整个额头。他心里涌动着的情绪忽然就收敛起来了，头痛的感觉正在退去，那种虚幻感也消失了，整个人再度回到现实。

"我为什么要这么惊讶？"他自言自语着，"我们孤儿院还有人活着，我应该为他高兴才对。"

他很平静地说着话，没注意到自己的嘴角正向两边咧出一个诡异的弧度。

"白教授，我一直很尊重你……"青港主城高级会议室里，沈部长紧紧地皱起了眉头，"但是，当你发现了曾经惊动整个联盟的'逃走的实验室'的线索之后，非但没有立刻向青港城示警，反而在对单兵的招募与引导过程中有意误导我们，让我们降低了单兵的失控标准，甚至花费极大的代价帮他打造了进入第二阶段的关键物品。当然，我必须承认，你的决定结果是好的，单兵帮我们解决了海上国的特殊污染袭击。但一码归一码，你为什么要隐瞒，又为什么要帮助单兵，这些事仍然需要你的解释！"

"我隐瞒这件事，是因为我不想让月食研究院知道。"白教授不疾不徐道，"而我暂时对你们隐瞒，是因为我需要借青港城的力量来帮助单兵稳定。实话实说，当我发现这样一位精神能力者居然在我们青港城像个普通人一样生活了十多年时，我心里的惊讶与恐惧一点也不弱于昨天看到'暴君'力量的诸位。我很确定，如果一开始就将关于单兵的猜测告知诸位，一定会引发不必要的变数。一来，我们无法保证秘密不会外露；二来，过多的警惕反而不利于单兵的稳定。我一直遵循着一个原则，那就是稳定工作大于一切。我不是试图让青港城在不了解事态的情况下去招惹一枚变数极大的核弹，而是引导青港城在不知情的情况下，尽量去做一些有利于这枚核弹稳定的工作。这样，事情起码不会恶化。"

会议室里的几人心情都变得非常复杂，甚至感觉有些不可思议。

沈部长强硬道："无论事态的发展是向好还是向坏，你都在事实上让我们遭受了威胁。如果早知道单兵身体里有这么不稳定的力量，我一定不会同意让他接触污染源。处于那种情况下，在不让他起疑心的同时，将他与其他人分开，才是最稳妥的办法。"

"你说有一定道理。"白教授道，"但我更相信，如果一开始就告诉你们，如今的形势便会大不相同，要么是单兵已经失控，要么便是研究院已经过来接人了。而无论是哪一种，结果都不是青港城能够承受的。"

仿佛是认可白教授的观点，众人都保持了沉默。

苏先生沉默了一阵，轻声道："对这一点，我相信白教授的判断。我现在更好奇的是，你就是月食研究院出身的，而我们青港城的特殊污染清理部是在研究院的支持下才成立的，现有的很多关于特殊污染的资料也都是研究院分享给我们的……"说到这里，他微微一顿，"那么，你对研究院的警惕……从何而来？"

他的问题问到了关键的地方，所有人都向白教授看了过来。月食研究院位于北方高墙城联盟十二城里的中心城，是如今的联盟里——或者说这个世界上——对于红月的出现带来的影响，以及精神异变方面的研究，最权威也最先进的机构。从某种程度上来说，各大高墙城对于对抗精神异变这种诡异事件的信心，大部分都来自月食研究院。正因为月食研究院的地位很高，就像联盟的中心，所以，平时很多人都会下意识称之为"联盟研究院"。白教授自己的学识就来自月食研究院，所以，他表现出来的对研究院的警惕让人很是不解。

"来自很多地方。"对于苏先生的问题，白教授也经过一段时间的沉默，才慢慢回答，"我在研究院学习的时间并不长，在研究院里也并不算多么出色的人。无论是那位跳楼前留下三个预言的天才研究员，还是那位证明了这个世界上存在十三种特殊精神体，后来又公开叛离研究院的同事，都比我出色很多。不过，我在那有限的学习过程中，还是发现了一些问题。

"研究院分享给各大高墙城的资料远比他们掌握的少，而且明显有一部分不打算公开的研究成果。在研究院里，我发现他们研究的纵向与横向方面都超出了我们的理解。很多人都认为精神异变是红月亮事件发生之后才开始的，但研究院里的研究却远远不是以红月亮为起点。"

苏先生皱起了眉头："白教授，无端猜测不是你一贯的风格。"

"呵呵，确实。"白教授自嘲地笑了笑，"那我来讲一讲其中的一些端倪吧。当我作为第一批实习生被招入研究院学习时，很快就发现了一个有趣的现象。研究院是在异变之后才出现在世人眼前的，但我想，应该有很多研究员在红月亮事件之前就已经被招进去了。"

"也就是说，研究院在红月亮事件之前就已经开始研究精神异变了？"

"不仅如此！"白教授摇了一下头，笑道，"还有一个有趣的现象，不知你们发现了没有——研究院名叫'月食'，这意思很明显，是想将这一切混乱的源头给解决掉，体现出了研究院的决心。但我们需要知道，这个名字是在红月亮事件之后改的，研究院一开始的名字是'红月'。

"那你们猜猜，在月亮变红之前，这个名叫'红月'的研究院是干什么的呢？"

众人忽然生出了一种毛骨悚然的感觉。月食研究院的目的是将污染的源头红月亮消灭，那么，红月研究院的目的……此时此刻，他们都有一些沉重的疑问，比如这个世界发生这场灾难的原因、精神污染出现的真正时间、被所有人相信的月食研究院真正的目的和实力……他们基本上都是青港城最有身份的人，但在这些难题面前，他们唯一的感觉就是渺小。

过了很长时间，苏先生第一个调整好了自己的情绪，冷静地看向白教授道："所以，你现在对月食研究院有什么推测？"

白教授摇了摇头，道："即便是前不久参加了研究院的学术交流会议，我也没看懂他们现在真正的研究方向是什么，他们分享出来的都是有助于人类控制并对抗精神污染的课题。当然，并不排除红月研究院改名为月食研究院后，也确实改变了自己的态度与研究方向的可能。但作为想活下去的人，我想我们必须保持足够的警惕与怀疑。"

"你说得很对。"一个有些沙哑的声音响起，是青港城的某位先生，平时并不关注这个方向，"但我现在更关心的是，单兵究竟处于什么样的状态，他与研究院又有什么关系？"顿了一下，他又道，"我想大家都明白，青港城离不开研究院的支持。如果要在单兵与研究院之间做选择的话——"

"青港城不需要离开研究院的支持，"白教授打断他的话，"就像今天我做的这场报告也并不存在。我们不做选择，也不需要考虑如何为这场不确定是不是真的存在的战争站队。

"对于单兵，我只知道，月食研究院曾经有一个重要的课题，就是试图驯服那十三种特殊精神体。单兵极有可能是那场实验留下的，对付海上国的S级精神能力者时，他暴露出来的'暴君'的力量已经基本佐证了这一点。对于这个秘密，我不打算去深究。

"说到这里，需要重申的是，青港城的目标一直是文明秩序的重建。你我都知道，这并非是一个用来空喊的口号。历史的经验与教训告诉我们，没有远大的目标，只会让自己一步步沉沦。当然了，退一步讲，就算我们害怕，只想躲避有可能袭来的威胁，也只是妄想。

"只说一个最简单的问题……"白教授抬头扫视众人，"你们有没有想过，代号为'暴君'的力量，和最能克制'暴君'的力量，同时出现在我们青港城，这究竟是巧合还是有别的原因？

"我们都生活在红月之下，所以我们每个人都无法置身事外。"

白教授的话又让众人沉默下来。《红月的凝视》这幅画可谓是青港城近十年来最大的发现，偏偏寄生在这幅画里的精神体恰好可以帮助单兵达到很好的平衡，仔细想想，确实很有趣。

"不论是阴谋还是巧合，或是某种超出我们理解范围的神秘原因……"在一片沉默之中，沈部长第一个开了口，直视着白教授道，"我现在最关心的其实只有三个问题。第一，单兵如今究竟算是什么？是我们保护青港城的核武器，还是一枚威胁着青港城的炸弹？"

白教授回答："单兵只是我们青港城特清部招募的一位精神能力者，也是青港城的特殊人才，我们已经帮助他进行了第二阶段的稳定工作，也与他签了合同，所以我们什么都不用考虑。毕竟我们做的一切都是有迹可循的，也有规则可以依附。我们只是做了该做的事。我们历来严谨。为了保证这场报告会的内容不泄露出去，我希望会议结束时，陈大校能为我们施加暗示，让我们只有在特定的情况下才会想起这些事并加以讨论。"

会议室里有人点头，有人仍然沉默着。

沈部长接着问道："第二个问题，我们要如何保护自己？"

迎着沈部长的目光，白教授轻声笑了一下："我们不去作死，就能保护自己。"

沈部长脸色有些难看，很明显，他不喜欢这种带有"幽默感"的回答。

还好白教授笑了笑，又道："当然，还有另外一个方法，那就是我之前提出来的'天国计划'。"

这四个字使得会议室里出现了一阵骚动，众人表情各异，有人紧张，也有人兴奋。

"这个计划我是同意的。"苏先生向另外两位先生看了过去,"最初我们几个分配工作时,你们相信我,所以才让我负责青港城与特清部的调解工作,那么我希望你们可以继续相信我。"

另外两位先生沉默了一会儿,轻轻点点头。"每个人都去做自己适合做的事情,这没问题。"

因为达成了共识,会议室里的气氛缓和了一些。沈部长并没有打消继续提问的念头,又道:"我关心的第三个问题是,神……是不是真的会出现?"

"这个问题我回答不了。"白教授摘下眼镜,扯出一块手帕擦了一下,然后重新戴上,他的笑容很温和,但语气很坚定,"如果神真的出现了,我很有兴趣跟他好好聊一聊。"

第二天一早,陆辛收拾好自己,然后出门了。他没有去公司,因为之前请了假,现在还没有到时间,而且这次是带薪假,不提前销假也有钱拿。他心里有一些想要求证的事情,所以他直接来到了警卫厅附近的红月亮小学。

003号文件让他心里生出了很多疑惑——老院长和那个叫陈勋的人究竟是死是活,以及当初的遭遇……而可能知道这些事情的人,他只能想到小鹿老师。

陆辛慢慢登上楼梯,听到楼上传来阵阵读书声。

"盼望着,盼望着,东风来了,春天的脚步近了……"

这读书声不能形容为"琅琅",因为有些含糊不清,甚至可以分辨出几个无精打采的声音,不必看就知道肯定有几个小家伙正睡眼惺忪,盼着赶紧熬过这一课,好出去玩玻璃球。陆辛对此非常了解,因为在记忆中,当年的自己也是这样。"春天来了跟我有什么关系,中午的菜里有没有肉才是一件大事……"

既然他们还在上课,陆辛就站在楼道里的保安孙大爷旁边,手揣在兜里默默地等待着。

"这次回来得挺快啊……"孙大爷小心地摘掉盆栽的一片枯叶,然后展开报纸,好整以暇地看着。

"工作完成得早。"陆辛看了盆栽上那朵孤零零的小花一眼,随口回答着。他忽然想到一件事:这位孙大爷是什么时候来的红月亮小学来着?不认真去想的话不会有所察觉，仔细回忆就感觉有很多疑点。

　　陆辛清晰地记得小时候在红月亮孤儿院里读书的画面，接受老院长教育的画面，与小鹿老师一起跟人打架的画面……但这些画面就像电影片段一样，他无法捋出一条完整的时间线，把它们连成一个完整的故事。到了离开孤儿院那段时间，记忆就更混乱了。他甚至不记得自己是如何离开孤儿院的，只有一些残缺的记忆告诉他，他好像曾茫然地走在大街上，然后他的家人就出现了，开始和他一起生活。这之后的记忆开始变得完整起来，他记得自己进入二号卫星城的免费高中读书，记得自己参加工作。但往前数的话，中间差不多有一年的空白期。那一年的记忆是最少的，哪怕他努力去回忆，也只有零星的片段。最奇怪的是，在昨天看到那份003号文件之前，他甚至没想过主动去回忆。即便是现在，他也只能强迫着自己去回忆。

　　对于现在的红月亮小学，陆辛只记得，与家人一起生活了很久之后，有一天，他回到原来的孤儿院，发现那里居然有个熟悉的人，那就是和他一起长大的小鹿老师。她自己年龄不大，却收留了几个孤儿。那时候，孙大爷就已经在了。

　　据小鹿老师说，小学得到了好心人的资助，才重新建立起来，他们才熬过了那段最艰难的日子。但是，不能一直指望有好心人资助。陆辛记得，当小学没有了资助之后，日子就变得非常难过。还好那时候他已经开始工作了，多少能够救济一下。

　　回忆到这里，陆辛又想到了一个问题：那段时间小鹿老师连饭都快吃不上了，哪来的钱给孙大爷发工资呢？他歪头打量着孙大爷，想着要不要问问他。唯一不确定的是，如果他问了，孙大爷让他补发工资怎么办？

　　"你往旁边让让！"就在陆辛想着这个问题时，孙大爷抬头看了他一眼。

　　"啊？"陆辛有些蒙，"怎么啦？"

　　"你这么杵在窗边，都把我的花遮住了。"

　　"哦……"陆辛脸一红，往旁边挪了挪，让窗外的阳光洒进来，照在孙大爷的小盆栽上。他心里直嘀咕，就这么一朵小花，还挺渴望阳光的……

　　正当他胡思乱想着时，孙大爷起身，拿起一把小铁锤在一块铁片上敲了敲。"当当当！"这就是下课铃声了。楼上的教室里安静了几秒钟，然后立刻响起了一阵乱哄哄的声音。

"我先上去了。"陆辛向楼上指了指。

孙大爷不耐烦地挥了挥手："你去你的。"

陆辛登上四楼，迎面碰上了一群东奔西闯的小孩子。其中有个鼻子通红的一见陆辛就跑了过来，叉着腰道："陆叔叔，我的玻璃球是不是被你给捡走啦？"

陆辛摇头："没有，我捡你玻璃球干什么？"

"哦。"红鼻子小孩应了一声，又道，"你啥时候娶小鹿老师？"

"啥？"陆辛都蒙了，现在的小孩思维这么跳跃吗？

"听说结婚会发糖。"红鼻子小孩理直气壮，"你不娶小鹿老师，我们怎么吃糖？"

"啊这……"陆辛反应过来，笑着摸了摸他的脑袋，"我下次给你买。"

"咳……"不远处传来一声咳嗽。

要糖吃的红鼻子小孩和答应买糖的陆辛同时吓了一跳，红鼻子小孩"嗖"的一声跑掉了，陆辛也装作若无其事地站直了身体。

"回来就好。"小鹿老师看了陆辛一会儿，笑着道，"中午在这里吃饭吧。"

陆辛点头道："好。"他走上前，推着小鹿老师进入办公室对面的一间小屋。这里是厨房，地上有一袋子土豆，小矮桌上放着机器压的面条、电磁炉、几口看起来不小的锅。小鹿老师洗了手，便转着轮椅在这个狭窄的厨房里打水洗菜、择菜，动作麻利而熟练。陆辛帮她系上了围裙，然后蹲在一边帮忙。

午饭是土豆丝盖饭，土豆丝是用偏酸辣的菜汤烩熟的。把土豆丝盛起来后，小鹿老师打了很多鸡蛋在锅里，做了一大盆炒鸡蛋。红月亮小学现在有二十三个小朋友，小鹿老师很熟练地把炒鸡蛋分成了二十三份，省得孩子们打架。这期间，陆辛又往锅里打了两个鸡蛋，并多分出来了两份。小鹿老师瞪了他一眼，默许了他的奢侈。

当一群端着饭缸子的小孩排着队打完了饭，陆辛与小鹿老师拿着自己的那份饭进入她的办公室时，已经是一个小时后了，再过一个小时就要上下午的课了。因为米饭煮少了，所以陆辛拿了一个昨天剩的馒头，掰碎了放进菜汤里。

他一边吃，一边很自然地说道："这次去主城，我想起了以前的一些事。"

小鹿老师吃着饭点了一下头："嗯。"

陆辛将自己碗里的一块炒鸡蛋夹给小鹿老师，道："然后我觉得有些地方很奇怪。你还记得我们孤儿院的王院长吧？在我的印象里，他人特别好。那段时间，外面的人都在挨饿，到处都很乱，但是他却将我们保护得很好。我甚至记得那时候我们吃的饭菜里有肉。"

"我也记得，他一直在教我们学习，说现在这个世界太乱了，最可怕的不是有多少人变成了疯子，而是剩下那些人抛弃了所有的文明，他们会变成比疯子更可怕的人。我记得他和我们一起看动画片，看他存在硬盘里的老电影……"说着，陆辛不由得笑了起来，"我还记得，有一次，我找到了一个隐藏的文件夹……刚刚打开，他就冲进来了，拿着扫把满走廊追我们……"

"对，我们问他为什么打人，他的脸可红了，就是不肯解释……"小鹿老师也跟着笑了起来，同时一滴眼泪滴进了她的碗里。

陆辛停下吃饭的动作，用自己的勺子将那滴眼泪舀了出来，倒在地上。然后他看着小鹿老师，道："所以，院长其实是好人，对吗？"

小鹿老师慢慢抹去脸颊上的泪水："院长当然是好人了。他是这个世界上……最好的人。"

陆辛脸上的表情消失了，他不知道该说什么。

小鹿老师沉默了一会儿，又轻声道："但他也是这世上……最可怕的人。"

陆辛慢慢将一块馒头塞进了嘴里，没有追问，等着小鹿老师自己往下说。

"其实，我早就知道你有一天会想起来的。"小鹿老师过了一会儿才轻轻开口道，声音微微发颤，"我有时候很羡慕你，可以将当时的事情忘掉，有时候又真的很害怕你想起来。我知道，你的记忆里留下的都是院长好的一面，其实那样挺好的，他也确实有好的一面……毕竟，如果不是我亲眼看见了，无论多少人告诉我，我们的院长穿上白大褂，就会变成……变成那种样子，我都不会相信的……"

听出小鹿老师声音里的恐惧，陆辛觉得心里特别难受。他下意识握住小鹿老师的手，想要安慰她，没想到她像触电了一样，吓得猛然向后一缩，差点翻倒过去。

"其实你不用害怕他——"陆辛安慰的话只说了一半便停下了。他看到，小鹿老师看向自己的眼神里满是怎么藏都藏不住的恐惧。

"对不起！对不起……"留意到陆辛眼神里的错愕，小鹿老师猛地反应过来，立刻着急地不停道歉，"你不要误会，我不是……真的不是……你不要……"

说着，她伸出手来，似乎想要握住陆辛的手。但陆辛能够明显地看出，她的动作有些迟疑，就好像她的意志在强迫她来握他的手一样。

"我知道，当时的事情不怪你……可我还是……忍不住会害怕……对不起，我没控制住……"

陆辛慢慢收回了自己的手。他忽然意识到了一个问题：原来小鹿老师怕的不是院长，而是他。

他沉默着，表情看似平静，实则暗潮汹涌。

其实，很早之前他就感受到小鹿老师在害怕了，只是一直不愿去想罢了。但此时此刻，看到她脸上的恐惧，他心里还是很难过。即使是他自己也说不清难过的是小鹿老师居然很害怕他，还是小鹿老师明明很害怕，仍然勉强自己来安慰他。

他不知道为什么小鹿老师对他的恐惧超过了院长，本想直接问问她，但左眼镜片上突然弹出了一串数据，显示出她此时的精神波动很强烈。普通人的精神量级在十个点左右，正常情况下几乎是检测不出他们的精神辐射的。当这副眼镜对普通人有反应时，那就只能说明一个问题：目标正处于极度强烈的情绪波动之中，或许只要再稍微增加一点压力就会崩溃。他怎么能够再逼她呢？

陆辛努力挤出一个笑容，努力让自己的声音听起来很平和："我就知道，我长得挺凶的，发脾气的时候也挺吓人的……你看，把你都吓到了。"

"是……是的。"小鹿老师也努力想要配合陆辛，但她再怎么努力，也无法若无其事地笑出来了。两个人都努力想安慰对方，却显得笨拙而尴尬。

"算啦！"陆辛轻轻叹了一口气，慢慢站了起来，向小鹿老师道："我下午还要去上班，就先走啦。碗可能要你自己洗了。"

小鹿老师好像想说什么，但最终只是点了一下头。

陆辛提起背包，慢慢走出办公室，心里很压抑。他微微转过头，就看到一群捧着饭缸子的小孩正挤在教室门口睁着小眼睛看着他。小孩子耳朵灵，大概听到了小鹿老师的哭声。

"大壮哥，怎么啦？"一个小孩吸溜着鼻涕，偷偷地问红鼻子小孩。

红鼻子小孩深深地看了陆辛一眼，意味深长道："吵架了。"

"啊？"吸鼻涕的小孩吃了一惊，面露惊喜之色，"那我有机会了？"

"你没有，"红鼻子小孩看了他一眼，"你连糖都请不起。"

陆辛在这群孩子好奇的眼神中慢慢走下楼，中途看到孙大爷面前摆了张小桌子，桌上有一盘土豆丝、一个咸鸭蛋。孙大爷端着小酒盅慢慢喝着，头也不抬，仿佛不是在跟陆辛说话一样："你别误会，她害怕的不是你。"

陆辛回头看了孙大爷一眼，点了点头，便继续往楼下走了。

陆辛走在街道上，苍白的阳光从头顶上洒下来，心里有一种空落落的感觉。他一路走到了警卫厅，将寄存在这里的摩托车取了出来，然后骑着车在街上漫无目的地逛着。摩托车毕竟是烧油的，所以他很少会产生这种开着车乱逛的奢侈想法。但今天不一样，今天他有点冲动，甚至都不想再省钱了。不过，他很快就在一座广场上停了下来，毕竟汽油还是很贵的。

他坐在广场的一张长椅上，慢慢抽着一根烟。

不远处的另一张长椅上坐着一对看起来十分恩爱的情侣，两人甜蜜得仿佛黏在了一起似的。男孩在身后的挎包里藏了一枝玫瑰，好像准备变个魔术。陆辛看了他们一眼，有些羡慕。

但他很快就不羡慕了，因为他看到这两人中间出现了第三个人。是妹妹，她蹲在椅背上看着这对情侣，很快就眼睛一亮，坏笑着把玫瑰花瓣都摘了下来。

"当当当！"男孩夸张地摇摆着手臂，把一根光秃秃的玫瑰花杆杵到了女孩的脸上。他蒙了，女孩也愣了一下。然后，他们一个气得起身就走，一个急忙追上去不停解释。

陆辛的心情顿时好了许多……

"妹妹，我没有得到我想得到的答案。"当妹妹来到自己身边蹲着，陆辛吐出一口浓重的烟雾，轻声道，"其实我过来问小鹿老师，最想听到的是她告诉我，院长就是个很好的人，那些事情都是我的胡思乱想。结果我没得到最好的答案，也没得到一般坏的答案，我得到了最差的答案。原来她那么……害怕。"

妹妹抱住陆辛的胳膊，用小脑袋蹭着："我不怕你。"

陆辛笑了一下，没有拆穿妹妹。

"想不想再出去玩玩？"沉吟了好一会儿，陆辛忽然笑着问妹妹。

妹妹怔了一下，有些不解地歪头看着他。

陆辛抬头看向远方："孤儿院还有人活着，这不是好事吗？而且那份资料上说，连老院长都有可能还活着。我心里有很多疑问，我想知道当年都发生了什么，想知道该死的人是不是都死光了……当然，如果没有死光的话，我不介意让他们去经历一下该经历的事情……"

他说这话的时候，脸色很平静，好像在说一件小事一样。但正抱着他胳膊的妹妹却警惕地看着他的表情，眼睛一眨也不眨。

陆辛突然沉默了，仿佛感觉到了自己的状态不太好。过了一会儿，他再度露出和善的笑容："总而言之，我现在其实很开心。当初的孤儿院就像一个大家庭一样，孤儿院里的每个人都是我们的家人。以前不知道也就罢了，现在既然知道这个家庭里还有人活着，我怎么能不去看看他过得好不好呢？至于我心里的这些疑问……如果我当面问问他，他应该很乐意告诉我吧？"

妹妹听着他的话，眼睛渐渐亮了。她忽然用力抱住陆辛的脖子，兴奋道："哥哥！哥哥！你知道吗？其实我们等你做这个决定，已经等了很久啦！"

陆辛闻言，开心地笑了起来。他抬头看去，只见广场旁边一家位于二楼的高档餐厅里，妈妈正向他点头微笑。长椅边，他的影子不正常地扭动着，深沉的笑声在耳边响了起来。

要做一件需要外出的大事，按理说应该召开一次家庭会议来商量商量的，但听了妹妹的话，他就知道不用开这个会了。那么，接下来的第一步当然是——请假。

陆辛从背包里掏出卫星电话，给陈菁拨了过去。

陈菁接得很快，声音冷静："什么事？"

陆辛心情不错，笑着打招呼："组长，中午好。"

"嗯。"陈菁顿了一下，声音温柔了些，"什么事？"

"这个……"陆辛在心里猜测着她是不是本来正在忙，一看到他的电话就立刻中止了手头上的工作。对此，他有些不好意思，再加上他要说的事情，就更觉得不好意思了。他飞快地打了个腹稿，然后道："那个……我打这个电话，是想……请个假。"

"请假？你现在不是正在休假吗？"

"是的，是的。"陆辛有些难以启齿，"不过……几天时间应该不够，我要……多请几天假。"

"几天？"

这个问题又让陆辛有些难以回答，只好道："现在还不好说。"

"因为什么事情请假？"

"这个……私事。"

陈菁过了一会儿才道："你在帮助青港城抵挡海上国的袭击中做出了很大的贡献，按照贡献点来计算，你无论如何都可以直升青港城四级特殊人才了，而四级特殊人才可以享受青港城的特别待遇。所以，即使是私事，你也可以提出请求的，特清部会尽可能帮你。"

"这个恐怕不行，"陆辛轻轻叹了一口气，"因为这件私事我需要出城去办。"

陈菁有些吃惊："去哪里？"

"中心城。"

"中心城……"陈菁那边立刻出现了明显的骚乱，似乎有很多人同时发出了惊讶的呼声。陆辛有些意外：她那边居然有这么多人在听？

过了一会儿，陈菁的声音再度平稳地响起："可以告诉我们你去中心城的原因吗？"

"这……不太方便。"陆辛不太好意思拒绝领导，只好试探着问道："这毕竟是我的私事，不说可不可以？"

"当然可以，本来就是我不该问的。"陈菁的反应很快，略带歉意地说了一声，然后就恢复了冷静的工作模式，"你请长假的话，理论上是可以批的。但是，这次的任务报告你还没有交上来，你进入第二阶段后的变化也没有进行记录。还有，如今你已经是事实上的四级特殊人才了，按照规定，无论你要去哪里，要办什么，都该提交一份纸质申请，并由特清部为你提供一定的安全保障与信息支持。"

领导说得很有道理，陆辛开始觉得自己这个电话打得太草率了。过了一会儿，他小声问道："那我先回去写这次的任务报告，然后再……补一份出城申请？"

"可以。"陈菁笑了一下，"在出城申请上，你需要告知要去多远的地方，大概要花多少时间，需要申请哪些物资等。现在墙外还有很多地方处于混乱之中，对只有一次短暂出城经验的你来说还是很危险的，因此，最好让人提前帮你做好规划。当然了，这也有助于我们安排别人来暂时接管你在二号卫星城的工作。"

一口气说完这些，陈菁沉吟了一下，又道："对了，需不需要提前帮你安排司机？毕竟上次临时安排的那位回来之后意见很大，所以这次……我们可以提前通知他。"

"司机就不用了吧……"考虑到这次要去做的事情，陆辛犹豫着把副队长壁虎的名字画掉了。至于队员娃娃，更是不用考虑——这不是胡闹吗？他去一趟中心城，还要顺带看孩子？

至于交通工具，经过深思熟虑，他把"钢铁巨兽"也画掉了，勾选了自己的小摩托。因为中心城非常遥远，其间不知道要经过多少崎岖狭窄的山路，很多地方，四个轮子的反而不如两个轮子的好用。像这样的长途跋涉，要么是一个车队集体出动，相互照应，要么还是单人出行更方便。另外一个原因就是，如果"钢铁巨兽"坏了，没有壁虎，他只能一筹莫展；摩托车就不一样了，如果坏在路上了，他好歹可以推着或扛着走！

警卫厅里，陆辛刚写完任务报告，韩冰就给他发来了一份物资清单。经过上次的小馄饨事件，陆辛对韩冰的信任更深了一层……或者说，这不是信任……总之是一种非常复杂的感情。韩冰也很乐于帮助陆辛，帮他做了详细的规划，光物资清单就列了好几页。

> 小型净水装置√
>
> 枪与子弹、特殊子弹√
>
> 匕首√
>
> 牛肉罐头与压缩面饼√
>
> 速溶咖啡与袋装茶叶√
>
> 解闷用的杂志√

信号接收器、卫星电话、军用地图、指南针√

换洗衣物√

…………

韩冰说是让他酌情考虑，但他怎么考虑啊？他越看越觉得这些东西好像都是有必要的，比如简易帐篷、充气枕头，感觉用来在荒野上夜宿挺好玩的。不过，考虑到自己是骑摩托车出行，他只能狠心画掉了很多东西，比如太阳能小型游戏机、可用太阳能充电器充电的 MP3 之类的……

最后，他看着已经画掉了一大半，但还是显得多到让人眼花缭乱的清单，长长地叹了一口气。不能选多了，恐怕摩托车载不了，但他也实在是不能再画掉什么了。

陆辛将这份物资清单，以及自己的任务报告与出城申请一起交了上去。这次去主城，他一共接了两个任务。一是陪伴娃娃的任务，因为全程都是在陈菁的引导下进行的，且目前处于中止状态，就不用特别报告了。

二是红衣使徒清理任务。陆辛在深思熟虑后写道，他进入封锁区，看到那只超大型精神怪物，先试图污染它，结果失败了，于是转而剪断了它连接着青港城居民的丝线，又将它的整个身体分解成了一块一块的，最后直接消灭了。

他审视了一下，还是挺满意的。每一个节点都交代得很清楚，只是具体方法全被省去了，这可以充分地表现出他努力而不居功自傲的美好品质。就算还有不足也没关系，韩冰已经答应了会帮他"润色"一下。

至于进入第二阶段后的变化……考虑到第二阶段的关键物品是特清部特地为他制作的，所以他写得很负责任。但这方面可以写的东西不多，所以他只是说明了在他情绪不稳定的时候，那副眼镜确实可以帮助他快速恢复理智。眼镜变成了狗的事情他没说，因为他自己都觉得很离谱……

对于出城原因，陆辛填得更简单：外出探亲。

"单兵先生，有两件事。"韩冰很快就打来了电话，"第一件事是，现在行政厅与特清部各个部门都在忙，任务的审核与评级工作进行得比较缓慢，但你的任务评级得到了白教授与苏先生的关注，所以结果出来得很快，已经确定这次任务的等级为S级，完成度也是S级。这次任务的报酬是三百万联盟币，基于你出色的表现，行政厅另外特批了一百万联盟币作为对你的奖励。"

咦？才四百万？陆辛默默计算了一下，抿了抿嘴。上次出城追杀秦燃那伙人都有三百万！当然，特清部清理任务的报酬与悬赏金还是有所不同的，这一点他不得不接受。再说了，从难度上来讲，这个海上国精神能力者好像还不如秦燃……追杀秦燃他用了好几天，这个才用了不到一个小时，性价比多高啊！

想通了这些，他的心情就变好了，急忙问道："要多久才能发下来啊？"

韩冰笑道："最快也要一周。"

陆辛想了一下，他的外出探亲计划已经定下来，无论如何都等不了一周了。认真考虑了一会儿，他道："既然这样，那我能不能请你再帮我个忙？"

"单兵先生太客气了，你找我帮忙，我会很开心哦。"

"谢谢，谢谢！"陆辛连忙道谢，然后有些不好意思地笑道，"我上次跟你说过，我想在青岩山一带买套别墅。价格我打听过了，好像之前有人出到五百万，结果那里的主人都不卖，所以我想着要多准备一些钱。我现在有两百多万，加上这次任务的报酬，应该够了吧？"

"回头我去了解一下，但我想肯定够了，"韩冰道，"六百万对现在的青港城来说可不是一个小数字。上次单兵先生让我去打听，我就仔细研究了一下那些别墅，发现价格其实是虚高的，只因是文明时代留下来的，具有特殊的意义，所以才报价这么高，实际购买时会有优惠和折扣。"

"嗯嗯！"陆辛的脸上露出了韩冰看不到的开心笑容，"我在考虑，是不是可以把这笔钱转给你，请你帮我买下一套别墅？唉，其实如果不是因为急着出城，我真想好好挑一挑的。"

韩冰很吃惊："欸？这么大的事？我以为你只是让我继续打听呢！"想了一下，她试探着道，"单兵先生现在急于去探亲，不如回来之后我们一起去看？"

陆辛摇了一下头，道："不用了。买下来后，你帮我交给警卫厅附近的红月亮小学吧！剩下的钱同样留给他们，作为他们平时的花销，交交水电费、买买菜之类的。"

韩冰有点蒙："估计能剩接近两百万呢，就用来交水电费和买菜？"

"这个……可以多买点菜嘛！现在猪肉很贵的……"陆辛说着说着就打住了，也觉得这样是有点夸张，显得太高调了，明明他是个低调的人。他转而问韩冰道："你可以帮我吗？"

"没问题。"韩冰痛快地答应下来，"单兵先生这么相信我，这件事我一定会处理好的。"

陆辛放心了："那就好。"

其实，在最初的计划里，他是打算带着小鹿老师一起去买的。但是，小鹿老师的反应让他心里有些失落。近期他都没有再去见小鹿老师的打算了，更不觉得这是一个讨论买房子这件事的好时机，所以，他只能请别人帮忙了。而想想自己身边这些人，他觉得陈菁与韩冰是最信得过的。但陈菁那么大个领导，这种事怎么好麻烦人家呢？韩冰就不一样了，可爱亲切，善解人意，而且总是给人一种安心的感觉。另外，她包的小馄饨也很好吃！

说定了这件事，陆辛心情畅快道："对了，你刚才说有两件事，第二件事是什么？"

"啊……差点忘了，"韩冰笑了一声，"第二件事是陈组长交代的。她说青港城正有一份文件需要人亲自送去中心城，既然单兵先生也正好要去中心城，不如顺便接下来，这样也算是在为青港城执行任务，连假都不用请了……还有补助呢！"

"这么巧？"陆辛心里惊讶了一下，然后恍然大悟地笑了笑。他明白了，这件事不是巧合，无论他要去哪里，可能都正好有个任务可以交给他。话又说回来，青港城规模这么大，还是联盟十二个高墙城之一，想找个与中心城有关的任务也不难。

"另外，"韩冰换了一种语气，"这不是公事，只是一句提醒：单兵先生这次去中心城探亲，需要注意每个高墙城都有不同的法律法规，尽量遵守比较省事……"她的声音慢了下来，"但如果遇到什么问题，请你记得一定要联系我们青港城在中心城的联络点人员。"顿了顿，她笑道，"那都是我们可以相信的自己人。"

通过电话与韩冰交接完了，大体确定了计划，陆辛就走出了警卫厅。临时接的送文件任务不需要做什么准备，因为现在城外比较混乱，路途也比较遥远，所以这个任务才被评定为了D级。出城申请通过之后，他应该就可以出发了。他觉得，对于自己的出城申请，上面应该会批得很快。或许，明天他就可以出城了。

出城之前该交接的事情还有一件，陆辛骑着摩托车来到工作的商务公司楼下，然后背着背包走上楼。

看到陆辛的那一刻，整个公司的同事都惊得呆住了。身为办公室白领，他们的消息渠道也不差，有时还挺有时效性的。主城刚刚出了一场大乱子的事，他们已经听说了。虽然他们不知道具体发生了什么，却知道这场混乱对主城造成了很大影响，连公司的业务都受到了一定影响，身在主城的肖副总和老肖总更是联系不上。但谁能想到，这一转眼，据说跟肖副总一起去了主城的陆辛居然回来了？这得多大背景？

"中午好！"陆辛客气地向同事们打了个招呼，然后进入了自己的办公室。他坐下来，慢慢理了一下思路，然后打开电脑将自己的一些私人文件删除，将比较重要的拷贝到了一个U盘里。又经过片刻的思考，他才从办公室里出来。

对面的办公室里，刘主任正紧张地等着。他刚陪客户吃完饭回来，就听说陆辛来了，顿时大吃一惊，微醺的酒意都散去了。他本来想去跟陆辛打声招呼的，但见他正安安静静地坐在办公室里，也不知在忙些什么，就先回了自己的办公室。没想到，他屁股还没坐稳呢，陆辛就已经在敲门了。

"啊，小陆来了，快请进，快请进。什么时候回来的？"刘主任忙起身把陆辛迎了进来，顺手拿起纸杯帮他接水。

"不用麻烦了。"陆辛笑着坐下，然后向刘主任道，"刘主任，真的很不好意思，我又有一点私事，所以过来找你——"

刘主任闻言心里一喜："又要请假？"

陆辛缓缓摇了一下头："不，我是过来辞职的。"

"啥？"刘主任直接愣在了当场，脸上的肥肉明显地颤了一下。

惊喜来得太突然，变成了惊吓！陆辛为什么要辞职？刘主任一下子想了很多：他这次和肖副总去主城，究竟做了什么？这两天一直没联系上肖副总和老肖总，这两个人怎么了？现在他要辞职，终于还是觉得卫星城里让他施展不开了吗？那么他临走之前，会不会忽然狂性大发，把他们给……这么想着，刘主任的目光不由自主地停在了陆辛的衣服口袋上。

"盯着我的口袋干什么？"陆辛被刘主任的眼神看得有些不自在，挪动了一下身子，"在公司这几年，我工作得挺……开心的！本来希望一直在公司干下去，但是现在我有事，可能要出城一段时间，什么时候回来也不太好说，所以只能向刘主任提出辞职的请求了！"

这些话陆辛说得很诚恳，也都是实话。公司和特清部毕竟还是不一样的，他长时间不在岗位上也不好。而且刘主任之前给他批的还是带薪假，他怎么能拿着工资，一下子离开这么久呢？所以，这次他过来，就是为了跟刘主任提出辞职。当然，也要将他之前的工资结算一下。

"你……"看着陆辛诚恳的眼神，刘主任身子一颤，猛地站了起来。他握住陆辛的双手，颤声道："你可不能走啊……"

"啊？"陆辛一下子愣住了。

"小陆，究竟出了什么事呀？"刘主任关切地看着陆辛，"妹妹身体又不好了吗？"

陆辛怔了一下才反应过来，忙道："没有，妹妹挺好的。"

"噢噢，坐下来讲。"刘主任一脸若有所思，慢慢道，"那小肖总现在……怎么样？"

"小肖总？"陆辛想了一下，叹道，"他应该不太好。"

刘主任头发都立起来了，战战兢兢问道："他怎么啦？"

陆辛老老实实道："他的后妈好像对他有意见，然后……唉，总之是做了点不好的事，已经被有关部门带走了。小肖总和老肖总肯定也会受些影响吧……"因为部门有保密的规定，他当然不能说得太详细。

谁知刘主任听完，脸都僵了！肖远身边的两个女人，一个进了医院，一个被有关部门带走了！这是怎样一出大戏啊！这些想法让他心里一阵颤抖，头皮阵阵发麻。他用尽工作十几年积攒来的修为才让自己冷静下来，语重心长道："小陆啊，你千万别有这么大的压力！咱们公司和员工之间是有感情的，之前我不是给你批了假吗？没关系，你尽管忙你的，啥时候忙完啥时候回来！唉，我也年轻过，这种事有时候很难讲的，但最重要的就是心平气和……"

陆辛听得云里雾里的，刘主任讲的话怎么这么复杂深奥呢？不过，从刘主任的表情，他倒是看出来了，他是在诚心诚意挽留自己。太感动了！他之前甚至怀疑过刘主任不是真的对他好，而是害怕他，现在看来，他真不该那么想的……

"不过，我这次可能真的要离开很长一段时间……"陆辛有些尴尬地解释着，"这样一直领着工资，我也会觉得不好意思的。"

"没关系，"刘主任果断道，"我给你办停薪留职。工资先结算了，工作岗位就给你留着！你之前帮公司争取来的项目，现在已经发展成长期合作项目了！业务提成和奖金怎么能少了你的呢？"

"这样的话……"陆辛是真的感动了，他也不是个矫情的人，经过一番深思熟虑，终于点头道，"好吧！"

事情就这么定了下来。刘主任热情地送陆辛回他的办公室，并表示他只管忙自己的，一切手续都不用操心。直到陆辛结算完之前的工资，拎着背包离开了公司，刘主任才嗖的一声冲回自己的办公室，不一会儿又露出个头来，把秘书小王叫了进去，紧张道："赶紧联系一下肖副总！那个拿枪上班的要辞职！"

小王愣了一下："还有这种好事？"

"好什么？"刘主任瞪了他一眼，"谁知道他现在是做了什么，忽然要离职呢？万一他是干了什么事……要跑路……那我把他放跑了，回头还不得追究我的责任？再说了，万一不是因为干了什么事，只是和肖副总吵架了，那我把他放走了，肖副总还不得恨死我啊？"

小王忙问道："那现在怎么办？"

刘主任一脸严肃地说："一是尽快联系到肖副总，把这件事跟他汇报一下，听听他的意思，如果真确定了没什么问题，再把陆辛停薪留职的手续办下来。如果真有什么问题的话……那我立刻请假，你就说我今天没来公司。"

离开公司后，陆辛又回了警卫厅，正好赶上饭点。

吃完饭，他在警卫厅四楼的会议室里研究军用地图以及中心城的一些消息，同时慢慢等着。到了下午四点左右，那份需要他带去中心城的文件就从主城送过来了，同时送过来的还有他这次外出需要带的物资。明明那么多，也不知他们是怎么全部塞进一个铁皮箱子里的。不过，这个箱子很不错，自带契合的卡槽，可以稳稳地安在摩托车后座上。

陆辛打量了一下，见各种准备都差不多了，便长长地松了一口气。

他没有应小女警之约，留在警卫厅等晚饭，明天就要出发去中心城了，今天当然要和家人聚一聚，吃顿好的。

不过，在回家之前，已经考虑了很多遍的陆辛还是带着自己刚刚结算的工资悄悄来到了红月亮小学。今天似乎是户外活动日，整栋楼静悄悄的，四楼的大门锁着，孙大爷也没有在三楼拐角处坐着。于是，陆辛将厚厚的信封放在了三楼的门口位置。他打量了一下，怕小鹿老师发现不了，想了想，微微转头向孙大爷特意用铁丝网罩着的那朵孤零零的小花看了过去。

第六章

红月下的舞者

不了解荒野的人独自离开高墙城是一件非常危险的事，但陆辛想着，他已经有过一次出城的经历了，就不能算是非常危险了吧。第一次出城时外面给他留下的印象还好，虽然黑水镇确实乱了一些，但镇上的蛇爷很讲道理，待人也很热情，不仅配合了他的工作，临走的时候还送了他不少土特产。而开心小镇……这个就算了，这样的地方能避开还是要避开。

"眼镜，"陆辛驶出钢铁吊桥，望着前方一路蜿蜒向未知的道路，轻声喊道，"地图。"

左眼镜片上弹跳出一堆数据，然后向中心聚拢，最后变成了无数错杂交汇的线条。这是一幅庞大的地图，几乎囊括了整个北方大地。地图先是不停地缩小，形成一个箭头，起点是青港城，终点是中心城，然后又自动开始放大，清晰的绿色线条一直延伸向前，指明道路。

"真先进！"陆辛嘟囔了一声。上次他与壁虎一起出城，用的是青港城的军事地图，但这次，有这副"凝视"眼镜就够了。

韩冰帮他把数据录入了眼镜的系统之中，可以随时调用。据韩冰所说，这些数据不仅可以帮他规划最佳路线，还会标识出沿途的聚集点与废弃城市，以及其危险等级，方便他避开或及时补充物资。当然，陆辛还是准备了一份纸质地图，以免眼镜丢了。除了地图，韩冰也告诉陆辛，作为他的信息分析专员，她会一直将电话带在身边，无论什么时候，只要他遇到问题，都可以给她打电话，请求信息支持。他想想还挺感动的。

"呼……"青港主城某间会议室里，白教授通过显示屏看着陆辛消失在道路的尽头。他摘下眼镜，揉了一下眉心："现在你们怎么看？"

苏先生的声音在电话里响了起来："很想知道他要去干什么，又不想知道他要去干什么。"

"嘟——"那是沈部长直接挂断电话的声音。

白教授笑着戴上眼镜："老沈这是急着登上战舰吗？居然连一句话也不说……"

"他只是不喜欢这种结果不确定，又完全无能为力的事情而已，偏偏你还要问他。"苏先生笑了笑，严肃道，"去往海上国的先遣队已经有消息了……"

白教授平静道："是不是和你们想的不太一样？"

"何止不一样？"苏先生叹了一声，"我们本以为这会是一场战争，但先遣队到了海上国却发现，对方根本就没有准备抵抗。他们的情况根本就已经无法再拖延下去了。先遣队表明身份后，他们做的第一件事居然是拿出叶老与申明的通缉令，与他们划清界限，并且强烈地表达了加入我们青港城的意愿。那老头子果真对自己够狠。"

这件事似乎出人意料，但白教授并没有露出意外的神色："所以，如果老舰长成功了，海上国就会正式入侵并接管青港城；如果老舰长失败了，他们就会立刻集体归降青港城……这位老舰长果然是在用自己的命，替海上国谋取最后的一线希望啊！不过，他们就不担心，青港城会因此生恨，对海上国的平民展开疯狂报复吗？"

"他们想得很周全，早就把消息散出去了。如果青港城真那么做了，会承受来自各方的非常大的舆论压力……"苏先生道，"另外，纵然对他们有恨意，面对一群手里连枪都没有的老弱妇孺，我们也实在下不了手。老舰长应该也是摸透了这一点，才决定放手一搏。这算是……欺负我们讲理？"

"只剩了老弱妇孺？"白教授推了一下鼻梁上的眼镜，捕捉到了重点。

苏先生又低低地叹了一口气："对，其他那些，我想应该已经不算是人了！"

"这就是老舰长所说的诅咒吗？"白教授也轻轻地叹息了一声，然后慢慢露出笑容，"老舰长很大方啊，一下子给了我们这么多研究材料……"

"别看我只是一只羊……羊儿的凶残难以想象……"

陆辛一边小声唱着歌，一边驾驶着摩托车走在一条大路上。他这是在学壁虎，通过唱歌打发路上的无聊。不过他觉得自己唱得不如壁虎那么有激情，歌词也记得不是很清楚。上次和壁虎一起出城，妈妈和妹妹也在，大家可以聊聊天，看妹妹被甩出去，但这次，无论是妈妈还是妹妹，都没有陪着他赶路。可能是因为这辆摩托车已经载得满满当当的了吧，后座上放了物资箱，两侧也分别挂着机械狗和武器箱。妈妈要坐车的话，就只能盘着腿坐在物资箱上了。这么不优雅的坐姿，她肯定是很嫌弃的。至于妹妹，原本她可以坐在车头上，但她最近好像因为有了新玩具，也不黏着他了。于是，本来说好了一家人一起去探亲的，结果就剩他骑着小摩托突突地赶路了。

现在他走的是一条运输车队经常走的路，因为往来车辆很多，而维修又有些跟不上，道路开裂严重，车开得快了就扬起一片尘土，银色的保险杠上很快就蒙了一层灰。道路两边是繁茂的野草与成排的高大树木，风景倒是挺好看的，但是安静得只有摩托车的轰鸣声。

一千四百千米，这是地图上显示的青港城到中心城的距离。

韩冰帮陆辛做的规划建议他每天最多跑四百千米，就要找地方休息。在荒野之中赶路不能太急躁，不然会出事。照这样算，他差不多要四天左右才能赶到中心城。

至于到了中心城之后怎么做，陆辛还没想过。他手上只有一个找到了陈勋的人的地址，而这个地址还是那个什么"潜行者"找到他时的旧地址，现在想必已经人去楼空了。但陆辛相信自己可以找到他。至于中心城，作为十二高墙城联盟的中心点、月食研究院的所在地，也是如今最繁华的高墙城之一，陆辛觉得，那里的人一定也会很讲道理，或许不乏乐意帮助他，给他提供便利的人。

到了中午，陆辛在一片空旷的地方停了下来。他巡视了一番，确定周围没有什么危险之后，便捡了一些干柴，用打火机点燃了，然后将一个便携式小铝锅架在火上，给自己煮了一锅泡面，还从罐头里挖了一大块牛肉加了进去。吃完后，他喝了点水，用土埋了火堆，收拾好器具，继续赶路。

陆辛还记得上次出城时壁虎教给他的注意事项，并照此执行得很认真。到了下午四五点钟，他开始在地图上搜索能够过夜的地方。据说，红月升起之后，荒野之中时常会出现一些神秘的东西，让人遇到难以理解的危险，所以，在荒野里赶路的人最好在红月升起之前就找好地方扎营。虽然陆辛觉得这个说法不怎么科学，但还是遵守了这条原则。再说，韩冰也是这样帮他规划的。这就很有科学依据了——他不需要休息，摩托车也需要休息啊……

他的摩托车油箱经过改装，差不多可以装十升油，能够支撑他跑三百千米左右。此外，他又带了一个大约十五升的油桶，一共可以支撑他跑七百多千米。理论上，他中途只需要找地方加一次油就可以了。但还有一个不可忽视的问题——水。

摩托车的负重量有限，所以他只带了三瓶一升装的瓶装水。中午煮面一瓶水用了一大半，牛肉罐头吃多了又有点渴，他干脆把瓶子里仅剩的水给喝完了。剩下两瓶水肯定是不够的，要找地方补充。他这一路上没有看到什么水源，就算找到了，过滤也很麻烦。所以，找一个聚集点休息并补充水源是最好的选择。

"眼镜，显示周围的聚集点。"

随着陆辛一声令下，眼镜上的画面开始变化起来，很快就显示出了几个不同的点，有的闪烁着红光，有的闪烁着绿光，有的是黑点。这代表着不同的危险程度。闪烁红光的有武装力量盘踞，黑点——如果没有一支全副武装的队伍，并且随时准备好开火与减员，便不要想着进去。陆辛是去探亲的，又不是去打仗的，于是他直接选择了一个闪烁着绿光的点——距离这里三十千米左右，差不多能在夜幕降临前赶到。

"突突突——"摩托车发出单调的轰鸣声，陆辛从大路上拐进了一条小路。前往那个聚集点的路出人意料地难走，满是坑洼与碎石子，如果他这辆摩托车不是特清部研发的，用了防扎轮胎，恐怕早爆胎了。中间有一段路，他甚至不得不开进干涸的河床里，然后推着车子上岸。就算是在正常的小道上行驶，也会经过几片幽暗的森林。荒野之中最不缺的就是这种森林，幽深、诡异，避无可避。经过三十年的疯长，它们将每一座废弃村庄都掩埋了。

经过一番颠簸，陆辛总算在夜幕降临前的最后时刻顺利来到了那个聚集点附近。他站在高处眺望，找到了一座被高大浓密的树木掩映着的小小村落。周围依稀可辨的农田显示出那里确实有人居住，但是远远看去不见一点灯火。

"绿化真好。"陆辛感慨着，突突地开着摩托车驶到了安静的村口。"有人吗？"他停下车，一脚蹬地，向一间间黑洞洞的房屋喊着，"我是过来借宿的。"

村里安安静静的，头顶上的红月同样安静地洒落着月光。周围的树木生长得很茂密，在红月之下有种张牙舞爪的感觉。

"啊——"黑暗里忽然有突兀的惨叫声传来，撕心裂肺，刺人耳膜。

陆辛忙转过身，就看到在一间房屋破旧的屋顶上，妹妹不知何时出现了。她面无表情地抱着那只惨叫鸡，身边跟着那只没皮小狗。惨叫鸡已经大变样了，身上布满了密密的针脚，各部分还明显有些错位。按理说，惨叫鸡拆开了重新缝合好，应该就不会再叫了，但妹妹这只不但会叫，而且明显叫得更凄惨了，听着像在哭……

妹妹冷冷地捏着惨叫鸡，向脚下的房屋看了看，撇了撇嘴。

妹妹就是妹妹，还知道关键时候来报信。陆辛确定了那间房屋里有人，于是直接向那个方向喊道："有人在吗？老乡们别害怕，我是从青港城过来的，就住一晚，明天就走了。"

这时候，村子里响起了窸窸窣窣的声音，一个个佝偻着身子的人从黑暗中走了出来——起码有几十个——沉默地看着陆辛。他们看起来很奇特，眼睛像在隐隐发光。

陆辛心想：果然有人，而且这么多人一起来迎接他，还挺热情的。

"老乡们好，我是从青港城过来的，借宿一晚上，明天就走了。"望着这些人，陆辛再次友好地向他们解释着。出门在外，礼多人不怪。虽然这个村子里的人看起来有些古怪——他们都塌着肩、拖着腿，看人的时候斜着脑袋，微微后仰着脸——但陆辛没有因为外形而对他们露出异样的眼神，他心想：生活在荒野里，他们可能只是营养不良。闻到从村子深处传来的一股肉香，他的笑容更诚恳了。炖肉与罐头肉的区别，他今天算是深深体会到了。

面对陆辛和善的笑脸，村民们以沉默回应。陆辛也不在意，一直保持着微笑。倒是有些木讷的村民慢慢觉得不自在了，下意识转过了头。

"就你自己吗？"终于，人群里慢慢走出来一个老头儿，他穿着一件破烂的棉袄，脸上的皱纹又黑又深。

"是的。"陆辛诚恳地看着他道，"你们不要紧张，我只是单纯借宿。"说着，他感觉从不远处飘来的肉香越来越浓郁了，肚子也更饿了，"如果你们能给我准备点晚饭就更好了，我会付钱的。"

老头儿上下打量着陆辛，然后慢慢点了一下头："那你跟我来吧。"

这就答应了？不愧是经过商队与侦查人员的探索，确定危险等级最低的聚集点。陆辛放松下来。虽然商队与开荒队大部分时间都会选择在荒野上扎营，但是也经常会寻找安全的聚集点交换食物和盐，一来二去，早就已经将散布在荒野上的各种聚集点摸得一清二楚了。那份信息量巨大的军事地图就是汇总这些信息制成的。

当陆辛推着自己的摩托车，跟着老头儿往前走时，聚集的人迟缓地分出了一条路。只是，他们一直木讷地看着陆辛，眼睛里没有任何感情。陆辛被他们看得有些不自在，友好地向他们看了回去。他们不眨眼，他也不眨眼。在他努力表达善意的目光下，对方一般都会主动挪开自己的目光。

"你就住在孟老太家里吧，她这里有空房间。"老头儿把陆辛带到村子中间的一块空地上，指着路边一间黑洞洞的房屋，嘶哑着声音说道，"村子里的人睡得早，客人要是没有什么事，就早点歇着，别随便跑出来。"

"好的。"陆辛答应得很爽快，又道，"晚饭——"

还不等他说完，老头儿就摆了摆手："都回去吧！"

跟着陆辛的人也好，远远看着他的也好，躲在漆黑的窗户后面偷瞧的也好，听了老头儿的话，都忽然散去了。有人钻进了身后的房间，有人猛地关上了窗户，也有人躲进了路旁的阴影里。有个村民盯着陆辛看了一会儿，脸上浮现出一个木讷而诡异的笑容，然后四肢着地，慢慢倒退进了一条小巷。

"他可能受过伤，村子里又没有太好的治疗条件。"陆辛替他感到惋惜，然后推着车来到指定的房屋前，仔细地锁好了车。

吱呀——他推开虚掩的房门，扑面而来的是伸手不见五指的黑，以及一种掺杂了腥臭味的霉味。

陆辛在门口静静地站了一会儿，等眼睛适应了屋子里的黑暗，才朝里面看去。

借着外面透进来的微光，陆辛看到靠近窗户的地方似乎有一张大炕，炕上堆积着黑乎乎的东西，是霉味的主要来源。炕头似乎坐着一个老太太，她沉默地看着陆辛，黑暗里的目光显得很阴沉。陆辛莫名觉得，在这间屋子里用这样的目光看着自己的，似乎不止这老太太一个人。

"大娘，你好！"陆辛的声音里带着热情，"屋里有灯吗？"

老太太一言不发。

陆辛笑道："没关系，幸亏我有。"

说着，他反手关上了房门，然后蹲在地上，从背包里摸出一个黑色长筒，轻轻拧动上面的一个圆环，顿时有一束刺眼的光芒笔直地射了出来。

"哗啦啦！"陆辛听到屋里有什么东西在惊慌地跑动。

"别害怕，我调一下就好了。"陆辛转动圆环下面的另一个环，刺眼的光芒慢慢变得柔和，最后变成了温暖的淡黄色。他又将长筒上的一个按钮慢慢向下推，灯光开始均匀地散射开来。然后他将长筒立在地上，看起来就像一盏没有灯罩的台灯。这是韩冰给他准备的物资之一，特清部研发的多功能手电筒，自带太阳能充电环，充满电之后可以维持三个小时以上。

柔和的光线顿时将屋子里照得清清楚楚。靠窗的位置果然是一张大炕，炕上堆着的黑色东西是一团被褥——陆辛觉得它原来一定不是黑色的。炕头的老太太穿着厚重的棉袄，头发散乱，一脸冷漠。陆辛往她怀里一看，不由得有些惊讶，这才知道刚才感觉到的另一道目光是从哪里来的——老太太的怀里居然还抱着一个小孩。

那孩子看不出来有多大，仅从他露在外面的脑袋来看，他的脸部有着明显的畸形，左半边脸颊与额头都异于常人地鼓了起来。似乎是因为不适应灯光，他的两个瞳孔缩成了针眼般的小点，目光显得非常诡异。他的嘴唇向上翻起，露出了上排乌黑且参差的牙齿。他有一只手也露在外面，很不自然地蜷缩着，仿佛痉挛了。陆辛回想了一下，感觉他的症状有些像自己当初在图书馆查阅到的唐氏综合征——为了搞明白自己是不是精神分裂了，陆辛曾经恶补过精神疾病与奇怪病症方面的知识。

在老太太与那个怪小孩的注视下，陆辛向他们友好地笑了笑。迎着陆辛的笑脸，老太太转过头闭上了眼睛，怪小孩则仍直直地盯着他。

陆辛从桌子底下扯过一个小马扎坐了下来，问道："家里有吃的吗？"

老太太和怪小孩都没有动。

陆辛笑了笑，道："没关系，幸亏我有。"说着，他打开门走到外面，从物资箱里拿出一大包泡面，和中午吃剩的牛肉罐头。

罐头的气味飘了出来，缩在老太太怀里的怪小孩鼻子掀动了一下，忽然

"嗖"的一声从炕上跳了下来。他的速度居然出奇地快，瞬间就来到陆辛面前，一把抢过了罐头。

陆辛伸出手，仿佛要去拦，但怪小孩已经抱着罐头跑回炕上了。

"没事的。"陆辛仍然保持着伸手的姿势，手指虚握，仿佛抓着什么，一边说一边微微摇头。他是在跟妹妹说话，看到怪小孩居然抢他的东西，妹妹当时就要冲上去，幸亏被他给拉住了。

炕上传来了一阵狼吞虎咽的声音。陆辛坐在马扎上看着，看到怪小孩将罐头撕开了一半的铁皮扒拉到一边，用手指掏着里面的牛肉吃，汁水从他外翻的嘴唇里流了出来，沾湿了他的下巴。吃到最后，他把一小块牛肉抓了起来，递到了老太太的嘴边。

陆辛收回目光，温和地笑了笑："没关系，我还有的。其实这个牛肉罐头有点咸，要和泡面一起煮一煮才好吃。泡面我带了好几大包呢，一包里面有五块面饼。"说着，他左右看了看，"有水吗？"

老太太一边嚼着牛肉，一边有些木讷地看着陆辛。仿佛是终于被陆辛的温暖笑容打动了，她缓缓抬手指向门后。

陆辛开心道："太好了。"

他起身到门后一看，一口黑色大缸里盛着小半缸清水。他露出满意的笑容，就在这间小屋里把自己的便携式小铝锅架了起来。

他走到外面看了看，屋子外面有一排破破烂烂的木篱笆，已经完全没有阻挡与保护的作用了，他想着不如废物利用，就从上面拆下了一小捆木棍，一根根踩断了，然后抱回了屋里。他拿自己的复古打火机点燃了木柴，又倒了一大瓶水在小铝锅里，慢慢烧着。做完这些，他从物资箱里取出水过滤装置，将缸里的水倒进里面过滤。虽然是荒野生存的新手，但陆辛当然不会直接用陌生人提供的水做饭——万一有毒怎么办？青港城生产的这种水过滤装置非常先进，很多常见的毒素都可以过滤掉，所以，管他有毒没毒，过滤一下才能喝得放心。

木柴安静地燃烧着，锅里很快就泛起了三五个水疙瘩。陆辛撕开泡面密封的塑料袋，扔了一块面饼进去，看了老太太和怪小孩一眼，又扔了一块。这种压缩面饼分量十足，一块面饼就能煮出半锅面。他拿自己随身携带的筷子搅了一下，面饼很快就变成了柔软的面条。然后他又拿出一个牛肉罐头，全部倒进了锅里。煮熟的泡面散发出来的香气，加上牛肉罐头被加热散发出来的香气，十分浓郁诱人。

怪小孩一直缩在炕上，眼睛直勾勾地盯着小铝锅。当陆辛用筷子搅了一下面条，香气以更猛烈的方式散发出来时，他再也忍不住了，忽然再次从床上跳了下来，带起一股子风，一眨眼就到了锅前，伸手往锅里抓去。但这一次，他没能得逞，陆辛稳稳地一把抓住了他的手腕。怪小孩一脸阴狠，向陆辛龇起了牙。参差的牙齿，缩起的瞳孔，蜷缩的手掌，在距离这么近的情况下，他整个人显得十分骇人。

"哥哥，他好讨厌，不如我们把他……"一边的妹妹眼睛发着光，小声说着。

陆辛没有答应妹妹，也没有放开怪小孩，只是看着他，脸色慢慢沉了下来。迎着他的目光，怪小孩忽然感觉有些恐惧，脸上狰狞的表情消失了。

陆辛这才慢慢道："去拿碗过来。"说着，他松开了怪小孩的手腕，对方顿时害怕地向后退。

陆辛这时候才发现，怪小孩的腿也是畸形的，一边长，一边短，短的那条腿弯曲成了一个诡异的形状。他的背也不自然地佝偻着，与外面那些人一样，只是更严重。

在陆辛的注视下，怪小孩退到桌边，然后摸索着拿出了一只大碗。

陆辛皱了皱眉头，道："拿两只。"说这话时，他看了老太太一眼。

怪小孩仿佛用了一点时间才理解他的意思，再次伸手从桌上拿过一只碗。

陆辛摆手，让他把碗递过来，然后开始用筷子往两只碗里盛面条、夹牛肉。"香吧？"他看向馋得不停流口水的怪小孩，笑道，"这样煮出来才好吃！不过现在还有点烫，你刚才那个吃法肯定不行！这一碗先给你奶奶送过去，要吃就一起吃嘛！你们两人用碗吃，我直接用这口小锅……别直接用手抓，吃面还是要用筷子的，你看，它俩是一对……"

怪小孩在陆辛的笑容里居然有点局促，脸上没有了凶狠暴戾，只有一丝迷茫。面分好了，陆辛又分别给他们倒了点汤，就准备开吃了。

就在这时，一个苍老艰涩的声音响了起来："你走……"

刚把面条挑到嘴边的陆辛愣了一下，抬头看去。

炕头的老太太手里捧着碗，眼睛直勾勾地看着陆辛。"面留下，你走。"

以为陆辛没有听清，她又说了一遍。

"为什么？"陆辛放下锅，有些不理解地问道，"我都请你吃面了，你却让我走？"

面对陆辛的指责，老太太脸上一点愧疚感也没有。"你走。"她阴森地说，"再不走，你就走不了了。"

陆辛闻言又捧起锅，笑道："应该走得了。"说完，他开始认真吃饭。

吃了几口，他一转头，看见妹妹在房梁上百无聊赖地吊着，就向她示意了一下。妹妹望着他锅里稀稀拉拉不剩几根的面条，不满地撇了撇嘴。他无奈地笑了笑，从自己的口袋里摸出一块糖递给她："要不你吃这个？"妹妹露出开心的表情，傲娇地把糖接了过去。

屋子里出现了片刻的寂静。老太太与怪小孩都看到陆辛从口袋里拿出一块糖，笑着向半空之中伸去，还开心地说了什么，然后又把糖揣回口袋里，心满意足地端起小铝锅继续吃面。即使是在这祖孙俩面前，这一系列动作也显得说不出地怪异。

"快吃吧，不然待会儿就凉了。"陆辛一边吃面，一边友好地跟老太太和怪小孩聊着天，"你们这个聚集点是附近最安全的一个了，所以我才来你们这里借宿。我看你们也种了不少田，打下来的粮食应该够吃了吧？怎么好像连饭都吃不上呢？你们两个都像饿了好几天的样子。如果真过不下去了，可以去青港城嘛，我们青港城已经好几年没传出饿死人的消息了。"

老太太一直死死地盯着陆辛，想从他脸上看出什么来，但陆辛的脸上只有友善、温和，还有热情，她找不到自己想看的东西。

她慢慢开口道："只有我们祖孙俩吃不饱而已，他们是可以吃饱的……你闻，他们正在炖肉呢！都在等着吃。现在让你走，你不走，那你觉得，等他们吃饱了，会对你做什么？"

陆辛恍然大悟："所以你才让我趁早走？"

老太太冷漠地看着陆辛，没有回答。

陆辛笑道："趁早走其实也没用的，他们已经把前后的路都封了，怎么走呀？"

老太太的瞳孔微微一缩："你知道？"

"当然知道，我看出来了。"陆辛老老实实道，"不过没关系，我本来就想顺便看看荒野上的风土人情的。我家人说了，经常出来走走，看看不同的地方，心情会变好。"

他说的每一个字老太太都能听明白，但她就是觉得此人哪里不对。她紧紧抱住捧着大碗的怪小孩，想把他的碗夺下来。她有点不放心让孙子吃这个人的东西……

但泡面与牛肉的味道实在太有诱惑力了，怪小孩根本不放手，抢得急了，一口咬在了她的手上。顿时，她的手掌上出现了一排牙印，过了好一会儿才慢慢渗出来一点乌黑的鲜血。

陆辛这时候已经吃完面了，坐在小马扎上摸出一根烟。

"大娘，你这个孙子好像有些问题啊。"他没话找话似的，一边抽烟一边说。

老太太把怀里的怪小孩搂得更紧了，抿着嘴唇，不肯回应。

"就是因为他有问题，那些人才不吃了他吗？"陆辛好奇地看了怪小孩一眼，"怕他身上有毒？"

老太太哆嗦了一下，目光阴森森地落到他的脸上。

"我开玩笑的。"陆辛带着歉意笑了笑，"你一直不说话，怪尴尬的。"

"谁敢吃我的小孙子？"老太太的表情有些错乱，身子胡乱地颤着，嘶哑着嗓子道，"我本来有四个儿子！四个！谁敢欺负我们家？但是四个儿子都死了，孤儿寡母的怎么过？粮食又不够吃，还有人来抢，你说怎么过？等着吧……我现在就盼着我小孙子的病赶紧好！等他病好了，长大了，他会比他爹还壮，那些人都要倒大霉。"

陆辛听出她的声音里带着一种异样的疯狂，他又看了怪小孩一眼，摇了摇头，道："他好不了的。"

老太太闻言瞪着他，眼睛里满是仇恨。

陆辛诚恳道："请你相信我，我是专业的。"

老太太气得把牙齿磨得吱吱作响，陆辛却好像没有察觉，摆出一副专业的样子继续道："大娘，你的小孙子真的出了问题。他的精神力已经损伤得特别严重了，而且正在扭曲变形，这是受到了精神污染的特征。请你相信我的专业，在青港城，我其中一份工作就是处理这样的事。在我看来，这个村子的条件根本不可能治得好他，除非带他去青港城。"

"精神污染？"老太太有些疑惑又有些关切地重复着这几个字。

"对的。"陆辛点了一下头，"这是一种新出现的污染，精神方面的污染……你能听懂吗？"

他想解释清楚，但又不抱多少信心。当初陈菁解释给他听，他都花了一点时间才理解。

"你说的是真的吗？"老太太的声音有些颤抖，"你……再讲讲……红月出现之前，我……我是个大学生……"

"大学生？"这话把陆辛听得愣了一下。在他的印象中，能上大学的都是肖远那样的青年才俊。他自己只上了高中，壁虎好像高中都没有读过。

陆辛心里隐隐肃然起敬，认真地打量起怪小孩。在他的视野里，怪小孩已经出现了一定的畸变，不是他身体上人人都可以看出来的那种，而是精神上的畸变。他的左侧太阳穴处有一道裂隙，当他变得凶狠时，那道裂隙里就会出现一只眼睛。陆辛刚才就是盯着这只眼睛，才吓得怪小孩不敢把手伸进锅里。

对于特殊污染源与精神能力者，陆辛接受过初级的培训。不过培训课里并没有像他一样可以直接看见污染的例子，所以他只好结合培训课的理论和自己的所见来下判断：怪小孩受污染很深，但是还没到失控的程度，此时应该正处于关键时候——要么成为污染源，要么成为精神能力者。从目前的情况来看，成为污染源的可能性更大。

"这……这究竟怎么回事？你……请你详细跟我说说……"当陆辛仔细观察着怪小孩，并且梳理着心中的想法时，老太太等不及了，有些紧张地问道。

"具体怎么回事，应该问你……"陆辛看着老太太道，"他是从什么时候开始不对劲的？"

"两……差不多两个月前……"老太太焦急地说道，"村子里好多人都犯了病……都受到了你说的这种污染。但是，他们都没有……没这么严重。就我这小孙子……可怜的小孙子，他就是吃不饱饭，身子不够壮，才这么严重的！"

"两个月前……"陆辛沉吟道，"有没有别的什么事情？"看到老太太有些迷茫的表情，他解释道，"根据我处理这些事的经验，精神污染一般都会有个比较特殊的开始。你们这种情况，要么是外来的人或什么东西引发的，要么就是你们村子里的某个人出了问题。"

"外来的……"老太太顺着陆辛的话想了想，忽然想到了什么，用力地捶了几下炕，"有！是那个女人，那个贱货！一切都是从她开始的！"

陆辛露出好奇的表情，等着她说下去。

"那个女人是我儿子从外面捡回来的！"老太太的眼睛幽幽地发着寒光，表情极其厌恶，"我家对她够好了，都没有饿着她，我大儿子还把家里最好的东西拿给她吃。但她就是个祸星，刚来没多久，我大儿子就在开荒的时候被人打死了。我二儿子要了她，但……但没过几天，二儿子也犯病死了。我当时就跟老三说啊，不能要她，得埋了她，但老三不听啊！他跟老四是亲兄弟，结果就为这个女人动起了刀子，一个被砸破头，一个肠子都流到了地上。我可怜的老三啊，他当时……他当时就是躺在地上，活活给疼死的啊！"

陆辛静静地听着，没说什么。

"就是这个女人……"老太太咬着牙，狠狠叫着，"没有错，就是她来了之后，所有人都开始染病了。我……我这就去跟村长说，得弄她，必须得弄死她……"

听到这里，陆辛终于诧异地开口问道："她还活着？"

"活着，这该死的女人还活着……"老太太嘶声叫嚷着，连她身边的怪小孩似乎都被吓到了，"这个女人害死了我四个儿子……一转头就勾搭上了村长的儿子……臭不要脸，她该死！"

老太太的声音越发歇斯底里，陆辛听得掏了掏耳朵，眉头也皱了起来："你先别着急，慢慢讲，讲得越详细，越有利于事情的解决！"

他温和地向老太太笑了笑，然后一本正经地拿出自己的笔记本，准备好好做记录，显得非常专业。

老太太总觉得陆辛有些古怪，但也确实被他看起来很靠谱的样子给安抚到了。沉默了一会儿，她才森森然开口道："那个女人就是鬼……"她的声音微微颤抖着，不是因为害怕，而是恨到了极点，恨得下意识咬牙切齿，"从她来了我们村子，就没发生过好事！她……她害死了我四个儿子，还满村子勾搭人，甚至……甚至连我这小孙子也不放过！你……你若不走，也会被她……你不知道她有多坏！现在，满村子的人都被她迷住了，都向着她！

"你刚才不还问我们为什么吃不饱吗？"老太太猛地抬起头看向陆辛，脸上的皱纹像蚯蚓一样缓缓扭动着，"因为满村子的好东西都让她吃了！她吃要吃好的，喝要喝好的，村子里的鸡蛋、猪娃，全让她吃了。村长家的孩子——呸，以前我大儿子才是村长，被他家两个儿子抢去的——他们甚至拿粮食出去给她换好吃的！就几亩地，一年能打多少粮食？不仅要被骑摩托的抢，剩下的也都败坏光了！那个女人还不满意，她要吃最好的。"

讲到这里，她的目光带着寒气笼罩住了陆辛："你说……所有的粮食、鸡仔、猪羊都吃光了，他们又会给她吃什么呢？"

听到这里，陆辛都有些蒙了，吸了吸鼻子，自言自语道："我说怎么这么香呢！"

老太太沉默下来，仿佛一下子被陆辛打断了思绪。

陆辛低头在笔记本上划拉一会儿，抬头道："你们就是因为这个才吃不上饭的？难怪很多人看起来都营养不良。但是肢体不协调的问题又是怎么来的？软骨症吗？这应该不属于精神污染的范畴，难道还能传染？"

"是她！"老太太这会儿也不管陆辛专不专业了，有些偏执地嘟囔着，"都是她，都是这个女人……她把全村的人都给迷惑住了！她还想骗我的小孙子，但只有我的小孙子不是她的人。她休想害我的小孙子！"

"唉……"陆辛看着她絮絮叨叨的模样，也不好再逼问了，只是在笔记本上写下了"当事人情绪不稳定，无法深入盘问"。然后他陷入了沉思，心想，什么样的污染才能造成这种情况？

这时，妹妹忽然顺着房梁爬到了门框上，倒吊着从门的缝隙里看了出去。然后，她的小脸上露出了坏笑，转头看向陆辛，用力挤压着手里的惨叫鸡。撕心裂肺的声音在这间房屋里回响着，十分凄惨。

"来了吗？"陆辛竖起耳朵，就听到屋外有窸窸窣窣的脚步声。

屋里的灯光显得外面很黑，什么也看不清，但陆辛感觉到了，各个黑暗的角落里都有人慢慢现出了身影。他们伛偻着身子，拖着腿，一点一点显现在了红月之下。他们的眼睛都微微发亮，手里拿着各种各样的武器——绑着匕首的长杆、菜刀、砖头等。他们屏气凝神地向这间房屋凑了过来，动作缓慢，像在捕猎的兽类。

老太太似乎也察觉到了外面的动静，脸上浮现出诡异的笑容："你看，那个女人又饿了！"

"回头我要通知韩冰，这个聚集点已经不安全了。"陆辛默默地收起笔记本，暗暗想着，"还好过来的是我，若是别人怎么办呢？"

"哥哥，我可以要这些玩具吗？"趴在门缝上盯着外面的妹妹欣喜地小声叫喊着，带了点撒娇的意思。在她身边，没皮小狗凶残地瞪着眼睛，血红色的舌头搭在犬牙上。

"你再这样，我就要批评你了！"陆辛没有惯着她，摆出了一副严肃的表情。自从上次抱着她哭了一次，陆辛感觉她有点蹬鼻子上脸了，不仅不陪他赶路，还越来越贪心。如果不趁着她年龄小制止她，教育她，她长大之后肯定会误入歧途。

"哼。"妹妹生气了，用力挤压了一下手里的惨叫鸡。没皮小狗则吓得尾巴一夹，装作若无其事地看起了村子里的风景。

"你想怎么做？"老太太见陆辛平静地收起了笔记本，又对着空气说了一句莫名其妙的话，感觉有些怪异，但她心挺大的，居然没多想，只是压低声音问道。

"跟他们好好聊一聊吧！"陆辛认真说道，同时将自己的背包拎了起来。

这时，屋子外面的脚步声已经消失了，但陆辛可以听到许多或高或低的呼吸声，像扯风箱一样。这些呼吸声将这间小小的房屋给包围了起来，似乎随时都会展开进攻。

"张大全，你们不能害他！"老太太看了陆辛一眼，忽然向着外面喊了起来，"他能帮我们看病！他刚才说了，都是那个女人的错，你们要宰了那个女人……"

"闭嘴！"外面有人破口大骂，捡了一块石头用力砸在窗户上。

之前给陆辛指路的老头儿在人群里压低声音道："客人在吗？客人，请你出来一下，咱有事情跟你讲。"

他身边站着两个身材粗壮的汉子，一个提着两把菜刀，一个端着一杆长筒形的土制喷子，死死地盯着房门。周围的人们一点点地悄悄靠近，最前面的几个人则蹑手蹑脚地向陆辛停在门口的摩托车走去。

陆辛叹了一口气，拎着背包推开了房门。

哗啦啦……屋子里的灯光从陆辛背后洒出来时，围过来的人同时后退了一步。所有的目光都集中到了陆辛的脸上，但因为陆辛是背着光的，所以他们都看不到陆辛的表情，只听到陆辛发出了平静而温和的声音："我是一个借宿的客人，明天一早就要走了，对你们没有恶意。就算吃了你们的饭，喝了你们的水，也会给你们钱的，所以请大家不要伤害我。荒野也不是法外之地，要遵守联盟的法律。而且我是青港城的人，有背景的。"

"……"没有人在意他的话，他们又开始慢慢向前凑。

陆辛依然尽量让自己的声音听起来温和、平静，以免挑起不必要的敌意："况且，我还打算帮你们解决问题。你们都已经受到了污染，所以——"

"你他妈说谁有问题？"老头儿身边端着土制喷子的壮汉破口大骂道，"干他！"

随着他的催促，立刻有性子急的人用力将手里的东西向陆辛投来。一根火把夹杂在菜刀、斧子与石块之间飞到了陆辛面前，照亮了他的脸。他们这时候才发现，说话那么客气的陆辛脸上其实并没有笑意。

迎着当面飞过来的各种东西，陆辛的身子扭动了一下，看起来很不符合常理，但偏偏非常巧妙地将所有东西都躲了过去。然后他再次站稳，手伸进背包里，掏出来时就多了一把乌黑的左轮手枪。

枪口闪出火光，枪响了四声，陆辛身前的四个人倒了下去。他们的胸腹位置各有一个血洞，汩汩地流着血。

"大家请听我说，你们伤害我的话，我会还手的。我手里有枪，你们会吃亏的。"陆辛的脸再度陷入了黑暗之中，他一边平静地说着，一边向前走去。

此时，老头儿——也就是这个村里的村长——早已经吓得瞠目结舌了，一边向后退一边大叫："快打死他，快打死他啊儿子！"

那个端着土制喷子的壮汉手忙脚乱地去扣动扳机，兴许是长时间没开了，枪栓有些失灵，他用了两三秒钟才终于成功了，土制喷子顿时发出了一声闷响。

但陆辛已经走到了他的面前，伸手抓住枪管朝向空中。所有的铁砂都喷到了天上，浓重的硝烟味散发开来。陆辛一手握着土制喷子的枪管，一手拿左轮手枪抵住壮汉的额头，"砰"的一声开了枪。

随着壮汉轰的一声倒下，村长吓得失声惨叫。提着两把菜刀的壮汉脸上露出又凶又狠的劲头，喉咙里嘀嘀作响，用力挥舞着两把菜刀大叫着："砍死你！"虽然他的叫声够大，但其实他也被吓到了，并没有真的冲上来。

陆辛转头看向他，为了以防万一，抬枪指着他的脸："你是真的要砍死我吗？"

壮汉僵住了，脑袋下意识想要左右摇动，但陆辛仔细看了他一眼，打断了他的动作："你确实是。"

下一刻，砰！

房屋前忽然变得安安静静。周围的人们已经吓得瘫在地上了，看着忽然多出来的几具尸体，他们甚至感觉这是在做梦，太不真实了。也是因为这种荒诞感，他们都忘了逃跑。

"我对你们真的没有敌意，"陆辛站在村长面前，将手枪里的六枚弹壳扔掉，然后掏出新的子弹，一枚一枚填上，"但你们伤害我的话，我肯定也要保护自己。所以，我们心平气和地坐下来，聊一聊怎么解决这个特殊污染，不好吗？我甚至没打算向你们索要报酬。"

听着陆辛平静至极的话，村长忽然痛不欲生地蹲下来，悲愤地嘶吼道："我的儿啊……大个，大个你怎么啦……二子……二子你说话啊……"

陆辛皱了皱眉头，看样子，村长现在不好交流。他看向其他人，想找到能带着他去寻找那个污染源的人，然后他就发现，听到村长的痛哭之后，刚才还恐惧万分的村民们好像一下子想到了什么，很多人脸上居然露出了兴奋的表情。

"张大和张二都死了……那……那个女人岂不是就要轮到我了？"

"我的，我的……"

"终于轮到我了……"

"都他妈让开，那女人是我的……"

他们的脸上迅速爬满了异样的贪婪，忙不迭地爬起来，你拉我，我扯你，争先恐后地向一个地方冲去。

"女人？"陆辛向那个方向看去。他们说的是那个污染源吗？

忽然，旁边传来一个好奇的声音："咦？"陆辛看到一个白点跳了过来，顺着自己的腿和胳膊爬到了自己的肩膀上。是妹妹，看样子，她的气已经消了。她忽然有些兴奋地喊道："哥哥，你快看！"

陆辛抬头向前看去，就看到小路的尽头正走过来一个女人。

那个女人身上只披了一件破破烂烂的衣裳，一摇一晃地走在月光下。她走路的姿势很奇怪，一只手蜷缩着，一条腿拖在身后，每走一步身体就摇晃一下，笨拙而古怪。当她的身影出现时，那些争先恐后要冲过去的人便一下子停了下来。他们蹲在路上，抬起脑袋，痴痴地看着她，咽口水的声音此起彼伏。

这一幕有一种说不出的古怪。陆辛皱着眉头看着那个女人，发现她似乎也在盯着自己。她的头发凌乱地披散在脸上，陆辛看不清她具体长什么模样，但仔细一看就发现，她的身体虽然明显有些不协调，却出奇地美好——身材高挑，双腿修长，皮肤在红月下显得异常光滑。就连她那一瘸一拐走过来的姿势，都好像有着某种奇特的韵味。

当陆辛打量那个女人时，村子里的人们也在看着她。尤其是男人，他们都瞪大了眼睛，满怀痴迷地望着她，脑袋随着她的身体而转动。所有的眼睛都看着她摇摇晃晃地走到离陆辛只有两三米远的地方，然后停下。

尽管她已经停下了，但她的动作并没有停止，仍然在摆动着自己的手脚。这种摆动的动作越来越快，幅度越来越大，扭曲的肢体竟然显得越来越灵活。

头顶之上，如钩的红月皎洁异常，洒落着绯红的月光瀑布。红月下的所有人都被吸引住了，他们全神贯注地注视着她，仿佛全身心沉浸在她的表演中。有人开始下意识跟着她一起抬手、扭腰、甩腿，仿佛受到了某种感染。随着时间的推移，他们的动作越来越快，幅度越来越大，带起了一阵风声。隐约望去，他们与女人的动作越来越像，越来越一致了。

"呼……"有那么一瞬间，陆辛也被女人优美的身姿迷住了，不过他及时闭上了眼睛，很快便清醒过来。

当他再次睁开眼睛时，一场怪异的大型舞蹈映入眼帘。佝偻的村民们正在努力舒展自己的身体，和那个女人一起跳着诡异的舞蹈。许多人的肌肉和肢体明显没有经过舞蹈训练，这一点一眼就能看出来。但是，他们跳得很认真，脸上露出了狂热的表情，异常投入。

"咔咔咔……"令人头皮发麻的骨骼碎裂声不时传来。陆辛忽然明白了这个村子里的人身体佝偻的原因。那些扭曲而复杂的动作明显超出了这些人的能力范围，他们强行跟着她学习那些高难度的动作，只会拉伤自己的肌肉与骨头，甚至扭断自己的脊椎。然而，他们并没有意识到危险，反而乐在其中。他们不知道，拼尽全力去模仿那个女人的动作，实际上是在摧毁自己的身体。

"这属于什么污染类型？"陆辛吸了一口气，下意识询问肩膀上的妹妹。

妹妹没有回答他，只是盯着那个跳舞的女人，两只小手抱在胸前，好像有些不屑："我跳得比她好。"

陆辛腹诽了一句："你先学会好好走路再说……"

此刻明显不是嘲笑妹妹的好时候，陆辛在考虑要不要出手。身为特清部的专业人员，清理污染源是他的本分，但他现在有些迟疑，因为他发现这个女人身上并没有精神怪物。虽然她自己看起来就像一个怪物，但她明显没有探出眼睛或脑袋去撕咬周围的人……她更像一个精神能力者。

污染源可以直接清理，但她是精神能力者的话……就需要先接受审判！

这些想法让陆辛的动作迟疑了一会儿，看起来就好像他在静静地看着这场表演。那个正在舞蹈的女人一直盯着陆辛，看到陆辛迟迟没有任何动作，她的眼神似乎有些疑惑。

就在这时，一个瘦小的身影快速地冲进了人群之中。是那个怪小孩，他的脸上满是惊喜，飞快地跟着那个女人舞动起来。他不仅以最快的速度适应了女人的节奏，而且模仿得竟然也是最像的……动作甚至与女人的几乎完全一致。

陆辛顿时皱起了眉头。他发现，怪小孩的动作与女人的越一致，太阳穴上的眼睛便越大，那颗惨白的眼珠子不停地眨动着，几近疯狂。他预感到，当他们的动作彻底一致时，会发生一些事情。但他不知道此时是否应该直接阻止，因为他甚至有些拿不准这两个人谁更像精神怪物。

而且，在这种奇怪的律动之下，他有种感觉——那个女人已经与周围疯狂模仿着她跳舞的人们成了一个整体，他无论是清理他们中的哪一个，都会直接把他们全部清理掉。要想阻止她，就必须破坏她的逻辑链，但他还不知道这个逻辑链究竟是什么。

"砰——"忽然响起了玻璃的碎裂声，房屋的窗户被人砸破了。

"该死的贱人，该死！把我的孙子还给我！"随着这声恶毒的咒骂，老太太从窗户里钻了出来。她穿着棉袄，身形看起来很臃肿，动作却很敏捷。更不对劲的地方是，她的下半身居然是一根光溜溜的脊椎。原来她也是怪物。

老太太咒骂着向跳舞的人群爬了过去，因为她的加入，充满了异样美感的舞蹈出现了一丝不和谐。她身后的脊椎拖得越来越长，像一条蛇一样缠绕在那些舞动的人身上。于是，越来越多的人动作慢了下来，甚至有一部分人清醒过来了，脸上露出了惊恐的表情，但肢体仍然在艰难地抽动着，仿佛不受控制似的。

那位长发披面的舞者仍然在极尽优美地舒展着自己的四肢。她的舞蹈有种异样的魔力，这种魔力已经快要冲上顶峰了，这使得她越发投入，完全不理会别的任何事。渐渐地，周围的人们又被她吸引，再次失去理智地模仿起她的动作。哪怕是被老太太的脊椎绑着，他们也不顾一切拼命地摇摆着，骨头被勒断了也在所不惜。陆辛这才明白，原来影响到他们的不仅仅是那个女人的舞蹈，他们是在女人和老太太两种不同力量的拉扯之下，才变得越来越严重的。

拖着一根脊椎的老太太脸上带着扭曲的光芒，不停地在人群里攀爬着，好像穿梭在一座迷宫里。在这个过程中，她的脊椎不停地拉长，把一个又一个村民五花大绑。经过好一番跋涉，她才终于爬到人群最中间，眼含热泪地抱住了眼神狂热的怪小孩。但怪小孩仍在手舞足蹈，随着他的动作，他的骨骼发出了令人牙酸的咔咔声。

女人和老太太无声地较量着、争夺着，争夺和较量的核心就是那个怪小孩，难怪怪小孩的身体是这个村子里异变程度最深的。

陆辛站在红月下看着眼前这幅怪异的场景，一直保持着沉默。他没见过这种场面，拿不准自己究竟该帮谁。而且，那个女人的舞姿莫名吸引了他的目光。

陆辛以前跟着老院长欣赏过不少所谓的"高级艺术"，那时候的陆辛和他的小伙伴们都不太理解一群穿着白色超短裙的女人踮着脚转圈有啥好看的。但此时，看着这个女人的舞蹈，他却渐渐明白了什么。

她是一个即使生在灾变后的世界仍然心怀热情的姑娘。她痴迷于舞蹈，希望有一天可以成为高墙城里的明星。

于是，趁着局势比较稳定，她跟着一群游走于各大高墙城的歌舞剧演员坐着大篷车出发了。荒野上的生活充满了不便，这群人很累，赚的钱也很少，但他们都很开心。

她憧憬着有朝一日成为巨星，被无数人追捧，但是这个梦想在一个夜晚被打破了。一个骑士团袭击了她所在的歌舞剧团，只为了抢一点物资。团里的其他所有人都被杀掉了，而她自己则因为长相漂亮——不知是幸运还是不幸——被骑士团带到了这个村庄，成了某个人的战利品。

她的舞姿开始变得扭曲怪诞，充满痛苦。陆辛感受着她心里不停涌动的痛苦，仿佛看到了她被人日夜凌侮、殴打的样子，看到了她拼命想要逃离，但一次次被人抓回来，又遭受更大折磨的模样。她的腿出现了反关节的扭曲，那是有人害怕她再逃走，打断了她的腿。她身上的衣服随着她的动作滑落，露出了满是伤疤的身体，那是有人对她的不听话施加的惩罚。凌乱的头发猛地向上甩起，露出了她充满刀疤的脸，那是有人担心她被别人抢走而毁了她的容貌。

她的舞姿在痛苦之中爆发出凶狠，她决定要报复。虽然腿已经被打断了，但她仍要跳舞，哪怕必须承受超出极限的痛苦。舞蹈是她仅剩的东西了，谁也没办法将它夺走，她将所有的热情投入其中，编出了这种诡异的舞蹈。

所有人都被她迷住了，她靠这种舞蹈成了这个村子里的大明星。有人为了让她满意而去抢东西，招惹了强大的聚集点，结果被打死了。有人为了争夺她的归属权，不惜打死自己的亲兄弟。不停有男人为她而死，而她又不停被其他男人霸占。她冷眼看着这些人的丑态，任由他们争夺，任由他们厮杀，任由他们自取灭亡。

这是她唯一能够做到的事情。

"呼……"陆辛轻轻舒了一口气，抬手搓了一把自己的脸。

舞者仍在倾诉她的故事，红月下的身姿一点一点将自己的情绪推向高潮。

老太太声嘶力竭地哀求自己的小孙子停下来，舞者是痛苦的，她也是痛苦的。她恨这个害死了自己四个儿子的女人，在她看来，自己的四个儿子对她已经很好了。至于屠杀歌舞剧团，那又怎么样呢？其他地方不也是这么干的吗？她年轻的时候，不也是这样流落到这个村子里的吗？此时此刻，她只是想救下自己的小孙子啊……

陆辛明白了，受到舞者影响的所有人，没有一个是无辜的。哪怕是十三四岁的怪小孩，也曾经痴迷她的身体，无数次钻进她的窝棚。他之所以还活着，是因为在这个村子里，他的实力比较弱，还没有占据她的资格。他的欲望与贪念不输于他的父亲和叔叔们，以及村里的其他任何人。

实际上，怪小孩是舞者心里最痛恨的人。正是他蹲在山头，看到了在荒野上扎营的歌舞剧团。当他拖着本来就有些残疾的身子来到歌舞剧团时，舞者还好心地给了他一些吃的，看着他有些畏惧地离开了。长发如瀑的她坐在躺椅上，并不知道旁边的草丛里有一双一直舍不得离去的贪婪的眼睛。

至于老太太为什么会变成怪物，是因为她也有执念。她想活着，想拯救自己的小孙子，因为她确信，等小孙子的病被治好了，身体变得强壮了，就会比自己的四个儿子还厉害，会成为新的村长。怪小孩是她唯一的希望，所以，当整个村子里的人都开始被那个女人迷惑住时，她努力地保护他。那个女人得到了全村所有的食物，老太太就想办法喂养怪小孩。她咬着牙，憋着一口气，不肯认输。即便她下半身的肉都没有了，她仍然"活着"——或者说，她认为自己还活着。每当红月升起，女人用她的舞姿征服整个村子时，老太太就会出来阻止。她们争夺着这个村子的所有权。

"哥哥，你要怎么办呢？"

不知为何，妹妹的声音听起来有些低落。她伸出小手抹了一下自己的眼睛，看着陆辛说道。

"我什么都不想做。"陆辛过了好一会儿才轻声回答，"打断别人的表演是一件不礼貌的事情。"

说完，他默默转身收拾好自己的东西，然后推着摩托车来到路中间。当他打算发动车子，远离这场舞蹈的时候，他又觉得缺了点什么。于是，他停下来，转头看着那位舞者，轻轻鼓了鼓掌。

"啪啪啪！"这是作为观众应有的礼貌。

摩托车发出轰鸣声，车前灯射出两道白光，向前驶去。

在陆辛的身后，那场诡异而怪诞的舞蹈还在继续。老太太的脊椎几乎要被扯断了，在一次次的较量中，其实她早就输了，只是不肯服输罢了。这一夜，她们的争夺终于迎来了尾声。女人的舞蹈已经接近完美了，而老太太却如同强弩之末……

"咔咔咔……"老太太的脊椎被无数疯狂扭动的村民挣断了,一截一截地掉落在地。她的双臂也崩出了一道道血淋淋的口子。她终究无法阻止怪小孩的舞姿渐渐与那个女人同步,这种整齐划一的舞蹈仿佛有着某种诡异的力量,像一把把无形的刀一样,将她的身体割得鲜血淋漓。

忽然,那个女人的动作停住了。怪小孩的动作也跟着停了下来,仿佛变成了一座雕塑。他丑陋的脸上带着痴迷和狂热,这种表情永远地留在了他的脸上。

其他所有人的动作都跟着停下了,他们都保持着优雅的舞姿,像一朵朵永不凋零的花。永生的美好淹没了这个罪恶的村庄。

长发披面的舞者静静地看着骑车离去的陆辛,一滴亮晶晶的眼泪滚落下来。

那是唯一一个杀掉了占有她的男人,却没想继续占有她的人,也是唯一一个欣赏过这场表演,给了她掌声的人。

"咔咔咔……"她微微弯下腰,动作优雅地向她唯一的观众谢幕。

第七章

鬼打墙

　　红月下的荒野上，摩托车沿着小路慢慢行驶着。夜晚的凉风吹到脸上，陆辛的心情有些复杂。不知是残留的能力影响，还是别的什么原因，他的眼前还是会出现那位舞者怪异的舞姿，也老是想起她与那个村庄之间仿佛乱麻一样让人头疼的故事。那位舞者拥有的究竟是什么精神能力？那个老太太明明是个精神怪物，但又不是只有他能够看到，她又属于什么类型呢？

　　他现在的思绪很乱，没有试着去分析，只是将一切如实记录在了笔记本上。荒野之中与高墙城里果然不一样啊！究竟谁才是精神能力者，谁才是污染源？他在那个村子里看到，害人的是精神能力者，救人的是精神怪物，但害人的未必不值得同情，救人的也不是没有可恶之处。两者之间已经没有那条清晰的分界线了，这让他很不喜欢。

　　这种复杂的心情，陆辛感觉不好捉摸。

　　"陈菁他们做的是对的啊！没点秩序怎么行呢？都让人糊涂了……"

　　还好陆辛是个乐观向上的人，他默默开着车，胡思乱想了一会儿，就不再去想这些事了。他觉得，还是考虑一下接下来去哪里休息更好。

　　真是大意了啊……他本来寻思在那个村子里补充水的，结果只过滤了一点点水，漱个口怕是都不够。他煮面又消耗了一瓶水，现在只剩最后一瓶瓶装水了。而且刚才喝了一肚子咸咸的面汤，他现在觉得有点渴。他还记得韩冰的告诫，缺水在荒野上很危险。

　　陆辛长叹了一口气，借着红月的光芒向四下看去，然后他发现……自己迷路了。

　　此时的他正处于不知名的荒野之中，周围到处都是疯长的荒草。往远处看去，他看不见路的影子，身后那个村落也已不见踪影。

"眼镜，把地图调出来。"陆辛努力看了一会儿，轻轻喊了一声。他不敢大声说话，担心被什么东西给听到。

左眼镜片上一阵数据跳动，陆辛看到地图上有个闪烁的点，这个点正是他如今所处的位置。原本他离开村庄之后，是打算沿着小路往回走的，回到当初拐下主干道的路口。他顺着小路行驶了那么久，按理说应该已经接近那条主干道了，结果现在地图显示，他反而离得更远了。

"夜路太难走了。"陆辛嘀咕着，抬头看了一眼鲜艳而明亮的红月，欣慰道，"还好月光够亮。"

在地图上确定了主干道的方向，他选了一条小路，向前驶去。摩托车的轰鸣声在寂静的荒野里显得异常清晰，足有一人高的荒草之中，似乎有目光在阴森地盯着他。

陆辛顺着小路行驶了一会儿之后就停了下来，因为他发现，自己走的路好像还是不对。

"方向搞错了？"陆辛想着，从挂在车把上的背包里取出指南针。他借着月光打开一看，只见指南针的指针正像无头苍蝇一样乱转，这是周围有磁场干扰的迹象。他只好收起指南针，抬头向远处看去，对比着镜片上的地图，心里慢慢梳理着："主干道的走势是一路延伸，在前面向右偏，这样的话，我只要保持直线，一直向前走，无论如何都会回到主干道上。反正摩托车的油还够，就当是出来踏青了吧！"

打定主意，他再度启动了车子。摩托车的灯光将洒上了丝丝暗红的黑色大地撕开了一道口子，小路在荒草中若隐若现。

足足半个小时之后，陆辛停下来，再度打开地图，顿时很心疼油钱。地图上显示，他的位置没有移动过，与主干道仍然保持着原来的距离。

什么鬼？明明他已经开了好一会儿了！

"眼镜，把我之前的行驶路线显示出来。"陆辛轻声说了一句，左眼镜片上的画面就开始变化。很快，他看到了一条绿色的线。在刚刚过去的两个多小时里，他一直在移动，但他移动的路线却在地图上呈现出一个椭圆的形状：一遍一遍，一圈一圈，周而复始。

陆辛抬头看向这片阴森诡异的荒野，心想："我遇到鬼打墙了？"

小时候，他听过很多与鬼打墙有关的鬼故事，但这还是第一次遇到。遇到鬼打墙应该怎么做来着？他想起了几个流传的方法：

一、把内裤套在脑袋上，一直向前走，就可以离开；

二、朝背后吐三口唾沫；

三、一路骂骂咧咧，头也不回地向前走。

陆辛沉吟了一会儿，否决了第一个方法；又沉吟了一会儿，否决了第三个方法，毕竟骂人不好。他犹豫着向周围看了看，确定妹妹不在，就快速向后呸了三下，然后握紧车把继续前行。

半个小时之后，他又一次停了下来，因为他认出了路边的一块大石头，这是他刚才吐口水的地方。他心想，果然不该信那些传说的，不科学，又白走了半个小时，又得浪费多少油啊！

陆辛坐在车上，慢慢点燃了一支烟，开始思索科学的解决方法。他先清晰地概括了自己遇到的问题——在自己无法察觉的情况下，一直在某个地方兜圈子；然后思考这个问题的核心是什么——有"鬼"扰乱了自己的思维与感知；最后推断出，解决鬼打墙的方法就是找到那只鬼！

"叔叔啊，你不是老司机吗？咋还能迷路呢？"

此时，一辆改装卡车正一摇一晃地缓慢行进着，一个长着大胡子的中年男人脑袋上顶着一条脏兮兮的内裤，狠狠地将一张地图拍在驾驶面板上，骂道："这破地图上什么也看不出来！肯定是你没仔细标好地图，不然我明明原路返回了，怎么就是找不到回到营地的路呢？"

"我标的不可能有问题！"副驾驶位上坐的是一个穿着牛仔衫的年轻人，同样顶着一条内裤，不服气地道，"要怪只能怪你，非要趁着天还没黑，再搜几个村子。这些小破村子里能有多少东西？现在倒好，出不去了！赶不回营地，你说车头会不会等我们？"

"就算会等，也得好好收拾我们一顿……"中年人懊恼地嘟囔了一句，皱着眉看向车窗外，"真他娘的邪门儿，当真遇上鬼打墙了？"

"夜里不说鬼，呸呸呸！"年轻人微微一哆嗦，然后转过头，悄悄拉了一下自己脑袋上的内裤，"叔叔，你这方法到底管不管用啊？半天都没变化，味儿还越来越冲了……"

"老祖宗是这么说的呀！"中年人也一脸疑惑，"难道是红月后的鬼不懂老祖宗的规矩？"

年轻人一听这话，顿时哭丧着脸道："要不，我们……天亮再走？"

"不行，绝对不行……"中年人连忙摇头，"在这个破地方一直走着还行，一停下来我就心慌……"

"那……"年轻人有点蒙了，茫然地向前看去。

"走，继续走！"中年人发狠骂道，"老子当年打疯子，一枪一个准！我他妈的就不信了，还能栽在这里！"

卡车奢侈地加足了油门，摇摇晃晃地顺着小路向前冲去。不过，这股刚刚提起来的劲很快就泄了下去。在车灯的照耀下，他们看到蜿蜒的小路前方生长着一棵歪脖子树，上面有斧头砍过的痕迹，很是醒目。这是他们第一次发觉在绕圈子的时候做的记号。

"这可怎么办？"年轻人转头看向中年人，"叔叔，再这么开下去，油就耗没了！"

"你先让我缓缓！"中年人沉沉地叹了一口气，"还有什么办法能出去来着？骂脏话？往身后吐三口痰？身上带刀，显得凶一点？妈的，我连枪都带了，还不够凶？"

"会不会是红月之后的鬼太传统了，只认刀，不认枪？这下完喽！还说两个小时之内回去呢，现在看来，明天早上都不一定能回去！叔叔啊，我觉得你可能又要被车头收拾了！她最近本来就神叨叨的，最烦我们抽空子出来搜荒。你说，如果我们明天早上都没有回去，耽误了车队的行程，依她那个暴脾气，会不会直接阉了你，给大家提个醒啊？"

"你大爷的，少在这里叨叨，太吓人了……"

"叔叔啊，你是我叔，我大爷不就是你亲大哥吗……"

红月之下，那辆受困的卡车停在了路边，只有车灯静静照向远处。这对叔侄在驾驶室里一边额头上冒虚汗，一边来回地翻地图，同时吵着嘴。那张地图上被他们描上了一条条线，其中有一条最为醒目，那是他们从主干道上下来走的小路。按理说，只要沿着这条小路行驶，他们就可以回到之前的营地，但偏偏他们尝试了好几回，却硬是给困在了这里。这种感觉就像周围的道路忽然变得不讲理了，明明照着地图走了一遍又一遍，偏偏就是走不出去。

"有点麻烦啊！"中年人看了一会儿地图，深深吸了一口气，然后捂住了鼻子——驾驶室里的味儿确实太冲了。他连忙摇下车窗，让外面的凉风吹进来。

但中年人的心比这风还凉。他压低声音道："真他娘的完蛋了，这几条路我们都走过一遍了，按理说怎么都能出去，但是走来走去，总是会回到这棵歪脖子树前来，这也……太邪门儿了吧！"

"叔叔，"年轻人的声音有点颤，"你那些老故事里有没有说，鬼打墙的后果是啥？"

"好像没有……"中年人想了想，又悄声道，"好像要么是坟窝子里睡了一觉，要么结果还是找到路走出去了！"

年轻人忙道："真走出去了？"

中年人摇头道："也有可能是，没走出去的根本就没机会留下故事！"

"咦？好吓人……"

"呸，胆气壮一点，这时候可不能怕！"

"叔叔，你一说我更怕了。你压低声音，总给我一种担心被什么东西听见的感觉。"

"说实话，我确实……"中年人有点绷不住了，伸头向车窗外看去，只见天地只有两种颜色——天空中是弯弯的红月，安静而诡异；下方则是茫茫的荒野，黑暗笼罩着荒野上的一切，包括他们。那完全看不透的黑暗里，好像随时会有什么未知的东西忽然向他们冲过来。

"叔叔，我倒是不怕在这里睡一晚上，车头一定会来找我们的。"年轻人忍不住咽了咽口水，"但如果再遇到点什么——"

"突突突——"就在年轻人话音未落，中年人正紧张的时候，寂静无比的荒野里忽然传来了一阵若有似无的声响。他们的心里同时一惊，心脏都快跳到嗓子眼儿了，急忙伸头往外看。只见在那浓得看不透的黑暗之中，有微弱的灯光亮了起来。那灯光离得远，看得不真切，但能够看出它正在慢慢向他们这个地方靠近。摩托车的轰鸣声让这对叔侄意识到，刚才在这片区域里，他们似乎连一声虫鸣也没听见。

"叔叔，那……那是有人过来了吗？"年轻人下意识觉得有点惊喜，但说出来的话却让人发寒。

"这可是大半夜的荒野，还会有人骑摩托车赶路？"中年人心里微微一颤，旋即反应过来，低声道，"小心！"

年轻人顿时也反应过来，急忙将一把枪拔出来握在手里。与此同时，中年人熄了车灯，但是没把车钥匙拔下来，发动机以一种缓慢的方式运转着。他们都是在荒野上极有经验的，这时候可不敢直接熄火。事实上，如果不是被鬼打墙搞得头晕心慌的话，他们早就开车远远地避开了。在荒野之中，每时每刻都要保持警惕。

驾驶室里一片死寂，黑暗里的中年人与年轻人都紧握着枪，死死地盯着那束灯光。扑通！扑通！这是他们彼此的心跳声，听起来是如此清晰。

终于，在他们既希望对方快点过来，又希望对方不要过来的复杂心理中，摩托车发动机的声音变得清晰起来，那束灯光也越来越亮，不紧不慢地向他们靠了过来。他们眯着眼仔细分辨，很快就隐隐看出，那确实是一辆银色的摩托车。

"叔叔，红月后的鬼应该也不会骑摩托吧？"年轻人又忍不住咽了口唾沫，小声问道。

"闭嘴！"中年人一脸严肃地低声道，"这年头最可怕的可不一定是鬼！待会儿好好问问他，但不要乱说话。"

年轻人立刻用力点头，按了一下紧张得微微发抖的手掌。

几分钟后，摩托车慢慢悠悠地驶了过来，车上坐着一个衣服看起来很干净的人。他似乎是到了近处才发现这里有辆卡车，于是小心地向路边扭转了车头。与此同时，他有些好奇地向卡车的驾驶室里看了过来。中年人缓缓吸了一口气，准备问他些什么。若在平时，他定然会选择不与陌生人打交道，但在这个怪异的晚上，他却有些顾不得了。他心脏收紧，想着该怎么询问才合适。

"晚上好。"就在中年人紧张地组织着语言时，摩托车上的人与卡车擦肩而过，笑着向驾驶室里打了一声招呼。然后，还不等他们有反应，他就突突地离开了。

"这……"卡车里的两个人同时咽了一口口水，有点蒙。

"那……那是人是鬼？"年轻人呆了一会儿，才急忙问中年人，"现在的鬼都这么有礼貌吗？"

"我也没太明白。你咋不问路？"

"我……我还没来得及开口呢，他就走了啊！"

"……"

"不对啊叔叔，刚才我们绕圈子的时候可没看到他。"年轻人忽然反应过来，"这是不是说明，现在可以走出去了？"

中年人一怔，忙扭亮驾驶室的灯，粗糙的手指在地图上滑着，嘴里嘟囔道："刚才他是从这里过来的，所以……"他的声音慢慢消失了。

年轻人颤声道："叔叔，他过来的地方好像根本没有路吧！"

两人大眼瞪小眼。

"突突突——"忽然又有摩托车的声音响了起来，两人哆嗦了一下，又急忙熄了灯，紧张地握住枪。还是那个方向，还是那个角度，一束灯光慢慢地向他们靠近。

"不会……吧？"

"应该不会……"

在他们紧张而焦急的心情里，一辆银色的摩托车慢慢驶了过来。他们一眼看过去，感觉这幅画面无比熟悉，仿佛时间倒转了。扑通！扑通！扑通！这一次，他们的心跳得比刚才还要急促。

就在他们的心脏快要从胸腔里跳出来时，摩托车再次与他们擦肩而过，车上的人向他们点了点头，友好地道："你们好。"

一种无法形容的荒诞感瞬间笼罩住这对叔侄，本来他们刚才还想问路的，这下硬是连怎么说话都忘了，只能傻傻地任由摩托车突突地远去。

正当他们想着会不会再来一次时，摩托车的轰鸣声忽然停止了。他们猛地看向后视镜，就看到卡车后面的摩托车慢慢掉过了头。他们对视一眼，满脸惊恐。

不一会儿，摩托车突突地驶了回来，骑车的人歪头打量了他们一眼，表情有些疑惑："我们刚才是不是见过？"

"呃……"中年人身子一绷，悄悄地将手里的枪上了膛。然后他抿紧嘴唇，向年轻人使了个眼色。年轻人下意识有些抵触，不过他也知道轻重，将自己的枪上膛之后悄悄藏在身后，脸上堆起笑容，推开车门走了下去。开门时，他还仔细向周围看了看，确定有没有人——虽然在这样一个红月悬空的夜晚，在荒草丛生的荒野上，就算真有人在附近他也看不出来。

"爷……爷们儿，你是干什么的？"年轻人向前迈了两步，靠在车头上，向那个骑摩托车的人大喊了一句。

虽然他们俩都有枪，而且论个头，骑摩托车的似乎经不起他或他叔叔一顿打，但这大半夜的，又是在荒郊野岭上，还刚刚遭遇了邪门儿的鬼打墙，面对这个不知道从哪儿冒出来的家伙，他要说心里不紧张是假的。而且这家伙招呼打得还挺热情，怎么看怎么可疑。

"你好，我是去中心城探亲的。"骑摩托车的人回道，往卡车开了过来。

年轻人紧张得手心都冒汗了，下意识往后退了半步，手在背后握紧枪："那你刚才……绕什么圈子呢？"这个骑摩托车的家伙好像不知道荒野上的陌生人打交道时要遵循相隔十米以上的规矩……饶是如此，他仍然不敢放松警惕。

看出年轻人的紧张，骑摩托车的人及时停了下来，一脚撑地，笑着解释道："我迷路啦！"

年轻人觉得有些古怪：这人迷路了还这么开心？

"我好像遇到了鬼打墙，"摩托车上的人继续笑道，"所以我在想办法，看能不能把那只鬼找出来。"

年轻人闻言都蒙了：这他妈像话吗？大半夜的遇到了鬼打墙，于是就在荒野上转悠着找鬼？

"不要理他，让他走。"卡车里的中年人低声提醒了年轻人一句。

刚才他们是想问路的，但现在已经改变主意了，因为这个大半夜到处找鬼的人好像比鬼打墙还可怕。年轻人强打起精神，笑着道："既然这样，你就找你的鬼去。"他顿了一下，又意有所指道，"呵呵，实不相瞒，我们也迷路了，但我们不打算找什么鬼。我们已经给自己人打了电话，他们一会儿就该派人来接我们了。我们手里可都是有枪的！"

"有枪没用，我也有。"骑摩托车的人的反应出人意料，笑着摇了摇头，"我不知道是不是真的有人进来找你们，如果他们进来了，估计会和你们一样在这里迷路。难道你们都不知道鬼打墙是怎么回事吗？"

年轻人与中年人隔着挡风玻璃暗暗交换了一个眼神。他们当然知道鬼打墙是怎么回事，毕竟内裤都套脑袋上了，但他们并不想跟眼前这个奇怪的人探讨这个问题。

"其实，这个世界上是没有鬼的。"骑摩托车的人又语出惊人道，"或者说，这是一种和你们理解的不一样的概念。以前我们院长讲的鬼故事里说，天一亮，鬼就会消失，但我们遇到的这种情况应该没这么容易解决。"

年轻人忽然有点得意地说："这我知道，红月之后的鬼不一样了……"

骑摩托的人愣了一下，笑道："你这样理解也没问题。"然后他热情地发出邀请，"我们一起把它找出来吧！"

"？"叔侄俩都蒙了。

那人好像怕他们不懂，又笑着解释了一番："可以确定，我们都是受到了一定程度的污染，才会迷路。必须找到污染源的逻辑链，进而找到它的本体，才能想办法解决它。这个污染源本体，你们可以理解为那只'鬼'。刚才我就是在找它，不过，一直在这里兜圈子也不是办法……考虑到人多力量大，我想请你们帮忙。"

年轻人听得身上起了一层鸡皮疙瘩。"这个人太邪门儿了，快上车。"驾驶座上的中年人压低声音说了一句，同时发动了车子。

"爷们儿，我们赶时间，就不跟你多聊了……大家都是出来讨生活的，多个朋友多条路，所以我们……下次再交朋友吧！"年轻人口不择言地说完，赶紧跳上卡车，紧紧关上了车门。

叔侄两人心里莫名发毛，自然不愿多说什么，卡车慢慢启动，缓缓向前驶去。

这条小路原本有两三米宽，足够一辆卡车驶过，但如今，两边的荒草向里面生长，使得道路狭窄了许多，在前面停着一辆摩托车的情况下，卡车通行就比较困难。饶是如此，中年人双手紧紧握着方向盘，仍然想尽量让卡车远离摩托车。

不过，那个骑摩托车的人见他们要走，倒也没有面露不悦，还好心地向旁边让了让，留给他们足够的空间通过。交错而过时，他们看到，那人坐在摩托车上，抬起头看着他们，看似很友善地笑了笑。他们顿时出了一身冷汗。

卡车总算相安无事地过去了，继续顺着小路向前驶去。通过后视镜，他们看到那人等了一会儿，居然开着摩托车慢慢追了上来。卡车有意加快速度，摩托车也加速；卡车有意减缓速度，摩托车也减速，始终保持着一段距离。

"我去宰了他！"年轻人握紧枪，咬牙看着后视镜。

"胡闹！那毕竟是条人命呢！"

"人命逼急了也得要！"

"可万一……那不是人呢？"

年轻人的勇气顿时消失得无影无踪，缩起了脑袋。

"可能他是真的迷路了，心里害怕，所以想跟着我们吧……先不理他，你盯着点，如果他忽然靠近我们……再说！"

装满各种货物的破旧卡车摇摇晃晃地在小路上行驶着，车轮碾过厚厚的杂草，发出沙沙的声音。惨白的灯光下，道路渐渐变得平坦了许多，卡车开得越来越快了。

"咦？叔叔，我们是不是走出来了？"年轻人惊喜地喊道。

刚才他们一心找路，却始终在老路上打转，注意力被那个骑摩托车的人分走大半后，他们居然开到了一片之前没来过的空地上。

"真走出来了？"中年人也有些喜出望外。他停下卡车，正准备拿出地图研究一下，突然吓得屏住了呼吸。

在车灯的照耀下，他们看到空地中央生长着一棵巨大的榕树，足有两个人合抱粗细，枝丫茂密，树冠如云。树下堆积着很多废弃的车辆，有轿车，有三轮车，也有倾倒的卡车，还有一些破旧的自行车。车辆的新旧程度不一，旧的已经锈迹斑斑，新的看起来刚留在这里不久。它们围绕着这棵榕树，形成了一个不规则的圆。在榕树的树冠与废弃车辆之间，吊着一具又一具尸体，仿佛果实一般垂着。有风吹来，其中几具尸体轻轻旋转，露出了半腐烂的脸。

"那是什么鬼？！"死一般的沉寂之后，卡车的驾驶室里忽然响起了咒骂声、惊呼声，以及手忙脚乱发动车子的声音。叔侄俩明显都吓坏了。可恨的是，卡车不知为何突然熄火了，中年人不停地打火，叔侄俩都剧烈地喘息起来……

呜——夜里的凉风漫过齐腰深的荒草吹了过来，仿佛人的叹息。树上吊着的尸体同时开始慢慢摇晃，发出令人牙酸的吱呀声。他们都有着酱紫色的脸、伸长的舌头、扭曲而痛苦的表情，偏偏他们的嘴角都微微向两边咧开，看起来好像在微笑一样。

迎着这些尸体的目光，叔侄俩慢慢沉静下来，一动不动地坐着。过了一会儿，他们分别推开两侧的车门下了车。此时此刻，他们的表情都很木讷，眼珠子古怪地向上翻着，只能看到一点点黑色。但他们的行动却丝毫不受影响，步伐一致地向着大树走去。他们同时走到大树下，抬起头来寻找着什么。中年人先找到了，脸上露出了开心的笑容。年轻人也找到了，嘴角咧向两边。然后，他们不约而同地解下了自己的腰带……

"真吓人啊……"陆辛骑在摩托车上，静静地看着开始将腰带往树枝上扔的叔侄俩，轻声感叹。同时，他在心里分析着：这棵树就是那个污染源吗？或者说不是这棵树，而是树里某个未知的东西。它的污染逻辑就是将人困在一定范围内，然后伺机把他们吸引到这里来？

其实他早就猜到了这种可能，只不过骑着摩托车跑了半天，绕了好几圈，烧了不少油，却始终无法靠近污染源。直到遇见这叔侄俩，他才意识到，如果他一直在绕圈子的话，为什么会遇到原本不在这个圈子里的人呢？原来，他看起来是在绕圈子，其实路线还是发生了变化的。

所以，在第二次遇到他们时，陆辛想到了一个靠近污染源的方法。

无论是同化，还是某种意义上的吞噬，污染都是有目的的。他一直找不到污染源，很有可能是因为他还不符合它的要求。比如，或许只有在周围绕圈子，一直绕到筋疲力尽，精神恍惚，才会最终来到污染源的本体前。但他毕竟年轻力壮，精力充沛，所以一直绕啊绕的，就是不达标。理论上讲，如果他一直绕下去，可能也会找到它，但他不想就这么耗着，主要是心疼油钱。所以，他决定跟着这叔侄俩，毕竟一看他们的样子就知道已经绕了很久，内裤都套在脑袋上了……

不过，陆辛也没想到，他们这么快就达标了。似乎是因为遇到他之后，他们两个变得更紧张了……

　　"果然还是科学的分析最有利于解决问题……"当陆辛理清头绪时，那叔侄俩已经踮着脚把脑袋往腰带里套了。叔叔个头矮，侄子还好心地扶着他的腰，帮着他往上蹿了一下。

　　眼看着人命关天，陆辛就不再继续分析了，抬起头看向那棵大树，左眼镜片开始闪烁，有数值不停地跳动着，最终停在了"120"，旁边有几个红字：二级污染源。眼镜检测的只是污染源的辐射值，通过辐射值判断它的威胁等级。在距离它这么近的情况下，辐射值只有一百二十的话，那可以大体推断出，它的精神量级只有一千左右。

　　略微一考虑，陆辛从背包里拿出一把左轮手枪，把普通子弹取下来，换上了一枚特殊子弹。然后他抬手瞄准大树，扣动扳机。

　　"砰！"特殊子弹飞出，结结实实打在了树冠上，耀眼的电光顿时蔓延了出去。大树剧烈地抖动起来，好像很痛苦似的，挂在上面的尸体纷纷坠落下来。

　　一半树冠直接被烧成了焦炭，另一半却忽然疯狂抖动起来，好像这棵安静的大树一下子变成了活物。在红月之下，大树不停地摇摆着枝干，一片片树叶上居然长出了一张又一张嘴巴，枝叶像藤蔓一样纷纷向陆辛伸展过来。

　　"哎呀，不好！"陆辛忽然意识到了一个极为严重的问题——他该把摩托车停远一点的，不然在战斗中划伤保险杠怎么办？

　　就在他考虑着这个问题时，空气里忽然响起了"嘻嘻"的笑声。他转过头，看到妹妹站在荒草丛边，眼睛圆圆亮亮的，盯着前方。

　　"最喜欢妹妹了……"陆辛一阵心安，然后催促道，"快上啊……"

　　妹妹两只手臂抱在胸前，傲娇地看了陆辛一眼，然后伸出一只手，威风地向前一指："狗狗上。"

　　"汪汪……"陆辛感觉到自己的眼镜微微发凉，与此同时，妹妹的身后响起了凶狠的犬吠，一只没皮小狗从草丛里冲了出来，所过之处留下了两串血色的脚印。没皮小狗直接冲到那棵大树前，然后张开大嘴狠狠咬了上去。

　　陆辛没想到，这个可爱的小家伙居然有这么凶狠的一面。没皮小狗的牙齿深深陷入了树干里，顿时，大树伸展向陆辛的枝叶纷纷收了回去，枝条像细蛇一样缠住了它的脖子，深深勒进了它那时时渗着血水的血肉里，将它扯得四爪离地，吊在了半空中。一片片长着嘴巴的树叶则同时咬在了它的身上，拼命往它身体里钻。

那场面看着就让人头皮发麻，但被吊在半空中的没皮小狗舒展着身子，居然露出了特别享受的表情！

妹妹见状，生气地大叫了一声："狗狗，不听话！"

没皮小狗顿时反应过来，它可不是来享福的啊！它身子一个激灵，身上开始渗出越来越多的血水。这些血水像有自己的生命一样，沿着那些枝叶流淌着，一点一点流向那棵大树，仿佛要将它染成红色。大树抖动的枝叶渐渐僵住，不少树叶扑簌簌地落了下来。

最终，这棵大树一半成了焦炭，另外一半则变成了枯木。

陆辛还没反应过来，没皮小狗已经跑到他面前了。它睁着又大又无辜的眼睛，舌头搭在嘴唇上，尾巴摇得像拨浪鼓。陆辛认真地看了一眼没皮小狗，又看了一眼大树，心里渐渐得出了一个结论："这只狗……果然不是那么正经！"

"真乖！"陆辛蹲下身，摸了摸没皮小狗的脑袋，然后从旁边捡了块石头扔了出去，"去。"

没皮小狗看了陆辛一会儿，默默跑去捡石头了。

陆辛将摩托车的脚撑蹬下，从背包里取出笔记本，望着眼前一半焦黑、一半死寂的大树，以及树下散布的尸体，默默做起了记录。

他边写边想，这个污染源究竟是怎么出现的呢？一棵树不可能平白无故地成为污染源。是第一个吊死在这棵树上的人影响了它，使得它成了精神污染的寄生体吗？原因或许有很多，但他不是专业的，也想不出个所以然来，只能老老实实地把所见所闻一一记录下来。在他眼里，这些记录可都是钱，回头送进特清部，特清部会根据这些信息的重要程度，付给他一定的报酬。

"啊，叔叔，我们刚才是怎么了……"

"肯定是被鬼迷住了……妈的……差点就着了道！"

陆辛正专心致志地记着笔记，榕树下的叔侄俩终于清醒过来了。陆辛很照顾他们，没有朝着他们那半边树冠开枪，所以他们一直好端端地呆站在树下。此时，他们一清醒过来，第一件事就是去提裤子。他们的腰带都挂在树上，而他们的内裤正顶在脑袋上，所以……

陆辛只是默默地看了他们一眼就低下了头，不忍再看。

那对叔侄不愧是在荒野上跑惯了的，与普通人相比，接受能力算是一流的。他们飞快地观察了一下四周的情形，就赶紧往停在空地边的卡车跑去。

中年人一口气跑到卡车边，这才觉得安心了一点，转身朝陆辛喊道："小兄弟，是你帮我们把鬼赶跑的吗？"

陆辛笑着收起笔记本："我刚才说过了呀，世界上是没有鬼的……"

中年人与年轻人对视一眼，试探道："那刚才究竟是……"

"是一种精神污染。"陆辛看向他们，笑容温和地道，"这棵树就是污染源。刚才的你们，还有我，其实都是被它给污染了，所以才会在周围不停打转。等到我们慌张或是疲惫到一定程度，就会下意识被它引到这里，然后不由自主地去和那些挂在树上的人做邻居。"说着，他看了一眼那些散落在树下的尸体。

尽管意识到这个骑摩托车的人很有可能是他们的救命恩人，但中年人和年轻人看着他的笑容，还是觉得有些诡异。

就在这时，陆辛又笑着道："认真介绍一下，我来自青港城，你们知道青港城吗？"

"……"

"呃……我们青港城挺好的。我在青港城的时候就是处理这种事情的。一开始，我只是有些怀疑，本来想跟你们详细讨论一下，但你们看起来不是很愿意……不过，我还是要感谢你们，没有你们帮忙，我也不能这么快清理掉它。"

"这……"中年人心虚道，"我们……我们帮了啥忙？"

陆辛认真道："你们通过被污染的方式，帮我找到了这个污染源的位置。"

中年人："……"这话真的不是在笑话他们吗？

"好了，现在没事了。"陆辛从摩托车上迈了下来，"可以请你们再帮个忙吗？"

"啊？"中年人一听"帮忙"俩字就一阵心慌，"啥……啥事？"

陆辛看向那些横七竖八的尸体："把他们处理一下。"他不知道这些尸体有没有残留的精神污染，为了保险起见，还是一并处理了比较好。

于是，在陆辛的指示下，叔侄俩拿手帕捂着鼻子，将树下的所有尸体一一抬了出来，摞成一堆，然后从那棵树上折下了一些干枯的树枝，又从四周捡拾了很多枯草，一并堆在尸体旁边，同时没忘了在周围清理出一圈防火带。

火很快就燃了起来，在这黑暗的荒野上显得异常温暖。陆辛与叔侄俩蹲在火堆不远处，静静地看着这团火燃烧着。

"小兄弟，来一根？"中年人拿出一把烟丝和几张烟纸，熟练地舔了舔手指，卷了一根烟递给陆辛。

陆辛看了一眼沾上了他的唾液的手卷烟，道："我有。"说着，他拿出一个扁平的银色烟盒，从里面抽出一根有着金色过滤嘴的香烟叼在嘴上，又用自己的复古打火机点燃了，慢慢抽了一口。

"这烟盒好漂亮啊……打火机也很好看……"年轻人稚嫩的脸庞上满是羡慕。

"还行吧！"陆辛淡淡地回答，向他示意了一下，"你也来一根？"

年轻人眼睛一亮："好啊……"

陆辛眼看着他毫不客气地拿出一根香烟点上，犹豫了一会儿，终究没说什么。

三个人抽着烟，烤着火，感觉还挺惬意的，如果火烧的不是一堆尸体的话就更好了。

沉默了一会儿，中年人终于忍不住了，小声问道："精神污染究竟是什么啊？"

陆辛拿回自己的烟盒与打火机，小心地放回背包里，轻声解释道："其实就是红月亮事件之后的一种新型精神病，会传染。"

虽然有保密协议，但这是在荒野上，陆辛觉得还是可以讲的。况且，他觉得跟这些人讲讲是有好处的。高墙城里有专门的人一直在关注这些事情，保护普通人，荒野上的人可没有这个待遇，多一些人知道总是好的。

"精神病……啊，那不就是以前那些疯子？"

陆辛微微一怔，然后点头："是的。"其实从小到大，他没见过几只疯子，上次出城倒是见到了一只，还没看清壁虎就把它撞飞了。

大略解释了一些概念，陆辛便不再多说了。主要是他知道的也不多，再说就露馅了。

火势在变小，尸体自然不可能被这样的火烧成灰，但水分都已经烧干了。精神力虽然可以寄生，但也要寄生对象有一定的活性才行，这样毫无活性的尸体，基本上不会再有污染别人的可能了。

陆辛将抽到一半的烟碾灭，握在手里，笑道："现在应该可以出去了，我走啦。"

看着他起身走向摩托车，打算分道扬镳，年轻人明显有些不舍："这就走啦？"

中年人则有些心事重重，忽然，他站了起来："小兄弟，等等！"

陆辛转过头看着他。

中年人把人叫住了，又有些犹豫，纠结了一会儿，一狠心，道："小兄弟，如果你是专门处理这种事的，那……能不能请你帮忙看个病人？"

"病人？什么样的病人？"

旁边的年轻人好像猜到了中年人要说什么，顿时有些紧张。

迎着陆辛好奇的目光，中年人大着胆子说道："不知道你有没有听说过……换头？"

第八章

彼此厌恶的头和身体

身为负责特殊污染清理工作的专业人员，陆辛不会放过任何一个疑似污染源。所以，他很快就启动摩托车，突突突地跟在了卡车后面。他们一前一后地顺着荒野里被杂草埋没的小路，一路往主干道驶去。这些小路错综复杂，再加上荒草萋迷，很难分辨清楚，就算是在平常情况下，不注意都可能会走错路。

"他们说的换头是真的吗？如果是厉害的污染，他们车队应该早就全军覆没了吧！若是简单的污染，一般人应该很难察觉才对……"骑在摩托车上的陆辛默默想着。

陆辛刚才已经听他们简单介绍过了，中年人名叫周大昌，年轻人是他的侄子，叫周小毛。他们属于一支来自红岭城的车队，老周是车队里的老司机，已经跑了七八年了，小周也跑了有一年多了。他们车队的主要业务是接受雇用，在各大高墙城之间运输货物，但有时也会捞些外快，比如他们叔侄俩就经常趁着车队休整，跑到周围的村落里搜荒。这些废弃的村落看着不起眼，实际上可以搜罗出不少有用的东西。不过，这次他们很倒霉，在回去的路上遇到了鬼打墙。

对于"换头"，老周期期艾艾的，似乎有满肚子疑惑，但又不知道怎么说清楚。最后，他叹了一口气，只说这事跟他们的车头有关，让陆辛跟他们回去，和车头见一面就明白了。"车头"其实是一种称呼，指的是车队的负责人。

陆辛欣然接受，毕竟瞎溜达了一晚上，无论是油还是水，他都需要补充了。

红月高悬，车灯凌乱，很快，卡车便和摩托车一起驶出了这片荒野，来到了主干道上。无论是陆辛，还是那叔侄俩，都明显松了一口气。他们继续向前驶去，很快就隐隐看到了灯火，位于一个废弃的服务区里。

"天王盖地虎……"距离服务区还有几百米的距离，黑压压的荒草丛中忽然响起了一声大叫，是用大喇叭喊出来的，极为响亮。

老周急忙刹住车，伸出脑袋向外喊道："上山打老鼠！"

陆辛在后面听得一愣一愣的："什么鬼？"

"是老周吗？"喇叭的声音消失，路的两侧分别跳出来一个人。这两人手里都拿着枪，一把是锯短了的来复枪，另一把更厉害，居然是黑黝黝的冲锋枪。他们手里还拿着明亮的手电筒，频繁向天上晃着。

"哎，你大爷的！"老周探出身子骂道，"什么臭毛病，拿手电筒晃人？"

"果然是你个老东西。"端着冲锋枪的人收起手电筒，冷笑道，"我跟你讲，你要倒霉了，说是去旁边村子里搜一下就回来，结果一去就是大半天！车头正发脾气呢，要是耽误了行程，看她不要了你的老命！"

说话间，另一人看到了跟在后面的陆辛，立刻端起来复枪，叫道："那是谁？"

"别慌，是一位青港城来的朋友。"老周急忙喊道，"妈的，你们都不知道刚才我们爷儿俩碰到了啥，被鬼迷住了！"

小周纠正道："叔叔，那是污染。"

"闭嘴。"老周训了他一声，又道，"刚才要不是这个小兄弟，我们爷儿俩没准儿就挂在树上了！他也是往中心城去的，大家凑个伴儿，多少有个照应。这事也不用你们管，我待会儿去找车头说一声就行了。"

简单交代完，老周又启动了卡车。那两个算是暗哨的人见陆辛只有一个人，也就没有多说什么，又钻回两边草丛里去了。

陆辛跟着卡车一路驶进了服务区，发现这支车队的规模居然还挺大。二十多辆高大的改装卡车停成了整齐的一排，比叔侄俩开的卡车要大上一倍多，这才是他们主要的运输工具。叔侄俩开的卡车其实是整个车队的公用车，平时用它来在各大卡车之间运送点需要调整的货物，或是与周围的聚集点打交道什么的。

除了这些大卡车，他们还有不少摩托车，也一排排整齐地停在旁边。这是保安队与探路队开的。要在荒野上跑运输，这是必不可少的。

服务区的空地上有个火堆，火堆后面搭着一排排帐篷。有人聚在火堆边烤肉、喝酒、聊天，也有人半躺在大卡车的驾驶室里，默默地抽着手卷烟。

老周停下卡车，不急着卸货，转身看了一眼已经停好摩托车的陆辛，打了个手势让他跟上。

老周带陆辛走进了服务区的大厅，里面的东西已经被搬空了，只剩一些长条形的餐桌与长椅，被胡乱堆放在墙边。大厅中间也搭了一顶帐篷，帐篷前也有个火堆。这时候正有两男一女借着火堆的光，围在那里低声商量着什么。

"嘿嘿……"老周双手捧着一面刚才从卡车上拿下来的半人高试衣镜，镜面上印着一个大红色的"囍"字，满脸堆笑地迎了上去，"车……车头，瞧我给你带来了什么好——"

话还没说完，老周就被一条脏臭的毛巾盖了脸。

那个女人矫健地跳了起来，扬起手里的竹竿就往老周身上抽："王八蛋，你还知道回来！天天惦记那点破玩意儿，真出了事，大家找不找你？找你的话，耽误了交货的时间，你负责？"

"哎哎……出了点意外，不然早就回来了……"老周转过身，老实巴交地用后背挨了两下，然后继续堆着笑把试衣镜递过去。

"这是孝敬车头的，我瞧了，没碎。"老周说着，把身子让了让，露出跟在后面的陆辛，"还有件事跟车头讲，刚才我们迷路了，全靠这位青港城来的小兄弟帮忙，不然铁定被鬼迷住了。这位小兄弟是往中心城探亲去的，独自一人上路，各种不方便，我们就把他领回来了，跟咱们搭一路，成不？"

"什么鬼不鬼的？"女人微微皱眉，向陆辛看了过来。

陆辛也向她看了过去，只见她身高不低于一米七五，一双穿着瘦身牛仔裤的长腿异常醒目。她看起来三十多岁，五官出人意料地好看，只是，可能是常年在荒野上跑的缘故，皮肤显得有些粗糙，脸上还有道疤。

"你是干什么的？"女人上下打量了陆辛一眼，似乎觉得他不像是在荒野上混的。

"你好，我叫陆辛，去中心城探亲的。"陆辛老老实实地回答，脸上带笑，往前走了两步，伸出手去。

"哗啦！"女人身后那两个沉默的男人立刻摸向腰间，露出黑黝黝的枪柄。

女人没有跟陆辛握手，皱着眉头问道："你就这么一个人，要一路从青港城往中心城去？"

"这个……"陆辛讪讪地收回了手，"其实也不是。不光是我，还有父亲、妈妈、妹妹，还带了只小狗，我们一起去中心城探亲的，顺便帮着送份文件。只不过，他们现在都不在这里。"

这话听得老周怔了一下，他之前没听陆辛说起家人的事。

女人挑了挑眉："走散了？"

陆辛认真想了想，道："算是吧。"

他没有试图详细解释自己家人的情况。虽然他不太喜欢说谎，但也知道偶尔说谎会避免很大的麻烦。荒野上的人都有很强的戒备心，如果他如实说了家人的事情，没准儿会吓到他们。为了取信于人，他已经准备好了一个因为妹妹贪玩一家人走散的故事。

没想到，这个女人居然出奇地痛快，她没有多问，转而道："大家都在荒野上跑，这破世道，互相帮扶一把是应该的。但我希望你明白，我们就是一群跑大货挣血汗钱的，不想惹是生非。你要跟着我们上路，可以，想换点东西，也行，但千万不要胡乱惹事。"她微显狭长的眼睛一眯，鹰一般盯着陆辛的脸，"明白了吗？"

陆辛老老实实地点点头："明白了。"

"行了，"女人挥了一下手里的竹竿，"出去吧！老周跟他讲讲咱们车队的规矩。"

"好的，好的！"老周急忙答应下来，拉着陆辛向外走。

明明进行得很顺利，但不知怎的，陆辛感觉那两个男人的目光有点怪异。不光是他们，就连老周的目光也有些闪烁。

老周和陆辛离开后，女人身后的其中一个男人忍不住道："来历不明，不太好吧？"

"没事，反正还有两天就到了。"女人无所谓地道，"何况，老周精得跟驴似的，真要有问题，他能带回来？"

两个男人对视一眼，没再多说，只是都在心里微微叹了一口气，好像知道事情没有这么简单，但是又无能为力。

"看出问题来了吗？"老周带着陆辛走出服务大厅，立刻焦急地问道。等在外面的小周也立马凑了上来。

"谁？"陆辛一头雾水。

"车头啊，你没看出来？"老周明显有些意外。

"她？她有什么问题？"

"她……"老周露出迟疑的表情，好一会儿才鼓足勇气，压低声音道，"我怀疑——也不是我，其实很多人都怀疑——我们车头已经被人换了一个头，或者说换了一个身体……这么说吧，我们车头脑袋还是自己的，身子已经不是了……"

陆辛有些艰难地理解着老周说的话。脑袋是自己的，身子不是了……这话怎么怪怪的？努力理解了好一会儿，他放弃了，皱着眉头问道："到底是怎么回事？"

老周不知道怎么说了，小周急道："就是刚才说的……你没看出问题来吗？"

陆辛顿时有些心虚。如果那个女人真有问题，他却没看出来，感觉好像辜负了这叔侄俩的信任似的。他犹豫着转过身："要不我再去看看？"

"别别别……"老周急忙阻止，"车头会打人的！"

小周思索了一下，压低声音道："要不再等等吧，待会儿你就知道了！"

老周顿时想到了什么，有些不忍地看了陆辛一眼。

回到卡车旁边，老周忙着把货装进自己开的大卡车里，小周则熟门熟路地从车厢里拿出一顶简易帐篷，在卡车旁边支起来，还铺了两床棉被在地上。然后，小周拿了几个馒头与咸肉，去大火堆旁边烤了吃，并大方地分了陆辛一点。陆辛没有拒绝，他在村子里吃过一顿，现在这个就当夜宵了。火光安静地跳跃着，周围不时传来谈笑声、唱歌声，以及大声打呼噜的声音，这支车队的氛围显得平和而自由。

这样的氛围持续了约莫半个小时，忽然响起了一阵长长的哨声。所有人立刻紧张起来，连忙踩熄火、扯帘子，嗖的一声钻进了各自的帐篷里面。只剩陆辛还在外面坐着，没反应过来。

帐篷里的小周急忙钻出一颗脑袋，紧张地喊道："快进来！"

"究竟出什么事啦？"陆辛从善如流地钻进了老周和小周的帐篷里。

借着外面的一点微光，他看到这叔侄俩的脸上满是警惕和恐惧，小周的身子还在微微颤抖。这种异常反应让他也警惕起来，将背包扯到身前，好随时掏枪。

"嘘！"老周悄声道，"你马上就知道了。"

陆辛闻言，只好耐着性子，静静地等着。帐篷里外一点声音也没有了，聊天的，大笑的，唱歌的，所有声音都突然消失了。就算是原先在帐篷里打呼噜的，这时候也好像被人捏住了鼻子一样。整个世界安静得出奇。

"嗒嗒嗒！"过了好一会儿，陆辛才听见外面响起了一阵脚步声。如果不是因为周围太安静了，这脚步声其实很难分辨出来。

陆辛在老周和小周紧张的眼神里，凑到帐篷的缝隙处向外张望，就看到远处的服务大厅门口，一双长腿正站在那里，穿着瘦身牛仔裤、系带马靴，正是刚才见过的那个女人。她从服务大厅里走出来，手里拿着竹竿，慢悠悠地在这片空地上闲逛着。陆辛看到，一旦她在某顶帐篷前停下来，那顶帐篷就会微微颤抖起来。她就这么若有所思地走走停停，不时摇摇头。

"她在做什么？"陆辛看着这一幕，大为不解，低声询问。

"这……这是又犯病啦！"老周颤抖道，"每天晚上都犯，而且越来越严重！"

"嗯？"陆辛用很专业的词语问道，"具体症状是什么？"

老周低低地叹了一声，一脸为难，末了还是悄声道："陆先生，这不是我在背后说车头的坏话，实在是希望你能够帮到她！我们这个车头名叫高婷，虽然是个女的，但是人特别好。当初是她男人扯起来的车队，但后来她男人害病死了，结果她就把责任给担了起来。我们车头长得漂亮，人又年轻，之前不知惹来了多少馋的，都被她三拳两脚给收拾了。我们都知道，她惦记着她之前的男人呢，根本没心思找别人。但就是这么好一个人，在……"说到这里，他有些哽咽，"在上次送货之后，就……变了。她平时还跟以前一样，对大家实诚，办事也公道，但一到了晚上，就……就整个车队里……到处挑人陪她……陪她睡啊！整个车队的人都被她祸害遍了！"

"什么鬼？"陆辛听得有些震惊，眼睛都瞪圆了。

"是真的……"小周在一边用力点头，眼睛里泛着泪光，有些同情地向陆辛道，"小陆哥，我觉得你得小心一些，叔叔说刚才车头看你的眼神不太对……"

陆辛："……"

"真的很头疼啊！"老周打了小周一下，低声叹道，"我们怎么也想不明白，那样一个人，怎么忽然就变得跟条母狼似的！你都不知道，她把我们带进去之后，那疯狂的样子……我……我这一辈子，什么花样没见识过，但是她……实在是太吓人了，被她折腾一宿，好几天都爬不起来啊！大家都是在荒野上跑的，本来就累，这样下去可不是要了老命吗？"

陆辛震惊之余，心想，一个人忽然出现这样大的改变，确实值得警惕。而且类似的症状他以前见过，最后引出来的事情还很严重。难道说，这次遇到的也是那样的污染？只不过，这和换头、换身子又有什么关系？

"嗒嗒嗒！"陆辛还没来得及继续问，就听见马靴踩地的声音越来越清晰了，听起来像是直奔老周他们搭在最外围的帐篷来的。

老周与小周听着脚步声越来越近，脸色都已变得铁青，咽了好几口口水。最终，那脚步声慢慢地停在了他们的帐篷前。

"啪啪！"那是竹竿敲打帐篷的声音，旋即响起了高婷的声音："睡了没有呀？"

她的声音本来有些嘶哑，这时候却捏起嗓子，故作娇嗔，听着有种说不出的怪异。老周脸色惨白，看了小周一眼，小周立刻从喉咙里挤出一串打呼噜的声音。

"呵呵！"高婷冷笑了一声，忽然用力一抽帐篷，骂道，"少他妈给我装睡！赶紧的，把今天跟你们回来的那个小白脸给我送出来！实在不行，你们爷儿俩和他一起过来！"

"啊这……"老周与小周同时哆嗦了一下。老周歉疚地看了陆辛一眼，向帐篷外面道："车头，人家是我们的恩人，要不……"

陆辛已经把手伸进了背包里。

高婷丝毫不为所动："你说呢？"

老周顿时说不下去了，又看了陆辛一眼，脸上露出狠劲，长叹了一声：

"算了，还是我牺牲一下吧……"说着就要撩开帘子出去。

旁边的小周一把拉住他，微微咬了咬牙："叔叔，不行还是我去吧，毕竟……我年轻！"

"不行。"老周慢慢推开他的手，悲叹道，"正因为你年轻，所以你不懂得保护自己啊！"

小周顿时一脸的感激与同情，带着哭腔道："叔叔，你可一定要保重啊！婶婶和俩堂妹还等着你回去呢！"

"这时候就别提你婶婶了！"老周紧了紧腰带，带着一脸的决然伸手去掀帘子。

陆辛一脸古怪地看着他们爷儿俩，分析他们悲壮的言行之下究竟有着怎样的内心世界。直到老周颤抖的手触碰到帘子，他才轻轻叹了一口气："还是我去吧！"

"啊……"老周傻傻地看着陆辛。

小周也有些惊讶，压低声音道："小陆……小陆哥，你可别当好玩，你会后悔的。"

陆辛微微摇摇头："不是，我是感觉，她确实不正常。"说完，他拎起背包，向老周和小周点了一下头，就钻了出去。

高婷正在不远处，手里拿着竹竿，笑眯眯地等着。她似乎是有意离远了一些，好让老周和小周给陆辛介绍情况。见到陆辛出来，她笑眯眯的眼睛里闪过一抹异色，轻笑着道："便宜你了！"

陆辛认真道："去哪儿？"

"心急什么？"高婷嘻嘻一笑，慢慢转过身，"跟我走吧！"说着，她摇摆着腰肢，款款地走在前面。不得不说，她那修长的双腿、丰满的臀部搭配上这一身英气的打扮，走起路来给人的视觉冲击还挺大的，诱惑力十足。

但陆辛不敢有半点松懈。即使是从他的角度，也感觉现在的高婷跟刚才见到的不像是同一个人。不过，他在她身上看不到什么精神怪物。这只能说明两种情况：一、高婷的污染在体内，就像当初接触了油画的许潇潇一样；二、高婷是精神能力者，她不怀好意。无论是哪种，都挺危险的。这危险不是针对他，而是车队里这些无辜的人。精神能力者交手，且不论胜负，总是容易殃及周围的普通人。就算不会殃及无辜，等证实了高婷有问题，他们俩之间的一番交手肯定少不了。如果他不小心杀了她，这支车队里的人恐怕不会善罢甘休，说不定还要跟他们交手。在这群有枪的老司机手底下带着自己的摩托车离开，不是一件轻松的事——主要是，很难保证摩托车不受到剐蹭。

"呼……"他一边保持警惕，一边轻轻摸了一下自己的眼镜。他想把那只小狗叫出来，毕竟它就来自那幅油画。如果高婷受到的污染或产生的变异和那幅油画相关或类似，眼镜狗应该能够帮上忙。而且，把眼镜狗叫出来，家人应该可以感受到他此时的紧张，该帮忙的时候就会出来帮忙了。

跟着高婷往服务大厅走的时候，陆辛感受到了很多道同情的目光，莫名觉得更紧张了。不过，走进服务大厅的瞬间，他就放松下来了。他看到妹妹正趴在服务大厅最前面的一根柱子上，脑袋朝下，好奇地打量着高婷。眼镜狗趴在柱子下面，高高鼓起的眼睛直勾勾地盯着高婷。妈妈在不远处的一个小凳子上坐着，姿态优雅。大厅里的火堆将他的影子照得张牙舞爪的，带着一种阴寒的气息。家人都到齐了……

陆辛转头看去，只见高婷已经走到了帐篷边。她慢慢转过头，露出一个媚眼如丝的表情，把手里的竹竿轻轻地往旁边一丢，慢慢地解起了自己衣服上的扣子。她的身体像条蛇一样滑了两下，身上就没有任何遮掩的东西了。然后她咬了咬嘴唇，笑着向陆辛勾了勾手指，钻进了帐篷。

陆辛一直在看她的身体。想到老周他们说的话，他看得很仔细，重点看了头和身体连接的地方。

他工作计划的第一步就是认真观察高婷的身体，高婷很配合他，一上来就解决了"看不到"这个问题。他发现她的身材确实很好，只不过她身上居然密布着伤痕，有长长短短的刀痕，也有一些类似弹孔的疤痕。更重要的是，许多伤口看起来还是新鲜的。在跳跃的火光下，那些伤痕好像要活过来了一样。

陆辛不由得皱起了眉头。虽然无法准确判断出她是不是被换了头，但她的脑袋与身体确实不像一个人的。

"呵呵……"高婷察觉到陆辛打量的目光，脸上露出了一丝不屑。她慵懒地半转过身，一只有些粗糙的手搭在腿上，另一只手支撑着脑袋，笑嘻嘻地看着陆辛："来呀！"

她的声音像一只猫。陆辛抓紧自己的背包，目光变得有些锐利："做什么？"

高婷诧异地看了陆辛一眼："到了这时候，你还要装傻？"

陆辛微微一怔，严肃道："你可以说出你的目的了！"

"目的？"高婷摇了摇头，"我的目的还不够明显吗？"

"这……"陆辛觉得她的反应跟自己意料中有些不同。他再度认真地看了过去，左眼镜片上闪过一抹蓝光，然后弹跳出了一堆数据，检测结果是……正常！他有些不甘心，又借助"妈妈的视野"看了一下，只看到了一团燃烧的红色。

渐渐地，陆辛有些蒙了。好像有哪里不对。不远处，他的家人们也明显愣住了，对视了一眼，都有些不确定。

"咔咔咔……"那是妈妈的高跟鞋踩在地上的声音，她第一个面无表情地起身离开了。妹妹幽怨地看了陆辛一眼，也飞快地爬走了。就连陆辛的影子，也不知什么时候恢复了正常。眼镜狗若无其事地从陆辛脚边跑走了，好像什么也没有看到一样。

气氛有些尴尬。此时的陆辛恨不得有条地缝可以钻进去。太尴尬了。他已经如临大敌地握住了装着特殊子弹的枪，就等着对方露出狰狞的面目，完全没想到对方没有，她的目的从头到尾就只有一个，还真的挺明显的。

如果她身上有精神怪物，那么在脱掉衣服之后，无论如何都会露出一些痕迹的。但陆辛看得很仔细，她身上没有。而且，无论是妈妈和妹妹，还是父亲，或是眼镜狗，应该都有独特的识别污染的方法。从某种程度上来说，高婷刚才接受的简直是世界上最严格的精神污染检测。但从他们的反应来看，他们也没发现什么。

这还是陆辛头一次遇到这种尴尬得不知该怎么办的情况。他微微叹了一口气，拉过一个凳子坐了下来，两只手有些无力地揉了一把脸。

"还等什么呢？快进来呀！"帐篷里又一次响起了猫叫声。

"所以，你把我叫过来，就真的只是为了……"陆辛缓了好一会儿才慢慢地发问，"那么？"

"你能不能快一点？"高婷明显有些不耐烦了，"年纪轻轻的，这么磨叽。"

"你能不能正常一点？"陆辛叹了一口气，也有点气。

高婷低低地笑了一声，眼睛里有火光的倒影："男人和女人在一起，还有什么比这更正常的？"

陆辛不回答，脚尖在地上探了探，碰着了她的衣服，挑起来用力抛向她。

"怎么？你这是假正经呢，还是假装正经，好撩起我的火？"高婷根本不去碰落到自己身前的衣服，懒洋洋地笑道，"老娘今天瞧上了你，是你的福气。搁在平时，你这样中看不中用的小白脸还不一定能入我的眼……不对……"她忽然狐疑地打量起陆辛，"你是不是真的不中用？"

"你这……"陆辛有些羞恼，"人身攻击就不太好了吧？"

"嗷……"高婷嗤笑了一声，声音又柔软起来，"那你证明一下自己不就好了？小兄弟，你快别害臊了。外面那些人，哪个我没玩过？"

陆辛摇头，坚定道："我不会做这种事的。"

高婷的目光忽然变得森冷起来："少在这里装蒜！在这个车队里，我是车头，就是我说了算。现在我给你机会你不要，信不信我喊一嗓子，几十把枪指着你？"

"就算是那样，我也不会碰你的。"

高婷气得身子发颤："怎么，你这高墙城里出来的，嫌我脏了？你觉得老娘把你睡了，是占了你的便宜？"

陆辛又有些尴尬，过了一会儿才慢慢道："话都被你说了，我说什么？"

"你……"高婷的眼睛里几乎要喷出火来了。她忽然一咬牙，把手伸进枕头底下，掏出一把枪来指着陆辛。但她刚一抬头，就看到陆辛的手也从背包里抽了出来，黑洞洞的枪口同样指住了她。他的脸色很淡漠，跟他有些清秀的模样、和和气气的态度截然不同，形成了一种诡异的割裂感。

高婷被他看得莫名紧张，皮肤上的毛孔微微张开。"你真就一点也不馋我？"她怔了一会儿，忽然冷笑着挺了挺腰身，竟主动向陆辛的枪口凑近了一点。

"不馋，甚至有点反感。"陆辛手里的枪没有往后收，态度很坚定。

他看着她的眼睛，认真道："虽然我对这种事情没有经验，但我想，无论做什么，都得讲究个你情我愿。你不要觉得自己是女人就可以为所欲为，你的手下都已经被你吓到了。这种事我虽然不好管，但我还是想劝你……爱惜身体啊！"

高婷有些意外地瞪大了眼睛，迎着陆辛坦然的神色，她刚想说些什么，表情突然变了，变得冷淡而不屑："又不是我的身体，为什么要爱惜？"

陆辛听着这句话，一时不知道该怎么回答。

但高婷好像并没有指望他回答，忽然随手把枪丢在一边，冷冷地向陆辛两腿之间看了一眼："话说得这么狠，把我的兴致都搞没了，你走吧！"

看她态度转变得这么快，陆辛有些不知所措，缓缓道："那你……"

"后悔也晚了，快滚！"高婷忽然疯狂地大叫起来，用力拍打着光溜溜的大腿，手脚痉挛，声嘶力竭。

"这……"陆辛看着她有些疯狂的样子，慢慢放下了自己的枪。他能感受到这个女人身上那种深沉的痛苦，他有些好奇，也隐隐有些羡慕。微微一顿，他什么都没有再说，默默地将枪收了起来，转身向外走去。走到门口，他才小声道："我可没后悔……"

服务大厅外面，气氛不知何时已经变得有些紧张。帐篷里，关得严严实实的驾驶室里，满是暗中观察着的眼睛。陆辛一出现在门口，探究和好奇的目光就变成了疑惑和关切。有人立刻紧张地跑进大厅，确认高婷有没有事。片刻后，服务大厅里又传出了一阵疯狂的吼声，所有人这才松了一口气。与此同时，他们心里又生出了无限的疑惑——这小伙子这么快？

陆辛默默地回到了老周和小周的帐篷外。叔侄俩早就紧张地迎了出来，关切地看着陆辛，并仔细观察了一下他身上的衣服，发现没有解开的痕迹，表情顿时更古怪了，有些难以置信地看了一眼服务大厅。

"我看过了，她没有受到污染。"陆辛向他们解释道，"而且她的身体虽然好像有问题，但似乎也不是换了头……"

"那……她这么痛恨自己的身体，又是怎么回事？"老周反而更迷茫了。

"痛恨？"陆辛诧异地看向老周。

老周点了一下头，想要说什么，又有些犹豫。

"叔叔，还是我来说吧……"小周拍了拍老周的肩膀，"上次我看得比较仔细……"他慢慢抬起头看向陆辛，吞吞吐吐地道，"我们车头吧，不光是……"

陆辛正认真倾听着，旁边忽然响起了妹妹兴奋的声音："哥哥，那个女人……好有趣……"

服务大厅里，火堆已经快要燃尽了，木炭微微发红。高婷光着身子坐在帐篷里，默默地抽着烟袋。

"看到了没？"不知坐了多久，她忽然幸灾乐祸地开口道，"有人嫌弃你丑呢！哈哈，我就知道会有这么一天，你会被人觉得恶心的！"

说话的时候，她低下头，看着自己的身子。她居然在与自己的身体说话。

"你会变得越来越恶心，直到所有人都讨厌你！"微光下，她的眼睛微微发亮，声音带着点兴奋，甚至能听出一点恨意。

"你的身子？嘻嘻，我看你还要不要你的身子……"她的声音低了下来，忽然想到了什么，眼睛放光地将烟袋锅伸向自己的身体……

"吱……"

"居然还有这样的事？"陆辛在妹妹的传话和小周的讲述中，大致弄明白了高婷身上发生的事情，"你们的车头认为，她的身体是别人的，所以无比痛恨它？"

"对对对，就是这么回事。"老周连连点头，"小兄弟，真的求你了！你这么厉害，帮我们车头看看吧！虽然她一般只在晚上犯病，但也很吓人啊……兄弟们的身子骨是一回事，更重要的是，她再这么继续折腾自己，我担心她会撑不住啊！"

陆辛点了点头，想到了高婷身上的伤痕。现在他可以确定了，那些伤痕大部分都是她自己弄的。她的脑袋和她的身体好像已经成了仇人，彼此难以相容。它们在相互折磨，并且为彼此的痛苦感到快意！

陆辛皱起眉头，仔细思索着什么样的污染源或是精神能力者能够造成这种情况。他想来想去，一时之间却找不到头绪。虽然接受了一段时间的培训，但他心里很清楚，对于精神污染方面的知识，他还有很多欠缺和不足。

面对老周和小周关切的目光，他沉思了一会儿，决定说实话："她确实有问题，但我现在还看不出问题在哪里。精神污染的方式有很多种，我没有……没有那么专业，以前我处理污染源，一般都是直接……直接处理。你们车头这种情况，可能需要更专业的人来调查一下！

"你们知道青港城吧？青港城这方面的专业人士很多，或许你们可以试着带她过去看看。"说着，他露出了善意的笑容，"我可以介绍几个熟人给你们认识。"

陆辛想着，既然自己解决不了，那么给他们一个合理的建议，也就尽到了自己的本分。

"这……"老周一听出陆辛似乎有撒手的打算，顿时有些紧张，"等到了青港城，那得啥时候了？再说了，车头也不一定会配合啊……"

"要不，小陆哥你再多看看？"小周有些不甘心，"可能刚才看得还不够仔细！"

陆辛认真回忆了一下，摇了摇头："已经看得挺仔细了！"

"这……"老周又慌忙道，"要不你白天再看看……"

陆辛能体会叔侄俩此时的心情，他们遇到他，就好像溺水的人抓住了救命稻草一样。但他确实没看出什么来呀！何况他也比较忙，本来计划着过来看一眼，有问题就解决，没问题就跟他们买点汽油和饮用水，然后继续上路的。目前这种情况在他的意料之外，他不知道还要不要继续耽搁时间。

在陆辛的纠结之中，叔侄俩对视一眼，好像做了一个很大的决定。

老周道："小兄弟，你放心，我们不会让你白忙活一场的。"

陆辛闻言，好奇地看向他。

老周狠了狠心，用力一拍自己的胸膛："小兄弟，咱们在荒野上跑的，都是厚道人，不会让人白白帮忙的！你多费点心，给我们车头看看。咱不管最后能不能看好，这一路上，你的汽油和吃喝我们都包了！另外，如果你真能治好我们车头的话……"他忽然抬手往旁边一指，"看到这辆大卡车没有？"

陆辛心里一阵激动，点了点头。这样的大卡车里装的可都是值钱的东西啊！不值钱的根本就不值当这么辛苦地运来运去。

老周一脸严肃道："这大卡车里有不少我们搜荒得来的东西！回头到中心城卖了，分你三分之一！"

陆辛顿时有些失望，好一会儿才道："你们……这么大方呢？"

老周和小周都有些尴尬。小周看了老周一眼，道："叔叔，你太小气了！如果能治好车头，我那一份不要了。"

老周红了脸，忙道："小兄弟，你别介意……分你一半怎么样？"

"啊？"陆辛愣了一下，"这有点多了……"

"多？"老周看了一眼陆辛的摩托车，小周也想起了陆辛抽的烟、用的打火机，两人脸上的愧色更重了。小周推了老周一把，老周便狠狠一咬牙："全部给你，全部给你，可以吗？"

陆辛沉默了。光从数字上来讲，这笔钱可能确实不是很多。毕竟他在青港城处理一起特殊污染事件，报酬起码有好几万呢！但是，荒野可不能跟青港城比。他们赚钱远没有他那么容易。虽然他们愿意给他的都是搜荒搜来的东西，但这些东西也是他们开着那辆小破卡车，丁零当啷搜了不知道多少个村子才攒起来的啊，小周还指望着卖掉它们回去娶娟子呢！高婷甚至都不知道他们找他帮忙这件事，每一分钱都等于是他们自己出的。

"你们的车头都不知道你们找我过来是为了帮她看病的……如果她知道了，可能还会生气呢！这样一来，你们既花了钱，又讨不着好，这是……这究竟是为什么呢？"

叔侄俩被陆辛的话问得有些茫然，他们似乎没想到陆辛居然会问这么个问题。

过了一会儿，小周才小声回答："因为……我们车头是好人啊！"

老周跟着点头，然后有些尴尬地道："而且，上年纪了，腰确实撑不住……"

"好吧……"陆辛慢慢点了一下头，好像在努力理解他们的动机。过了一会儿，他才抬起头来，脸色认真了些："这件事我可以尝试一下。不过，我不会要你们全部的东西，那太黑了。所以就按你们一开始说的，给我……一半就行了。另外，就算最后看不好，你们也包汽油和吃喝，这说准了吧？"

叔侄俩闻言，顿时又惊喜又激动，用力捶了彼此一拳。不过小周有些疑惑："一开始说的不是三分之一吗？"

陆辛装作没听到这话。

"我先去打个电话，多了解点信息。"既然已经正式答应了，这件事就与之前不一样了，陆辛决定认真对待。考虑到客户的要求，陆辛无法用自己最擅长的方式，直接跑到高婷的面前询问她是不是出了什么问题。毕竟他也是看过很多精神疾病方面的书籍的，书上清楚地说了，对待有精神类疾病的病人，需要有耐心，不能采用太直接的方式，以免刺激到对方。

一想到自己现在算是在想办法治疗一个精神病人，陆辛就觉得哪里有些不对。细想了一会儿，他才明白过来，他自己都疑似患有多重人格障碍呢，还要给别人治病，真有趣。

跟老周和小周打了一声招呼，陆辛就从自己的摩托车杂物箱里翻出一个小型信号接收器。走到服务区的边缘位置，照着说明书操作了一番，等到信号接收器上的绿灯亮了起来，他才长长松了一口气，急忙拿起卫星电话，翻出一个电话号码拨了过去。

"嘟——"电话只响了一道长音便被接了起来，韩冰的声音有些惊喜，"单兵先生，晚上好呀！"

在荒野上这支陌生的车队里听到韩冰的声音，陆辛瞬间觉得心情很好。他忙笑着道："你好，你好！最近过得怎么样？"

韩冰怔了一下，笑道："很好呢，就是有些担心你。我没想到单兵先生会这么快打电话给我，是不是遇到了什么事情？"

"事情确实是遇到了一些。"陆辛笑道，"我遇到了一个村民会跳舞的村子，那里有两个可怜的女人，还遇到了鬼打墙，可好玩了。顺手帮了两个人，他们是开货车的，第一次见面的时候脑袋上套着内裤……"

他把自己遇到的事情都说了一遍，韩冰忍不住感慨了一声："单兵先生这一天的经历太丰富了吧！"

陆辛这时候才反应过来，原来他出城才一天呢！

"好了，我已经从被窝里钻出来了……"韩冰那边一阵窸窸窣窣的，然后她笑道，"单兵先生有什么问题？"

"这个……"陆辛被她看出了用意，有些不好意思，"其实也没什么，就是吧，我接了一个私人委托，但在解决的过程中意识到我的专业知识基础还很薄弱，所以想请你帮个小忙。"

青港城刚刚设立不久的应急信息处理办公室里，一排排电脑显示屏上有许多数据在跳动。墙壁上挂着一条崭新的横幅：核弹随时会爆！我们在拯救世界！

当陆辛的电话打过来时，整个办公室里立刻陷入了一片忙碌。

"各部门汇报准备工作进度……"

"信息分析小组已就位……"

"远程支援小组已做好出发准备……"

"中心城办事处已取得联系……"

"远程制式导弹——"

"导弹那个暂时不用，你这么激动干什么？"

"…………"

很快，韩冰的声音在办公室里响了起来："请相关人员快速分析，什么样的污染会让一个人的大脑与身体处于不协调，甚至是敌对状态。"

"补充：受影响者信息已确认，未有明显的被污染痕迹。"

"补充：受影响者精神辐射值极低，处于普通人数值范围内。"

"单兵先生，我刚刚翻找了一下资料……"听完陆辛的描述，韩冰的声音很快就再次响了起来，"能够造成你描述的那种情况的精神污染类型其实有很多，比如影响组的精神能力，它往往是通过暗示、催眠，甚至是手术等方式，来对目标造成影响。其影响程度又分为轻度影响与重度影响。在轻度影响的状态下，受影响者往往会出现明显的精神错乱，比较容易被观察到。而要造成重度影响，则只能对受影响者的潜意识下手。在这种情况下，受影响者的变化很难被观察和检测到，甚至可能完全发现不了任何迹象。所以，我建议单兵先生往这个方向进行调查。"

"太好了……"韩冰的分析让陆辛的精神为之一振，有专业人士的指导果然不一样，"那么，在后续的调查中，我需要注意什么？"

"单兵先生需要注意一下以下几点：第一，其意识有没有产生分裂迹象；第二，其行动是否会出现明显的迟缓；第三，其精神辐射是否会在某些特定条件下出现异常的波动；第四，其精神是否会出现明显的萎靡……"

听韩冰一条一条极尽细致地讲完注意事项，陆辛总算觉得有头绪了。"好的，谢谢。这么晚了还麻烦你，真的不好意思……"

"单兵先生再这样说，我就要生气了。能够接到你的电话，我真的很开心……"

"虽然我很喜欢和你聊天，但也确实打扰了……"

"喜欢的话怎么能叫打扰呢？我也喜欢听单兵先生讲述旅途中遇到的事情……"

…………

当电话挂断时，整个应急信息处理办公室的人都长长地松了一口气。接着，办公室里响起了通报声："注意，临时对接任务等级已下调至C级，正赶来加班的人员可以原路返回了。"

当陆辛脸上带着自己都没有察觉的笑意走回帐篷处时，小周一脸好奇地从帐篷里伸出脑袋看着他，羡慕道："小陆哥，你出门的时候还随身带着电话呢？"

"对啊。"陆辛有些骄傲地回道，将电话与信号接收器放回箱子里。他的心情特别好，心想：这就是有靠山的感觉，另外，韩冰懂得真多。

第二天清晨时分，薄雾还未散去，一道响亮的哨声便传遍了整个车队营地。营地里的人立刻都清醒过来，忙不迭地收帐篷、分早餐，检查车子的油量与水箱。在周围警戒的人拎着枪，一个个懒洋洋地走了回来，身上还能够看到露水的痕迹。经过一夜的守备，这些人的眼睛都是红肿惺忪的。

陆辛跟着大家一起起来了，拿着自己的洗漱用品，蹲在路边刷牙擦脸。等他一口水吐出来时，整个车队已经整装待发了。这群老司机好像根本没有刷牙洗脸的习惯，跟他们一比，陆辛过得精致多了。

刷完牙，陆辛登上老周和小周的大卡车，心安理得地接过一张卷了咸蛋的大饼。

这就是老周和小周给陆辛的"超贵宾级"待遇——包油、包吃喝，还能分一半他们搜荒赚来的钱。不过，他们所谓的包油，就是把陆辛的摩托车仔细打包好放进大卡车里——不开车，自然就不耗油了。吃喝更简单，他们吃啥，陆辛就跟着吃啥。至于搜荒的钱，陆辛不是很专业，看不出来到底能赚多少。

"清点人数！"

高婷拿着竹竿走出来，看她的样子倒像是洗过脸。她的眼睛还微微有些红肿，也不知道昨天晚上是不是痛哭了一场。但她的神色却显得严肃而冷静，身边一个平头男人点过人数后，她便大声吩咐道："这次还是我和老孙的车开在前面，赵家兄弟的车押后，其他人按编号走在中间。距离中心城只有三天不到的路程了，大家都上点心，到了再放松。"说着，声调一扬，"听到了没有？"

所有的老司机同时精神一振，大叫道："听到啦！"

"很好。"高婷用竹竿敲了敲掌心，"出发！"

整个车队顿时忙碌起来，响起了一片开关车门、发动车子的声音。

先是三辆摩托车——尾座上插着两面旗子，一面红色，一面绿色——带头向前冲了出去，然后是高婷那辆高大结实的卡车，其他车依次跟上。那些摩托车都是用来探路的。荒野上的道路有很多不确定性，泥石流、暴雨、野草、风吹日晒……都时时改变着路况。之前能走的路，现在不一定能走；之前安全的路，说不定短时间内已经充满了危险。所以，对这么大一支车队来说，探路是很重要的工作。若是发现了不能走的路，就要及时回来通知大部队，不然整个车队太深入了，掉头都不方便。

"这个女人挺厉害……"一直在暗中观察高婷的陆辛忍不住感慨了一声。他虽然没有在荒野上跑的经验，但也知道做这样的营生需要多大的精力，不仅要跟发货方和收货方打交道，还要应对各种天灾人祸——荒野艰苦的环境，以及那些乱窜的骑士团。另外，这群桀骜不驯的老司机也不是那么好驾驭的。高婷一个年龄不大的女人可以把车队调教成这样，是非常难得的。

"那可不？"小周感叹道，"车头这个人其实真的挺不错的，不克扣大家的钱，考虑事情也周到，遇到事比男人还猛。半年前有支骑士团，不收买路钱，硬是要我们一半的货，结果车头笑嘻嘻走上去，直接在人堆里开枪干死了三个人。打那以后，大家就彻底服她了。"

老周也叹道："我跑了十几年的大货，必须得承认，她是我见过最好的车头。"顿了顿，他补充道，"如果没有晚上那毛病的话。"

陆辛听着，心里的好奇又多了一分。按理说，高婷这种人的意志力应该是非常强大的，一般不会突然产生精神异变。万一产生了，大概率会像陈菁那样，自己慢慢摸索、成长——被白教授发现的时候，陈菁已经是一个熟练的精神能力者了。从某种程度上来说，这类人就算受到污染，抵抗力也会比旁人强一些。那么，高婷究竟为什么会忽然出现这么大的变化呢？

"精神状态变化极其明显……"

思索了一阵子，陆辛默默地取出笔记本记录起来。

姓名：高婷

特征：身高腿长，腰细胸平，喜欢穿紧身衣物，私生活混乱

症状：憎恨自己的身体，脑袋与身体疑似彼此仇视

观察员：陆辛

次观察员：妹妹

…………

大头卡车一辆辆驶上了大路。陆辛坐在副驾驶位上，小周则在后面的长条形座椅上歪着。他们这些跑荒野的，一般都是一辆车配两个司机，方便随时交换。如果不是考虑到夜晚的荒野的危险性，他们甚至可以轮流开车，二十四小时赶路。

"距离中心城还有不到一千千米的路……"陆辛在心里盘算着，"摩托车的速度比卡车快一点，但需要找油找水，吃顿饭都很麻烦。这样的车队有一辆专门的加油车，前面又有人探路，无形之中可以节省很多时间。所以，两者需要花费的时间，整体来说差不太多，这个私人委托不会对我的行程造成太大影响。我就在路上仔细观察一下高婷，能找出她的问题最好，实在找不到，这一路上省了油、食物和水，我也还是赚的。"

这么想着，陆辛不由得露出了开心的表情。

中午时分，车没有停，只是老周和小周交换了一下位置。然后老周拿出几张玉米面大饼，搭配着腌胡萝卜，三个人就在车上吃了。他们这支车队习惯趁着白天多赶路，因此中午是不休息的，到了晚上则不会贪心，必定会找地方扎营。正是因为这种习惯，所以才会有人趁着扎营休息的时候去附近的村落里搜荒。

他们早上六点出发，中途没有停下休息，一路开到了下午三四点钟。前面的摩托车已经找到了新的扎营地点，它们来回穿梭，指引着这些老司机依次进入营地。大家有条不紊地忙碌着，传递消息，检查地面，安排巡逻、暗哨等。老周和小周也忙碌着，一边开车，一边研究地图，盘算着有什么地方可以搜刮一下。

其实陆辛挺向往搜荒的，很想加入他们，但他还是克制住了自己。每个人都有自己的责任，他现在的责任就是观察高婷！

当高婷指挥着大卡车一辆一辆停在划定区域时，陆辛静静观察着。当高婷开始分配巡逻与暗哨任务时，陆辛静静观察着。当几个司机为了争抢那几辆公用小卡车而打了起来，高婷冲上去一脚踹翻两个人时，陆辛静静观察着。当高婷逮了只野兔，烤得焦黄流油，大口吃肉喝酒时，陆辛仍然静静观察着，并且咽了口口水。

当高婷去树丛后面方便的时候，陆辛……没有观察，真的没有！

"叔叔，小陆哥现在这个样子正常吗？"当陆辛进行着自己的观察工作时，大卡车旁边的老周与小周一边偷瞧，一边开始准备晚饭。看着陆辛专注而认真的样子，他们都不敢大声说话。

"正常吧……"老周心里也发虚，"可能这就是人家专业的样子！"

小周嘟囔着："我怎么觉得，他这是有点馋车头的身子呢？"

"有吗？"

"有的，你看他一直看着车头，刚才还咽口水了……"

"嘘，无论他是馋了还是在治病，对我们来说其实都是有利的！"

"……"

相比起早午两顿，晚饭明显要丰盛一些。这些老司机的车上都放了不少食物，有咸肉、咸蛋、大饼，还有晒干的白菜叶子、腌胡萝卜、粉条等，特点是很耐放，不容易变质。到了晚上，烧上一锅开水，杂七杂八地往锅里这么一放，咕嘟咕嘟煮熟了就能吃。大饼干了的话，就架在锅上蒸一下，一会儿就变得软绵绵的了。虽然看着不咋地，但热气冒上来，味道还是很香的。

眼见晚饭准备得差不多了，陆辛就坐在小马扎上，把这一天的观察结果记录下来：

> "换头的女人"观察记录：白天一切如常，雷厉风行，指挥得当，骂人也特别狠。怀疑她还没有放弃对我的贪念，今天见着我时，她狠狠瞪了我一眼。今天晚上我要注意保护自己，由次观察员继续观察。

老周与小周悄悄对视一眼，不敢打扰认真记录的陆辛，也不敢偷看。他们对陆辛抱有信心，不仅仅是因为亲身经历了他"治鬼"的过程，还因为他那与众不同的气质。看看人家，答应这件事之后，就一眼不眨地盯着高婷，又在笔记本上写写画画，看起来又神秘又专业，一看就和他们这些普通人完全不一样。

当然，还有一个重要的原因：昨天晚上，他们的车头居然放过了陆辛，而且一整晚都没有再选人，这是一件非常出乎意料的事。此时他们也在想，今天晚上高婷是不是仍然能够像昨晚一样，老老实实地休息。如果真的可以这么保持下去，岂不就等于治好了？

"咕嘟嘟……"锅里的香味越来越浓，各种食材已经煮得差不多了。陆辛将自己那支金灿灿的钢笔和笔记本一起小心地放回了背包里。一边的小周羡慕地看着："小陆哥真是讲究人，用的笔都这么好看……"

"老周、老王、老孙、老李……车龄五年以上的，去车头那里集合……"三个人还没来得及盛饭，忽然听见有个人一边吹哨子，一边喊道。刚拿起碗的老周脸色顿时变得煞白："这次……这次又想怎么折腾人？"

"想什么呢？"吹哨的人瞪了他一眼，"这次是喊你们这些人过去商量事的！"

"商量事？"老周愣了一下，"那好，走吧！"

陆辛打算跟过去，但那个吹哨的人立刻向他道："这位兄弟，你跟着咱们车队走，没人说你什么，但我们商量事的时候，你跟来不太方便。"

陆辛想了想，认为他说得有道理，就点了点头："好的。"

"小陆哥，我先给你盛一碗？"小周殷勤地说。

陆辛摇头道："等你叔回来一起吧！"虽然叔侄俩答应了包他的伙食，但等着他们一起用餐比较礼貌。

不大一会儿，老周和其他几个被叫过去的老司机就一起溜达回来了。老周眉头紧皱，一脸纠结，不着急吃饭，一坐下就把地图拿了出来。

"咋了，叔？"小周关心地问，看了一眼老周的腰带。

"瞅啥呢？没事。我是那种对不起你婶婶的人吗？"老周瞪了自己的侄子一眼，"车头把我们叫过去，是说行程的事。你瞧瞧……"说着，他抖了抖地图，"刚才探路的回来说，红道梁上的大桥前段时间被泥石流吞了，塌了有大半截，这条道咱们走不了了，必须得临时改道绕过去。"

"绕路？"小周顿时有些紧张。虽然他们这些成天在荒野上跑的司机经常绕道，但最怕的也是绕道。绕道往往代表着一些计划之外的麻烦。

"对。"老周叹了一口气，"可惜咱们发现得太晚了，若是发现得早，还没进入这段路，改路线倒是问题不大。现在若是走西边那条路，就得绕好大一个圈子了。咱们的行程本来是很宽裕的，五天之后交货，一路上玩着耍着都能到，但这么一绕就不一定了。我看五天之内不一定能赶到。"

"那怎么办？"

对车队来说，能不能按时交货是很大的问题。有时候耽误了行程，这一趟就白跑了。碰到严苛的客户，人家直接不要你的货了，结果反倒要赔不少。

"车头也正在考虑呢。"老周指了指地图上一片拿铅笔涂黑的区域，"实在不行，就得从白塔镇穿过去，直接到红道梁后面。到了那里，大路比较多，怎么都能及时赶过去了。"

"白塔镇？"小周脸色一白，"那是座废城啊，不是传说闹鬼吗？"

"啧！"老周嗑了下牙花子，"哪座废城没有闹鬼的传言？"他本来想训斥侄子几句，但一想到昨晚的事，心里其实也有点没底，压低声音道，"这事我们也商量了一通，但车头已经决定了。明天一早，她会带几个人一起去白塔镇里探探，确定那里没问题了，再通知我们过去。"

小周突然又充满了冒险精神："都谁去？我也想报名。"

老周瞪他一眼："你不怕车头了？"

"我晚上怕她，白天不怕。"小周若有所思道，"探路得有摩托车，但我没有啊！"他忽然看向陆辛，"小陆哥，我借你的摩托车开开，好不好？"

陆辛刚刚从锅里盛了一碗菜，闻言脸都红了。他默默地拿起筷子，没有回答他。这要他怎么回答？摩托车是能随便借的吗？

好在老周一巴掌把小周抽去盛菜了，嘴里还骂道："你究竟是想探路还是想趁机开摩托车啊？趁早收了这个心，车头去办的是正事，你没有经验，跟上了还不够添乱的！"

"那好吧。"小周嘟囔着，给自己的叔叔少盛了一勺菜。

第九章

神之大脑三号实验体

吃过晚饭，众人歪在车辆旁边，烤火的烤火，聊天的聊天。不远处还有人捏着嗓子唱戏："等待良人归来那一刻，我来暖你被窝……"

陆辛整理了一下自己这一天做的笔记，考虑要不要再给韩冰打个电话。这一天的观察似乎没有太大的成果，相比起昨天晚上自己经历的，以及妹妹后来偷看到的，高婷白天的表现简直太正常了，挑不出一点毛病。但这种正常正好与她昨天晚上的异样形成了强烈的对比，倒显得更怪异了。

那就看看她今天晚上会不会再犯病吧！陆辛想着，或许在"那什么"的时候，她的表现可能会与平时不同。

忽然，陆辛意识到了一个严重的问题：妹妹是负责夜间观察的，万一她看到了不该看的……她还只是个孩子啊！

想到这里，他一下子着急起来，刚要把妹妹叫回来，忽然听到远处传来了哨声。他心里一惊，那些老司机同样吃了一惊，急急忙忙循声看过去。没想到，哨声响起之后，出来的居然是探路的老陈，他骂骂咧咧道："都他妈别胡思乱想了，早点睡觉，明天车头要探路呢。"

一众老司机瞬间明白了，这是在暗示大家，他们的车头今晚不挑人了。怎么会这样呢？车头一下子转性了？有不少人都想到了昨天的陆辛，下意识向老周和小周的帐篷看了过来。

老周和小周也一脸古怪，小周还下意识道："陆哥，是不是你已经把车头治好了？"

陆辛自己也有些不理解：这就好了？明明他什么都还没做呢！但他不愿被老周和小周看出端倪，于是装模作样道："还要继续观察！"

老周和小周顿时向他投来了钦佩的目光。

陆辛隐隐有些自豪，同时在想：如果高婷真的变好了，那算不算是自己的功劳？这样一来，报酬是不是已经稳了？

这一夜，大家睡得都不是很好。不少老司机都表示，与其这么提心吊胆地过一夜，还不如像之前那样，车头早早地把人挑了来得安心呢！不得不承认，有时候，听着车头的坏笑声与小年轻慌乱的叫声入眠……也是一种享受！

整整一个上午都没事可干，老周和小周破天荒地好好吃了顿早饭，还擦了把脸。黢黑的叔侄俩立刻显得白净了不少。一直到中午时分，才有人骑着摩托车回来，手里挥着一面绿色的旗子。几个早就在路口等着的老司机立刻迎了上去。

不一会儿就有哨声响了起来，那个传话的摩托车司机一路大喊着："准备出发了！车头带着人把那镇子来回跑了一遍，没有问题，可以通过！"

早就已经等得不耐烦的老司机们立刻把一辆辆大卡车开上了大路。

老周这辆车是整个车队的第十九号车，陆辛坐在副驾驶位上，看着前面的一辆辆大卡车在蜿蜒的大路上一摇一晃地行驶着。行驶到十里外的一个路口，他看到有辆摩托停在那里，摩托车上的人不停地摇晃着手里的绿旗，指向一条岔路。这是担心有糊涂鬼走错了。那条岔路比主干道要窄一些，但供这些大卡车行驶完全没有问题，甚至因为平时走的车比较少，路况看着比主干道还要好一些。

大卡车轰隆隆地行驶在岔路上，陆辛抬头看去，看到远处的一层薄雾下面，一栋栋大楼若隐若现。那应该就是老周他们口中的白塔镇了。

类似的废弃城市在这个时代的大地上还有很多。当红月刚刚出现在天空中时，这个世界有七成以上的人变成了失去理智的疯子，它们占据着一座座城市，一度成为这个世界上最可怕的捕食者。经过多年的努力，剩下的正常人终于把这些疯子消灭得差不多了，现在偶尔遇到一两只，都像是看到了"珍稀动物"一样。随着时间的流逝，那些曾经挤满了疯子的城市也成了一座座废城。不过，直到现在，都还有人深深地恐惧着荒野，恐惧着那些黑洞洞的废弃城市。不论这些废城里是不是真的有危险，仅仅是那种庞大而空旷的感觉，便莫名让人心里不安。

终于，大卡车一辆一辆平稳地驶进了被薄雾笼罩着的白塔镇，每两辆车之间都相隔了十来米——在主干道上行驶则习惯保持百米距离，这样即使遇到了埋伏，也不会被一网打尽。

"叔叔，这里看着很肥啊！"小周看向车窗外那些黑洞洞的房屋，有些眼馋，"也不知道今天晚上会歇在哪里，如果可以来搜一圈就好了！"

陆辛看了看周围，默默地点了一下头。这样的大型废城里肯定藏着数不清的值钱玩意儿，哪怕已经被很多搜荒队光顾过了，也一定没掏干净。

"嘿嘿，你小子可别贪心啊！"老周适时教育起自己的侄子，"知道不？搁在以前，这样的城市，搜荒的人反而要躲着。"

小周与陆辛都好奇地看向他："为啥？"

"你们两个小年轻不懂了吧？小毛，给你叔我卷支烟……"老周先是得意扬扬地向小周道，然后开始讲述，"这样的城市，大家都知道肥，但危险也多啊。之前满世界都是疯子，荒野上的疯子好清理，它们跑得不快，也不会使枪，一队人拿着枪，很容易就突突完了。但是在城市里，各种角落太多了，经常冷不丁从哪里冒出几只疯子来，抱着人就开始啃，防不胜防！"

陆辛努力想象了一下，确定老周描述的是一种恐怖画面，只是为什么听起来有些不正经？

"我还以为啥呢，不就是疯子吗？我在马戏团里见过，没啥厉害的！都打不过猎狗！"小周不以为然地把准备递给老周的烟塞进了自己嘴里。

"哎！你这个小年轻！"老周顿时瞪起了眼睛，"你是生在了好时候，没见过那些疯子凶起来的样子。你出生前那几年可是最乱的时候，好多人都被疯子吃了！你叔叔我啊，就是那时候遇见你婶婶的。得亏咱有一手好枪法，百发百中，指哪儿打哪儿！也不是我吹，当年有十几只疯子围住了我，我只有一把枪、四枚子弹，但我临危不乱，啪啪几枪……"

陆辛被勾起了兴趣，好奇道："然后呢？"

"然后我就一边跑一边开始喊'救命啊'……"

陆辛和小周一起露出了鄙视的表情。

"跟你们讲，我挺厉害的了！很多人一见疯子就吓得两腿打战呢！咱可不一样，跑得贼快，救命也喊得贼大声！话说回来，如果不是我当时喊救命喊得那么响亮，怎么能遇着他婶子？"老周又摆出一副得意扬扬的样子，"这一嗓子喊得值啊，一下子就有了一个老婆、一个闺女……"

小周若有所思道："所以，婶婶说你有尿裤子的老毛病，没冤枉你？"

老周怒了："废你大爷的什么话，把烟给我！"

在老周絮絮叨叨的讲述声里，卡车渐渐深入了城中。虽然探路人员已经确认过这条穿过城市的大路走车没问题，一些小的障碍也提前被清理了，但大卡车仍然开得很小心，在薄薄的雾气里慢慢地驶过这片寂静无声的钢铁森林。有风打着旋儿吹过，扑簌簌摇晃着大楼窗户里的窗帘。虽然是大白天，但这座空旷而荒凉的城市还是让人心里微微发毛。

小周脸贴着车窗，咽了一口口水："也不知道这些空楼房里有没有疯子……"

老周忍不住笑了："什么年头了，还有疯子？真要有疯子，那还赚了！捉住了卖给马戏团，一只就值一百块呢！这可比咱们搜刮的那点破烂儿值钱！"

陆辛听着，心里忍不住微微一动："还有这种商机？"

忽然，前方响起了尖锐的哨声，在这座空旷的城市里，听起来异常刺耳。

"怎么啦？"

所有听到哨声的司机都放慢了车速，一脸茫然地探头往外看。

哨声变得更刺耳了，而且越来越近。一辆摩托车逆着车流驶了过来，车上的探路人手里拿着大喇叭，慌慌张张地喊着："快撤，快撤！前方有疯子！"

"什么？疯子？"脸贴着车窗的小周愣了一下。

陆辛的表情也有些疑惑："真有疯子？"

想什么来什么吗？一般来说，现在偶尔遇到一两只疯子，不过是抬手几枪崩了的事。这城里出现了疯子，那不应该是捉了卖进马戏团的好事吗？

虽然老周也有一肚子疑问，但他还是猛地一换挡位，叫道："小心！"

车队平时的训练与严令起了作用，哪怕还不知道究竟出了什么事，老周也第一时间决定后退。他前面和后面的老司机也反应过来了，决定后撤。但三辆大卡车只是微微晃了一下就停了下来——这些卡车太庞大了，离得又近，在城里的路上很难掉头。它们只能退到城中的主干道上，才有希望掉头，但那非常耽误时间。老周瞬间急得汗都冒出来了。

"妈的，别想了，出不去。"老周哗啦一声举起枪，叫道，"抄家伙！疯子在哪儿？跟它们干了！"

"在哪儿？"小周也摸出枪，跟着大叫，"捉住了卖钱！"

还不等他们爷儿俩的声音落下，车子外面忽然传来哗啦一声响。老周探出头向下看去，恰好看到一道灰影从大卡车下面蹿了出来，那个骑着摩托车一路大喊着的探子直接被灰影扑倒在地，口中发出了惊恐至极的叫声。

这突兀的一幕顿时让老周和小周都愣了一下，他们的汗毛一根根竖了起来。那是一只高大的疯子，它身上穿着一件灰色的连体衣，强壮的四肢有着某种不自然的扭曲，但奔跑的速度却很快，跑起来如同野兽。它将那个探子扑倒之后，立刻张嘴咬了上去，随后便响起了让人头皮发麻的咀嚼声，伴随着一阵阵吞咽声与惨叫声。

老周与小周的表情变得有些呆滞。老周脸上的血色以一种肉眼可见的速度褪去了，仿佛想起了什么不好的回忆。

"砰！"忽然，一团血花在疯子的光头之上绽放。疯子应声倒地，不停地抽搐着。这声枪响将老周惊醒了，他猛地转过头，看到陆辛正从窗外收回身子，手里的枪冒出来一缕烟。

"你们先不要慌，在车里等着。"陆辛淡定地看了老周一眼，推开了车门。

"你……"老周吃了一惊，"你去干吗？"

陆辛一边下车，一边坦然道："我去看看有多少疯子。"

"啊，你这……"老周和小周都有些被陆辛的行为吓到了。

但陆辛却不觉得自己有什么不对，无论是从处理危险的角度，还是经济角度，他这个行为都是合理的吧！

陆辛跨过隔离带，站在那只仍然在抽搐的疯子旁边，眯起眼睛向前看去。这一眼看过去，他看到了起码十几只疯子，它们四肢着地，像野兽一样在地上奔跑，跳向路边的大卡车，伸出手拼命往驾驶室里捞着什么。车里不时有枪声响起，但看起来居然对这些疯子影响不大。虽然对付疯子最好的方法就是一枪打在它的脑袋上，但并不是每个人都有那么精准的枪法，所以有的人会选择往它身上打。而对这些疯狂的怪物来说，打在身上似乎并不致命。有只疯子胸口中了弹，只是趔趄了一下，血都没流多少。

"一……四……七……十五……二十一……"陆辛数着数着，忽然砰的一声，脚边的水泥地上出现了一个洞，还往上冒着硝烟。同时响起的还有老周的大叫声："小心！"

陆辛皱着眉头看向老周，只见老周正拿着枪一脸尴尬。老周本来想打一只悄悄扑向陆辛的疯子，却打在了空地上，造成的枪洞甚至距离陆辛更近一些，效果就是陆辛和那只疯子都愣了一下。

陆辛转过身去，看到了一张苍白发皱的脸，皮肤表面仿佛浸着某种液体，嘴巴张大开来，两排牙齿又锋利又长，满嘴都是乌黑腥臭的黏液。

他一把抓住这只疯子的脖子，同时拧转身体，将它从头顶甩了过去。"咚！"疯子的身体重重摔在了地上，但它好像没有感觉到疼痛，四肢猛烈地扭动着，仍然想要攻击陆辛。陆辛把身子微微一抬，两只手握住疯子的两条手臂，逆着关节一送一拉，"咔嚓"一声折断了，关节处狰狞的骨头碴儿刺破皮肉伸了出来。与此同时，陆辛一条腿往下压，压住了疯子的一条腿，然后举枪打在它的另一条腿上。

"嗝嗝……"这只疯子的四肢都被废掉了，很难再造成威胁，但是它仿佛没有痛觉，喉咙里发出嘶吼声，身子猛地往上抬起，想啃陆辛的脸。陆辛一只手拿着枪，另一只手再次卡住它的脖子，将它死死地摁在了地上。

"该小心的是你吧？"陆辛这才抬起头，不悦地看了老周一眼，"这就是你百发百中的枪法？"

"啊这……"老周又羞愧又尴尬，但还是大叫道，"小心啊……"

"小陆哥在干什么呢？"刚爬到副驾驶位上的小周疑惑道，"为什么不直接开枪？"

陆辛按着那只疯子的脖子，静静地观察着它那双瞳孔紧缩的眼睛，同时也感受着它抬起身体的力量，心里默默地想着："它的力量似乎比普通人强一些，但也没有太夸张，只是因为看起来很疯狂，所以显得力气大。"

与此同时，他的左眼镜片上弹出了一个红框，同时跳出了一堆数据。他看着那些数据，心想："散发出来的精神辐射在三十四左右，所以，它是比普通人强了一些。这点辐射污染别人很难，也很难显示出特异来，但刚好可以使得它拥有比一般人强些的感应能力，方便在近距离下发现活人……"

差不多心中有数后，陆辛松开卡着它脖子的手，从地上捡起了一块水泥砖。当它猛地抬起头咬过来时，他一砖拍了上去。这些疯子送到马戏团去，一只可以卖一百块，打死一只就是亏了一百块。他已经亏了一百块了，如果再消耗一枚子弹，岂不是亏得更多？

"呼……"拍死了这只疯子，陆辛慢慢站起身来，抬头往前看去，只见疯子的数量似乎增加了，仍在拼命地往几辆大卡车里钻。有人惊恐地驾驶着大卡车，蒙头乱撞；有人在大卡车里胡乱开枪，子弹到处乱飞；也有人半个身子都已经被扯出了驾驶室，周围的疯子一拥而上。撕裂皮肉的声音、嚼断骨头的声音、枪声、惊慌的叫声，交织成了一首恐怖的歌谣。

虽然这些疯子并不难对付，但它们一下子冲过来，还是有些麻烦的。借妹妹的能力，需要一只一只地解决，而妈妈的能力似乎解决不了这样的状况。动用父亲的能力的话，倒是可以快速杀死这些疯子，但连带着，这些司机恐怕也活不了。毕竟陆辛和父亲的关系，还没到可以从父亲的手底下救出这么多人来的地步……

那么，到底要怎样才能最大限度地救人呢？

"砰砰砰……"这时，忽然响起了一阵有节奏的枪声，伴随着摩托车的轰鸣声。陆辛抬头看去，只见前方正有数辆摩托车加紧油门冲过来，冲在最前面的人一手扶着车把，一手握着一把冲锋枪，正是高婷。

"砰砰砰！"枪声响个不停，时时在周围的建筑与废弃车辆上擦出火星。周围的疯子被他们集中火力打得四下乱窜，有的产生退意，钻进了旁边黑洞洞的房子里，有的直接被打中脑袋，倒在地上，抽搐不已。陆辛发现，高婷的枪法居然出奇地好，冲锋枪扫过去，命中率极高。一行人这般冲过来，居然吓退了不少疯子，同时救下了好几个人。

"还愣着干什么？快拿枪，凑在一块儿……"高婷风风火火地冲到老周的大卡车跟前，猛地一踩脚刹，摩托车滑了个半圆。与此同时，她抬手一阵猛扫，一只从电线杆上扑下来的疯子被她打成了筛子。然后她单手握着车把，把打空了的冲锋枪递给后座上的人，同时又接过了一把装满子弹的喷子。"砰砰！"喷子指地，将那只挨了好几枪，但仍在抽搐的疯子的脑袋打烂。

"车……车头，没法儿跑，大车退不出去啊……"老周这时候已经推开了驾驶室的门，手里紧紧握着手枪，大声喊着。

"都他妈什么时候了，还想着车？"高婷虽然是个女人，但发起火来粗声粗气的，听着比男人还野，"先活着出去再说，疯子又不要你的货！所有人集中起来，握紧你们的枪，按平时训练的阵形保命！"

被高婷痛骂了一番，老周猛地反应过来，一阵羞愧，跳下了车。他与前后几辆车上的司机们聚到了一起，各自手里都拿着枪——冲锋枪、手枪、喷子，甚至还有一架机关枪。在荒野上跑的车队基本都有自己的家伙，一些规模大的甚至有专门建在高墙城外的武器库，大型车队出城的第一件事就是到自家的武器库里去拿家伙。

此时，他们都冷静了许多，背靠背站在一起，用手里的枪警戒着四周。跑大货的，最要紧的就是自己那辆车，还有车上的货。刚才冷不丁碰到疯子，所有人的第一反应就是保护大卡车，所以才会自乱了阵脚。若不是有高婷这样清醒的车头痛骂他们，他们还真不一定能反应过来。

"都别慌！拿枪的，手要稳，就当是一群野狗好了！看好各个方向，一点点向外闯。都他妈是老爷们儿，不能尿，你一尿，别人就要跟着你倒霉……"

高婷大骂了一阵后，又驾驶着摩托车向后面冲了过去。整个车队都陷入了慌乱，她还要去组织其他人。

"这个女人很有魄力啊……"陆辛在人群里静静地观察着她，心里暗暗记下了一笔。

"大家按车头说的，摆好阵形，见着疯子就开火，别心疼子弹！"高婷的组织非常有效，只是过来痛骂了几句，下了几个命令，就让这些惊慌的老司机打起了精神。他们和高婷带过来的七八个人聚集到一起，加上陆辛，就地组成了一支十几个人的小队。一连串紧密的枪声之后，两只疯子便倒了下去，另有四五只跳回了空屋里。

陆辛静静地观察着这些疯子，发现它们似乎对枪弹有所忌惮，不过，有另外一种更为凶残的本能控制住了它们，让它们行动起来的时候顾不得对枪弹的恐惧。

"前面怎么样？"十几人凑在一起打退了疯子，小周胆子大了些，大声询问着。

"疯子成群扑了过来，折了四五个人……"跟着高婷过来的某个人大声喊着，"幸亏车头反应快，打死了几只疯子，把我们聚集了起来……真他妈邪门儿，刚才我们探路的时候根本没见着这玩意儿，不知道从哪儿冒出来的。"

"快快，把摩托车搬下来！"眼看着暂时安全了，几个人继续用枪警戒，其他人则手忙脚乱地去搬摩托车。这些大卡车里基本都装着摩托车或电动车，如果要弃卡车而逃的话，正好能派上用场。但老周他们没有，所以小周才那么羡慕陆辛的摩托车。老周与小周把陆辛的摩托车搬下来后，只能去和其他人同乘。

众人都坐上了摩托车，手里拿着枪，加速向外驶去，不一会儿便与高婷带领的二十几人会合了。刚才高婷来回地跑，就是为了把这些人都聚集起来。这时候的局面已经好多了。他们这支车队共有二十三辆大卡车，每辆车都至少有两个司机。除了司机，另有十几个人是负责探路、安保等活儿的，整个车队共有六十几个人。刚刚受到疯子袭击最严重的是在前面打头的人，大部分伤亡也是在那里，老周他们这些靠后的只受到了部分疯子的袭击，而老周后面的就更安全了，几乎没有出现伤亡。但就算是这样，人也少了很多，接近二十个人就这么轻易地丢了命。

"我们先活着出去再说！记住，不要慌，不要乱，别抢速度！"高婷眯着那双狭长的眼睛，目光一一扫过众人，声音凶狠，像只母豹子。一群拿着枪的大老爷们儿被吓得身子一抖，赶忙连连点头。

陆辛则有些欣赏地看了高婷一眼，感觉她有点像陈菁。

"嘿嘿嘿……"众人正准备一口气冲出去，忽然听到了一个异常清晰的笑声，与周围的声音格格不入，好像一个不怀好意的人阴谋快要得逞时，忍不住发出了得意的笑声。

"是谁？"高婷下意识大叫道，举起枪指向笑声传来的方向。有不少人跟着她指了过去，发现那里有一栋黑洞洞的废弃房屋，门都已经没了，墙面上爬满了绿色的藤蔓。那里面看着不像有人，那个笑声也像是幻觉，可是大家都听到了。众人面面相觑，感觉心里毛毛的。

"嘿嘿嘿……"忽然，更高些的地方再次传来了那种阴笑声。所有人大吃一惊，抬头看到一个光头冷笑着看了一眼众人，然后慢慢缩回了房顶上的隔板后面。虽然只有一眼，但众人都看到了那光头的样子——脸部苍白、浮肿，眼神阴森，脸颊上的肌肉抽动着，嘴角咧开，形成一个诡异的笑容。

"是……是疯子在笑！"过了好久，才有人颤声喊道。

"妈的，疯子怎么会笑？"有人狠狠地啐了一口，抬枪向房顶开了两枪。

火花四溅，子弹打在了墙壁上。

"嘿嘿嘿……"那只躲在隔板后面的疯子再次发出了得意的笑声，让人感觉毛骨悚然。

"这……这究竟是怎么回事？"有人吓得腿都软了。

就连陆辛也皱了皱眉头。虽然他见过的疯子不多，但也知道它们退化成了野兽一样的怪物，是不会像正常人一样笑的。这是变异了吗？如果送到马戏团，这样的疯子肯定会贵一些吧？

"不管它，冲出去……"高婷大吼道，咬紧牙关，狠狠拧着油门。

"嘿嘿嘿……嘿嘿嘿……"就在这时，更多的冷笑声响了起来。这些声音重叠在一起，从四面八方涌来，所有人顿时生出了一种汗毛直竖的恐惧感。他们急忙抬头看去，只见周围的楼房顶上、打破的窗户里、狭窄的巷子里、废弃的车里……各种狭窄而幽暗的空间里都慢慢地探出了渗着某种黏液的光秃秃的脑袋。那一张张面孔苍白而诡异，嘴角向两边咧开，笑容木讷僵硬，伴随着一声声空洞而阴森的笑声。这种笑声仿佛潮水一般，不停地冲击着他们的心神。

"哗啦……"这是有人单脚没有撑住摩托车，摔倒在地的声音。刚刚他们还以为已经打退了第一波疯子，没想到，其实他们早就无声无息地被包围了。

"车……车头……"有人求救似的看向了高婷。

"妈的……"高婷脸色沉重，看了一眼围过来的疯子们，做出了决定，"后退，先退进超市里！"

此时，他们的身后正是一个废旧的超市，外面还能看到歪歪斜斜、碎了一半的霓虹灯招牌，里面是倒塌的货架以及结满了的蜘蛛网。不过这个超市还有着坚实的水泥墙，以及窗玻璃大部分已经破碎的两扇窗户，勉强算是一个比较容易把守起来的地方。

众人急忙退进超市，竭力保持冷静，有人在窗口架枪警戒，有人推货架过来堵门。陆辛帮着推货架，不过注意力全在外面：疯子的数量越来越多了……恐怕已经有一百多只了吧，而且还在增加……

刚才的疯子只是忽然出现，才把大家打得措手不及，如今这些却是真真切切地把他们包围了起来。现在它们还没有急着冲过来，但这数量却更让人绝望。话说回来，究竟为什么会有这么多疯子？这不合理！尤其是刚才看到的疯子凶残、野蛮，但如今这些疯子忽然不再像野兽一般嘶吼，也不急着冲上来了，只是躲在暗中嘿嘿发笑。这更让众人恐慌不已，觉得还不如它们直接冲上来，好跟它们狠狠地干上一场呢！

陆辛不动声色地走到一边，抬手摸了一下自己的眼镜，小声问道："妹妹，你看出什么来没有？"

"嘶……啊……"随着惨叫鸡惨烈的叫声，妹妹出现了。她趴在他身边的墙上，脑袋朝下，怀里抱着惨叫鸡。

这次妹妹出现得很及时，不过，她似乎有些走神。过了一会儿，她才轻轻摇了摇头，道："我没看出什么，但是……"凌乱的黑色头发下，她的眉头皱在了一起，"哥哥，有种让人很烦的东西。"

"很烦？"陆辛看着妹妹，有些不知所措。在他的印象中，妹妹很少露出这样的表情。更多时候，她就像一个小孩，和那些撒泼打滚跟爸爸妈妈要玩具的小孩子没有什么不同……充其量也就是走路的方式和别的小朋友不太一样。有时候，她不分场合地胡闹，他会觉得生气。但这次，她没有一点胡闹的意思，反而又让他有些担心。

他抬起手来，将妹妹抱在怀里，轻声道："你怎么了？"

"我不知道。"妹妹抬头看着陆辛，神情有些迷茫，又有些烦躁，"哥哥，你听到什么没有？"

"什么？"

陆辛用心去听。他听到了周围那些老司机粗沉的喘息声，听到了一些人上下排牙齿碰撞的声音，听到了枪械哗啦作响。然后他听到了外面越来越多疯子阴冷的笑声，听到了它们在墙壁上、废弃的车顶上爬动的声音，听到了它们啃食尸体的声音。

紧接着，陆辛忽然感觉周围的空气里似乎隐隐有波动。他细细地去分辨，惊讶道："有小提琴的声音！"

若有似无的小提琴声飘荡在这座废弃的城市里，琴声低沉、喑哑，几乎难以察觉。不过，一旦察觉到，陆辛立刻就发现小提琴声似乎与那些疯子有着某种联系。难道是这个小提琴声在控制疯子？

"就是那里，很讨厌……"妹妹缩在陆辛的怀里，两只小手用力握成了拳头。

看着有些反常的妹妹，陆辛沉默了一会儿，问道："妈妈呢？"

妹妹小声道："妈妈刚才也很烦躁。"

陆辛闻言，顿时有些迷茫。他不知道现在究竟是什么情况……冷笑的疯子，诡异的小提琴声，发脾气的妹妹，以及第一次表现出烦躁的妈妈。他思索了一会儿，转身走向人群。他需要将有用的情报分享给这些惊慌的司机。

这时，车队的人已经分成了两拨，分别守在面向街道的两个窗口边。火力最强的几把枪也分别架在两个窗口上，随时准备喷出火舌。谁也不知道这些疯子什么时候会冲过来，但他们都做好了拼一场的准备。

"我们肯定是中埋伏了……"靠近门边的地方，高婷一边抬袖子擦掉脸上的污血，一边咬着牙狠狠道，"这城里原本不可能有这么多疯子，不然我们早就发现了。一下子跑出来这么多，只有一个可能！"她抬起头，眼睛里闪着寒光，"我们掉进陷阱里了！"

"车头……我们……该怎么办？"旁边有人颤声问着。虽然感觉高婷说得有道理，他们却不知道该怎么面对眼前的局面。

"怎么办？"高婷瞪了那人一眼，骂道，"当然是保命！刘大强，你要是敢尿在这儿，我先一枪崩了你！"

那个叫刘大强的人连忙夹紧了双腿。

高婷痛骂完，往旁边看去，旁边一人赶忙送上地图，低声道："车头，咱们这个位置后面还有一条大路，现在疯子大部分都在前面，我们冲不了，但可以从后门出去，然后一路向东边冲，如果运气好的话，说不定可以闯出一条路来。"

"朝东边冲需要经过太多楼房了吧？"高婷有些犹豫，"我心里很不踏实。这些疯子怎么忽然学会了笑？而且，它们只是看着我们，不冲过来。妈的，这就像在狗场里，主人不发话，狗就不敢吃食一样。难道是有人在操控它们？"

正好走过来的陆辛闻言，有些惊讶。高婷能够猜到这些，很不错啊。因为她的理智和聪慧，陆辛又对她多了一点好感。

"是琴声……"陆辛走到高婷跟前，轻声开口。

瞬间，周围有无数双眼睛同时看向他。不过也只有一瞬间，还是有很多人立刻反应过来，回头继续盯着窗外的疯子。

"什么琴声？"高婷皱了皱眉头，沉声发问。

"你们没有听到吗？"陆辛抬起左手，手指弹动了几下，"嘀嘀嗒嘀嘀……小提琴的声音。"

周围有不少人都缓缓摇了摇头，表示什么也没有听到。

陆辛若有所思："那这肯定——"他没有继续说下去，因为他意识到是谁的问题并不重要，毕竟他们只是一群普通人，也不能责怪他们听不见。他耐心地分析道："我认为，你们往东边冲是行不通的。疯子的数量越来越多，我有理由怀疑，这些疯子已经把这一整片区域都包围了。东边是以前的居民楼，到处都是黑洞洞的窗口和巷子，疯子很容易就能从你们的头顶上扑下来。就算有枪，你们也不一定逃得出去，甚至很有可能一个都逃不掉。"

说这话时，他的左眼镜片上闪过一道蓝光，随即显现出了这个镇子的地图。这一幕其他人当然看不见，一群老司机只是呆呆地看着他，有些反应不过来。

"当然，正面冲出去也是不行的。"陆辛继续道，"这些疯子害怕枪弹，所以如果你们人数够多，火力够猛，再加上有摩托车提升速度，还是有希望直接闯出去的。但被团团包围住了的话，你们的火力就显得严重不足了！"

气氛顿时变得极为压抑，一群老司机你看看我，我看看你，脸上都是深深的恐惧。

人群里只有小周脸上挂着期待，紧张道："小……小陆哥，你很了解这些疯子吗？"

"没有，其实我是第二次看见疯子。"陆辛回答道，"不过，只要仔细观察一下，这些都是很容易发现并推测出来的。"

有人脱口而出："那我们怎么办？"

"我认为应该寻找源头，从根本上解决问题。"陆辛道，"刚才我仔细观察过那只向我冲过来的疯子，它很狂躁，而且看起来与现在那些疯子没什么不同。那为什么之前的疯子只会咆哮，现在的却会冷笑，还既聪明又克制，学会慢慢包围我们了呢？必然是受到了某种神秘的影响。我怀疑是有人用我刚才听到的小提琴声影响了疯子，我准备去找到他，请他帮忙驱散疯子。"说着，他用食指轻轻推了一下眼镜，"既然他可以控制疯子围堵我们，那我觉得，他应该也可以控制疯子主动走进马戏团去！"

陆辛将自己的想法都讲了出来，有理有据，十分让人信服，但车队里的老司机们却一个个都听蒙了。

终于，有人反应过来了："你的意思是，我们冲进城里去？"

陆辛点了点头："反正我是一定要去找他的，而且建议你们跟着我，毕竟现在城里这么危险，你们冲向其他地方，活下来的可能性不大……虽然你们跟着我的话，同样会有极大的危险，但我会尽量保护你们，比你们乱跑强一点。"

一群老司机的脸色都变得古怪起来。太诡异了，一脸平静的陆辛简直比外面那些疯子还诡异。在他们眼里，陆辛始终是外人，在这么危急的时刻，冷不丁冒出来这么一个外人，跟他们说疯子是被听不见的小提琴声控制的，还提议一起杀出去，寻找那个根本不确定存不存在的小提琴弹奏者……这怎么看都很不靠谱！

"车头，别信他，我觉得这个人有些不对劲！"一片安静里，忽然有个尖脑袋的男人低声向高婷说道，眼睛斜睨着陆辛，"他没来车队之前，什么事也没有，刚跟我们走了一天，就出了问题！到了这么危险的时候，他居然想让我们跟着他往城市里面冲！"

"我并没有非要你们跟着我冲，"陆辛皱了皱眉头，轻声解释道，"我只是给你们提一个合理的建议。"

"你大爷的，孙狗子，你再说一句？"老周忽然跳出来咒骂道，"陆小哥都救我两回了，你现在说这个？你这一遇到问题就怪别人的臭毛病能不能改改？"

"想打架是不是？"小周也猛地向前迈了一步，用力握紧拳头。

孙狗子是保安队的一员，平时多负责警戒。被人骂了，他瞬间羞红了脸，但还是嘴硬道："咱们车队明显是被人算计了，现在就他一个外人，我怀疑他有什么问题？他刚来车队的时候，我好像还看到他摆弄电话来着，谁知道他是不是向外面传信呢！"

"我传你八十岁老娘的信！"老周叉着腰，仰着头大骂，"陆小哥是传信给你八十岁的老娘说媒呢！"

陆辛连忙澄清道："我没有啊！"

"王八蛋！"孙狗子一生气，立刻抡起拳头要打人。

小周早就摆好了架势："你来，揍你个孙子！"

孙狗子不敢跟小周动手，但还是嚷嚷着："别的不说，我看到他时时刻刻盯着咱们车头看，还不停地记着什么，你敢说他没问题？没问题的话，把他记的东西拿出来看看！"

陆辛看了他一眼，并没有照做的打算。他的笔记本里有很多机密，何况，老周和小周也不想让别人知道治病那件事。

"孙狗子说的也有道理，确实得小心这个人。"

"就是，谁知道他让我们去找什么小提琴声，是不是不怀好意……"

"他偷偷观察车头干什么？记录的又是什么？"

很快，大家都吵嚷起来，说什么的都有。孙狗子和周家叔侄各执一词，针锋相对。

脾气都这么大的吗？陆辛夹在中间，默默地思索着。这种情况他不是特别喜欢，而且他也急着想去找那个小提琴声。无论是妹妹的不开心，还是妈妈的烦躁，都让他有些挂心。他对这个车队做到这种程度，已经够了吧？若是他们实在不相信他……

"啪啪！"就在这时，忽然响起两声枪声，头顶之上，一片灰尘扑落。

正吵得不可开交的众人同时吃了一惊，循声看去，就看到了气得满脸通红的高婷。

"到了这时候，还有闲工夫在这里吵架、打架，你们是觉得疯子不冲过来，我们死得慢了，是不是？"

孙狗子和周家叔侄都不敢搭腔，但孙狗子明显不服气，而且他刚才的话确实引起了一些人的共鸣。

"我不知道他是干什么的，"高婷看了陆辛一眼，"但你真觉得如果有人想算计我们，还需要先煞费苦心派个卧底进来吗？人家炸个桥就能够把我们逼进死路！你老电影看多了吧？"

孙狗子一下子被噎住了。在恐慌的驱使下，他只能把陆辛这个外人当罪魁祸首，还真没想这么多，如今转念一想才意识到，他们车队一路走到这里，虽然陷入了埋伏，但跟卧底什么的根本就没关系啊！原来要走的路被泥石流冲了，他们本来就没有别的选择了。简单来说，这支小小的车队确实不值得别人派卧底。

洗清卧底嫌疑的陆辛意外地看了高婷一眼，这个干净利落的解决方式他确实没想到。

只是，众人心里还是难以平静。有人问道："真的可以相信这个人吗？"

"你确定是有小提琴声控制着这些疯子？"高婷忽然向陆辛看了过来。

迎着众人的目光，陆辛点了一下头，诚恳道："我确实听到了小提琴声，而且感受到了它与这些疯子之间的联系，但我不能说确定。而且，我也不知道怎么证明。"

"不用你证明。"高婷深深地看了陆辛一眼，忽然走到一辆摩托车前，用力一拍，顿时红光闪烁，警报声震耳欲聋。高婷立刻转头看向外面，只见那些疯子脸上的冷笑消失了，明显地躁动起来。

高婷见状关闭了警报，刺耳的声音消散，外面的疯子迷茫地四下看了看，居然又缩了回去。过了一会儿，冷笑声再度响了起来。

"兄弟，你是对的。"高婷深深地吸了一口气，向陆辛点了点头，"是我的人误会你了，抱歉。"

其他人的脸色也有些复杂，尤其是孙狗子，他的脸一阵红一阵白的，似乎想说什么，但又拉不下脸。

一直没忘记观察高婷的陆辛只是淡淡地笑了笑，心想，这个女人……很不错。

"车头，那我们……我们真要往城里冲吗？"

看到高婷确定了那个不知来历的年轻人说的话是有道理的，一众老司机不由得紧张地询问道。实际上，他们现在能够确认的只是噪声可以对疯子造成影响，对于是不是真的存在小提琴声，仍然不能确定。在不确定的情况下，真的要冒这个险冲进城里吗？

这些老司机的心情非常复杂，他们甚至都不太敢向外看，那一颗颗苍白的脑袋让人心里直发怵。这时候，他们已经不知道这城里究竟有多少疯子了，也不知道在这样一群怪物的包围下，他们该如何才能逃出去。他们只能期待地看向一向信服的车头，把最后的希望寄托在她的身上。

而高婷好像已经有决定了，抬头看向陆辛道："那个声音是从哪里来的？"

陆辛惊讶地看了她一眼，随即指着西北方向："那里，距离不算近。"

高婷点了点头："你说的方法有道理，但一起冲过去，风险太大了。"说着，她忽然抬起了自己的双手，"给我绑上！"

"这是……"她身边的两个手下先是一怔，旋即反应过来，惊恐道，"车头，你……"

"少废话，"高婷咬着牙骂道，"在床上的时候怎么不见你们这么能耗时间？"

那两个手下被她骂得脸色一阵白一阵红，一咬牙，从自己的摩托车上拿出两卷透明胶带和橡胶皮等东西，飞快地将橡胶皮裹在她的两条胳膊、肩膀和大腿等部位，然后"吱"的一声撕下透明胶带往她身上缠，不要钱似的缠了好几圈。

不少人都猜到了她的目的，慌忙叫道："车头，不能这样！我们好歹有几十杆枪，要去一起去啊！"

"都他妈别废话了！"高婷冷着一张脸，怒骂了一声，吓得所有人立刻闭上了嘴。

"你们听我说，现在已经没有别的办法了。"高婷叹了一口气，慢慢道，"疯子们一起冲进来，大家都难逃一死，但如果我们贸然冲出去，真出了事，也没有后悔的余地。所以，你们在这里等着，我跟他一起去寻找一线生机。如果你们等到机会，逃出了这个地方，就立刻想办法向周围的骑士团或高墙城传递消息。白塔镇有疯子出没，这是一件非常严重的事。无论养疯子的是谁，都绝不想让这个消息曝光，我们就偏不如他的意。只要消息传出去了，就是给我和死在这里的兄弟们报仇了。"

高婷说完这些话，胶带已经将她整个人缠得差不多了。那两个手下还想多缠一点，但她不耐烦地摆了摆手，然后拿过一把冲锋枪背在身上，又拿过一把手枪塞在了腰间。最后，她拿过一个黑色的背包，放在了摩托车上。

"车头，我跟你一起去！"小周脸憋得通红，忽然高声喊道。

"去你大爷……"高婷冷着脸骂了一声，目光飞快地从众人的脸上扫过，缓缓道，"钱不如命重要，活下来。"

一群老司机瞬间红了眼眶。

"大老爷们儿别哭哭啼啼的，老娘可没那么容易死掉。"高婷猛地一转车头，直直对准了其中一扇窗户。窗户旁边斜斜地放置了一块木板，这是刚才用来架枪的。她直接提起车前轮，冲到了这块木板上，然后借助车速，飞一样地冲了出去。

众人的心都提到了嗓子眼儿，还没说什么，就看到一辆银色的摩托车也嗖的一声冲到了窗边。陆辛甚至没有借助木板，直接一提车把，就从窗户里蹿了出去，紧紧地跟在了高婷身后。

"小陆哥，要把我们的车头带回来啊！搜荒得来的东西我们不要啦，全都给你啊！"小周在后面大声呼喊，但他的声音很快就被甩在了身后。

"其实你并不认为我一定是对的，只是不敢让他们冒险，才打着相信我的幌子和我一起出来了。这样一来，就算我的情报不对，你也可以借这个机会引开疯子，对吗？"陆辛轻松地追上了高婷，笑着问道。

"知道你还跟上来？"高婷转头看了陆辛一眼，"我也不想给你造成大的麻烦，你可以在这里选择跟我分开走，只要告诉我那个小提琴声的位置就行了。我引开这些疯子后就过去帮忙！"

"不用了。"陆辛笑道，"不过你这个办法挺好的，我都没想到。"

高婷顿了一下，忽然直勾勾地看着陆辛："你为什么愿意帮我们？"

"第一次见面的时候，你不是说过吗？"陆辛笑着看向她，"大家都在荒野上跑，互相帮扶一把是应该的。"

高婷深深地看了他一眼："我当时是为了睡你。"

陆辛有些尴尬地笑了笑："你的出发点不对，但你说的挺对的。"

"这世道还真有你这样的人？"高婷冷笑了一声，忽然正色道，"刚才孙狗子怀疑你混进我们车队里是不怀好意，确实不对，但他说的也有道理。你一直躲在暗中观察我，究竟抱有什么目的？"

"这……"陆辛权衡了一下形势，还是决定替老周和小周保密。

"呵，不说就算了，我就当你是一直在馋我的身子吧……"

高婷深深地吸了一口气，然后触发了摩托车上的报警装置，尖锐的警报声在空旷的大街上骤然响起。那些疯子本来像鬼影一般躲在暗处，发出瘆人的阴笑声，刺耳的警报声一响起，它们就突然变得焦躁不安。但小提琴声仍在发挥作用，它们还没有彻底失控，只是处于混乱之中。

"这个音量不够大啊！"陆辛大声喊道。

"没关系，我还有准备……"高婷转头看了陆辛一眼，然后将一个蓝白两色的喇叭架在车头，把音量调到最大。

"死了都要爱！不淋漓尽致不痛快！……"瞬间，高亢的音调撕心裂肺地响起，嚣张地刺激着这座废弃的城市。如果说那些疯子正在那若有似无的小提琴声的控制下，强忍着扑上来的冲动，那么在这嚣张的音乐声中，它们一下子受到了强烈的刺激，再也按捺不住，纷纷向陆辛和高婷冲了过来。

高婷猛地一拧车把，躲过了迎面而来的一只疯子，然后抬手就是几枪。她的枪法在普通人里算不错的了，陆辛在心里称赞着。这也证明了她的身体协调性没有问题，他心想，应该在自己的笔记本上再记一笔。

但无论如何，她毕竟只是个普通人，像这样横冲直撞，即使车速再快，也无法摆脱所有疯子的追赶。短短几秒钟，她已经历了好几次险境。如果不是身上缠着厚厚的橡胶皮，她早就受伤了。

"妹妹，你不是想要会动、会叫的玩具吗？"陆辛双手握着车把，低头向坐在车头上的妹妹说道。

妹妹有些茫然地扬起小脸："你这次怎么答应我啦？"

"这些毕竟都是怪物。而且我能感觉到，你有些不开心。"

妹妹愣了一下，眼睛渐渐亮了起来。下一秒，她忽然扑到了陆辛的身上。"哥哥最好啦……"话音未落，她已经跳了出去。

她的一只小手还搭在陆辛的肩膀上，但小小的身子却飘在了空中。所有靠近陆辛的疯子都被她的另一只小手触碰到了，霎时，它们的手脚变得扭曲，就像互相绊住了一样，扑倒在地上。它们的面目异常凶狠，拼命挣扎着，但就是无法从地上爬起来。

高婷正全神贯注地躲避着疯子，无暇转头看向陆辛，因此，她没有看到这一幕：陆辛稳稳地骑着车，虽然周围有许多疯子扑过来，但他身边仿佛有一个奇怪的能量场一样，所有靠近他的疯子都会莫名其妙跌倒在地。在这条人头攒动、乱作一团的街道上，陆辛什么都不用管，只是双手握着车把，稳稳地驾驶着摩托车。周围扑过来的疯子再多，最终也只是徒劳地挣扎着、嘶吼着，形成不了威胁。倒是高婷身后已经跟了乌泱泱一群疯子，像潮水一样追赶着她。

"砰砰砰！"陆辛一边稳稳地开着车，一边拿出手枪解决了几只快要追上高婷的疯子。高婷放着撕心裂肺的音乐，以一种随时可能车毁人亡的速度向前冲着，但陆辛却能轻松跟上她，而且看起来游刃有余。

"你很厉害啊！"冲过了最危险的一段路，高婷这才抽空看了陆辛一眼，"小提琴在哪儿？"

陆辛道："十点钟方向。看到前面那个路口没有？左转。"

"好！"高婷答应了一声，再次拧动油门。她身下的摩托车发出愤怒的吼叫声，排气筒里几乎要窜出火苗来了，几秒钟就驶到了那个路口。她没有减速，身子几乎贴住了地面，迅速拐了过去。然后她扶正车把，回头一看，发现陆辛的银色摩托车仍然稳稳地跟在后面。这时，陆辛也正好抬头向她看了过来，微微挑了一下眉毛，似乎有些诧异。这种表情很常见，但出现在这个年轻人脸上，感觉就很不可思议。她急忙转过头向前看去，这一看不打紧，她双手一软，差点栽倒。

如果说在此之前高婷对陆辛说的话还有所怀疑，那么这一刻，她算是彻底相信了，因为她不仅听到了小提琴声，还直接看到了拉小提琴的人——如果那算是人的话！

她看见，在前方大约一百米处，悬挂着一块庞大的血肉，表面排列着很多僵硬的手脚，让它看起来沟壑纵横，像一颗大脑一样。它吊在距离地面七八米的地方，上面延伸出无数血管，缠住了道路两边的楼房、电线杆和树木等。鲜红的血液不时滴落下来，在地面上堆积成了一摊脓液。而在它的下方，有数条血管垂落下来，像灵活的手指一样拉着一把小提琴。琴声宁静、悠扬、空灵，令人感到放松和安宁。但谁能想到，拉出这种曲调的竟然是一只令人作呕的大脑状怪物呢？

高婷与陆辛同时刹住了车。

"那是……什么？"高婷颤声问道。

"嗯？"陆辛惊讶地看向她，"你能看到？"

"我又不瞎！"

陆辛皱了皱眉头，联想到了污染了全城人的"红衣使徒"。

这时，连妹妹也不知道去了哪里的妈妈终于现身了。她穿着一身黑色的小礼服，踩着一双血红色的高跟鞋，挎着小包，静静地站在那只怪物旁边，仿佛在认真聆听它的演奏。优雅的女人与可怖的怪物形成了强烈的对比。

"这究竟……究竟是什么？"高婷又不由自主地发问，声音里带着明显的慌乱。不过陆辛觉得她已经很不错了，亲眼看到这一幕，居然还保持着理智。

"这应该就是咱们要找的那位演奏家了。我想，只要清理掉它，问题就差不多可以解决了。"陆辛冷静道。他确实是这么想的，但他心里有个疑问：妈妈为什么会出现在这里，还这么认真地听着这只怪物的演奏？

高婷看着陆辛，好像有无数的问题要问，但脱口而出的却是："你都不害怕的吗？"

陆辛看了高婷一眼，道："当然害怕了。"

高婷的表情有点无语："你这是害怕的表现吗？"

陆辛认真道："我心里怕。"

高婷深深地看了陆辛一眼，忽然咬了咬牙，强迫自己转过头看向那只怪物。"呼，不管怎样……"她吸了一口气，发动摩托车，发动机发出了低沉的轰鸣声，像在积蓄力量，"既然可以确定那些疯子都是被小提琴声控制着的，那么，只要把这玩意儿干掉就可以了吧？"

陆辛又惊讶地看了高婷一眼，心想：挺猛啊，这个女人……

"干他大爷的！不管它是啥，我就不信它不怕子弹！"高婷用力拧动油门，轰隆一声，摩托车扬起车头，在巨大的动力之下狠狠向前冲了过去。与此同时，她抬起了枪。"砰砰砰！"从枪口飞出的子弹仿佛都带上了她的狠劲。

子弹飞到大脑状怪物跟前时，怪物表面的丝丝肉芽不停地蠕动起来，使得周围的空气扭曲成了一层看不见的屏障。子弹打到这层屏障上，火星迸溅，顿时不知飞到哪里去了。

"果然，这种真实存在的怪物是没这么容易杀死的！"陆辛在心里做着总结，同时从自己的背包拿出了另一把枪。这是一把乌黑的手枪，枪身上刻着繁复的Q字花纹，弹容量十五发，沉甸甸的。这是在青港主城时，沈部长送给他的枪，因为太漂亮了，他平时都舍不得用。枪里装的是珍贵的特殊子弹，用一枚就少一枚，所以他没急着开枪，想着等到了近处，找到破绽，再一枪打过去。

于是，在疯子的疯狂追赶下，陆辛也猛地拧动车把，冲向前方。

　　就在这时，高婷身下的摩托车车轮一歪，和她一起摔到了地上。她这一跤摔得可不轻，陆辛正要去扶她，忽然看到她猛地扬起脸来，露出了一个诡异的笑容。是疯子的那种笑容。

　　"她是什么时候受到污染的？"陆辛诧异地想着，感觉一阵头晕目眩。在小提琴声的环绕中，他的血液像野马一样在血管里狂奔着，拼命往大脑里冲。与此同时，他感觉身体发软，不听大脑的使唤，或者说是大脑被琴声占据了，指挥不了身体。

　　"嘿嘿嘿……"陆辛听到了一个冷笑声，然后才意识到这笑声是自己发出来的。地面在接近，他正在摔倒，像高婷那样。

　　"不能摔倒！不然摩托车会有划痕！"陆辛的脑海里闪过这样一个念头。他飞速松开握着油门的手，一只脚撑在地上，勉勉强强控制住了身体。

　　"这就是那怪物的能力？它能控制我的身体？不对，它是在占据我的大脑，争夺我对身体的控制权。"陆辛还能清醒地思考，但他感觉好像自己的意识已经被挤出了大脑，这些思考都是在大脑之外进行的一样，身体也越来越沉重。他听到自己一直在冷笑。

　　不远处的高婷也一直诡异地笑着，她跌跌撞撞地爬了起来，身体就像木偶一样僵硬。然后她不怀好意地看着陆辛，一只手慢慢抬了起来，手里的枪对准了他！

　　这时，陆辛的眼睛里已经出现了重影。在这些重影里，他看到妹妹在自己身边爬来爬去，绊倒了接近他的两只疯子。他已经给予了妹妹最大限度的信任，所以妹妹才可以自由地对付这些疯子。他不知道依妹妹的性子，如果高婷向他开枪的话，妹妹会对她做些什么。一时间，他有些担心高婷。

　　正想着这个问题，陆辛看到了一件怪事。他看到一只疯子朝高婷扑了过去，但高婷动作生硬地躲掉了。然后她飞快地扔掉了枪，飞快地扶起了摩托车，飞快地跨坐上去，拧动油门冲了出去，一连串动作流畅至极。做出这一系列举动时，她的脸上仍然带着那种诡异的笑容。

　　"她怎么会比我先摆脱控制？不对，她没有摆脱控制。"陆辛飞快地思索着。这就是他一直在寻找的关键证据，高婷果然受到了污染。她的大脑与身体并不统一，两者甚至有对抗意识。正是因为这种对抗，当她的脑袋受到影响时，她的身体才能在短暂失控后继续行动自如。

摩托车冲出去几十米，车速达到极限时，高婷猛地一提车把，摩托车就跳到了怪物斜前方的一辆废弃汽车上面。摩托车以这辆废弃汽车为跳板，直接飞到了半空中，像一枚炮弹一样冲向悬挂在上空的怪物——只是看起来好像在冲向怪物，事实上距离还有点远。摩托车很快冲到了制高点，然后开始下落。这时，高婷直接从摩托车上站了起来，松开了车把。她以冲到半空中的摩托车为支点，又往上一跳，这下距离那只怪物就很近了。

高婷飞在半空之中，身体尽量舒展，身姿曼妙而矫健。快要冲到怪物面前时，她把两只手伸进身前的背包里，飞快地掏出了两个绿色的东西！

是两个手雷！陆辛终于知道高婷要做什么了。

发现高婷的目的之后，陆辛的头脑忽然清醒过来，有一种意识回到了身体里的感觉。他不再只能听到小提琴声，喇叭里那撕心裂肺的音乐声，周围无数只疯子阴冷的笑声、手脚并用的攀爬声，同时涌进了耳朵里。他深深地呼了一口气，然后按下了摩托车上的一个银色按钮。

瞬间，排气筒里窜出了十几厘米长的火苗，摩托车像离弦的箭一样蹿了出去，强大的气流差点将陆辛给甩了下去。就在这时，妹妹从高空中坠落下来，张开手臂抱住了陆辛。陆辛的身体瞬间变得灵活，轻松又精准地控制住了摩托车。

陆辛控制着摩托车冲向斜对面的楼房，眼看着就要一头撞上去了，他一提车把，摩托车就直接沿着墙壁向上驶去，一口气冲到了十几米的高度。然后他松开车把，任由摩托车冲进废弃的楼房里，自己则双脚在摩托车座椅上一蹬，身体借力向后弹出，往飞在半空之中的高婷冲去。

这时候，高婷正一只手握着一个手雷，手雷的拉环已经被她弄掉了。她脸上仍然带着那种诡异而阴森的笑容，只是眼眸深处隐隐有一丝释然。她好像早就在等待这一刻了！

陆辛暗暗叹了一口气，顺势抓住了她的两只手。她的十根手指顿时咯咯地扭曲起来，不受控地松开了手雷。陆辛在空中翻了个跟斗，用力将两个手雷向大脑状怪物踢了过去。与此同时，他的身体结结实实地撞上了高婷。

扑通一声，从高空坠下的陆辛稳稳地落了地，高婷则被撞得在地上滚了好几圈。

"轰！轰！"紧接着响起了巨大的爆炸声，惊人的热浪向四周扩散。那只怪物的屏障被爆炸的气浪冲击得一阵动荡，软绵绵的表面像果冻一样晃动不已，甚至渗出了红色的血水。虽然这两个地雷并未完全击中它，但显然对它造成了巨大的冲击。与此同时，大量爆炸产生的碎片带着惊人的冲击力向陆辛的后背袭来。

但当这些碎片飞到陆辛的身后时，他身后的空气同样出现了扭曲。冲击力忽然消失于无形，仿佛被某种力场消解了，碎片则一块块镶嵌在了半空中。

"活着有什么不好呢？"陆辛低头看了一眼趴在地上的高婷，微微摇了一下头，然后慢慢转过身来。

只见妈妈背对陆辛站着，一双纤细柔美的手轻轻伸向前方。以她的手掌为中心，空气一层一层不停地颤抖、扩散着。正是妈妈扭曲空气建立了一道屏障，抵挡住了那些碎片。

"咯咯咯！"陆辛的耳边传来了妹妹的磨牙声。她紧紧地咬着牙，警惕地注视着前方。眼镜狗看到妹妹凶狠的样子，也学着她龇牙咧嘴。

"所以，就算是你，也受到了它的影响，时间差不多是……五秒钟？"妈妈转过身来，温柔地询问陆辛。

"是有一点影响。"陆辛轻声回答，然后看向那只大脑状怪物，"那是什么？"

这只怪物与他之前见过的都不一样，他很好奇。从表面上看，它对他的影响只是比别的污染源稍微厉害了一些，但细细一想，又似乎没有这么简单，因为他需要付出很大的努力，才能去对抗那种影响。这导致他很难集中注意力，也就无法请父亲出来帮忙了。

父亲跟妹妹和妈妈还是不同的。他已经给了妹妹最大限度的信任，所以她现在基本可以自由行动。而妈妈从一开始就是自由的。父亲的情况则有所不同。为了一家人的团结，他已经开始尝试相信父亲，但这种相信是有限的。过度的信任就是放纵，是容易出乱子的。所以，当他的注意力无法集中时，他还是不敢冒险让父亲来帮忙。这也让他对这只怪物有些不满，因为它影响了他们一家人的团结。如果没有它，他就不会暴露自己还不是那么相信父亲这件事了。

"那是世界上最让人讨厌的东西，"妈妈轻声开口，妆容精致的脸上没有任何表情，"源自最没有底线的实验。"

"哥哥，我讨厌它，我要撕碎它！"妹妹咬着牙道。她第一次没有嚷嚷着要把对方变成玩具，而是直接就要撕碎它。

"这东西是人造出来的？"陆辛的脸上也没了表情。

妈妈罕见地冷笑了一声："这么恶心的东西，当然只有人类才能造出来。"

陆辛慢慢眯起了眼睛："那我们毁了它吧！"

"它背后似乎有人在看着这一切。"

"没关系，都毁掉好了。"

妈妈转头看了陆辛一眼，露出满意的表情，轻轻点头："好。"

当陆辛脚下的影子开始晃动时，大脑状怪物似乎感觉到了危险。它的表面闪烁起一丝丝微弱的电流，周围的疯子瞬间不要命地向陆辛冲了过来。与此同时，怪物身后响起了沉重的脚步声，随之而来的是浓重的血腥味。

不消片刻工夫，就又有两只怪物出现在了陆辛面前。其中一只怪物浑身血淋淋的，居然是由七八只疯子融合而成的，乌黑粗壮的手脚像蜈蚣腿一样撑着地面，身上则是一张张苍白而诡异的脸。另一只怪物足有三米高，双腿肌肉虬结，好像蕴含着无穷的力量。它也是由疯子融合而成的，在它鲜红的身体上可以看到一只只滚动的眼睛。这两只怪物似乎和大脑状怪物本质是一样的，只是它们明显更擅长打架。

大脑状怪物表面的电流闪烁得更厉害了，那两只大型怪物忽然迈开大步向前冲来。与此同时，周围的疯子也正如潮水般涌来。

"大脑状怪物觉得受到了威胁，所以召唤了别的怪物来保护它？"陆辛暗自想着，"它们的样子好可怕……"

他脚下的影子晃得越来越快，颜色也越来越黑，张牙舞爪地向四周扩散着。在这道黑色的影子里，一双血红色的眼睛睁开来，有些不满地看着陆辛。

陆辛装作没看见。他心想："父亲生气了，因为发觉了我对他的限制。但这能怪我吗？明明该怪这只怪物嘛……"

"你不要生我的气，等到了中心城，我好好请你喝杯酒，好不好？"陆辛轻声安抚了父亲一句，同时向旁边伸出了手。妹妹听话地把小手放进了他的大手里，他的身体顿时出现了异样的扭曲。

摔得浑身骨头都快碎了的高婷清醒了过来。

在手雷爆炸后，小提琴的声音就消失了，她的大脑不再受到控制。她能感受到全身的疼痛，尤其是那扭曲的十指，剧痛无比。然而，她没时间去理会这些疼痛，注意力立刻转向了不远处背对着她的陆辛。她听到陆辛正在自言自语。虽然没听清他具体说了什么，但有那么一瞬间，她觉得此时的陆辛比那三只怪物还要恐怖。

"喂……"高婷想大声呼唤陆辛，却发现自己发不出声音。她想站起来，却只是徒劳地抬了抬脑袋。她转动眼珠仔细观察了一下新出现的那两只怪物，心底渐渐被绝望占据。那样的怪物怎么可能是人对付得了的？！更不用提周围那些黑压压的疯子了，它们甚至不管她了，直接朝陆辛冲了过去。

"呵呵呵！"高婷正准备认命，突然听到陆辛发出了笑声。然后她就看到，陆辛低下头，身子诡异地扭了几下，那些触碰到他的疯子顿时咔咔地变了形状，像雕塑一样不动了。

那两只大型怪物也冲了过去，一只手脚搭在地上，响起了一连串清脆的细响，身上的每一张脸都露出了疯狂而兴奋的表情；一只脚步沉重，将地面踩出了蛛网般的裂痕，巨大的拳头一挥，隔着十几米都能够感受到一股劲风。

"呵呵……"迎着那两只怪物，陆辛按住自己的眼镜，左眼镜片上出现了一个红色的框框，圈住了右侧那只力量强大的怪物。然后他高声喊道："机械狗！"

"嘀嘀嘀！"楼房里的摩托车立刻响起了电子音。紧接着，摩托车上的一个箱子被撞开，一台布满各种线路的古怪机器像小狗一样爬了出来。它四四方方的，由四条灵活的金属细腿支撑着。它嗒嗒嗒地冲到楼房的窗口，身体中间射出一条红色的射线。然后，一架多管转轮机枪从它的身体里弹射出来，咔的一声架在了它的头部。枪管开始转动，子弹呼啸而出，尽数打在了那只力量强大的怪物的后背上，顿时血花四溅。

那怪物艰难地转过身，子弹又如瀑布一样倾泻在了它的一只只眼睛上。不一会儿，它的半边身子就被打没了，只有腰部以下还是完好的。它的血肉在凝聚，好像有复原的能力，但是身体碎得太狠，已经不可能完全复原了。

机械狗还在开枪，子弹倾泻如注。直到三百发子弹打完，机械狗才咔的一声收回那已经发红的枪口，嗒嗒嗒地跑了回去，重新钻进了箱子里。工作完成，收工！

与此同时，在陆辛影子的笼罩之下，那只蜈蚣状怪物渐渐慌乱起来。它身上的所有嘴巴都发出了吱吱的怪叫声，然后它粗壮的手脚忽然一寸寸折断，它那让人恶心的身体也在一点点碎掉。

在这个过程中，陆辛已经双脚离地，跳了两三米高，冲到了大脑状怪物面前，掏枪准备射击。

"砰砰砰！"闪着电弧的特殊子弹打在这怪物表面，被它那层屏障给阻挡了下来。有两枚特殊子弹被弹向了其他地方，剩下一枚特殊子弹直接卡在了扭曲的空气里，甚至没有爆开来。

"太浪费了！"陆辛心想。他的身子已经开始下坠了，于是他干脆收了枪，直接向怪物扑了过去。

就在这时，小提琴的声音再次响了起来，陆辛的大脑里又产生了异样。

"又来吗？"他之前很少重复受到同样的污染，感觉有点意外。他立刻低头看向妈妈，不远处的妈妈也抬起头看着他。然后她把手伸进挎包，拿出一把剪刀剪了一下。

陆辛耳边响起了清脆的咔嚓声，紧接着，小提琴的声音消失了，那种异样的感觉也消失了。他深深地吸了一口气，一只手牵着妹妹，另一只手直接向大脑状怪物抓去。既然妹妹讨厌它，那就撕碎它吧！

"嗡——"陆辛的手还没有碰到那血红色的大脑，就听到了一阵刺耳的电流声。大脑表面那些复杂又深邃的沟壑里有细微的电流闪过，与此同时，一股力量像潮水一般向外扩散着。在这股力量的冲击之下，街道忽然裂开了一道道细微的缝隙，废弃的汽车外壳以及凌乱的电线同时蜷缩起来，像被烧焦的头发一样。

"精神冲击……"陆辛被冲击得向下跌去，眉头微微皱了一下。他知道这种力量，它还有一个称呼，叫作念力，意思是直接通过意念将自己的精神力量释放出来，对周围的人或物体造成扭曲。很少会有精神能力者或污染源简单粗暴地将自己的精神力量化为伤人的武器，因为这种程度的精神力量消耗很容易就会让自己陷入疲惫，甚至昏死过去，可以说是一种"伤敌一千，自损八百"的做法。太浪费了，也太不理智了。

"啪……"心里闪过"精神冲击"这个概念时，陆辛已经落在了地上。

此时，周围的一切事物都出现了不同程度的变形，不过陆辛自己却没有异样。这种精神冲击并没有影响到他的身体，只是像一堵墙一样阻拦了他的行动。

"该让父亲出手了！"陆辛没有犹豫，抬起手来。大脑状怪物的精神冲击可以扭曲实物，却扭曲不了影子。

"呵呵呵呵！"空洞的笑声响了起来，陆辛的影子顿时向大脑状怪物蔓延过去。大脑状怪物仍然在释放精神冲击，这种冲击使得周围的一切都无法接近它，影子也被它阻挡在了十厘米之外。不过，随着影子一点点突破着它的防御，它的抵抗显得越来越吃力。

陆辛不得不感叹，这只怪物的精神冲击实在太强了，居然连父亲的力量也能抵挡一时。

"那……那究竟是什么人？"

白塔镇某地下实验室里，许多穿着白大褂的研究人员正呆呆地望着监控画面。看着那个云淡风轻地站在大脑状怪物面前的年轻人，他们简直不敢相信自己的眼睛。他居然轻轻松松就把第二阶段的两只怪物给消灭了？而且在第三阶段造物——神之大脑三号实验体——面前站了那么久，却还没有被绞成肉末！

"这明明只是一次普通的进食实验啊！"有工作人员失声大叫起来，"怎么会忽然出现这样一个人？"

"他是精神能力者吗？"

"不可能！得多强大的精神能力者，才可以正面对抗神之大脑啊？"

"不管他是谁，绝不能让他活着离开！"一个留着白胡子的男人忽然冲向操作台，"加强能量输入，除掉他！"

男人说着，把一个红色的把手推了上去。

大脑状怪物忽然发出了刺耳的电流声，陆辛抬头看去，在扭曲的画面里看到那血红色的大脑正变得越来越鲜亮，甚至透出了微光。"嗡嗡嗡！"刺耳的声音不停地冲击着他的脑海。

大脑状怪物的精神冲击一下子强了好几倍，陆辛感觉正有什么东西挤压着自己，甚至想钻进自己的身体。本来他的影子距离那怪物只有两三厘米远了，这时也一点点向外败退着。影子变得非常狂暴，陆辛听到了父亲的咒骂声，他在骂他多管闲事，催促他放开对他的限制。

陆辛还不确定要不要那样做。进入第二阶段之后，他与父亲的关系缓和了很多，所以他才不再一直将父亲关在那个房间里。但是，该小心的时候还是要小心，他并不确定父亲的力量释放太多的话，会不会失控。唉，每个家庭都有自己的问题，虽然情况在向好的方向发展，但也不能掉以轻心。想着想着，他感觉压力从内到外夹击着自己，隐隐有些烦躁。

"不用着急，这是一种肮脏的东西，和你是不一样的。它是怪物，而你是……人！既然是人，总有属于人的处理方法，为什么要和它硬拼呢？"在眼前这幅扭曲散乱的画面里，只有妈妈显得异常真实而稳定。这大概是因为，爱美的她不喜欢别人将自己的模样扭曲。

"通过理性的分析，找到它的污染逻辑，再斩断它的逻辑链？"妈妈的声音让陆辛稍稍平静下来。

"是的。"妈妈露出了淡淡的笑容，看着陆辛道，"你看出来了吗？它是用小提琴声来控制那些疯子的，琴声的作用是传递它的情绪。而它只是一只怪物，不像人一样有丰富的情绪，所以它的琴声才如此单调！"

"传递情绪？"陆辛明白妈妈的意思了，转头看向一个地方，"所以……"

妈妈欣慰一笑，跟着他看了过去。因为伤害不到那只怪物，正在他肩头托着下巴生闷气的妹妹也看了过去。他的黑色影子里，那双血红色的眼睛也向那个地方看了过去。

在陆辛一家三口的注视之下，眼镜狗吓得夹紧了尾巴。

"还是下次再放开你吧，我们需要先和新成员培养一下感情。"陆辛带着歉意对父亲道。然后，他闭上眼睛集中注意力，从他脚下蔓延出去的影子很快就收了回来。没了父亲的抵挡，强烈的精神冲击瞬间如决堤的洪水一样向四周蔓延开来。

"啪！啪！……"那是墙壁、窗玻璃纷纷碎裂的声音。就连陆辛都被这股忽然增强的力量冲击得向后退了一两米。

出乎意料地，他的影子又猛地向前冲出，这一次，它咣唧一声就打碎了大脑状怪物的精神屏障，甚至伤到了它的本体。它明显地蠕动起来，好像很痛苦，表面的电流流转得更快了。不过它似乎也有复原能力，这个伤口对它来说算不了什么。

然而陆辛却趁着这个小小的机会，一把抓住眼镜狗，用力朝怪物抛了过去，动作又快又准。

"噢……"眼镜狗发出一声惊叫，砸在了大脑状怪物的那个伤口上。怪物的血肉蠕动着，下意识想吞噬一切，眼镜狗瞬间就被吞噬了一半身体。

眼镜狗大叫了几声，感受着身体被吞噬的感觉，然后脸上居然露出了享受的表情，身上开始渗出血水，与怪物的血肉交织在一起。

小提琴声忽然变得不成曲调，非常难听，好像完全不懂音乐的人在乱弹。下一秒，野兽一般扑过来的疯子们突然开始手脚痉挛，身体扭曲，跌倒在地上。

当凌乱的小提琴声像精神辐射一样蔓延到这座废弃城市的每一个角落里时，全城的无数疯子仰天大叫，有的拼命拿脑袋撞墙，有的则互相撕咬、吞噬。

"天哪，这……这是怎么回事……"老周和小周一行人守着废弃超市的窗口，看着陡然出现的混乱景象，不知所措。本来他们已经做好了丢命的心理准备，没想到这些疯子忽然成了一团乱麻。

"难道是车头和陆小哥得手了？"老周忽然颤声大叫道，"那我们现在……"

其他老司机顿时明白了老周的想法，彼此看了一眼，用力点头。

"走，去接他们回来！"

"不要全部过去，车龄低于三年的还是按计划往外冲，需要有人传递消息！"

"其他人跟我去救车头，还有那个小哥！"

周围火花四溅，环绕着大脑状怪物的电流更多了，但强大的能量输入并没有带来效果，它的琴声仍然混乱不堪。与此同时，它的表面爆开了一个个洞。

"呼……"陆辛舒了一口气。到了这时，这只怪物已经完全不成问题了。

清理这种东西，果然还是要找准方法。

随着"咔嚓"一声响，大脑状怪物延伸出的那些血管同时被妈妈剪断。它轰隆一声掉在了地上，像一只巨大的软体动物一样颤巍巍地蠕动着。

"哇，打死你……"妹妹抓住机会，凶狠地扑了上去，疯狂地揍这只怪物。怪物血红色的表面顿时出现了一片片的扭曲，鲜红的血肉变得干枯而灰败。

"你们先在这里忙哦！"妈妈轻笑了一声，"我去别的地方看看。"

陆辛不知道妈妈要去哪里，但还是点了一下头。他脚下的影子用血红色的眼睛看了妈妈一眼，发出了一声冷笑。然后，影子忽然像一片黑色的潮水一样冲向那只怪物，已经被妹妹扭曲了大半的怪物根本无法抵挡。

"噗……"怪物瞬间就裂成了好几块，污血溅了七八米高，如同喷泉。在腐烂而腥臭的血肉里，眼镜狗四脚朝天，直挺挺地躺着，身子一抽一抽的，舌头搭在嘴巴上，一脸的回味无穷。

"这是……这是发生了什么？"

地下实验室里，所有的工作人员都目瞪口呆，手脚冰凉，大脑一片空白。

监控画面里，那个身材单薄的年轻人正静静地站在那里，看着神之大脑三号实验体分解成一摊血肉，仿佛在处理什么不起眼的小事。只有他们知道，这具单薄的身体需要具备什么样的精神量级与诡异能力，才可以做到这件事……

他们清楚地看到，那个年轻人只是站着不动，就将神之大脑的扭曲力场破坏了。神之大脑是他们整个实验的核心，它的崩溃使得基地里的所有低级实验体都出现了认知错乱。身处主控室的他们已经听到了从地下几个仓库中传来的痛苦而疯狂的吼叫声，那些实验体全都暴走了，正在残忍地彼此吞噬。

"他是谁？这样的人怎么会出现在一支运输车队里？"过了好久，一个工作人员才找回声音，"我们……报告怎么写？"

白胡子男人被他一提醒，猛然大叫起来："快，切断一切对外连接！"

在他的声音响起的同时，监控画面里的年轻人忽然转过身来，朝他们露出了一个诡异的笑容。

下一秒，年轻人的脸消失了，主控室里落针可闻。

"我……我们要撤走吗？"过了很久，又有工作人员低低问道。白胡子男人喉结动了动，还没开口，忽然一个激灵，向外看去。长长的走廊上，柔和的灯光变得闪烁不定，藏在墙里的电线爆出了一串串火花。然后，主控室内的光源也开始不停地闪烁，像在颤抖一样。

"嗒！嗒！嗒！"走廊上传来了高跟鞋踩在地板上的声音，清脆悦耳。但是，他们的内部监控画面显示，这时候的走廊上空无一人。

"嗒……嗒……"脚步声越来越近，仿佛踩在了每个人的心脏上。终于，脚步声在门口位置暂时消失了。所有人都紧紧地盯着主控室的门，等待着。

但过了好久，门口还是一点动静也没有。白胡子男人实在受不了了，忽然高高地扬起一只手，准备拍下操作台上那个代表着"极度危险"的红色按钮。他的表情非常狰狞，大有一种同归于尽的架势。

但是，随着"咔嚓"一声轻响，他发现自己的手掉在了操作台上。是真的掉了，整个手掌从手腕处断掉了，鲜血飘飞。他眼睁睁看着自己的手掌从操作台上滚下去，吧嗒一声摔在了地上。

"啊啊啊……"所有人都惊慌地大叫起来，开始你推我攘，四下奔逃。

在这群惊慌失措的人中间，那个脚步声再次响了起来，听起来优雅而从容。不过，此时的他们已经顾不得去听了。有人忽然跌倒在地上，不敢置信地看着自己仍然站在地上的双腿。有人惊恐地照着镜子，看到自己的喉咙上居然有一道整齐的裂口。有人着急地去拔枪，却发现自己的手指都消失不见了，鲜血从断指处汩汩流出。

从容的脚步声响彻整个基地，沿途画下一朵朵盛开的血色花朵，组成了一幅鲜艳的油画。

"车头，车头，你在哪儿？"

"车头，赶紧答应我们一声啊，我们过来帮你了！"

"陆小哥，陆小哥，你有没有事？"

关切的呼喊声此起彼伏，夹杂着摩托车轰油门的声音，还有散乱的枪声，以及疯子野兽般的哀号声。长街尽头，薄雾后面，一排影影绰绰的身影出现，一群老司机骑着摩托车一路喊，一路寻了过来。

看清楚这条街道上的景象时，每个人都忍不住倒吸了一口凉气。来历不明的碎肉铺了一地，像一幅抽象的油彩画。以这幅画为中心，周围的钢铁、塑料管道、建筑物都有明显的扭曲痕迹，就连地面上也有一道道裂痕。他们的车头正神情呆滞地坐在这幅画的边缘位置，两只手搭在膝盖上，十指看起来绵软无力。

"车头，你没事吧？"

"车头，你的手怎么变成这样了？"

一群老司机慌忙跳下摩托车围了过去。

老周也担忧地喊道："陆小哥呢？他没事吧？"

"我没事！"不远处的一栋楼房里响起了陆辛的声音。

老周急忙大步往楼房里跑去。这栋楼房原本是一个商店，二楼临街的那面墙坍塌了大半，冷风呼呼地往里面吹。陆辛正蹲在一地烂砖旁边，用一块破布擦拭着他的摩托车。

老周颤声问道："陆小哥，你真的没事吗？"

"真的没事。"陆辛的语气有些低落，"就是摩托车被划了好几道口子。"

"啊这……"老周有点蒙，过了一会儿才小心翼翼地问，"刚才……怎么了？"

陆辛抬头看了他一眼，脸上有着明显的不开心："简单来说就是，我和你们的车头一起来到这里，看到了一只长得跟大脑一样的怪物，正是这怪物拉着小提琴，控制着那些疯子。于是我们就把它给解决了！不过，当时我因为赶时间，没能好好停车，你看……成这样了。"他心疼地摸了一下保险杠上的划痕，情绪更低落了。

"就……就这样？"老周感觉陆辛的讲述跟这幅血腥场面不是很贴合，但又不知道该从什么地方开始问。

"问题暂时解决了！快，先把剩下的疯子杀干净，然后把大卡车开出去。"高婷终于回过神来，声音嘶哑地嘱咐着。

"车头，你不用担心，他们已经去做了！还是先给你包扎伤口吧！"

这些老司机急忙将高婷扶上一辆摩托车的后座，先带她离开这个镇子。还有人冲过来，要骑陆辛的摩托车。"别……"陆辛急忙拒绝了他。他跨上自己的摩托车，看了一眼血腥的现场，突突地跟在了大部队后面。

往外驶去的过程中，陆辛目睹了城里的乱象。地上有一具具横七竖八的尸体，那些疯子有的脑袋瘪了下去，有的抱在一起，双方的身子都被啃烂了。少数还活着的只是呆呆地走来走去，或是愣愣地坐在地上，像失了魂一样。车队安排了七八个人清理残余的疯子，方便把大卡车开出去。

"这些全都杀了吗？"陆辛加了点速，赶上前方坐在别人摩托车后座上的老周。

"对啊，不然待会儿它们再疯起来怎么办？"

陆辛迟疑道："不是说，一只一百块吗？"

老周听得整张脸都皱在了一起："陆……陆小哥，你还真把这个当生意了？"

陆辛摇了摇头，不再问了。人家车队刚刚经历了一场生死之战，他再开口要求他们活捉疯子去卖钱的话，就太过分了！他心想，要怪就怪自己刚才没收住手，把拉小提琴的打死了。

老周一行人先找好营地把伤员安顿好，然后才与另一队人会合，进入废城把他们的大卡车开出来。疯子的袭击害得他们损失了二十多个人，但剩下的人开这些车还是没问题的。

陆辛看着他们忙碌的身影，心想，在荒野上跑的人，胆量确实比高墙城里的人大一些，要是高墙城里的普通人经历了这件事，说不定得大病一场。他感觉，与他们相比，自己笨手笨脚的，帮不上太大的忙，就坐在帐篷里，拿出笔记本记录起来。

> 解决大脑状怪物一只、变形疯子两只、疯子若干。
> 消耗特殊子弹三枚、机械狗专用三毫米钢化弹三百枚……

记了几笔，他的手有些颤，一抬头，看见自己的摩托车，心里又是一阵黯然。

"小陆哥，你要喝水吗？"

"小陆哥，要不要我准备点吃的给你？"

"小陆哥，你刚才受没受伤？要不要青霉素啊？"

小周被安排留在营地，负责搭建帐篷、烧水做饭、照顾伤员。经历了这一遭，他明显有些不安，一会儿就跑来问陆辛一句。

"我真的没什么事，你还是去照顾那些受了伤的人吧。"当小周又一次跑过来时，陆辛终于收起笔记本，看着他说道。

"哦，好吧……"小周垂头丧气地往回走，忍不住又转身道："小陆哥，刚才……究竟是怎么回事啊？"

"其实我也不太清楚。"这个问题已经有好多人问过陆辛了，他照例摇了摇头。

他说的是实话。虽然解决了那只大脑状怪物，但它究竟是怎么来的，这些疯子又是怎么回事，他也不是很明白。他在等妈妈回来，有很多事需要询问她。

他看出小周的六神无主，笑了笑，又道："但现在肯定没事了。"

"哦哦，好。"小周特别相信陆辛，顿时放下心来，跑去别的地方帮忙了。

当所有大卡车都开到营地附近时，夜幕已经降临了。很多人到了这时候才有精力伤心。陆辛静静地坐在这个被悲伤笼罩着的营地里，渐渐觉得自己的这番忙碌还是值得的。虽然他的摩托车光荣"负伤"了，子弹等物资也消耗了不少，物质上肯定是亏了，但在其他方面又大赚了。生命的欢欣、喜悦、悲伤、愤怒，其实都是特别真实且美好的东西。他喜欢这些活生生的东西。

"那个……谢谢你！"不知何时，一个高挑的身影出现在了陆辛身边。陆辛抬起头来，看到高婷脸上贴着创可贴，神色有些憔悴，十根手指都缠上了细细的绷带。

"这……不用这么客气！"陆辛连忙拿了个马扎给她，"坐。"

高婷看了一眼马扎，顿了一下，坐了下来。她酝酿了一下情绪，然后才看向陆辛道："如果不是你，可能我们整个车队的人都会死在这个鬼地方……是你救了我们的命……荒野上的人恩怨分明，所以，这次跑大货赚的钱，我……全都可以给你。"

"什么？"陆辛吃惊地看着高婷。

高婷有些不好意思："我们实在没什么可以感谢你的……"

"这个……其实不需要的。"陆辛缓了一下神，笑着道，"大家都在荒野上跑，互相帮扶一把是应该的嘛。"

第二次听到陆辛说出这句话，高婷心里产生了一种奇怪的感觉。第一次听时，她只感觉有些浮夸，并且拿不准他是认真的，还是在调侃自己。这一次，在亲眼见到他干掉那只怪物的样子后，再听到他温和地说出这句话……她感觉有些违和，但又确确实实产生了一种安全感。

"如果你真想感谢我，我有一个问题想问你。"

看到这个平时雷厉风行、极为干练的女人此时那副凄楚、柔软的模样，陆辛心里微微一动。与大脑状怪物交手的时候他就已经确定了，高婷的身体出现了某种异变。这说明，她极有可能接触过污染源，或是被某个精神能力者影响了。要搞清楚她到底经历了什么，这或许是个机会。他拿出笔记本和钢笔，坐正身体，露出诚恳的表情，准备展开调查并记录下来。

"问题？"高婷有些迷茫。她不是担心会被陆辛问到什么秘密，而是根本不知道自己有什么好问的。什么问题能比钱还贵重呢？

陆辛学着以前那位心理学教授跟自己谈话时的样子，轻声询问道："今天在城里，你的表现真的很不错，但有个举动我很不解。看到那只怪物时，你都没和我商量一声，就拿着两个手雷冲上去了，与其说是想解决掉怪物，我怎么感觉……你更像是在求死？"

高婷微微扬起头，看了陆辛一眼。不远处的火光照在她的脸上，使得她的脸一半明亮，一半阴暗。

陆辛看着她的眼睛，轻轻点了一下头，以示鼓励。

高婷低下头，过了一会儿才轻声道："既能帮兄弟们一把，又可以把我这副讨人厌的身体毁掉，不好吗？"

果然如此，陆辛在心里轻轻叹了一声。然后他适时露出疑惑的表情："为什么？"

过了好久，高婷都没有回答。然后她忽然起身，大步离开了。

正当陆辛一头雾水的时候，高婷又回来了，手里拿着一瓶颜色金黄的酒。她试图拔出瓶塞，但缠着绷带的十指却根本使不上劲。于是她抬头看了陆辛一眼，把酒瓶递给他。

"嗯……"陆辛看了一眼她的两只手，"你受伤了……不能喝酒吧？"

高婷只是看着他，不说话。

陆辛默默地帮她拔出了木头塞子。

高婷灌了一口酒，干咳了一声，忽然看向陆辛道："你觉得我这个人怎么样？"

"嗯？"陆辛顿时有些警惕，"挺好的……"

"呵……"高婷冷笑了一声，"我不是在勾搭你，而是想问你，我做人怎么样？"

"这个……"陆辛顿了一下，老老实实道，"挺好的。"

"我也觉得自己挺不错。"高婷笑了笑，"老娘虽是个女人，但打架不会输给男人，打枪也比大部分男人都好，你是例外。当年我爷们儿死了，死得很不值，那么一条汉子，害个痢疾就死了。他死的时候让我照顾好兄弟们，还让我趁着年轻，再找个男人搭伙过日子，省得累。"说到这里，她微微一顿，"但我不想找，这有没有问题？"

陆辛忙道："当然没问题。"

"是吧，我也觉得没问题。他刚死那阵，有很多人不服我，但我一个个都给收拾了。也有很多不长眼的，惦记我的身子，我也全都修理了一遍。我是个女人，我也想找个男人疼着，但除了那个英勇了半辈子、拉肚子拉死的男人，我不想要别人。你明白这种感觉吗？"

陆辛撒谎道："明白。"

"其实你明不明白都不重要。"高婷低低地叹了一口气，又灌了一大口酒，"总之，我就是觉得，我爷们儿死得早，也没留下个孩子什么的，我都替他亏得慌。我不想让人碰我的身子，因为别人都不是他。其实我也知道，他让我再找个男人，是担心我一个女人在这个世道不好混。可是我觉得自己的本事还挺大的，带着这支车队来回地跑，事情处理得还算凑合，能吃上饭，兄弟们也信我。这几年跑下来，真的，我觉得自己挺了不起的。"

她的声音慢慢低了下去，过了一会儿才又重新响起："直到两个月前那一趟……我还是像以前一样，带着兄弟们去中心城，交货的时候很仔细，该塞的好处也都塞了。我本来以为会和以前一样，结果却被他们的一个主管给拦住了。他说我有一车货出了问题，照规矩他不能收，让我再拉回去。我当然不能答应，就想打通他的关系。于是……"她微微抿了一下嘴角，"他给我指了一条路：一张酒店房卡。"

"啊这……"陆辛有些惊讶，"那你……"

"呵呵，我当然不可能答应他。"高婷不屑道，"我一点面子也没给他，直接把那张房卡扔了。"

"然后呢？"

高婷沉默了一会儿，道："然后他就生气了，我所有的货都进不了仓库，只能等着。当时的天气还比较热，东西放久了会变质，每多放一天，都会坏掉一部分。所以我开始慌了，到处找关系，这才知道，那个主管居然很有背景。他父亲是在研究院里任职的，据说比行政厅的人权力还大，反正是我们在外面跑大货的绝对惹不起的。他放了话，就没人敢接我们的货，于是，求来求去，最终我还是只能跑过去求他。我放下了所有尊严，求他放过我们一马，给车队的兄弟们留碗饭吃。"说到这里，她自嘲地一笑，"你知道结果是什么吗？"

陆辛轻声道："大体知道了。"

高婷的呼吸急促起来，好像有些兴奋，眼睛发亮。"他把我带到酒店里，说我长得一般，不如城里的干净，但我的身子是他见过的最好看的。他还说，从见我的第一面起，他就迷上了我的身子，要定了我。然后他像玩弄猪狗一样玩弄我，在我身上留下记号，还在我忍不住掉眼泪的时候给了我几巴掌，掐着我的脖子告诉我，这个身子以后就属于他了！他还让我不要端着，说我其实也是喜欢的，不然身体为什么会有反应呢？"

高婷慢慢地讲述着，表情越来越丰富，声音却越来越平淡。陆辛做记录的手停了下来，感觉这些不该落到纸上。

"从那以后，我每次去送货，他都得要我。我很不服气，特别讨厌他赞美我身体的话，也特别受不了他像看宝贝一样看着我的眼神。于是，我就开始想着，凭什么我要这么便宜他呢？既然他觉得我的身子这么好，觉得我的身子是他的，那我干脆不要它好了。反正好东西，大家一起分享嘛！毕竟，在我们车队里，确实有不少人总是偷看我。"说着说着，她的脸上露出了诡异的笑容，"我是个没骨气的女人，在荒野里横得很，一进了城里，就成了人家的玩物。我也没有勇气，偷偷带把枪进去崩了他，毕竟车队的兄弟们都要吃饭、要活命……所以，我就把它毁了！他想要好东西，我偏偏要给他垃圾！他以为自己独占了这个身子，我偏偏要把它给任何人！"

她掩口笑了起来，有些幸灾乐祸："你都不知道，上次看到我身上出现了这么多伤疤时，他有多么气急败坏。那真是我这几年经历的最开心的事情了！"

陆辛看着她笑，没有说话，等到她笑过了，沉默下来后，才微微皱起了眉头。"车队的人都不知道吗？"

高婷冷漠地看了他一眼："我怎么告诉他们？就说我们赚的每一笔钱其实都是我用身子换来的？"

见陆辛沉默了，高婷轻轻叹了一口气："原来你天天偷看我，不是因为馋我，而是为了调查这件事。呵呵，这个误会闹得有点大。我能看出来，你是有本事的人，但很明显，我遇到的问题不是你能解决的。"说着，她轻轻摇了一下头，"我不知道这个回答有没有解开你的疑惑，但是，事情真的就只是这样。用这个来偿还你的救命之恩或许还不太够……可惜了！我的身子是脏的，不然倒也可以以身相许……"

陆辛看她提着酒瓶要走，忽然道："等一下。"

高婷疑惑地转过身来。

陆辛唰唰地在笔记本上写下"调查结果已确认"几个字，然后合上笔记本，抬起头来道："调查结束了，但我还有两件事……第一，你的身子并不脏，之所以有这种想法，是因为你有病。"

高婷的表情明显有些错愕。她不知道该怎么理解这句话，听起来像在骂人，但陆辛说话的样子又让她莫名有一种得到了安慰的感觉。

"第二，是老周和小周让我调查你的，他们很担心你。"

高婷没有说什么，这件事即使陆辛不告诉她，她也猜得出来。

陆辛笑了笑，接着道："他们请我过来，是为了治好你，而不仅仅是调查问题。"

红月高悬，气氛不知何时变得有些凝固，周围的声音都好像离得很远。

"那你……"高婷过了一会儿才迟疑地开口，她有些听不懂陆辛的话。

陆辛用食指扶了一下眼镜，严肃道："我已经确定了，你确实受到了污染。这种污染我之前没有接触过，所以没能第一时间看出来。准确地说……你是自己污染了自己，才有了这种症状。你的污染来自你的内心。"

"等等。"高婷愣了一下才道，"你是说真的吗？"

陆辛很认真地点头。

高婷脸上泛起了一丝苦笑："老周爷儿俩给了你多少钱，让你这么帮我？"

"包吃包住，包油。"陆辛道，"然后，他们搜荒赚的钱分我一半。"

"你知道他们这一趟搜到的东西，最多也就只能卖个千八百块吗？"

"不少了，我以前在公司上班，一个月也就一千块。"

"这……"高婷的表情有些复杂，过了一会儿，她轻声道，"谢谢你，但是我的问题你是解决不了的。虽然我知道你不是普通人，但这种事本来就不是别人可以管的。我不想让兄弟们知道这件事，也不想因为这件事断了我们车队的生路，毕竟……"她缓缓摇了一下头，"都是我自愿的。"说出"自愿"这两个字时，她的脸色明显有些不自然，但她也只能这么说。在荒野上，她见过很多像陆辛一样路见不平拔刀相助的年轻人，而他们的下场一般都不是太好。

"你不是。"陆辛看着她下意识闪躲的眼睛，"你如果是自愿的，就不会落下这种病根了。"

"那又有什么不同呢？"高婷沉默了一会儿，道，"这种事本来就说不清，也没人管得了！"

"我确实遇到过一些说不清的事，但你这件事属于说得清的。"陆辛认真地看着高婷，"你说的、做的，还有你担心的，我都能理解，但我还是要说，这是不对的，他的做法不对，你这种认命的想法也不对，所以，我会……"

高婷担心陆辛真的会去送命，正急着想劝他打消念头，就听他认真道："我会帮你举报他！"

高婷酝酿好的情绪都被打断了："举报？"

陆辛很认真地点点头："对！"

高婷忍不住笑了起来："举报就能解决问题的话，这世界上哪还有这么多事？"她的心情放松了，因为她以为陆辛在开玩笑。

"可是，举报是很合乎规则的！当然，如果举报不能解决问题的话……"后面的话他没有说下去，笑了。

高婷的情绪又一次被打断了，她发现陆辛不是在开玩笑，居然是真的想要去举报！一时间，她也不知道该说什么了。过了很久，她才低低地叹了一声："不论怎么说，谢谢你的好意。"

高婷在帐篷外站了一会儿，悄悄地走了。走进火光里之前，她用力抹了抹眼睛。

当火光再次照在她的脸上时，她已经又是一副平静且坚强的样子。

未完，待续！
《从红月开始4》战斗升级！